btb

Buch

Stefan Wallner, verheiratet mit einer Deutsch-Rumänin, hat sich mit seiner Firma für Landmaschinen eine Heimat geschaffen. Doch trotz seines beruflichen Erfolgs bröckelt das einst enge Verhältnis zu den Mitarbeitern innerhalb des Betriebs. Wallner fühlt sich verfolgt, wittert eine Verschwörung und träumt sich in eine Parallelwelt.
Was bei Stefan Wallner nur im Kopf stattfindet, das erlebt sein Sohn Costin in der Wirklichkeit. Er zappt sich durch sein Leben und seine Rollen wie durch eine Fernsehserie. Er macht Karriere als Superstar einer vom Fernsehen gecasteten Popgruppe, lebt Alternativkarrieren als Synchronsprecher in einem Hitler-Zeichentrickfilm oder als Ex-Promi in einer Reality-Show und gründet sein eigenes Rock-Label.
Erst spät erfährt Costin von seiner unehelichen Tochter Wendy. Wendy trifft ihren Vater zum ersten Mal kurz vor ihrer Volljährigkeit. Als Wendy sich nach Costins Tod daran macht, die Familiegeschichte der Wallners aufzuschreiben, fällt es ihr schwer, zwischen Lebenslügen, Irrtümern und der nachrecherchierten Wirklichkeit zu unterscheiden.

Autor

Thomas von Steinaecker wurde 1977 geboren und lebt in Augsburg. Sein Debüt »Wallner beginnt zu fliegen« wurde mit dem Aspekte-Literaturpreis und dem Bayerischen Kunstförderpreis ausgezeichnet und stand auf der Shortlist für den Deutschen Buchpreis 2007. Vom Kulturkreis der deutschen Wirtschaft erhielt er 2008 den Förderpreis für Literatur.

btb

Aus Freude am Lesen

Thomas von Steinaecker

Wallner beginnt zu fliegen

Roman

btb

FSC
Mix
Produktgruppe aus vorbildlich bewirtschafteten Wäldern und anderen kontrollierten Herkünften

Zert.-Nr. GFA-COC-1223
www.fsc.org

Verlagsgruppe Random House FSC-DEU-100
Das für dieses Buch verwendete FSC-zertifizierte Papier *Munken Print* liefert Arctic Paper Munkedals AB, Schweden.

1. Auflage
Genehmigte Taschenbuchausgabe April 2009,
btb Verlag in der Verlagsgruppe Random House GmbH, München

Lizenzausgabe mit freundlicher Genehmigung der Frankfurter Verlagsanstalt
Umschlaggestaltung: semper smile, München
Umschlagmotiv: © Millenium Images / LOOK-foto
Druck und Einband: CPI – Clausen & Bosse, Leck
NB · Herstellung: BB
Printed in Germany
ISBN 978-3-442-73835-9

www.btb-verlag.de

Günter Wallner beginnt zu fliegen. Seine geriffelten Gummisohlen ruhen nicht mehr auf der Fußstütze. Wie die anderen Fahrgäste auch wird er nach vorne geschleudert. Ein herausgerissenes Stück der Waggoninnenwand hat dem Mann neben ihm den rechten Arm von der Schulter getrennt. Eines der beiden Mädchen, die vor Günter Wallner gesessen haben, ist an der Fußstütze hängengeblieben, sein Gesicht ist gegen den Tisch geschlagen, das andere Mädchen stößt unter der Decke gegen eine der Reisetaschen, die, weiß, rot, grün, aus den Gepäckfächern stürzen. Auf einem gelben Rucksack steht *Adidas*. Das Sausen in Günter Wallners Ohren ist lauter als das Krachen und die Schreie. Für einen Moment hat er ein Damenparfum in der Nase, einen süßlichen Duft, Holunder. Die gläserne Trennwand des Abteils vor sich, den Aufkleber der mit einem roten Balken durchgestrichenen Zigarette, schließt er die Augen.

Alle beobachten Wallner, und Wallner beobachtet sich selbst

01

26. März
16:15 Uhr. Friseur.

02

Stefan Wallner vergleicht in seinem Büro die Kosten für den Transport von drei Traktoren nach Klatovy – Bahn oder LKW. Frau Beck hat ihn vom Vorzimmer aus angerufen, er kann ihre am Tisch sitzende Gestalt durch die Milchglasscheibe sehen. Sie sagt, daß ihn zwei Polizeibeamte sprechen wollen. Wallner läuft ein kalter Schauer über den Rücken. Die Polizeibeamten werden wegen dieser Lieferung von *CLAAS*-Reifen aus Danzig vor zwei Jahren kommen, die nicht versteuert wurde. Sobald die Polizeibeamten gegangen sind, wird Wallner Ulrich Wiget anrufen, um sich mit ihm zu beraten, ob man die Akten in Wigets Büro, alle Beweise beseitigen, am besten vernichten oder ob man einen Anwalt kontaktieren soll, den Fall schildern, nach den möglichen rechtlichen Konsequenzen fragen, abwägen. Der Anwalt hätte Schweigepflicht.
Die beiden Polizeibeamten treten ein. Es habe sich ein ICE-Unglück ereignet, man gehe davon aus, daß sich Wallners Vater unter den Toten befinde, man habe eine Leiche mit einem Paß auf den Namen Günter Wallner gefunden, es täte ihnen leid. Es entsteht eine Pause.
Wallner geht durch den Flur und steigt die Treppe zum ersten Stock herunter, wo Wiget sein Büro hat. Draußen ist ein strahlender Tag, die Sonne scheint hell durch die Fenster. Wallner sagt, daß soeben die Polizei dagewesen sei,

sein Vater sei bei einem ICE-Unglück ums Leben gekommen, sein Vater sei tot.
Wiget steht auf und fragt: „Dein Vater?"
Wallner kann Wigets Gesichtsausdruck hinter dessen schwarzen Bart nicht genau erkennen.
Es entsteht eine Pause.
Wiget fragt: „Bist du OK?"
Wiget soll Wallner in den Arm nehmen.
Wallner hat „Ich weiß nicht" gesagt, seine Stimme zittert dabei, er werde für heute Schluß machen, Uli solle ihn bei allen weiteren Terminen heute vertreten.
Wiget umarmt Wallner. Wallner drückt sein Gesicht an Wigets rechte Schulter, Wiget hält ihn, Wallner weint.
Wallner geht zum Büro seiner Frau Ana und grüßt auf dem Flur Frau Bräuer aus der Buchhaltung. Er sagt Ana, daß sein Vater tödlich verunglückt sei, ein Zug sei entgleist, ein ICE, es sei aber schon in Ordnung, er wolle jetzt nur nach Hause, sie könne ruhig hierbleiben, er komme schon klar.
Ana ist aufgestanden und hat die rechte Hand an ihren Mund gedrückt. Ana wird Wallner umarmen wollen. Als Ana auf Wallner zugeht, um ihn zu umarmen, macht er einen Schritt zurück und sagt, daß es schon in Ordnung sei, er brauche nur Ruhe, es sei schon in Ordnung.
Zu Hause in der Küche nimmt Wallner zwei Toastscheiben aus dem Kühlschrank und belegt sie mit Emmentaler und Putenschinken. Von der Treppe sind Schritte zu hören, die angelehnte Küchentür öffnet sich. Costin trägt das goldfarbene Trikot der rumänischen Fußballnationalmannschaft, er muß Wallner gehört haben.
Costin fragt: „Tata? Was machst du denn hier?"
Wallner fragt: „Und du? Was machst du hier?"
Costin sagt: „Ich muß nach Regensburg", er deutet auf die weiße Sporttasche, die um seine Schulter hängt.

„Diese Tanzgeschichte?“ fragt Wallner.
„Diese Tanzgeschichte“, sagt Costin und nickt.
Er beugt sich zum Teller vor, greift nach der zweiten Toastscheibe und steckt sie als Ganzes in den Mund. Als sich Costin umdreht und mit gespielt hastigen Bewegungen in den Flur verschwindet, hat ihm Wallner, der ihm gar nicht erst folgt, auf den Rücken gepatscht. Auf der Rückseite des Trikots steht über der fettgedruckten schwarzen Acht ein Name, den Wallner noch nie gehört hat, *Pesencu*.
Das Aufschieben von Angelegenheiten kann Folgen haben. Alles rächt sich. Wallner weiß, daß Ana in der obersten Schublade des Schreibtischs ihr hellgrünes Filzadreßbuch aufbewahrt, in das sie, seit er sie kennt, Adressen einträgt, noch heute, obwohl sie einen mit Handy und Rechenfunktion ausgestatteten Organizer besitzt. Das hellgrüne Filzadreßbuch ist für Verwandte, Freunde und Bekannte, der Organizer für Kunden, Arbeitskollegen und Geschäftsanschriften. Wallner schlägt die Seite der Familiennamen auf, die mit W beginnen, und sucht die Telefonnummer seiner Cousine heraus. Er kann ihre Stimme hören, die sich mit „Wallner-Lloyd“ meldet, und seine eigene, die „Stefan“ sagt. Wallner unterläßt es, seine Cousine anzurufen. In seinem Arbeitszimmer gibt er im Suchfeld auf der Seite seines E-Mail-Kontos „Wallner-Lloyd“ ein und schreibt als Antwort auf die Rundmail, die seine Cousine unter anderem auch an ihn immer zu Weihnachten schickt, sein Vater sei tödlich verunglückt, sie solle ihn aber vorerst nicht anrufen, bitte –, er löscht, was er gerade geschrieben hat, und schreibt, sein Vater sei tödlich verunglückt, sie solle ihn aber vorerst nicht anrufen, bitte –.
Wallner sieht, wie seine Cousine in ihrem Büro im Sozialamt, das er nicht kennt und sich deshalb als das Büro Anas

vorstellt, die E-Mail öffnet und die rechte Hand vor den Mund hält, um ihr Schluchzen zu unterdrücken.
Nein.
Er stellt sich vor, daß sie die E-Mail öffnet, einen wichtigen Telefonanruf bekommt und „Darf ich Sie zurückrufen? Ich bin gerade in einem Meeting“ sagt. Sie klingt gefaßt.

03

Aus der Luft, vom Hubschrauber aus, sind die Waggons des ICEs auf offener Strecke zwischen grünen Feldern gut erkennbar. Zwei Waggons sind nach links zur Seite gekippt, die anderen Waggons stehen in gerader Linie. Um die umgestürzten Waggons liegen helle Kleidungs- und Gepäckstücke verstreut, bei denen es sich aber auch um Menschen handeln könnte. Der Augenzeuge Dieter Baumann, der eine hellbraune Strickjacke trägt, die spärlichen weißen Haare zurückgekämmt, sagt aus, er habe ein lautes Quietschen wie von Bremsen gehört, dann ein Krachen, er sei hinausgerannt und da habe der ICE auch schon dagelegen. Baumann deutet dabei mit dem ausgestreckten Arm auf das Feld, die weißen Waggons des ICEs in der Ferne, auf dem leicht erhöhten Damm. Eine Nahaufnahme zeigt die beiden umgestürzten, nahezu unbeschädigten Waggons, um die herum Feuerwehrleute und andere Uniformierte stehen, reden. Laut dem roten Tickerband am unteren Bildschirmrand beläuft sich die Zahl der Todesopfer auf 19, die Zahl der Verletzten auf mehr als 60. Als Unfallursache wird mangelnde Gleiswartung angegeben. Um 16:59 Uhr schaltet Wallner auf die *heute*-Nachrichten. Der Nachrichtensprecher trägt eine gelbe Krawatte mit roten

Punkten, er sagt, es habe sich heute vormittag auf der Strecke Essen–Köln ein schweres ICE-Unglück ereignet. Man gehe von 19 Toten und mehr als 70 Verletzten aus. Die Aufnahme aus dem Hubschrauber zeigt die weißen Waggons des ICEs, die beiden Waggons, die nach links auf das Feld gekippt sind, ringsum verstreut die Kleidungs- und Gepäckstücke, bei denen es sich auch um Menschen handeln könnte.

04

Wallner hat seine Anzughose aus- und eine Jeans angezogen. Während er sein Hemd aufknöpft, hat er plötzlich eine Szene vor Augen. Da ist sein Vater. Er sitzt in einem Sechserabteil in einem ICE. Er hat das Aussehen, das er als etwa 65jähriger hatte, als Wallner ihn zum letzten Mal sah, und nicht das des 82jährigen, als der er starb. Durch die Bremsung des Zugs fällt das durchsichtige Brett des Gepäckfaches auf seinen Kopf. Er stürzt nach vorne, sein Hinterkopf ist eingedrückt. Aus einem Spalt in der Schädeldecke tritt Blut und färbt das grau-schwarze Haar dunkelrot.

05

2. April
König anrufen!

06

In Wallners Kopf befinden sich grüne, blaue und rote Flekken. Dr. Kaduk deutet mit einem Stab auf die Ergebnisse der PET-Aufnahme auf dem Bildschirm.
„So. Nicht erschrecken. Schön bunt, gell? Ich erkläre Ihnen das mal. Hier haben wir das Gehirn. Wir haben ja, wie gesagt, mal die Funktionen gemessen. So. Wir können jetzt auch näher herangehen, um ganz sicher zu sein, daß da nichts ist."
Dr. Kaduk zoomt mit der Tastatur auf den blauen Fleck, der, wie Wallner jetzt sieht, außen heller ist als innen, azur.
„Also", sagt Dr. Kaduk, „ich habe mir das schon am Vormittag angesehen, und ich kann Sie beruhigen. Da ist nichts. Kein Tumor oder ähnliches. Bitte jetzt nicht enttäuscht sein."
Dr. Kaduk lacht über seinen Witz und fletscht dabei die Zähne. Wallner lacht mit und hofft, daß es nicht allzu gezwungen wirkt.
„Was meinen Sie dann, woher das kommt? Haben Sie da eine Erklärung?" sagt Wallner.
Er hätte nicht so abrupt zu lachen aufhören sollen.
„So. Ja. Was Sie mir da geschildert haben, ihre Symptome, Kopfschmerzen, hoher Blutdruck, das mit dem Herzen und so weiter, also für mich klingt das nach klassischer Überarbeitung, zuviel Streß, um es mit einem Wort zu sagen."
Dr. Kaduk lacht wieder, zähnefletschend. Wallner hatte gedacht, dieses Gefühl, daß da etwas in seinem Kopf sei, etwas Fremdes, Kieselsteingroßes, würde verschwinden, sobald der Beweis erbracht wäre, daß es sich um etwas Ungefährliches handelte. Aber der Kieselstein ist noch immer da.
Möglicherweise hat Dr. Kaduk auch recht. Wallners Nervosität, seine Gereiztheit, das alles könnte streßbedingt sein, seine Angestellten blicken ihn ja zudem seit neuestem mit

diesen Augen an, man könnte manchmal tatsächlich glauben, sie führen etwas im Schilde gegen Wallner. Auch Wiget benimmt sich seltsam in letzter Zeit. Erst am Donnerstag war Wallner in sein Büro gekommen, Wiget hatte an seinem Schreibtisch gestanden, einfach so, es schien ihm nicht einmal peinlich zu sein, die Schubladen waren offen. „Du durchsuchst meine Schubladen?“ hatte Wallner gesagt, es sollte wie ein Scherz klingen. Wiget hatte das in den falschen Hals gekriegt, hatte „Du spinnst doch“ oder „Hast du sie noch alle“ gesagt und war hinausgestürmt, Wallner war ihm sofort hinterhergelaufen und hatte sich bei ihm entschuldigt. Aber nicht nur seit diesem Vorfall hatte Wallner das Gefühl, daß Wiget nicht mehr so offen und herzlich wie früher zu ihm war.
„Was ist das hier eigentlich?“ Wallner zeigt mit dem Finger auf einen schwarzen Fleck in einem der roten Flecken auf dem Bildschirm. Wallner muß an ein Baustellenloch in einer Straße denken. Dr. Kaduk hat Wallner für den Bruchteil einer Sekunde durchdringend angeschaut, als wüßte er etwas, was er Wallner nicht sagen darf. Als sei Wallner ihm auf die Schliche gekommen.
Dr. Kaduk sagt: „Zoomen wir doch einmal hin.“
Je näher der schwarze Fleck auf dem Bildschirm rückt, desto mehr färbt er sich rot ein, geht im roten Fleck um ihn auf.
„Ja, Sie sehen. Da ist nichts“, sagt Dr. Kaduk.

07

Die Frauenstimme sagt, er solle die nächste Ausfahrt nehmen. Wallner wollte für einen Moment einen Gang zurückschalten, dann ist ihm wieder eingefallen, daß der Mietvan ja Automatik besitzt. In der Ferne sind drei Kuppeln zu sehen, die Deutzer Bürotürme, in ihren Fenstern spiegelt sich das Licht der Nachmittagssonne; ganz dünn, zwischen den Hochhäusern: die Spitze des Doms. Wallner biegt in die Ausfahrt Bergisch-Gladbach.

Er hat heute schon einmal, in der Früh, als er aus Cham losgefahren ist, überlegt, ob er tatsächlich noch nie in Bergisch-Gladbach war, vielleicht in seiner Kindheit, mit seinem Vater am Wochenende, zum Wandern, ein Sonntagsausflug, aber nein, er ist sich jetzt sicher, während vorne die Ortseinfahrt von Bergisch-Gladbach auftaucht, das heute ist das erste Mal. Es wird deutlich, warum Günter Wallner aus Köln-Rodenkirchen hierhergezogen ist. Die dichten Laubwälder, die Hügel mit den Weiden, die Täler dazwischen, in denen es bereits düster zu werden beginnt. Ja. Man kann hier schön wandern. Günter Wallner ist gerne gewandert. Dadurch, daß Stefan Wallner, wie in diesem Moment, den Kasper macht („den Kasper machen" = bei Kurven das Quietschen von Reifen imitieren plus der Frauenstimme des Navigationssystems mit „Jawohl" und „Wird gemacht" antworten), löst sich die Anspannung, die gestiegen ist, je näher er der Wohnung seines Vaters kommt, der *ehemaligen* Wohnung.

Ein Piepton erklingt, Wallner hält den Van an. Er sucht den Knopf für das Navigationssystem, schaltet versehentlich das Radio an, erst als er den Knopf darüber drückt, erlischt der Bildschirm mit dem Stadtplanausschnitt des Wohngebiets, der Straße, in der er jetzt parkt.

Sein Vater hat die letzten 17 Jahre in einer Wohnung in einem Mehrfamilienhaus mit Blick auf den knorrigen Apfelbaum im Garten davor gelebt.

Wallner drückt die oberste Klingel an der Haustür, die Klingel neben dem Namensschild *Wallner*. Es ist wahr-

scheinlich, daß hinter den Vorhängen in den Häusern gegenüber Hausfrauen, die gerade Mittagessen kochen, oder Rentner, deren Hauptbeschäftigung es ist, jedes Geschehen im Wohngebiet zu verfolgen, auch jetzt, Wallner beobachten, er kann ihre Blicke regelrecht auf seinem Körper spüren. Vielleicht auch Bekannte seines Vaters, Freunde, die sich bei ihm einmal wöchentlich zum Kartenspiel trafen.
Die Haustür öffnet sich, aufgestaute Wärme schlägt Wallner entgegen, Klebstoffgeruch. Ana steht in der Tür der ersten Wohnung im Erdgeschoß.
Sein Vater hat in einer Erdgeschoßwohnung gelebt.
Ana umarmt Wallner und fragt ihn, wie die Fahrt gewesen sei. Ana schwitzt. Sie führt ihn durch die Wohnung, sagt: „Also das war" – sie sagt *war*, nicht *ist* – „das Wohnzimmer, hier das Schlafzimmer, das die Küche", sagt: „Hier war das Bad" und deutet auf die Kartons mit den Gegenständen, die sie schon eingepackt hat, das Radio, den AB. Auf dem Glastischchen vor dem schwarz bezogenen Sofa liegen ein Briefumschlag mit dem Sparbuch von Wallners Vater und Schmuckstücke aus dem Safe, die Ana gestern, als sie mit Wallners Vollmacht und seinem Erbschein bei der *Hypo-Bank* in Köln war, um das Konto seines Vaters aufzulösen, mitgebracht hat, wie sie sagt.
Wallner sagt: „OK. Das schaue ich mir dann nachher an."
Für einen Moment hat er das Gefühl, sich in der früheren Wohnung seines Vaters zu befinden, die Anordnung der Möbel im Wohnzimmer – das schwarz bezogene Sofa an der Wand, das Glastischchen davor, daneben die Stehlampe, der Orientteppich – ist dieselbe wie in Köln-Rodenkirchen. Auf dem Glastischchen liegt die Fernbedienung für den Fernseher. Wallner kann seinen Vater sehen, der vom Sofa aus, den rechten Arm ausgestreckt, mit der Fernbedienung in der Hand den Fernseher ausschaltet, die

Fernbedienung, sich vorbeugend, auf das Glastischchen legt. *Klack*.
Wallner sagt: „OK. Wir machen das jetzt folgendermaßen. Ich nehme mir das Schlafzimmer vor, und du machst in Küche und Bad weiter."
Alle Gegenstände des täglichen Gebrauchs, für die sie in Cham keine Verwendung haben, kommen in blaue Müllsäcke. Im Zweifelsfall entscheidet Wallner. Gegenstände aus dem Familienbesitz, die nicht so viel wiegen, als daß sie von den Spediteuren getragen werden müßten plus bei denen sich Wallner und Ana einig sind, daß sie Verwendung in Cham finden werden, kommen in einen Umzugskarton. Die Zahnbürste von Wallners Vater ist ein Gegenstand des täglichen Gebrauchs. Sie kommt in einen Müllsack. Ana fragt, ob das Glastischchen weg oder mitgenommen werden solle, sie brauche es jedenfalls nicht. Wallner sagt, das Glastischchen sei Familienbesitz, es stamme von den Eltern seiner Mutter, selbstverständlich werde es mitgenommen. Die beigen Vorhänge im Wohnzimmer sind ein Zweifelsfall. Wallner sagt: „Nein."
Im Schlafzimmer steht ein Einzelbett. Es sieht alles danach aus, als ob Wallners Vater allein lebte. Auf dem Nachttisch rechts neben dem Bett: ein halb gefülltes Glas Wasser. Wallner kann seinen Vater sehen, er liegt mit dem rotsilber gestreiften Pyjama, den er getragen hat, als Wallner noch ein Kind war, im Bett, in der linken Hand ein Buch, lesend, mit einem Griff der rechten, weiter lesend, führt er das volle Glas an den Mund, trinkt, stellt das halb gefüllte Glas auf den Nachttisch, räuspert sich. Wallner hört Ana, die im Bad Gegenstände in einen Müllsack wirft.
Wenn man mit Gegenständen in Berührung kommt, bei denen eine heftige Gefühlsreaktion wahrscheinlich ist (Beispiele: die flach und nahezu faltenlos auf dem Bett liegende

Decke und das Kissen, die Wallner jetzt hastig in Müllsäcke stopft), sind die Überlegungen hilfreich, daß sein Vater ihn damals wegen des Kredits angelogen hat, das heißt generell gegen ihn und seine Firma gewesen ist, dann: Wallners Mutter nicht wirklich geliebt haben kann, weil er bald nach ihrem Tod und vielleicht schon davor zahlreiche Verhältnisse mit Frauen hatte, die Wallner zuwider waren, und: sein Vater sich seit ihrem Streit nicht mehr bei ihm gemeldet hat und daß daher Wallner ihm, seinem Vater, keine Träne nachzuweinen habe. Wallner spürt, daß gerade eine Welle auf ihn zurollt, sie wird ihn lähmen, er wird die Fassung verlieren, die Strategie, die er sich in den letzten schlaflosen Nächten und auf der Hinfahrt zurechtgelegt hat, droht in sich zusammenzufallen, er schafft das nicht, es geht nicht, er muß sich auf irgend etwas konzentrieren, um Gottes Willen, irgend etwas.
Wallner hat Hunger bekommen. Die Einbauküche macht einen neuen Eindruck, sie riecht nach Zitrone, ist sehr sauber, wahrscheinlich hat Ana sie aufgeräumt. Wallner öffnet den Kühlschrank mit der hellen Holzverkleidung, auch zu Hause in Cham öffnet er immer, wenn er in die Küche kommt, als erstes den Kühlschrank mit der weißen Plastikverkleidung. Der Kühlschrank ist leer und riecht nach Zitrone. Wallner öffnet das Gefrierfach, in dem sich mehrere Pizzas con Funghi befinden.
Günter Wallner mag Pilze.
Nein.
Günter Wallner *mochte* Pilze.
Wallner inspiziert die Schränke über der Ablage. Er nimmt die XL-Packung der weißen Schokolade mit Nüssen, die bereits angebrochen ist, schaut auf das Verfallsdatum, November in zwei Jahren, und bricht zwei Rippen ab.
Im Wohnzimmer hat Ana schon die Fotos in den Silberrah-

men von der Kommode, die sich Wallner noch nicht angesehen hat, in einen Karton gelegt und zieht gerade zwei Leitz-Ordner, wohl mit Rechnungen oder anderen Papieren, aus dem untersten Regal des Schranks. Wallner macht den Kasper („den Kasper machen“ = gebückt gehen plus sich den Bauch reiben plus „HungerHungerHunger“ sagen), um Ana zu zeigen, daß es ihm nichts oder besser: wenig ausmacht, die ehemalige Wohnung seines Vaters aufzulösen oder besser: daß er den Tod seines Vaters relativ gut verwindet.
Es gilt, den Inhalt der Truhen, Schränke und des Schreibtischs mit voller Konzentration auf Schnelligkeit plus unter optimaler Ausnutzung des Platzes in den Kartons auszuräumen. Später, beim Auspacken, zu Hause, kann der Inhalt dann näher betrachtet werden.
Wallner beugt sich vor und öffnet den Deckel der Truhe im Schlafzimmer. Er sieht seinen Vater, der sich vorbeugt und den Deckel der Truhe öffnet. Als er die Müllsäcke mit den Kleidungsstücken vor die Haustür trägt, ist es draußen, ohne daß Ana und er es gemerkt hätten, Nacht geworden.
Das Hotel *Schmidt* liegt gegenüber der S-Bahn-Station. Die Jugendlichen auf den Bänken haben ihnen beim Parken und Aussteigen zugesehen. Wallner möchte lieber gleich etwas essen, bevor er auf das Zimmer geht und duscht, weil er Angst hat, daß er es dann nicht mehr aus dem Bett schafft, er spürt seine Arme und Beine. In der Gaststube steht ein Mann hinter dem Tresen – der Wirt? Herr Schmidt? –, der zuerst lächelnd Ana und dann, nicht mehr lächelnd, mit einem durchdringenden Blick Wallner begrüßt und auf einen Tisch weist, an dem lediglich ein älteres Ehepaar sitzt.
Als der Wirt das Essen bringt, stellt er sich wie zu einer Rede mit angewinkelten Ellbogen und gefalteten Händen auf und

wünscht „Einen Guten Appetit“. Noch einmal sieht er Wallner mit diesem Blick an, dann wieder Ana, lächelnd.
Wallner steckt ein Kartoffelstück in den Mund, kaut, fragt, ob Ana denn eigentlich beim Grab gewesen sei, ob da alles glattgegangen sei, hört zu kauen auf und hält die Gabel über dem Teller, ohne sie zu senken oder zu heben. Ana sagt, sie sei dagewesen, dieser Mann am Friedhof, der wohl dafür zuständig sei, habe ihr den Eintrag von der Feuerbestattung und der Urnenbeisetzung gezeigt, am Grab hätten einige Kränze gelegen, einer wohl von der Kanzlei, in der Wallners Vater früher gearbeitet habe, sie habe den Betrag für die Instandhaltung des Grabs für die nächsten zwei Jahre von einem Teil der Entschädigung gezahlt, die sie von der Deutschen Bahn erhalten haben. Wallner kaut weiter, will sprechen, so etwas wie „Na schön“ oder „Na dann paßt ja alles“, kann aber nichts sagen, er bringt kein Wort heraus, damit Ana es nicht sieht, tut er so, als huste er in die Serviette.
Als Wallner in das Zimmer tritt, fällt sein erster Blick auf Anas BH und ihren Schlüpfer, die auf dem Bett liegen, die zerwühlte Decke.

08

Wallner läßt die Akte aufgeschlagen auf dem Schreibtisch liegen, nimmt seinen Übergangsmantel von der Garderobe im Sekretariat, sagt zu Frau Beck, daß er noch etwas zu Hause vergessen habe und in einer Viertelstunde wieder zurück sei, eilt durch den Flur, das Treppenhaus hinaus. Es ist bewölkt. Auf dem Parkplatz kommt ihm Ana entgegen. Sie fragt, ob etwas passiert sei, warum er es denn so eilig habe. Sie hat dabei wieder diesen Ausdruck, der Wallner immer an eine Kuh erinnert. Mit der flachen Hand schlägt er ihr ins Gesicht. Wortlos ist sie nach hinten gekippt, noch mal, Ana kommt ihm entgegen, sagt etwas mit Kuh-Ausdruck, Wallner schlägt ihr mit der flachen Hand ins Gesicht, auf die Nase, aus der sofort Blut rinnt.

Mit normalem Tempo, ohne sich zu hetzen, fährt er nach Hause, packt in seinen Koffer Kleidung für zehn Tage. Er schaut sich im Haus um, Geld? Hat er. Noch irgendwas? Er braucht ja nichts. Einen Regenschirm vielleicht. Den Wagen parkt er vor dem Bahnhof, in dem kaum etwas los ist. Wallner löst eine Fahrkarte nach Paris.

„Einfach?" fragt die Frau am Schalter.

„Einfach", sagt er.

„Da müssen Sie in Nürnberg und München umsteigen", sagt die Frau.

„Weiß ich", sagt Wallner.

Keine fünf Minuten, und der Regionalexpreß nach Nürnberg fährt ein. Wallner setzt sich ans Fenster. Er sieht den Kirchturm von St. Jakob vorbeiziehen, den insolventen *Axmann*-Möbelmarkt mit den leeren Auslagen. Am Horizont ist der Gewerbepark von Chammünster zu erkennen, das Flachdach von *Wallner & Wiget*, das Fenster seines Büros, ganz oben, das zweite von links, in dem noch Licht brennt. Schon ist die Silhouette der Stadt vor dem dunkelgrünen Schloßberg zu einem schwarzen Strich zusammengeschrumpft.

Das Telefon klingelt.

„Beck. Ich sollte Sie daran erinnern, daß der Herr Schmaderer um elf einen Termin hat", sagt Frau Beck.

„Danke Ihnen", sagt Wallner.

Mit einem Ruck ist er aufgestanden. Schmaderers Akte liegt aufgeschlagen vor ihm. Wallner geht ins Sekretariat,

Frau Beck schaut überrascht vom Computer auf. Sie hat nicht mit Wallner gerechnet. Wenn sie sich, wie jetzt, sicher vor ihm glaubt, macht sie Internet-Shopping, Wallner weiß das, aber das spielt in diesem Augenblick keine Rolle. Er nimmt seinen Übergangsmantel von der Garderobe und sagt: „Ich habe noch etwas Wichtiges zu Hause vergessen, bin in einer Viertelstunde wieder zurück." Er eilt durch den Flur. Ana kommt ihm entgegen, er dachte, sie komme erst um elf in die Firma. Sie lächelt ihm zu.
„Hast du wieder was liegengelassen zu Hause?" fragt sie.
Der Streit gestern abend wegen dem Sofa, das sie, ohne Wallner zu fragen, bestellt hat, scheint kein Thema mehr zu sein.
„Ja", sagt er kurz und weicht ihrem Blick aus. Wallner spürt förmlich, wie sich ihre Gesichtszüge verhärten, wie Ana das hier verletzt. „Entschuldigung", sagt er schnell, geht zurück, umarmt sie, „Entschuldigung", hält sie fest, möchte sie nicht loslassen, „ich muß weiter", er schluckt, wendet sich ab, geht durch die Glastür.
Im Treppenhaus hallen seine Schritte, als er hinunterläuft, viel zu laut, der Kieselstein in seinem Kopf drückt, es ist kaum auszuhalten. Auf dem Parkplatz atmet Wallner tief ein und aus, geht, als ihm schwindelt, in die Hocke, der teure Mantel schleift im Dreck, die Sonne scheint, keine Wolke ist am Himmel. Auf dem Weg nach Hause fällt Wallner ein, daß Costin ja heute freihat. Costin wird ihn sehen, fragen, was los sei. Wallner fährt direkt zum Bahnhof. Er kann sich ja später alles, was er braucht, kaufen. Er beschließt, die Fahrkarte erst im Zug zu lösen, und zwar sukzessive, eine nach Nürnberg, eine nach München, eine nach Paris, damit, falls Nachforschungen angestellt werden und die Frau am Schalter gefragt wird, seine Spuren verwischt sind.

Wallner setzt sich auf die Bank am Bahnsteig. Der Regionalexpreß nach Nürnberg hat Verspätung. Wallner weiß plötzlich, daß er nicht in den Zug nach Nürnberg, nach München oder nach sonstwohin einsteigen wird, er hat es die ganzen letzten Minuten gewußt, seit er das Firmengelände verlassen hat, um elf ist der Termin mit Schmaderer. Wallner steht auf, aus dem Augenwinkel hat er bei dem Getränkeautomaten neben ihm, ein paar Meter entfernt, einen Mann warten sehen, ungefähr 1,85 groß, leicht untersetzt, schon etwas älter, brünettes Haar, spitze Nase, blauer Mantel, Wallner läuft es eiskalt über den Rücken. Was ist denn, wenn ihn jemand hier sieht, jemand, der ihn kennt, jemand, der Schmaderer kennt, der Wiget kennt und der ihm, vielleicht zufällig, erzählt, daß er Wallner werktags vormittags am Bahnsteig traf, übrigens, weißt du, wen ich neulich.
Auf der Treppe der Unterführung hat Wallner sich noch einmal kurz umgedreht, ob ihm der Mann am Bahnsteig nachsieht. Der Mann hat ihm in die Augen geblickt, auch er hat sich auf der Treppe zur Unterführung gegenüber umgedreht. Der Mann ist Wallner. Ungläubig betrachtet er sich selber noch ein paar Sekunden im Spiegel auf der Rückseite des Getränkeautomaten.
Auf dem Weg vom Parkplatz zur Firma drückt Wallner auf den Knopf am Schlüsselbund, um das Auto abzusperren. Summend klappen sich die Seitenspiegel ein. Wallner steigt die Treppe hoch, geht durch den Flur, im Sekretariat schüttelt er Schmaderer, der schon wartet, die Hand, hält ihm die Tür zum Büro auf. Schmaderer setzt sich, Wallner schaut auf die aufgeschlagene Akte vor sich und sagt: „Ja, Herr Schmaderer, also das mit dem Rabatt, das verhält sich wie folgt. Bei einer Abnahme von drei Traktoren gewähren wir einen Rabatt von sieben Prozent."

09

Er schließt den Kühlschrank und belegt einen Toast mit Emmentalerscheiben. Jemand kommt die Treppe heruntergerannt.
Costin steckt seinen Kopf durch die angelehnte Küchentür und sagt: „Ciao, Tata. Heute schon so früh zu Hause?"
Wallner sagt: „Und du? Diese Tanzgeschichte?", während er überlegt, wann die Angst, die er immer hatte, als er dieses winzige Baby in den Armen hielt, als Costin auf seinem Rolli in der Garageneinfahrt seine Kreise drehte, als Costin auf der gemeinsamen Radtour nach Tschechien außer Sichtweite vorausfuhr, um seine Unabhängigkeit zu demonstrieren, wann diese Angst, daß Costin (und auch Ana, als sie Costin jede Woche zum Gesangsunterricht nach Regensburg brachte) etwas zustoßen könnte, aufhörte.

10

8. Juni
Nürnberg. *Horten. Karstadt. Saturn.*

11

Er hat die Hand flach auf den Schreibtisch gelegt und versucht, etwas langsamer zu atmen. Vielleicht haben sich an seinen Mundrändern kleine weiße Spuckeablagerungen gebildet. Wiget hat die ganze Zeit über bewegungslos mit

übereinandergeschlagenen Beinen dagesessen und hat sich den Bart gestrichen.
Er sagt: „Wenn du das jetzt so erklärst, Stefan, mit deinem Vater und so, dann wird jetzt natürlich einiges klarer. Ja, jetzt wird einiges klarer. Ich meine, man konnte ja schon so was ahnen, im Prinzip. Das war ja auch jetzt alles nicht so tragisch, mir ist das eben aufgefallen. Eben auch, weil das früher nie so war, daß du so neben dir stehst, daß du die Leute so anfährst, wir hatten ja auch immer, würde ich sagen, wirklich ein sehr gutes Verhältnis."
„Ja", sagt Wallner und nickt einmal kraftvoll.
„Ja, und wie gesagt, dann ist es auch nicht so schlimm, wenn ich das jetzt weiß, aber paß halt besser auf, mit den Angestellten", sagt Wiget.
Es entsteht eine Pause.
„Wie ist das zu Hause momentan, mit euch?"
„Hat sie irgendwas gesagt?" fragt Wallner schnell und hat kurz von Wiget weg nach links auf die Fußbodenleiste aus hellbraunem Holz gesehen, Wiget hat „Hmhm" gemacht und mit den Schultern gezuckt.
„Ich bin da oft unbeherrscht ihr gegenüber, und ich weiß auch, daß ich sie da oft verletze in letzter Zeit, und das ist so", Wallner macht eine kurze Pause, „Scheiße", schaut Wiget ins Gesicht, der sich noch immer den Bart streicht, und fährt fort, „daß ich da nicht mit dem Tod vom Papa, ich meine von meinem Vater, klarkomme und daß ich mich da jetzt auch noch an der Ana abreagiere. Ich will das nicht. Und ich. Ich schäme mich, Uli. Ich schäme mich."
Es entsteht eine Pause.
Wiget fragt: „Habt Ihr schon darüber", Wallner unterbricht ihn und sagt: „Wir werden das noch machen, wir müssen das machen, aber du weißt ja, wie es ist, von ihr kam jetzt noch nichts, und sie ist sich sicher im klaren darüber, wie

schwierig das alles ist, für mich, aber alles weiß sie natürlich auch nicht. Wir werden darüber reden. Ja."
Es klopft.
Frau Beck tritt ein und sagt: „Herr Wiget, etwas Dringendes wegen Wolnzach. Ein Herr Kaiser."
Wiget steht auf. Frau Beck steht noch in der Tür. Wallner möchte zu Wiget gehen und ihn umarmen und noch einmal Danke oder etwas Ähnliches sagen, bleibt dann aber stehen, hebt den Arm und sagt: „Also, bis nachher dann, Uli, gell" und lächelt kurz Frau Beck zu, die zurücklächelt.
Nachdem sie die Tür geschlossen hat, setzt er sich wieder an seinen Schreibtisch und legt die Hand flach darauf. Er schaut auf die Fußbodenleiste aus hellbraunem Holz, links, und schlägt einmal sehr leicht mit der flachen Hand auf die Tischfläche.

12

Im Sekretariat ist jemand. Eine schwarze Gestalt hat sich hinter der Milchglasscheibe bewegt, jetzt wieder, obwohl Frau Beck das Gebäude schon längst verlassen hat. Sie verabschiedete sich etwa vor einer halben Stunde bei ihm. Er hat sie vom Fenster aus über den Parkplatz zu ihrem silbernen Ford stöckeln sehen. Er steht auf. Ihm ist etwas mulmig. Wer kann noch im Gebäude sein? Nur Breitenbacher sitzt noch in seinem Häuschen an der Pforte. Wallner geht leise zur Tür und reißt sie mit einem Ruck auf, er meint, gerade eben noch im geöffneten Spalt der Tür zum Flur ein Bein gesehen zu haben. Wallners Herz rast. Er tritt in den Flur, das Licht hat sich automatisch eingeschaltet. Der Flur ist leer. Wenn jemand vor Wallner aus dem Sekretariat gegangen ist, dann hätte das Licht schon brennen müssen; unmöglich, daß jemand die Bewegungssensoren überlistet. Aber da war jemand, Wallner ist sich sicher. Ratlos schließt er die Tür. Die Blätter des Ficus neben dem leeren Schreibtisch von Frau Beck zittern für einen Moment vom Luftzug und hängen dann wieder bewegungslos da.

13

Sie ist ruckartig aufgestanden und hat ihren Teller mit den Speiseresten klirrend auf den seinen gelegt. Ihre schwarzen Locken sind ihr dabei ins Gesicht gefallen, das hat sexy ausgesehen. Er wollte sie leicht am Arm festhalten, „Jetzt bleib doch mal da", hat er gesagt, aber sie hat sich mit einer übertriebenen Bewegung losgemacht und ist mit festem Schritt in Richtung Küche gegangen. Jetzt steht er auf, sieht ihr nach, wartet darauf, daß sie sich umdreht und „Das ist einfach zu-viel" oder „So was kannst du zu deinen Angestellten sagen, aber nicht zu mir" sagt. Er geht ihr nach. Sie steht mit gesenktem Kopf vor der Ablage, auf die sie die Teller abgestellt hat, er kennt ihren Gesichtsausdruck, sie versucht, nicht zu weinen.

Sie holt Luft und sagt: „Ich habe wirklich Verständnis für alles, was du durchgemacht hast, mit deinem Vater und so, und ich habe dir auch geholfen", sie atmet aus und holt Luft, „aber das", sie hält den Atem an, „das ist jetzt eben zuviel. Das kannst du mit deinen Angestellten machen, aber nicht mit mir. Das geht jetzt zu weit mit deiner schlechten Laune, Stefan, wirklich."

Jetzt hält sie es nicht mehr zurück, sie weint.

„Nimm auch Herrgott noch mal Rücksicht auf deine Mitmenschen. Bitte.“
Sie hält sich die flache Hand vor den Mund und geht zur Tür. Ohne ihn anzusehen, hat sie darauf gewartet, daß er einen Schritt zur Seite macht und sie durchläßt.
Er sagt: „Ana“, legt ihr die Hand auf die Schulter, den weichen hellblauen Wollpulli (= Bitte um Verzeihung). Sie hat Wallner angesehen, ohne ein böses Gesicht zu machen, wie er es eigentlich erwartet hätte (= Wut), sondern mit Tränen in den Augen und auf den Wangen (= Trauer), für einige Momente (= möglicher Beginn der Vergebung durch vorbehaltlose Darlegung der eigenen Gefühle), dann ist sie in den Flur und weiter ins Wohnzimmer gegangen.
Er steht noch in der Tür und schaut auf die von der Deckenlampe beleuchteten weißen Kacheln des Küchenbodens. Er möchte ihr sagen, daß er doch wisse, daß er sie verletze und daß er das nicht wolle und daß er sich schäme, es ihm leid tue und daß es Scheiße sei, er sei über den Tod seines Vaters immer noch nicht weg und daß er das an ihr abreagiere, daß ihm das bewußt sei.

14

Der Braunbär streift durch das Unterholz. Die dünnen Stämme der Bäume sind kahl. Der Braunbär verfolgt mit der Schnauze am Boden eine Fährte. Deutlich sind die Geräusche, die er macht, zu hören, sein Schmatzen, Grunzen, Brummen. Das Feld ist von Schnee bedeckt. Der Wind weht Schneeschleier in die Höhe. Der Braunbär stapft über das Feld. Seine Beine versinken fast vollständig im Schnee. Der Schnee knarzt. Der Braunbär sitzt auf einer seichten

Stelle im Fluß. Sein Fell ist naß. Mit einer nicht genau zu verfolgenden Bewegung seiner Vordertatzen fängt er einen mittelgroßen Fisch. Der Fisch windet sich so lange, bis ihm der Braunbär den Kopf abbeißt.
Männliche Stimme aus dem Off: „Kira wird noch viele Fische fangen in diesem Herbst. Manchmal bis zu 40 an einem Nachmittag. Das ist auch dringend nötig. In drei Wochen wird Kira Winterruhe halten. Für drei Monate. Drei Monate, in denen sie zwar ihre Höhle nicht mehr verläßt. In denen sie aber auch zwei Junge zur Welt bringen wird."
Der Braunbär liegt eingerollt im engen Inneren einer Höhle. Das Licht ist schummrig. Seine Augen sind geschlossen. Er gibt Geräusche von sich, Röcheln, Grunzen. Seine Ohren zucken.
Ana schaltet um.
Eduardo hält Constanze umarmt. Constanze hat ihren Kopf an Eduardos Brust gedrückt.
Constanze (leise): „Ich kann dein Herz schlagen hören."
Ihre Lippenbewegungen sind nicht vollkommen synchron mit ihrer Stimme. Eduardo hat die Augen geschlossen. Er wiegt Constanze hin und her.
Eduardo (leise): „Laß uns das, was heute abend geschehen ist, für uns behalten. Ich werde es nicht meinen und du wirst es nicht deinen Eltern erzählen."
Es klopft.
Eduardo: „Herein."
Eduardos Vater, Hernando, tritt ein.
Hernando: „Entschuldigung."
Er läßt die Tür einen Spalt offen.
Hernando (von draußen): „In zehn Minuten gibt es Abendessen, Kinder."
Ana schaltet um. Die Uhr auf dem hellblauen Hintergrund zeigt 18:59 Uhr. Der Sekundenzeiger rückt von 51 auf 52.

15

13. Juli
17:00 Uhr. Dr. Bräuer. Impfpaß mitbringen!

16

14. Juli
Nürnberg. Huber.

17

An einem Samstagnachmittag geht er in den Hobbyraum und sperrt die Tür hinter sich zu. Der Hobbyraum besitzt eine vergitterte Luke aus gelbem Glas. Vom Partykeller nebenan kann er den neuesten Song der im letzten Herbst im Fernsehen gecasteten Popgruppe hören, der, wie er von Costin weiß, gerade in die Top Ten eingestiegen ist. Wenn der Song zu Ende ist, entsteht eine Pause. Dann beginnt derselbe Song von vorn.
In den Modern Dance Lessons, die Costin einmal die Woche in Regensburg besucht, studiert er zusammen mit anderen Jugendlichen bei einem ehemaligen Juror einer Casting-Show Choreographien der aktuellen Popgruppen ein. Es ist sein größter Wunsch, gecastet zu werden. Wie Wallner weiß, steht an der Wand neben der Tür des Hobbyraums Anas Camcorder auf einem Stativ. Costin filmt seine Tanzschritte und schaut sich dann die Aufnahmen an, um eigene Fehler zu erkennen und seine Wirkung auf ein mög-

liches Publikum zu überprüfen. Kurz nachdem Ana Costin ihren Camcorder geschenkt hatte, hat er in seiner Freizeit mit seinen Freunden, vor allem aber zu Hause, beim Essen, während Wallner und Ana fernsahen oder sich unterhielten, gefilmt, bis es Wallner zuviel wurde und er es ihm eines abends verbot. Wallner hatte wieder Ärger in der Firma gehabt, war zu Hause von Costin überrascht worden, der ihm beim Aufsperren der Haustür und Eintreten im Flur mit dem Camcorder aufgelauert hatte.

Wallner hat sich seit der Auflösung der Wohnung seines Vaters oft, bei der Arbeit in der Firma oder abends, kurz vorm Einschlafen, vorgestellt, wie er in den Keller geht, die Hobbyraumtür hinter sich schließt, wie sein Blick über die hier gelagerten Möbel schweift, die braunen Umzugskartons, wie er ihre Laschen auseinanderzieht und nach und nach die Gegenstände herausholt, die er damals in Bergisch-Gladbach, hastig und ohne sie wirklich anzusehen, umgeräumt hatte, die Fotos, die Aktenordner, den Fernseher, das Radio.

Wallners Blick schweift über die neuen Möbel, die Stehlampe, die zusammengerollten Teppiche, das Nachttischchen, das, sobald er seine Bankausbildung macht und eine eigene Wohnung hat, Costin bekommen soll. Wallner zieht die Laschen des Umzugskartons gleich neben der Tür auseinander und nimmt die Schuhschachtel heraus, in die er die Fototaschen aus den Schreibtischschubladen seines Vaters gelegt hatte.

Wallner hat sich vorgenommen, lediglich Stichproben durchzuführen und nicht alle Fotos anzuschauen. Man hebt einen Stoß Fotos ab, betrachtet das zufällig aufliegende Bild, in diesem Fall: den etwa 50jährigen Günter Wallner mit Kniehosen und Wanderstock vor einer Waldkulisse, ungewohnt: mit schwarz-grauem Bart. Hier, im

abgeschlossenen Hobbyraum, ist es dann auch, im Unterschied zu Bergisch-Gladbach, wo Ana anwesend war, möglich, den eigenen Gefühlen freien Lauf zu lassen.
Es tut gut, einfach einmal so für eine Minute zu weinen, aus Trauer darüber, daß der Vater gestorben ist, daß man nie wieder mit ihm reden können wird.
Das nächste Foto, das aufliegt, nachdem Wallner einen weiteren Stoß abgehoben hat, zeigt seinen Vater, ungefähr 70, an der Seite einer etwa gleichaltrigen Frau, wasserstoffblond, er hat den Arm um ihre Schulter gelegt, beide lächeln, im Hintergrund der Petersdom.
Wallner sagt: „In Rom ist er auch gewesen."
Handelt es sich bei der Frau um eine der Lebensabschnittsgefährtinnen seines Vaters, so wird sie seine letzte gewesen sein. Allerdings können die beiden zum Zeitpunkt des Tods von Wallners Vater nicht mehr zusammengewesen sein, jedenfalls war die Abgebildete nicht im Testament berücksichtigt worden. Sie und sein Vater werden, solange sie ein Paar gewesen waren, Ausflüge wie hier nach Rom gemacht, Kirchen und Museen besichtigt haben, gemeinsam essen gegangen sein. Sein Vater wird ihr viel von sich erzählt haben und dabei, zwangsweise, auch auf ihn, den Sohn, zu sprechen gekommen sein. Die Lebensabschnittsgefährtin wird Wallners Kindheit und Jugend kennen und über seine Familie Bescheid wissen, die Version des Vaters, versteht sich. Sie wird versucht haben, Wallners Vater zu erreichen und wird ihm zuerst höfliche, dann vielleicht immer verzweifelter werdende, in jedem Fall aber inzwischen wieder gelöschte Nachrichten auf dem AB in der Kiste rechts hinterlassen, von seinem Tod aus den Zeitungen erfahren, geweint, eine Kerze an seinem Grab angezündet haben.
Sollte sie eines Tages hier in Cham anrufen und Forderun-

gen stellen, dann weiß Wallner jetzt, wie er sie sich vorzustellen hat.
Die nächsten Fotos aus dem Stoß sind Aufnahmen von Blumen.
Unter der Schuhschachtel mit den Fototaschen liegt das mit dunkelblauem Filz bezogene Album. Als er ein Kind war, hat er es zusammen mit seinem Vater angeschaut, später, während der Schulzeit oder wenn er von Regensburg aus auf Besuch war, auch allein. Nahezu dieselben Bilder kleben in einem anderen in dunkelbraunes Leder gebundenen Album, das er von seinen Großeltern geerbt hat und das jetzt oben im Wohnzimmer steht. Durch die Schwarzweißfotos in beiden Alben kann sich Wallner die Mama als 17jährige Schülerin vorstellen, als 23jährige Braut, 35jährige Mutter und als 38jährige Schilddrüsenkrebspatientin. Er kennt die Fotos auswendig, er muß das dunkelblaue Album jetzt nicht noch einmal aufschlagen, er weiß, daß am Ende das Porträt der ungefähr 30jährigen Else Wallner (mit geschlossenem Mund lächelnd, sie trägt eine Perlenkette, sie hat sehr volles schwarzes Haar) eingeklebt ist, das sich sowohl auf dem Schreibtisch seines Vaters in Bergisch-Gladbach befunden hat als auch auf seinem eigenen Schreibtisch, oben im Büro, steht.
Er sagt: „Das ist jetzt das“ und holt zwei Ordner aus dem Umzugskarton, die die mit einer Schablone aufgemalten Aufschriften *Fälle* und *Rechnungen* tragen. Der Fälle-Ordner ist durch farbige Einlagen unterteilt. Die Abfolge der Seiten innerhalb jeder farbigen Einlage ist, soweit Wallner das erkennen kann, stets dieselbe. Auf der ersten Seite wird ein Fall beschrieben, Wallner liest von einem X, männlich, der mit Y, männlich, einen Vertrag abschließt und diesen vorzeitig auflösen will, auf der zweiten Seite steht eine Frage zu dem Fall, „Ist die vorzeitige Auflösung des Ver-

tragsverhältnisses möglich?", die folgenden Seiten enthalten eine Bearbeitung der Frage, „Nein".
Wallner sieht seinen Vater, seit dessen Pensionierung Tutor für Jura-Studenten, in seiner Wohnung in Bergisch-Gladbach auf dem Sofa sitzen, das momentan noch im Partykeller lagert, neben ihm auf dem zum Sperrmüll gegebenen Sessel ein Jura-Student mit Brille und blond gefärbtem Haar. Wallners Vater und der Jura-Student haben sich über das rote *BGB*, das Stefan Wallner in Bergisch-Gladbach in einen der blauen Säcke gesteckt hat, auf dem ebenfalls ausrangierten Wohnzimmertischchen gebeugt. Wallners Vater erklärt dem Jura-Studenten einen Fall und bezieht sich auf die Zeit, als er selber Anwalt war.
Nein.
Wallner sieht seinen Vater allein im Wohnzimmer in Bergisch-Gladbach auf dem Sofa, vor sich auf dem Tisch den roten *Schönfelder*. Sein Vater verbringt seit seiner Pensionierung einen Teil seiner Zeit damit, sich Fälle auszudenken und diese dann selber zu lösen, zum Spaß. Es gab keinen Jura-Studenten mit Brille und blond gefärbtem Haar, dem sein Vater Nachhilfe erteilte. Die Telefonrechnungen vom Dezember des vorletzten und Januar des letzten Jahres im Rechnungen-Ordner, deren abgeheftete Seiten Wallner einmal vom Anfang bis zum Ende an seinem Daumen entlangblättern läßt, sind in bezug auf die Anzahl der Verbindungen und die daraus entstandenen Kosten nahezu gleich.
Nebenan ist es still geworden. Er sieht Costin vor sich, verschwitzt, mit weißem Stirnband, der die Kamera ausschaltet und zur Tür geht. Wallner holt aus dem Karton das Radio mit Kassettenrekorder und dreht den Schlüssel so leise wie möglich im Türschloß um. Er tritt aus der Tür, wartet ein bißchen, dann tritt auch Costin, verschwitzt, mit weißem Stirnband, aus der Tür des Partykellers nebenan.

Costin sagt: „Hechel. Bin ich platt. Fürs Büro?“ und deutet auf das Radio in Wallners Hand.
Wallner sagt: „Für Ana.“
Als Wallner in die Küche tritt, steht Ana gerade vornübergebeugt am geöffneten Ofen. Es riecht nach Kuchen. Wallner stellt das Radio auf die Ablage neben dem Herd. „Schau mal. Kannst du das brauchen?“
Ana sieht kurz auf.
Wallner fragt: „Was machst du gerade?“
Ana sagt: „Ich backe.“
Wallner hat das Radio eingesteckt. Der Sender, der eingestellt ist, spielt einen Popsong, der letzten Sommer ein Hit war.

18

Sein rechter Schnürsenkel ist aufgegangen. Wallner geht vor der Tür von Wigets Büro in die Hocke und legt den Aktenordner auf den Boden. Hinter der Tür unterhält sich jemand, wenn sich Wallner nicht täuscht, flüsternd. Als Wallner sich wieder erhebt, hört er deutlich, wie die Worte „Wallner“, „Entmündigungsverfahren“ und „Dr. Kaduk“ fallen.
Wiget hat „Dr. Kaduk“ gesagt.
Er weiß von Wallners Arztbesuch.
Frau Beck zischt: „Aber der hat das doch unterschrieben. Das muß Herr Wallner ja nicht erfahren.“
Wallner klopft kurz und tritt ein. Frau Beck trägt ein hellrotes Sommerkleid mit Sonnenblumen. Wallner bemerkt, daß sein Herz wie wild schlägt, schon die ganze Zeit über. Frau Beck sagt zu Wiget, normal laut: „Und dann sage ich

zu meinem Mann, entweder wir fahren jetzt nach Madrid oder ...“
Wiget lacht laut auf und sagt: „Hallo, Stefan. Und wißt ihr auch schon, wohin ihr heuer in den Urlaub fahrt?“
Wallner sagt: „Ach so. Wohin wir heuer in den Urlaub fahren?“

19

Wallner klingelt an der Haustür der Wigets, schultert seine Sporttasche und streicht noch einmal mit der Hand über seine Frisur. Wiget öffnet ihm. Bis auf das weiße Handtuch, das er um die Hüfte geschwungen hat, und die Flip-Flops ist er nackt.
Im Haus riecht es nach Kuchen. Astrid backt gerade eine Torte für Patrick, der morgen Geburtstag hat. Wallner küßt Astrid auf die Wangen und holt aus der Sporttasche das Geschenk für Patrick, das Ana besorgt hat, ein Computerspiel, in dem, soviel man der Beschreibung der Rückseite entnehmen konnte, der Spieler im Ersten Weltkrieg wahlweise als General Schlachten plant, unter anderem auch jene von Verdun – *Change History!* steht auf dem grellgelben Aufkleber auf dem Cover –, oder aber als Soldat an der Front kämpft. Ana sagt, daß der Verkäufer in Nürnberg ihr erklärte, daß sich das Spiel bei der Gruppe der 15- bis 25jährigen größter Beliebtheit erfreue.
Wiget, der neben Wallner durch den Flur, das Wohnzimmer und von dort aus durch einen Verbindungsgang hinter einer Tür zum Hallenbad schlurft, sagt, daß Patrick nächsten Freitag mit seiner Klasse auf Skikurs nach Kitzbühel fahre und daß er und Astrid hoffen, Patrick mache nicht

denselben Blödsinn wie sein großer Bruder, als der damals auf Skikurs war und, wie sich ja Wallner wahrscheinlich noch erinnere, nach Hause geschickt wurde, weil er mit einer Klassenkameradin im Bett erwischt worden war.
Während sich Wallner im Schwimmbad Schuhe, Socken, Mantel, Hose und Pulli auszieht, auf die Kleiderhaken an der Wand hängt, sich das rote Coca-Cola-Handtuch aus der Sporttasche umbindet und aus seiner Unterhose schlüpft, sagt er zu Wiget, der auf einem Hocker gegenüber Platz genommen hat, daß er sich Sorgen mache. Wellenhofer, der Verkäufer für den Bereich Nieder- und Oberbayern habe ihm heute vormittag in der Besprechung gesagt, er wolle zum Ende des Jahres aufhören, einen Ersatz für Wellenhofer zu finden würde schwierig werden, allein die Kontakte zu den Landwirten, die Wellenhofer habe, das komme nicht von heute auf morgen, das müsse wachsen, auch habe Wellenhofer keine Angaben zu den Gründen seiner Kündigung gemacht, Wellenhofer sei noch nicht im Alter für eine vorzeitige Pensionierung, man könne davon ausgehen, daß er abgeworben worden sei, vielleicht von Maier in Rosenheim.
Wiget schiebt die Glastür auf. Auf dem Weg zur Sauna am Rand des Grundstücks, der durch die im Boden eingelassenen Lampen beleuchtet ist, hält Wallner wegen der Kälte die Arme vor der Brust verschränkt und fragt sich, ob Astrid sie beide jetzt vom Küchenfenster aus sehen kann, sicher sieht sie aus dem Fenster. Die Schneedecke, die auf dem Rasen ringsum hell schimmert, wird auf dem Feld hinter der Sauna matter und ist an der Stelle, wo der Wald beginnen muß, tatsächlich vollständig von der Dunkelheit verschluckt.
Wallner zieht die Tür zur Sauna auf.
Auf den Liegestufen sind schon zwei Handtücher ausgebreitet.

20

„Ja?“
„Laß uns das irgendwie hinter uns bringen. Daß wir da neu anfangen.“
„Es tut mir ...“
„Ich weiß schon. Ich weiß doch. Ich habe Sachen falsch gemacht, und du hast Sachen falsch gemacht. Vielleicht können wir das jetzt zu so einem Wendepunkt machen. Laß uns einfach versuchen zu vergessen, was da passiert ist.“
Es entsteht eine Pause.
„Ja?“
„Ich hätte das alles nicht ohne dich. Also du weißt, daß ich das alles hier, die Firma, die Sache mit meinem Vater, daß ich ...“
„Ich weiß.“
Es entsteht eine Pause.
Er hat seine Hand in ihre gelegt, drückt sie, fest.

21

27. September
München. *Konen. Bettenrid. Mövenpick.* Sonne.

22

Er wirft einen Blick von der Zeitung auf Ana und Costin und sagt: „Also langsam wird mir das unheimlich. Jetzt hat der Kuhn schon wieder ein Gesetz erlassen. Jetzt können

die ohne weiteres hier Wanzen anbringen, hier reinkommen, einfach so und mein Tagebuch lesen ..."
„Du schreibst Tagebuch?" fragt Costin.
„... also gut, dann eben *dein* Tagebuch ..."
„Ich habe kein Tagebuch", sagt Costin.
„... also irgendein Tagebuch halt dann, ist doch egal, die Sache ist doch: Die können einfach in privaten Sachen rumstöbern, auf bloßen Verdacht. Versteht ihr? Auf bloßen Verdacht."
„Nein", sagt Ana.
„Doch", sagt Wallner, ohne von der Zeitung aufzuschauen. „Steht hier alles drin. Die schreiben das ja auch einfach so, als wäre es das Normalste von der Welt, und hier regt sich ja auch keiner auf, in anderen Ländern, Skandinavien, Frankreich wäre das undenkbar, aber warum soll man sich hier auch darüber aufregen, man kann ..."
„Man kann ja eh nichts machen!" sagt Costin schnell.
Wallner schaut Costin überrascht ins Gesicht. Wallner ist sich nicht sicher, ob Costin das eben ernst gemeint hat.
„Ich sage euch: Irgendwann, spätestens wenn ich in Rente gehe und der Uli den Laden übernimmt, dann hau ich ab!"
Costin ist jetzt Wallner. Wie Wallner verleiht er den Wörtern Nachdruck, indem er beim Reden die Augen für Momente schließt und mit dem Kopf nickt. Wallner wird erst jetzt bewußt, daß er selbst eben diese Geste gemacht hat, er macht sie immer, aber er achtet gar nicht mehr darauf. Ana lacht. Sie möchte nicht mitspielen, um Wallner zu ärgern, findet Costins Vorstellung aber anscheinend witzig und vor allem auch treffend. Wallner könnte Ana und Costin erzählen, daß er glaubt, neulich abends in der Firma einen Einbrecher gesehen zu haben, und daß Wiget irgendwoher erfahren hat, daß Wallner bei Dr. Kaduk war.

Wallner sagt: „Macht euch nur über euren alten Vater lustig."
Costin sagt: „Jaha. Dann hau ich ab und nehme mir 'ne Wohnung in Paris! Da kann man auch mit wenig gut leben. Die Franzosen sind da viel weiter als die Deutschen. Savoir vivre kommt nicht von ungefähr. Jaha. Ihr lacht."
Wallner hat zu lachen begonnen. Einerseits ist das zwar ein bißchen peinlich, so vorgeführt zu werden. Andererseits macht Costin das aber gerade richtig gut, und Wallner möchte kein Spielverderber sein.
Er sagt noch einmal: „Macht euch nur über euren alten Vater lustig", weil er weiß, daß Ana dann gleich zu ihm schauen und etwas Tröstendes sagen wird.
Ana schaut zu ihm und sagt: „Aber nein. Du weißt doch, wie das gemeint ist."

23

Er sitzt mit übereinandergeschlagenen Beinen und verschränkten Armen auf dem Sessel vor dem Schreibtisch in seinem Büro.
Vor seinem inneren Auge sieht er das Bett in seinem Schlafzimmer. Ana und er schlafen miteinander. Er stützt sich mit den Armen von der Matratze ab, die beige Decke mit Karomuster ist bis zu seinem nackten Gesäß gerutscht. Unter ihm liegt Ana. Sie hält sich mit beiden Händen an seinen Schultern fest und hat die Beine angewinkelt. Der grau-schwarze Haaransatz in Wallners Nacken ist naß. Er hat dabei die Stirn in Falten gelegt, den Mund leicht geöffnet. Seine Augen sind zusammengekniffen.

24

Das Glastischchen steht links von seinem Schreibtisch, die Stehlampe aus dem Wohnzimmer in Bergisch-Gladbach, die den Eltern seines Vaters oder seiner Mutter gehörte, ist hinter der Milchglasscheibe im Sekretariat als gelber Fleck sichtbar, das schwarz bezogene Sofa, das, soviel er weiß, seine Eltern für ihr erstes Haus in Leverkusen kauften und auf dem er als Kind mit Soldatenfiguren spielte – die Rille ein Schützengraben –, befindet sich jetzt in Wigets Büro, davor der Orientteppich, den die Eltern seiner Mutter von einer Reise aus Indien mitbrachten. Mit der weißen Kaffeemaschine aus der Küche seines Vaters machen alle Angestellten in der Teeküche der Firma im ersten Stock ihren Kaffee.

Wallner liest am Schreibtisch gerade die Unterlagen für das *Projekt Brandenburg*. Nach der Landflucht der vergangenen Jahre, die weite Teile Brandenburgs verwaist zurückließ, garantiert die Landesregierung jedem Bauern, der zurückkommt, das nötige landwirtschaftliche Gerät für zwei Jahre umsonst zur Verfügung zu stellen. *Wallner & Wiget* wurde aufgefordert, dem Landwirtschaftministerium ein Angebot zu unterbreiten. Wallner weiß, daß außer *Wallner & Wiget* noch zwei andere Firmen für das Projekt angefragt sind – van Riet in Hamburg und Gries in Jena, der den Standortvorteil hätte. Vieles wird von der Video-Konferenz übermorgen nachmittag abhängen, dem Eindruck, den er und Wiget beziehungsweise *Wallner & Wiget* bei den Vertretern des Bauernverbunds Brandenburg und dem Landwirtschaftsministerium machen werden. Sollten sie den Auftrag erhalten, würde das nicht nur unmittelbare finanzielle Auswirkungen haben, auch langfristig würde sich das auszahlen, die Bauern, sofern das Projekt von Erfolg gekrönt ist, würden ihnen über Jahre, Jahrzehnte hinweg die Treue halten und weiter bei ihnen Ersatzteile für neue Maschinen kaufen, der Kundenstamm würde sich maßgeblich erweitern. Wallner und Wiget könnten die Zahl ihrer Beschäftigten vergrößern, sie könnten Anteile an einer zweiten Firma erwerben, dann, wenn es wirklich gut läuft, an die Börse gehen, die Geschäftsleitung würde dann, wie schon mehrfach besprochen, in einen Rat umgewandelt werden, sie, das heißt momentan noch er und Wiget, wären dann zu viert, zu fünft, vielleicht.

Wiget ist vorhin hereingekommen, hat gesehen, daß Wallner, der kurz den Kopf gehoben hat, die Unterlagen für das *Projekt Brandenburg* studiert, und hat sich hinter ihn gestellt, wahrscheinlich, um mitzulesen. Er legt die Hand auf Wallners Rücken, genau zwischen die Schulterblätter. Schon seit dem Beginn ihrer Freundschaft macht Wiget diese Geste. Die Geste bedeutet Zuspruch.

Zum ersten Mal legte Wiget ihm damals, erinnert sich Wallner, im Wohnheim in Regensburg die Hand auf die Schulter, in der Stockwerkküche, nachts, als Wallner sich allein zugesoffen hatte und Wiget plötzlich auftauchte. Wallner hatte vor sich hin gelallt, er scheiße auf die ZVS, er scheiße auf Regensburg, er scheiße auf BWL, er scheiße auf seinen Alten – in diesem Moment hatte Wiget gefragt, wie lange er schon hier im Wohnheim sei, er habe ihn ja noch nie gesehen, er komme wohl nicht aus Regensburg, er, Wiget, sei ja auch nicht von hier, er komme ursprünglich aus Cham, ob er Cham kenne, in der Oberpfalz, ihm gehe es also genauso.

Warum hatte Wiget ihm eigentlich die Hand auf die Schulter gelegt? Wallner glaubt jetzt, er, also Wallner, habe damals zu flennen angefangen. Vielleicht hatte ihre erste Annäherung auch erst später stattgefunden, beim Wohn-

heimfasching, als er, als Scheich oder Pirat verkleidet, an der Wand im von Stroboblitzen erhellten Atrium lehnte und er Wiget wegen der lauten Musik und dem Johlen der Gäste ins Ohr brüllte, die Neue im Wohnheim, die Rumänin, sei in diesem Moment in seinem Zimmer, in seinem Bett, wenn Wiget es genau wissen wolle, er, Wallner, hätte sie eben gefickt - gefickt, habe er verstanden?
Wiget sagt, er werde noch eine halbe Stunde machen und dann gehen und sich die Akten heute abend zu Hause vornehmen. Er bleibt vor der Tür zum Sekretariat stehen. Er habe ein gutes Gefühl.
Wallner sagt, sie sollten sich morgen noch einmal zusammensetzen, um genau zu besprechen, wer von ihnen was bei der Konferenz sagt.

25

Das Auto der Familie ist von hoch oben aufgenommen, von einem Hubschrauber aus. Das Auto fährt die Windungen einer Gebirgsstraße entlang. Die Hänge der Berge sind überwiegend unbewaldet und von hellgrünem Gras bewachsen. Eine Synthesizer-Melodie setzt ein, die das *Dies-Irae*-Motiv variiert.

26

Er schließt die Haustür hinter sich. Man müßte noch einmal überlegen, ob man nicht doch einen zusätzlichen Vertreter für Tschechien braucht. Wallner ist durch den Flur

gegangen und hat plötzlich bemerkt, daß er seine Straßenschuhe angelassen hat. Ana hat ihn gebeten, immer die Straßenschuhe auszuziehen, wenn es geregnet hat. Der Boden wird sonst so dreckig, und sie ist dann jeden Tag am Putzen.
Die Eßzimmertür ist angelehnt. Dahinter hat Ana etwas auf rumänisch, dann auf deutsch gesagt. Wallner hat „Verkauf der Firma“ und „Entmündigungsverfahren“ herausgehört.
Costin lacht laut und erwidert: „Ja, aber das spannt der Tata ja nie.“
Auch Ana lacht, als Wallner ins Eßzimmer tritt. Sie blickt ihn überrascht an.
Costin sagt: „Servus, Tata. Wir haben gerade darüber geredet, wie du und Mama euch kennengelernt habt.“
Wallner sagt: „Ihr habt nicht gerade darüber geredet, wie Mama und ich uns kennengelernt haben.“
Costin sagt: „Doch. Wir haben gerade darüber geredet, wie ihr euch kennengelernt habt.“
Wallner sagt lauter, als er eigentlich wollte, er schreit ja fast, denkt er, als er die ersten Wörter spricht: „Ihr habt *nicht* gerade darüber geredet, wie Mama und ich uns kennengelernt haben.“
Er schaut in die erschreckten Gesichter Costins und Anas.

27

Da steht Witte im Blaumann vor seinem roten Golf.
Wallner ruft: „Einen schönen Abend noch“ und winkt.
Als Wallner und Wiget die insolvente Firma von Karl Lindinger kauften, übernahmen sie die meisten der damaligen

Beschäftigten, zu denen auch Witte gehörte. Wallner und Wiget haben durch diesen Kauf die Jobs von 83 Beschäftigten gerettet. Seit Wallner Witte zum Chefmonteur befördert hat, ist Witte seine Kontaktperson zu den anderen Monteuren. Witte sagt Wallner, was man in der Halle so erzählt. Ab und zu, vielleicht einmal alle zwei Monate, laden die Wittes Wallner und Ana zum Essen zu sich ein. Frau Witte bäckt ihr eigenes Brot.

Da ist Frau Beck. Sie stöckelt zu ihrem silbernen Ford in der mittleren Reihe auf dem Parkplatz. Frau Beck hat kurz in Richtung Wallner und Ana gelächelt und sich eine Strähne aus der Stirn gestrichen. Wallner hat zurückgelächelt.

Fakt ist, daß Wallner ihr und ihrem Mann damals geholfen hat, eine größere Wohnung zu finden. Fakt ist auch, daß Wallner und Ana als eine Art Revanche bei Frau Becks Hochzeit eingeladen waren, von der ein Foto existiert, das Wallner, Ana und das Brautpaar zeigt und das in der letzten Reihe von Fotos auf der Kommode im Wallnerschen Wohnzimmer steht. Fakt ist weiter, daß Wallner Herrn Beck eine Stelle im Lager beschafft hat, obwohl es bessere Bewerber gegeben hätte. Fakt ist schließlich, daß Wallner der Taufpate von Justin Beck, dem Sohn der Becks, geworden ist.

Wallner und Ana steigen in ihren hellroten Volvo, Ana fährt. Da ist Breitenbacher. Er kommt aus dem Pförtnerhäuschen, klappt die Schranke hoch, als er den Volvo anfahren sieht. Wallner winkt Breitenbacher aus dem Fenster.

Breitenbacher fährt jedes Jahr mit seiner Frau Yvonne oder Petra Breitenbacher, Wallner weiß nicht mehr genau, wie sie heißt, im Sommer nach Spanien, von wo sie Wallner immer eine stark riechende Peperoni-Salami mitbringen.

Wallner fragt Ana, ob sie die 31 wolle. Ana nickt. Er ruft auf dem Handy beim Chinesen an, er bestellt einmal die 30 und einmal die 31. Am Marktplatz vor dem Restaurant ist Ana ausgestiegen und das Essen holen gegangen, Wallner wartet im Auto, er will es nicht riskieren, den Humpfmüller oder Schwaiger zu treffen, die sich, glaubt er, gerade in der Stadtratssitzung im Rathaus gegenüber befinden.

28

Ana biegt in das Wohngebiet ein. Als sie von Regensburg nach Cham gezogen waren, war das Wohngebiet im Stadtteil Siechen ein Neubaugebiet, von dem nur ein Schachbrett aus geteerten Straßen um leere Quadrate existierte, hier und da Gruben, Rohbauten, erst zwei fertige Häuser, eines davon ihres. Costin hatte den Ausschlag gegeben, hier und nicht etwa neben dem Gewerbepark und der Firma, in Chammünster, zu bauen. Zwar hatte Costin noch gar nicht existiert; ein Kind war zum Zeitpunkt des Umzugs aber Teil der Planung gewesen, das Neubaugebiet würde eine familienfreundliche Umgebung sein; Wallners und Anas Tochter, Johanna (Wallners Wunsch), oder Sohn, Costin (Anas Wunsch), würde nicht nur sicher in einer Tempo-30-Zone aufwachsen und durch die anderen Kinder des Gebiets, die hier einmal wohnen würden, schnell Gesellschaft haben, sondern sie/er hätte es auch nicht weit zum Kindergarten, zur Grundschule und später zum Gymnasium, sie/er würde aufs Gymnasium gehen.
Nächstes Jahr macht Costin Abitur, das er bestehen wird. Costin wird als zu berücksichtigender Faktor wegfallen. Es wäre möglich, ein Haus neben der Firma in Chammünster

zu bauen, vielleicht sogar in derselben Straße, der Pappelallee, in der die Villa der Wigets steht.
Wallner und Ana steigen aus. In den Fenstern der anderen Häuser brennt Licht, Wallner kann die Umrisse von Frauen ausmachen, die vom Abendessenkochen gerade einen kurzen Blick nach draußen werfen, ihn beobachten, von den Rentnern, immer diese Rentner überall, einen sieht Wallner jeden Sonntagnachmittag auf dem mit Topfpflanzen zugestellten Balkon schräg gegenüber, natürlich ideal, um sich ein wenig zu verstecken.
In der Diele öffnet Wallner den Knopf seiner Anzughose und bückt sich, um sie auszuziehen. Aus dem Wohnzimmer sind Stimmen zu hören. Er knöpft sich schnell die Hose wieder zu. Irgendwer hat zu singen angefangen.
Als Wallner durch die angelehnte Wohnzimmertür tritt, hat Costin, in der Mitte des Zimmers, getanzt, dabei gesungen, auf dem Sofa haben ihm zwei Jungen zugeschaut, seine Freunde aus der Schule, der mit den ausgebeulten Hip-Hop-Hosen heißt Markus oder Marco, der andere, der Untersetzte mit dem Mecki, hat diesen Namen, bei dem Wallner zuerst dachte, er sei ursprünglich griechisch oder spanisch, bevor er von Ana erfuhr, daß Quirin eigentlich altbayerisch sei. Aus den Styroporschachteln auf dem Wohnzimmertisch riecht es nach indischem Essen, daneben stapeln sich Comic-Hefte.
Bevor er mit dem Singen und später mit dem Tanzen anfing, hatte Costin exzessiv Comics gesammelt, im Urlaub hatte seine Lektüre ausschließlich aus irgendwelchen Heften bestanden, im Haus hatten sie haufenweise herumgelegen, auf dem Fußboden, den Stühlen, dem Sofa, oft zerfledderte und vergilbte Dinger, die aussahen, als wären sie noch vor Costins Geburt erschienen. Costin und seine Freunde saßen auf der Terrasse oder, wie jetzt, im Wohn-

zimmer zusammen, hatten Hefte getauscht, ja ver- und gekauft. Die hatten ein regelrechtes Geschäft am Laufen.

Quirin und der andere Junge haben es nach der Begrüßung sichtlich eilig zu gehen. Als sich die beiden verabschieden, sagt Costin, er komme gleich nach, sie sollen beim Auto auf ihn warten, woraufhin sie irgend etwas erwidert haben, schnell, lachend, irgend etwas, was Wallner nicht verstanden hat. Costin hat offenbar seinen Freunden seine neueste Einstudierung vorgeführt. Es drängen sich in diesem Moment Fragen auf. Ist es möglich, daß Costin tagsüber, wenn Wallner und Ana nicht zu Hause sind, in seinem Zimmer, in dem, fällt Wallner ein, er, Wallner, schon lange nicht mehr war, den gerade hier anwesenden Schulfreunden nicht nur etwas vortanzt, sondern sich mit ihnen auch auf eine nicht mehr gänzlich harmlose Art und Weise vergnügt? Wobei statt Schulfreunden auch Schulfreundinnen denkbar wären, Ana hatte einmal etwas von einer Christina erzählt, mit der Costin gehe. Gäbe es Wege, Costins bi- oder heterosexuellen Abenteuern nachzugehen?

Costin sagt, er müsse jetzt los. Er küßt Ana, dann Wallner, links, rechts, auf die Wangen. Anas Eltern haben Ana und Costin – nicht Wallner – zur Begrüßung und Verabschiedung immer auf die Wangen geküßt. Ungefähr seit Anas Vater vor vier Jahren gestorben ist, hat Costin begonnen, nicht nur Ana, Wallner und seine Großmutter vor allem beim Verabschieden auf die Wangen zu küssen, sondern auch seine Freunde beziehungsweise Freundinnen in der Schule, Wallner hat es bei Costins letztem Geburtstagsfest gesehen, das er zu Hause feierte.

Costin fragt Ana: „Cum ţi-a fost ziua?“

Ana antwortet ihm auf rumänisch.

Ana ist zwar in München geboren, spricht aber in ihrer

Familie, das heißt mit Elena, ihrer Mutter in Regensburg, deren Freunden in der rumänischen Gemeinde und mit ihren Verwandten, die sie seit 1990 in Bukarest ab und zu besucht, rumänisch, mit allen anderen, das heißt auch Wallner, deutsch. Während Wallner in den ersten Jahren seiner Beziehung mit Ana einige Phrasen auf rumänisch gelernt hat, „Wie geht es dir“, „Ich liebe dich“, „Ich vermisse dich“, hat Ana Costin, als er noch ein Baby war, zuerst Rumänisch und dann erst Deutsch beigebracht. Später ist er nur ungern allein mit seinen Großeltern, die nur schlecht Deutsch konnten, zusammengewesen, weil sie sich mit ihm ausschließlich auf rumänisch unterhielten. Inzwischen meldet sich Costin, dessen Oberpfälzer Dialekt nicht so stark ist wie der seiner Freunde am Gymnasium, wenn ihm seine Mutter den Telefonhörer reicht und sagt, es sei seine Großmutter, von selbst mit „Bună?“
Als die Haustür zufällt, öffnet Wallner den Knopf seiner Anzughose und zieht sie aus. Er setzt sich in den Shorts aufs Sofa und hört Ana aus der Küche, das Knistern der Plastiktüten mit dem chinesischen Essen.

29

Er schaut zu Wiget und wartet darauf, daß er sich zu ihm dreht. Wiget rückt das Mikrofon des Headsets vor seinem Mund zurecht, räuspert sich mehrmals und schaut auf den Bildschirm, auf dem jetzt die letzten Sekunden des kurzen Demos der Firma laufen.
Wallner würde gern, bevor auf dem Bildschirm wieder der Konferenztisch in Berlin mit den Vertretern des Landwirtschaftsministeriums von Brandenburg erscheint und sein

eigenes und Wigets Bild von der Kamera auf dem Stativ vor dem Bildschirm am Ende des Konferenztisches nach Berlin übertragen wird, einen Blick der Bestätigung austauschen. Seit Beginn der Präsentation hatte Wallner den Konferenzraum um sich herum vergessen.

Er achtete darauf, durch die Gestik des Teils seines Oberkörpers (Schultern, Arme mit Händen), der von der Kamera gefilmt wird, sowie durch seine Mimik einen glaubwürdigen und selbstbewußten Eindruck auf die Vertreter in Berlin zu machen. Den Text, mit dem er die eingestreuten Power-Point-Statistiken zur Bilanz, Entwicklung und Kapazität der Firma erläuterte, hat er inklusive Intonation auswendig gelernt.

Im Konferenzzimmer riecht es vom Holzpflegemittel stark nach Zitrone.

Wallner nimmt an, daß die Vertreter das Demo zurückgelehnt in ihren Stühlen mit verschränkten Armen verfolgen, erste Wertungen und Eindrücke werden sie durch Blicke austauschen, die Mikrofone haben sie nicht ausgeschaltet: Ab und zu ist über der Tonspur des Films ein Husten, ein Flüstern und Räuspern in Wallners Kopfhörern zu hören.

Jetzt kommt gleich der Fragenteil. Der Fragenteil ist entscheidend.

Wallner und Wiget besprachen die letzten Tage, welche Fragen wahrscheinlich gestellt werden würden. Sie machten zwei Probepräsentationen. Einmal übernahm Wallner die Rolle der Vertreter und stellte Wiget Fragen, einmal umgekehrt.

Auf dem Bildschirm sind die Vertreter zurückgelehnt am Konferenztisch mit verschränkten Armen in ihren Sesseln erschienen. Herr Busmann, links am Tisch, der Vorsitzende des Bauernverbands, hat das Mikrofon seines Headsets zur

Seite gedreht, sich zu Herrn Soundso, Wallner hat gerade seinen Namen nicht präsent, neben ihm gebeugt und mit ihm etwas besprochen.

30

Das Telefon klingelt, einmal, zweimal. Wallner schaut auf das Display, eine Nummer, die er nicht kennt. Warum hat Frau Beck die einfach so durchgestellt?
„Wallner", meldet er sich.
Aus dem Hörer ist Rauschen gekommen, dann, weit entfernt, „Allô?"
Eine Männerstimme.
„Hallo?" sagt Wallner.
„Allô?" die Männerstimme.
„Wer spricht bitte?" fragt Wallner.
„Wer spricht bitte?" fragt die Männerstimme.
Wallner legt erschrocken auf. Zu spät erkennt er, daß er gerade einen Fehler begangen und sich selbst um die Möglichkeit gebracht hat, herauszufinden, wer ihn da ärgern oder aber sogar, falls das noch einmal vorkommt, terrorisieren will. Die Nummer auf dem Display ist erloschen.

31

Die Soldaten, die aus dem Kessel in Stalingrad geflohen sind, sitzen auf der überdachten Ladefläche eines LKWs. Draußen tobt ein Schneesturm.

Der Schauspieler mit den abstehenden Ohren (erregt): „Entweder wir machen das jetzt so, oder ich steige aus und gehe von hier nach Deutschland – zu Fuß!“

32

10. Oktober
Großer Arber. Mit Uli. Schon Schnee. Schön.

33

Wallner geht durch das dunkle Schlafzimmer. Er muß aufstoßen und kann die Hühnchenstücke mit der scharfen chinesischen Sauce riechen, die er zum Abendessen gegessen hatte. Obwohl er das Bett, die Kante, jetzt nicht sehen kann, weiß er, wo sie sich befinden muß und weicht ihr auf dem Weg zum Fenster aus. Wallner läßt den Rolladen herunter.

Am Wochenende steht Ana hier manchmal, winkt ihn zu sich und deutet, flüsternd, als ob die Tiere sie hören könnten, auf Hasen oder Rehe auf den Feldern am Fuß des Galgenbergs, der, eher Hügel als Berg, mit seinen sanft ansteigenden Wiesen eigentlich ganz friedlich aussieht. Abends ist es im Haus fast vollkommen still. Nur von der Ostmarkstraße, der einzigen Verbindung zu den Autobahnen, kommt hin und wieder ein dumpfes Brummen. Nach einer Krise am Anfang, während der sie Wallner vorgeworfen hatte, ihre Karriere ruiniert zu haben – was mache sie, eine fast zu Ende studierte Veterinärmedizinerin und fertig

ausgebildete Kindergärtnerin bitte als Buchhalterin in einer Firma für Landmaschinen? –, während der sie öfter mit Costin im Gepäck für Tage einfach abgehauen war, zu ihren Eltern nach München, während der sie geklagt hatte, hier außer Astrid Wiget keine Freundinnen zu haben, und dabei in einer Mischung aus Gebell und Muhen den Oberpfälzer Dialekt nachgemacht hatte, hat Ana sich eingelebt. Früher begann Ana zu weinen, wenn sie, aus dem Urlaub kommend, von der Autobahn die Ausfahrt Richtung Cham nahmen. Jetzt hört sie Wallner zu, wenn er von den Sachen erzählt, die er am nächsten Tag in der Firma erledigen muß, stellt sachbezogene Fragen, grüßt beim Aussteigen die Nachbarn, die vielleicht gerade die Einfahrt kehren, und trägt die Koffer ins Haus. Ana hat jetzt zwar kein positives, aber ein neutrales Verhältnis zu Cham.
Er hat vor dem Spiegel im Badezimmer Wasser in seine hohle Hand laufen lassen und seine Achseln, seinen Brustkörper und sein Glied besprengt. Während er dann Zähne putzt, ist Ana ins Badezimmer getreten. Sie ist nackt und trägt ein Stirnband, damit ihr die Haare beim Waschen nicht ins Gesicht fallen. Vor etwa fünf Monaten war Ana ebenfalls nackt ins Badezimmer gekommen, und Wallner hatte nach einer Weile gesagt, daß sie ihrer Mutter Elena, früher bildhübsch, jetzt dick, immer ähnlicher werde. Bis vor etwa einem Monat hatte Ana deshalb, wenn sie abends ins Badezimmer kam, bereits ihr Nachthemd an. Anas nackter Körper heißt, daß sie entweder vergessen hat, was Wallner ihr damals gesagt hat, oder daß sie Wallner verziehen hat.
Wallner hat sich auf das Bett gelegt, den Fernseher eingeschaltet und die Wildacker-DVD, den Film über den Dreißigjährigen Krieg, zu der Stelle vorlaufen lassen, bei der er noch sicher weiß, daß er sie vor zwei Tagen gesehen hatte und noch nicht eingeschlafen war. Während Wildacker in

einer Bauernstube geboren wird, die Plünderung des elterlichen Bauernhofs und die Vergewaltigung seiner Mutter miterlebt, Heere aufeinander zustürzen und tote Soldaten verstreut auf nebligen Wiesen liegen, ist Ana aus dem Bad ins Schlafzimmer gekommen und hat das Licht ausgeschaltet. Sie hat „Nacht, Schatz“ gemurmelt und sich dann auf die Seite gedreht. Schon nach wenigen Minuten, als Wildacker zusammen mit anderen Soldaten in Wallensteins Lager Nachtwache hält, hat Wallner Anas gleichmäßigen Atem gehört und aus der Richtung ihres Gesichts die Minzzahnpasta gerochen.
Wallner hat Ana, seit er sie kennt, darum beneidet, daß sie nur die Augen zu schließen braucht und sie, egal wo, egal in welcher Position, von einem Moment zum anderen fähig ist einzuschlafen. Er muß, um einschlafen zu können, im Bett noch etwas tun, lesen oder fernsehen zum Beispiel.
Er spürt jetzt, daß seine Lider schwerer werden, und achtet noch darauf, was gerade im Film passiert, damit er morgen weiß, zu welcher Stelle er vorspulen muß, dann sind ihm die Augen zugefallen, während er noch die Stimmen und Geräusche vom Film, der weiterläuft, bis zum Ende, jede Nacht, im Ohr hat.

34

8. Dezember
Nürnberg. *Hugendubel.*

35

19. Januar
Messe Frankfurt.

36

Wallner wählt um 17:24 Uhr von seinem Büro aus die Durchwahl der Buchhaltung, um Ana Bescheid zu sagen, daß er so in 20 Minuten fertig sein werde und daß sie dann zusammen nach Hause fahren können, beim zweiten Klingeln ist ihm eingefallen, daß Ana ja gar nicht in der Firma ist, weil sie heute morgen mit Costin mit der Bahn nach Regensburg und von dort mit ihrer Mutter in deren gebrauchten Audi-Kombi zum einwöchigen Verwandtenbesuch nach Bukarest aufgebrochen ist.
Eine Viertelstunde später hat Wallner Wiget abgeholt. Wie ein paar Tage zuvor besprochen, nachdem Anas und Costins Reise feststand, ißt Wallner heute abend und morgen nicht zu Hause in Siechen, sondern bei den Wigets in Chammünster und schläft auch bei ihnen. Weil Wiget noch etwas aus der Apotheke am Marktplatz braucht, ist Wallner schon einmal vorausgefahren, die Pappelallee entlang, gibt am Tor der Wiget-Villa die Zahlenkombination ein, die Torflügel öffnen sich, Wallner parkt den Volvo in der Garage.
Astrid und er begrüßen sich im Windfang, sie trägt so einen kurzärmeligen lila Angora-Pulli wie Ana auch einen besitzt, Ana hat ihn viel zu selten an. Astrid sind die blonden Lokken in die Stirn gefallen, das sieht sexy aus.
Astrid fragt: „Wie war dein Tag, Schatz?“, gleich danach lacht sie kurz auf.

Wallner stellt seine Reisetasche im Windfang ab, während er die Kellertreppe heruntersteigt, um am Kleiderständer im Flur sein Sakko aufzuhängen. Als er sich gegenüber von Astrid auf das Sofa im Wohnzimmer setzt, erzählt er ihr von dem Telefongespräch mit Brandenburg heute, bei dem er positive Signale erhalten habe. Astrid erzählt ihm, daß sie einen harten Tag gehabt habe, auf der Station sei heute der Teufel los gewesen. Wallner erkundigt sich, ob es Thea, Astrids Sorgenkind auf der Station, heute besser gegangen sei oder ob sie noch immer so schlecht auf die Chemo reagiere.

Maximilian – Maximilian nach Ulrich Wigets Vater Maximilian Wiget – und Patrick – Patrick wie Patrick Sujet, der Sänger – sind ins Wohnzimmer gekommen. Beide tragen Turnschuhe, kurze Hosen und T-Shirts, Patrick dribbelt mit einem Basketball auf der Stelle.

Wallner sagt: „Hey" und versucht, die beiden in die Seite zu zwicken.

Maximilian sagt, daß sie eine Runde auf dem Platz gegenüber spielen werden, und fragt, ob Wallner mitwolle.

Wallner ist in den Keller gegangen und hat sich Wigets Turnschuhe, die in der Garderobe stehen, angezogen. Auf dem Sportplatz haben zuerst Wallner und Patrick ein Team gegen Maximilian gebildet. Immer wenn Patrick Wallner den Ball über seinen Bruder hinweg zuwirft, ruft er: „Stefan." Wallner macht zwei Schritte auf den Korb zu, Maximilian springt abwehrend in die Höhe, Wallner fälscht den Ball ab und ruft: „Patrick." Während dann Maximilian und Patrick gegen Wallner spielen und er immer seltener angegriffen oder abgewehrt hat, haben Maximilian und Patrick, vor Wallner hin und her dribbelnd, immer wieder herausfordernd gesagt: „Na komm" oder „Komm schon" oder „Nicht so schlapp, Opa."

Zurück im Keller des Wiget-Hauses duscht Wallner und geht mit umgebundenem Handtuch in das Gästezimmer neben dem Badezimmer. Er öffnet den Wandschrank, in dem sich neben ausrangierten Röcken, Blusen von Astrid und Anzügen von Wiget auch Kleidungsstücke von ihm befinden. Als Wallner ins Eßzimmer im Erdgeschoß tritt, sitzen Wiget und Astrid bereits am Tisch. Maximilian und Patrick haben sich noch kurz dazugesellt, sie haben sich umgezogen und riechen nach Jasmin. Maximilian und Patrick werden in die Disco in Vilzling fahren, die früher, wie Wallner weiß, *Jungle* hieß, jetzt aber wahrscheinlich einen anderen Namen trägt, der Besitzer ist jedenfalls nicht mehr derselbe. Maximilian und Patrick sagen, daß sie in einen der Theme-Clubs im neuen Entertainment-Areal Richtung Furth im Wald fahren, von dessen Neueröffnung Wallner aus der Zeitung erfahren hat, Costin, der ihm am ehesten mehr darüber sagen könnte, ist dort noch nie gewesen, das wüßte Wallner. Der Theme-Club habe das antike Rom als Motiv, das Innere sei wie ein Tempel eingerichtet, mit Säulen, die Bedienungen servieren in Togen, die Cocktails, so Maximilian, seien nach römischen Gottheiten benannt. Die Disco in Vilzling gebe es seit ungefähr zwei Jahren nicht mehr.

Nach dem Essen gehen Wallner und Wiget ins Wohnzimmer, Wallner öffnet die untersten Türen des linken Schranks neben dem Fernseher, um die DVD mit der polnischen Tragikomödie, dem Oscar-Gewinner für den besten fremdsprachigen Film letztes Jahr, herauszusuchen. Als er seine Finger an den Rücken der Hüllen entlanggleiten läßt, fällt sein Blick auf den Spielfilm über den Einsatz der Bundeswehr in Angola vor einigen Jahren, den er Anfang des Jahres im Kino zu sehen versäumt hatte. Während der ersten Minuten des Films, in dem anhand von Dokumentar-

material die Geschichte des Bürgerkriegs in Angola und der Beschluß der EU-Staaten, eine europäische Eingreifgruppe aus mehreren tausend Soldaten nach Luanda zu entsenden – Zentrum der Kämpfe und Titel des Films –, erzählt wird, schaut Wallner zu Wiget, weil er noch kurz über Brandenburg sprechen möchte.
Wiget hat die Augen nur halb geöffnet und hält sich mit einer Hand ein Kissen vor den Bauch. Wallner weiß, daß Wiget müde ist und daß es zu keinem befriedigenden Gespräch über Brandenburg kommen würde. Astrid hat sich schon ihren Pyjama angezogen. Wallner kann sehen, wie sich unter dem Oberteil ihre Nippel abzeichnen. Weiß Astrid das? Weiß sie, daß Wallner das bemerkt? Möchte sie das? Was bedeutet das? Sie kommt ins Wohnzimmer und setzt sich zwischen Wiget und Wallner.
Im Film hat die eigentliche Handlung, die fiktiven Einzelschicksale einer sechsköpfigen deutschen Special-force-Truppe, begonnen. Jeder Soldat geht anders mit der Nachricht um, nach Luanda entsandt zu werden. Der eine hält eine Abschiedsfeier mit seiner Familie und seinen Freunden, die andere sitzt mit Tränen in den Augen im Arm ihres Freundes auf der Couch et cetera. Astrid sagt, daß sie sich das nicht ansehen könne. Sie steht auf und sagt, die Hände vor der Brust verschränkt, Wiget und Wallner gute Nacht.
Im Film springt die sechsköpfige Special-force-Truppe zusammen mit anderen Bundeswehrsoldaten über der Küste Luandas mit dem Fallschirm ab. In das Spielfilmmaterial sind die bekannten Amateurvideoaufnahmen hineingeschnitten, die, von der Küste aus gemacht, die unscharfen Gestalten in der Luft und im Wasser zeigen. Viele Soldaten werden von den Kugeln der Rebellen getroffen, die plötzlich, vollkommen unerwartet, zu feuern beginnen, Leich-

name treiben an Fallschirmen im Meer, darunter auch der eines Soldaten aus der deutschen Special-force-Truppe. Seine Kameradin hebt seinen Kopf an den Haaren aus dem Wasser, erkennt ihn und schreit auf.
Ulrich Wiget sagt: „Ich weiß, daß du an Brandenburg denkst. Du denkst, daß wir den Auftrag bekommen und daß wir uns nach neuen Zulieferern umsehen sollten. Und du denkst noch einen Schritt weiter. Du denkst, daß, wenn Brandenburg gut über die Bühne geht, wir dann Anteile an Chutkowski in Danzig kaufen können und vielleicht auf lange Sicht die ganze Firma. Ich glaube auch, daß wir Brandenburg bekommen werden. Gries ist schon längst aus dem Rennen, und unsere Bilanz ist besser als die von van Riet. Ich werde am Montag in Riga anrufen und sehen, was deren Angebot für Schaufeln wäre."
Am Samstag sind Wiget, Astrid und Wallner spontan nach München gefahren. In einem Möbelhaus sitzen er und Wiget Probe und haben dann fünf neue Schreibtischstühle für die Firma gekauft; in der Damenabteilung eines Modehauses hat Wallner ihn gefragt, welches von zwei Kleidern er als Geschenk für Ana zu ihrem Geburtstag besser fände. Am Sonntag hat Wallner Wiget in dessen Haus beim Ausbau des Wintergartens geholfen.

37

Wallner nimmt im Sessel, Ana auf dem Sofa Platz. Ana hat sich den Übergangsmantel, den sie getragen hat, als Wallner sie und Costin vom letzten Zug aus Regensburg am Chamer Bahnhof abholte, nicht ausgezogen. Die Wohnzimmerdecke vibriert dumpf von den Schritten Costins, der sofort nach oben in sein Zimmer schlafen gegangen ist, weil er am nächsten Tag Schule hat, außerdem sei er todmüde. Auf dem Wohnzimmertisch liegt auf einer Tüte mit rumänischem Aufdruck ein Ölbild in einem Holzrahmen, das einen Mann mit weißem Schnauzbart, einem Monokel im rechten Auge und einer Warze über dem linken Mundwinkel zeigt.

Ana sagt, daß das ihr Großvater Mihai sei und daß ihre Tante Steluţa ihr nun endlich das Bild als Vorgeburtstagsgeschenk gegeben habe. An dem Sessel lehnen zwei Tüten, deren Inhalt Ana Wallner kurz gezeigt und dann gleich wieder verpackt hat, Mămăligă cu brânză, Ciorbă de Burtă und Pîine, selbstgemacht von Anas Cousin Dinu und dessen Frau. Ana breitet Prospekte mit Zeichnungen von Wohnkomplexen und Apartmentgrundrissen auf dem Tisch aus.

Sie sagt: „Für meine Mutter ist es diesmal ganz schlimm gewesen. Die ist jetzt halt schon so alt, daß es jedesmal sein kann, daß es das letzte Mal ist, daß sie in Rumänien ist. Man hat schon gemerkt, daß Rumänien die Heimat von der Mama ist, aber sie ist eben einfach zu lange weggewesen, und Bukarest hat sich ja in den letzten zehn, zwanzig Jahren ziemlich verändert. Du weißt schon. In Regensburg kennt sie ihr Umfeld, die Nachbarn, die Verkäufer im Supermarkt und so, aber sie ist halt immer die Ausländerin, und die Freunde, die sie hat, die sind halt auch alle aus Rumänien und jetzt auch schon so lange hier wie sie vielleicht. Andererseits in Rumänien, da kennt sie nur noch ihre Schwester und meine Cousine und deren Familie, den Rest gibt es nicht mehr, auch die meisten Häuser in der Innenstadt. Entweder ist da jetzt was Neues gebaut worden, oder die ganz alten Gebäude, die verfallen waren, als die Mama weggegangen ist, sind neu instand gesetzt worden, so daß sie sie nicht wiedererkennt. Dabei ist die Mama doch durch und durch Rumänin. Du weißt schon. Und wenn der Tata nicht damals nach München gegangen wäre mit dem Stipendium und die Praxis aufgemacht hätte, die Mama wäre sicher in Bukarest geblieben. Aber wenn ich mir die Steluţa und den Dinu anschaue und mir überlege, daß das die Mama und ich sein könnten – Steluţas Dreizimmerwohnung, Dinu Bäcker, der gerade mal so seine Familie durchbringt –, da kann ich nur sagen: Gott sei dank sind meine Eltern rübergegangen. Nein danke."

Es entsteht eine Pause.

„Ich habe mir gedacht, daß man sich mal überlegen soll, ob man sich nicht so ein Apartment in Bukarest kauft. Wir könnten dann dort öfter sein. Costin könnte dann dort öfter sein. Und vor allem könnte die Mama eine längere Zeit dort leben. Das würde sie sehr freuen, denke ich. Das Geld ist ja jetzt auch da."

Später hat Wallner mit Ana geschlafen. Die linke Nachttischlampe brennt, die rechte, auf Wallners Seite des Betts, ist ausgeschaltet. Wallner stützt sich mit den Armen neben Anas Kopf ab. Er spürt, daß seine Haare im Nacken vom Schweiß naß sind. Während er Ana penetriert und sie die Beine anwinkelt, ist die beige Bettdecke mit dem Karomuster bis zu seinen Füßen gerutscht. Ana dreht sich um. Als sie dann auf dem Bauch liegt, laut atmend, ab und zu stöhnend, er auf ihr, hat er für einige Momente gedacht, daß er eigentlich genau jetzt statt ihren Kopf von oben, die Haare vor ihrem Gesicht, sie lieber von einem Standpunkt von schräg unten aus sehen würde, wie sie sich auf die Lippen beißt, sich selber darüber, wie er die Stirn in Falten gelegt hat, die Wangen gerötet, sie müssen gerötet sein, sie glühen. Als er nicht mehr kann, zieht er sein Glied aus Anas Scheide und dreht sich zur Seite.

Ana fragt: „Bist du müde?“
Es entsteht eine Pause.
„Kann ich irgend etwas tun, damit du?“
Es entsteht eine Pause.
Ana geht ins Bad. Sie läßt die Tür offen. Wallner sieht, wie sie von der Rolle Klopapier abreißt und sich damit die Scheide abwischt.

38

Jetzt kommt gleich Costin. Gerade nimmt ein Tobias Vogt, ein hochgewachsener schlaksiger Junge, auf der Bühne das Zeugnis aus den Händen des Rektors entgegen. Wallner sieht trotz seiner neuen blauen Kontaktlinsen das Geschehen auf der Bühne am anderen Ende der Aula nur verschwommen. Ana neben ihm filmt. Sie wird Tobias Vogt und den Rektor herangezoomt und auf dem kleinen ausgeklappten Bildschirm ihres Camcorders scharf gestellt haben, auf den sie bereits während der ganzen Abiturverleihungszeremonie schaut. Der Rektor hat durch das Mikrofon „Herr Costin Wallner, bitte“ gesagt.
Wallner reckt den Kopf, sein Herzschlag hat sich beschleunigt. Costin steht von seinem Platz auf, vorne, an den langen Tischen mit den Bierbänken, und steigt die Treppe an der Seite der Bühne hoch. Seine Gesten, die ruckartigen Bewegungen, die geröteten Wangen, Wallner glaubt, daß die Wangen gerötet sind, lassen darauf schließen, daß Costin nervös ist, vielleicht freudig erregt. Das Publikum klatscht noch immer.
Wallner würde, wäre er in diesem Moment an Costins Stelle, nervös und freudig erregt sein, weil er trotz der stän-

digen Anfeindungen durch die Mitschüler und Lehrer und nicht zuletzt trotz des Elternhauses, des ihn ständig kontrollierenden Vaters, also Wallners Vater, Günter Wallner, nicht Costins, Stefan Wallner, ein Abiturzeugnis mit einem Zweier-Schnitt geschafft hat. Costin hat vor einer Woche auf Wallners wiederholte Frage hin, während des Abendessens, vorgerechnet, daß er keinen Einser-, mit Sicherheit aber einen Zweier-Schnitt haben werde.

Ana hat jetzt vom Bildschirm des Camcorders weg auf die Bühne geschaut und sich auf die Zehenspitzen gestellt. Costin ist an den Bühnenrand vorgetreten und hat einige Tanzschritte gemacht. Wallner kann nicht erkennen, ob der Rektor lächelt oder verdutzt aussieht. Costin ist Wallner peinlich. Er schaut zu Ana, die mit offenem Mund, lautlos lachend, auf den Bildschirm schaut, die anderen Abiturienten haben angefangen zu jubeln und zu klatschen, die anderen Eltern an den Tischen vor Wallner und Ana fallen mit ein.

Nach dem Gruppenfoto der Abiturienten, die eine Eins vor dem Komma haben, hat der Rektor das Buffet für eröffnet erklärt, und Wallner hat sich durch die Gänge zwischen den Tischen, den Schlangen der Schüler und Erwachsenen, die jetzt nach hinten strömen, entgegen, nach vorne gezwängt. Er tippt Costin, der sich gerade mit dem Mädchen neben ihm unterhält, von hinten auf die Schulter. Costin dreht sich um, lächelt und sagt: „Ihr seid ja doch noch gekommen, ist die Mama auch da?“ Das Mädchen neben Costin, das sich ebenfalls umgedreht hat und Wallner lächelnd ansieht, hat langes, glattes blondes Haar, ihr Gesicht ist schmal. Das Mädchen neben dem Mädchen, das sich ebenfalls zu Wallner umgedreht hat, hat langes, glattes schwarzes Haar und etwas Babyspeck im Gesicht.

Wallner sagt: „Ja, die Mama ist auch da, herzlichen Glück-

wunsch übrigens" und hat dem blonden Mädchen ins schmale Gesicht geschaut.
Wallner sieht das blonde Mädchen in einem Bett aus Rosenblüten, Rosenblüten auf der Scham und auf den Brüsten, Rosenblüten, die auf das Mädchen herabregnen, er könnte sich vorstellen, morgen in der Dusche hinter der Milchglasscheibe zu onanieren und dabei an Geschlechtsverkehr mit dem blonden Mädchen zu denken.
Wallner dreht sich um und winkt Ana her, die, sofern er das zwischen dem Gewusel der Menschen sehen kann, noch immer filmt und die Kamera auf ihn gerichtet hat. Auch Costin hat in Anas Richtung geschaut und gewinkt. Ana hat den Camcorder eingesteckt und sich auf den Weg nach vorne gemacht. Wallner hat „Ja" gesagt und „Soll ich euch", und er hat auf das blonde Mädchen geblickt und einen fragenden Gesichtsausdruck gemacht, „Das ist Sara und das ist Nicole", sagt Costin und deutet auf das schwarzhaarige Mädchen, „Sara und Nicole", fährt Wallner fort, „etwas vom Buffet mitbringen?"

39

3. Oktober
Großer Arber. Mit Uli. Regen.

40

12. Dezember
Geburtstag Ana (56)

41

30. Juli
King Kong. Mit Costin. Lustig.

42

14. Februar
Messe Frankfurt.

43

1. Februar
Ist der Wunsch nach Flucht vorhanden?
Ja.
Was hindert dich daran? Erstelle eine Reihenfolge!
a) die Firma, b) Ana, c) Costin
Vorausgesetzt, a) bis c) sind nicht vorhanden, was wäre der Zielort deiner Flucht?
Das wäre projektgebunden. Ich hätte gern ein neues Projekt – ein Projekt außerhalb des Umfelds, das ich kenne und das mich kennt. Generell ließe sich die Frage daher vielleicht mit „Außerhalb Europas“ beantworten.
Paris?
Paris ist dadurch, daß ich es so gut kenne und schätze, selbstverständlich eine Option. Im Grunde genommen ist Paris aber zu nahe an Deutschland, der Firma, Ana et cetera. Ich hätte immer Angst, daß ich, durch was für einen Zufall auch immer, jemanden treffe, der mich erkennt.

Was wäre, wenn Brandenburg nicht klappt?
Es müßten mehrere Faktoren zusammenkommen, damit ich auch wirklich an eine „Flucht“, oder wie immer man das nennen mag, denke.
Was wären diese Faktoren?

44

Er sitzt im Konferenzraum der Firma und sieht, wie zwei Polizeibeamte in sein Büro treten. Der eine, etwas größere, hat das Gesicht von Wachtmeister Willems, sein Kollege das von Wachtmeister Roche, den beiden Fahndern aus der Serie *Streife 6*, von der Wallner vor eineinhalb Wochen, es war Samstag abend, eine Folge gesehen hat. Obwohl die Polizeibeamten vor dem Schreibtisch im Büro stehengeblieben sind und sich auch sonst nicht bewegen, haben ihre dunkelbraunen Lederjacken geknarzt. Die Tür dämpft das Klingeln des Telefons, das aus dem Sekretariat kommt.
Der eine, etwas größere Polizeibeamte sagt: „Heute früh hat sich auf der Strecke Essen–Köln ein ICE-Unglück ereignet. Ihr Vater saß in dem ICE. Er wurde durch das Fenster geschleudert, ihm wurde die Schädeldecke zertrümmert. Anschließend überschlug er sich mehrmals auf der Wiese, auf der Löwenzahn blühte und Kühe weideten. Dabei wurde ihm das Genick gebrochen.“
Papa ist das Genick gebrochen worden.
Wallner sagt: „Es gibt auch noch diese Kinderdörfer in Nigeria. Die Mehrzahl der Kinder sind Waisen, häufig Kinder, die ihre Eltern in einem der Bürgerkriege verloren haben oder ausgesetzt wurden. Der andere Teil sind Kinder, deren Eltern über keinerlei finanzielle Mittel verfügen. In den

Dörfern werden die Aufgaben von den Kindern selber übernommen. Es gibt Handwerker, es gibt Verwalter. Die meisten Lehrer der Schulen in den Kinderdörfern kommen aus westlichen Ländern. Wenn die Kinder ihren Abschluß gemacht haben, gehen sie entweder in praktische Berufe oder sie werden an Unis im In- und Ausland weitervermittelt."

Während er sich zu den anderen Parteien im Konferenzraum wendet, Henning van Riet und Tobias Resch, streicht sich Wiget übers Kinn, eine Gewohnheit, die er, auch nachdem er sich vor zwei Jahren den Bart abrasierte, beibehalten hat.

Er sagt: „Und man darf nicht vergessen, Stefan und ich kennen den Gründer, Mark Huggan, persönlich. Er hat mit uns in Regensburg studiert. Er ist integer. Es sind keine Fälle von Betrug oder irgendwelchen Schweinereien mit den Kindern bekannt. Es ist unwahrscheinlich, daß unser Name unter ihrem Namen leidet. Es ist wahrscheinlich, daß ihr Name auf unseren Namen einen positiven Effekt hat."

Resch sagt, daß es seitens der Aktionäre auch keine Einwände gegeben habe.

Van Riet sagt, daß das drei gegen einen sei und daß die Spendensache jetzt ohnehin nicht so wichtig sei, ihm sei mehr daran gelegen, über Marckelsheim zu sprechen.

Frau Beck neben Wallner fragt, was sie jetzt ins Protokoll schreiben solle.

Wallner sagt, daß sie schreiben solle, der Aufsichtsrat habe eine Spende in Höhe von soundso viel Euro für die Stiftung „Kinderdörfer" beschlossen.

Van Riet sagt, die Fakten seien die: Die Firma in Marckelsheim sei halb so groß wie die Firma hier in Cham. Bis vor zehn Jahren sei Marckelsheim der einzige Hersteller landwirtschaftlicher Geräte im Elsaß gewesen. Vor zehn Jahren

sei eine Firma für landwirtschaftliche Geräte in Straßburg gegründet worden. Seit zehn Jahren laufe Straßburg Markkelsheim den Rang ab. Im Elsaß werde vorrangig Getreide und Mais angepflanzt. Neuerdings Erdnüsse.
Van Riet hat eine stark norddeutsche und insbesondere hamburgische Aussprache. Vor drei Jahren haben Wallner und Wiget Anteile an van Riets Unternehmen für landwirtschaftliche Geräte in Hamburg erworben. Van Riet ist dadurch Mitglied im neu entstandenen Aufsichtsrat der fusionierten Firmen und kommt regelmäßig zu den Sitzungen nach Cham. In seinen Wortschatz haben sich seitdem bayerische Ausdrücke gemischt, die er aber norddeutsch ausspricht. Van Riet sagt „Grät", Singular, statt „Geräte", Plural.
Wiget hatte Wallner einige Tage vor der Sitzung gesagt, daß van Riet und er eine mögliche Kandidatin für eine Tochterfirma gefunden hätten. Wallner war überrascht gewesen. Er hatte zwar das Thema Tochterfirma immer wieder in Gesprächen mit Wiget in den Raum gestellt, ohne aber konkret zu werden. Wiget mußte mit van Riet wegen dem Thema Tochterfirma in Kontakt gestanden haben, ohne vorher Wallner davon zu unterrichten. Wiget, der weiterhin die Hände auf der Tischplatte gefaltet hat, wendet sich jetzt zu Wallner und Resch, während er hin und wieder kurz zu van Riet blickt, der, die Arme auf der Brust verschränkt, nickt.
Wiget sagt: „Marckelsheim wird in einem Monat Insolvenz anmelden. Van Riet und ich wollen nach Marckelsheim fahren und uns vor Ort über die Gegebenheiten der Firma ein Bild machen."
Resch hat einen schwarzen Bart und eine hohe Stimme.
Er sagt: „Seitens der Aktionäre wäre das in Ordnung. Die Mehrzahl der Aktionäre, mit denen ich darüber gespro-

chen habe, hat gesagt, Marckelsheim sei eine Möglichkeit.“

Um die Meinung der Aktionäre eingeholt zu haben, denen seit Wallners und Wigets Börsengang ein Viertel der Firma gehört, muß auch Resch bereits im voraus von Wiget oder van Riet über die Pläne, sich um eine Tochterfirma zu vergrößern, unterrichtet worden sein. Nach der Sitzung steht Wallner bei Resch am Konferenztisch und fragt: „Und fahren Sie heute noch nach Frankfurt, oder übernachten Sie hier?“ Wiget steht neben van Riet bei der Tür und unterhält sich mit ihm.

Wallner kann nicht verstehen, was sie reden.

Fast wäre Wallner bei der Firmenausfahrt nicht nach rechts abgebogen, zu der Villa, die sie sich im Jahr davor in der Pappelallee in Chammünster gekauft hatten, sondern nach links, nach Siechen. Er fährt an Wigets Anwesen vorbei und holt schon einmal die Fernbedienung für das grüne Gatter der Einfahrt heraus.

Ana sitzt auf dem Sofa im Wohnzimmer, sie hat die Beine auf das Wohnzimmertischchen hochgelegt, das sie von ihrer Mutter geerbt hat. Der Fernseher läuft ohne Ton.

Ana sagt: „Ich bin noch ein bißchen traurig. Den ganzen Tag ist heute im Geschäft noch weniger los als sonst. Gerade daß ich mal die Hälfte des Futters und der Katzenstreu verkauft habe, die ich sonst verkaufe. Aber kurz vor Schluß ist eine Mutter mit ihrer Tochter gekommen. Die Mutter hat gesagt, daß sich die Tochter einen Hund zum Geburtstag aussuchen dürfe. Der Hund dürfe eine mittlere Größe haben. Die Tochter hat sich sehr schnell für Betty entschieden. Sie hat Betty im Arm gehalten. Ich wollte fast fragen, wo Mutter und Tochter wohnen, damit ich wenigstens theoretisch ab und zu vorbeischauen könnte. Als Mutter und Tochter gingen, hat Betty versucht, sich loszu-

machen und zu mir zu kommen. Betty hat gewinselt. Das hat mir einen ganz schönen Stich gegeben."
Es entsteht eine Pause.
Ana sagt: „Jetzt kommt er gleich."
Letzten Abend hatte Costin Ana angerufen und gesagt, daß er gerade in der *Popstar*-Casting-Show in Köln auch den dritten Recall bestanden habe, er werde jetzt gleich ins Flugzeug steigen und sich dann in zwei Tagen aus dem Trainingscamp der besten 20 Kandidaten in Orlando wieder melden.
Im Fernsehen ist nach dem *Popstar*-Vorspann mit der Erkennungsmelodie zur Erinnerung für die Zuschauer eine Zusammenfassung aller Kandidaten gezeigt worden, die jetzt in der aktuellen Folge vor dem zweiten Recall stehen. Costin hatte vor einer Woche hier, auf dem Sofa, zusammen mit ihnen gesessen und berichtet, wie er beim zweiten Recall einen Teil seines Textes vergessen hatte, die Minuspunkte aber bei seiner Solotanzperformace und anschließend bei seinem Auftritt in einer der Gruppen, in die die Kandidaten von der Jury spontan eingeteilt wurden, wieder wettmachen konnte.
Durch Costins Bericht weiß Wallner, daß die rothaarige Henriette, die jetzt in der Zusammenfassung, nachdem sie zu Hause in Bozen beim Singen gezeigt worden ist, sagt, sie werde im zweiten Recall alles geben, spätestens am Ende der Sendung in einer Stunde von der Jury erfahren wird, daß sie ihren Performancestil bereits zu sehr individualisiert habe und daher nur schwer in eine noch zu bildende Gruppe passe, sie es daher nicht in die nächste Runde geschafft habe, worauf Henriette zu weinen beginnen wird, von Costin in den Arm genommen und auf die Stirn geküßt werden wird, was, in der Sendung nicht gezeigt, zu einer momentan noch andauernden Beziehung zwischen

Costin und Henriette führen wird. Bei der Zusammenfassung von Costins Weg zum zweiten Recall erscheint zunächst Costin, der in der ersten Runde der Jury in München vorsingt, dann Costin, der im Rahmen seiner Ausbildung zum Bankkaufmann hinter dem Schalter einer Filiale in Regensburg steht, dann Ana, die auf dem Wohnzimmersofa sitzt und sagt, daß es Costins größter Traum sei, Popstar in einer Band zu werden.
Wenige Minuten später tritt Costin in der Sendung vor die Jury. Er beginnt mit dem Song, den er eingeübt hat. Bei der zweiten Strophe vergißt er den Text und singt trotzdem weiter.
Er singt: „Lala."

45

Im Sekretariat ist doch jemand. Eine schwarze Gestalt hat sich hinter der Milchglasscheibe bewegt, jetzt wieder, obwohl Frau Beck das Gebäude schon längst verlassen hat. Sie verabschiedete sich etwa vor einer halben Stunde von ihm. Er hat sie vom Fenster aus über den Parkplatz zu ihrem silbernen Ford stöckeln sehen. Er steht auf. Ihm ist etwas mulmig. Wer wäre noch im Gebäude? Nur Breitenbacher sitzt noch in seinem Häuschen an der Pforte. Als Wallner die Tür mit einem Ruck aufreißt, hat er deutlich Schritte gehört, als ob sich jemand schnell vom Sekretariat entfernt. Wallner stürzt in den Flur, wo bereits Licht brennt. Am Ende des Flurs meint er, eine Gestalt zu sehen; Wallner kann sie nicht genau erkennen, weil die Lampe an dieser Stelle ausgefallen ist, aber es ist, das sieht er, ein Mann, vielleicht 1,85 groß, leicht untersetzt, spitze Nase, Mitte 50.

Wallner kann sich nicht bewegen. Der Mann hat einen Augenblick auf der Stelle verharrt und ist dann weiter, das Treppenhaus hinunter gelaufen. Wallner schließt die Augen. Ein Geräusch ist erklungen, die Tür am Firmeneingang, die ins Schloß fällt.

46

Er drückt die Klingel, mit einem Summton ist die gepanzerte Tür aufgeschnappt. Er tritt ein und bleibt im Windfang stehen.
Durch die vergitterte Glastür ist der Schalter zu sehen, dahinter ein Schreibtisch mit Computer, an dem ein Polizist sitzt. Aber was soll Wallner dem eigentlich sagen? Anzeige gegen Unbekannt? Wegen Einbruchs? Es gibt ja keine Spuren, keine zerbrochenen Fenster, keine aufgebrochenen Schlösser. Auch kein wirkliches Motiv. Nachspionieren. Was Wallner so tut. Ob er seine Arbeit ordnungsgemäß erledigt. Was für Statistiken und Finanzierungspläne er erstellt, die er Wiget nicht zeigt. Wiget. Unweigerlich würde beim Gespräch mit dem Polizisten die Sprache auch auf Wiget kommen. Soll Wallner etwa seinen jahrzehntelangen Partner, mit dem ihn, wie ganz Cham weiß, ein freundschaftliches Verhältnis verbindet, als Verdächtigen einer Tat nennen, für die Wallner jeder Beweis fehlt? Der Polizist wird ihm nicht glauben. Ana wird ihm nicht glauben. Vorerst wird er ihr nichts von all dem erzählen. Sollte er weiter verfolgt werden, wird er Beweise sammeln. Von nun an wird er einen Fotoapparat bei sich führen, um, wenn es wieder zu einer Begegnung kommt, ein Bild von seinem Verfolger machen zu können.

Wallner zieht an der gepanzerten Tür, sie ist verschlossen. Er klopft an die vergitterte Glastür, der Polizist schaut auf. Wallner deutet auf die gepanzerte Tür. „Machen Sie bitte auf?“ fragt er laut. Er versteht nicht, was der Polizist, der zu lächeln begonnen hat, antwortet. Wallner rüttelt an der gepanzerten Tür. Endlich erklingt der Summton.

47

Im Fernsehen ist nach dem *Popstar*-Vorspann mit der Erkennungsmelodie zur Erinnerung für die Zuschauer eine Zusammenfassung aller Kandidaten gezeigt worden, die jetzt, in der aktuellen Folge, vor der Endausscheidung stehen. Als vorletzter der zehn Kandidaten, die sich noch im Camp in Orlando befinden, wird Costin und sein Weg in die Endrunde beschrieben; es erscheinen Costin, der in der ersten Runde der Jury in München vorsingt, der als Azubi hinter dem Schalter einer Bankfiliale in Regensburg steht, Ana, die von Costins größtem Traum erzählt, schließlich noch einmal Costin, der Ausschnitt aus der letzten Folge, in dem er erfährt, daß er es in die Endrunde geschafft hat, seine Augen, die sich schließen, sein Kopf, den er in den Nacken legt, seine Arme, die er hochreißt, in Zeitlupe.
Nach der Zusammenfassung hat die Kommentatoren-Stimme aus dem Off gesagt, daß es zwar für alle Kandidaten ein großartiger Erfolg sei, es bis hierher geschafft zu haben. Daß aber für die, die am Ende ausscheiden werden, Orlando nur eine Episode in ihrem Leben gewesen sein werde. Für sie beginne in einer Woche wieder ihr Alltag; träfe es Joanne, würde sie wieder in einem Lokal kellnern, träfe es Costin, würde er wieder hinter einem Bankschalter ste-

hen und seine Kunden über Bausparverträge informieren. Die vier aber, die am Ende der Sendung gewonnen haben, werden sich nur vage vorstellen können, was es heißt, auf unabsehbare Zeit zusammen zu sein, ein Konzert nach dem anderen zu geben, von Tausenden von Fans gehört und geliebt zu werden und und und.

Bevor Costin, der jetzt auf Vorschlag des Managements hin offiziell CO heißt, mit der Band, den *PingPongs*, nächste Woche die Songs für das erste Album, das in drei Wochen erscheinen wird, einsingen und danach für eine kurze inoffizielle Pre-Tour proben wird, ist er für eineinhalb Tage nach Cham gekommen. Weil Wallner nicht damit einverstanden ist, daß Costin seine Ausbildung bei der Bankfiliale abbricht und den Vertrag mit der Produktionsfirma der *Popstar*-Serie und dessen Leiter, einem Olaf Erdrich, unterzeichnet hat, ohne zuvor ihn, Wallner, gefragt oder auch nur informiert zu haben, haben sich Wallner und Costin beim Abendessen gestritten, das auf Wunsch Costins ohne jeden größeren Aufwand, das heißt so wie immer, als sei die Sache mit dem Popstar gar nicht geschehen, vonstatten gehen sollte.

Auf dem Sofa spürt Wallner jetzt, daß seine Wangen von dem Streit immer noch leicht brennen. Sie müssen gerötet sein.

48

8. Mai
17:15 Uhr. Dr. Beierle. Brille.

49

Die drei Kandidaten stehen hinter einer Theke. Die Kandidatin rechts drückt auf den Knopf vor ihr. Eine Signalhupe ertönt.
Die Stimme des Quizmasters sagt: „Birgit."
Die anderen Kandidaten stehen im Halbdunkel.
Birgit sagt: „Burma."
Wallner schaltet um.
Das Polizeiauto fährt mit Blaulicht über eine Kreuzung. Die Reifen quietschen. Wachtmeister Willems fährt. Auf dem Beifahrersitz hält sich Polizeikommissarin Brigitte Weichinger am Armaturenbrett fest.
Brigitte Weichinger (vorgebeugt): „Könnt ihr noch mal die Straße und die Hausnummer wiederholen?"
Stimme aus dem Funkgerät: „Die Straße ist die Barerstraße. Die Hausnummer ist (Störgeräusch) …"
Brigitte Weichinger (vorgebeugt): „Hallo? Hallo? Hörts ihr mich? Was war die Hausnummer?"
Das Polizeiauto überholt eine Tram. Ein entgegenkommendes Auto weicht auf den Gehsteig aus. Ein Fußgänger springt zur Seite.

50

Wallner geht in Costins Zimmer, weil der Computer in seinem Arbeitszimmer zum dritten Mal in Folge abgestürzt ist. Wallner ist seit dem Umzug in die Villa vielleicht nur drei-, viermal hier im Keller in Costins Zimmer gewesen; nachdem Costin nach Regensburg zur Ausbildung bei der Sparkasse gegangen ist, kein einziges Mal.

Wallner hat das Zimmer für einen Moment nicht wiedererkannt. Ana stellte hier, wohl nach Costins Auszug, mehrere Möbelstücke ein, den alten Schrank aus dem Eßzimmer, den alten Tisch aus ihrem eigenen Arbeitszimmer, einige Kartons aus dem Hobbyraum, ohne Wallners Wissen. Costins altes Bett steht noch da, mit hellblauem Anstrich und dünnen roten Streifen.
Dünne rote Streifen auf hellblauem Hintergrund sind die Farben von Christopher gewesen in dem gleichnamigen Buch, das Ana auf der Schreibmaschine für Costin geschrieben und illustriert hat, als er in die erste Klasse kam. Christopher, der Held des Buches, ist ein Junge, der bei seinen Eltern wohnt – die Mutter ist Rumänin – und gerade in die erste Klasse kommt. Christopher sieht aus wie Costin. Sobald Christopher einschläft, befindet er sich in einer Traumwelt. Statt eines Schlafanzugs trägt er ein einteiliges Kostüm mit Mantel in den Christopher-Farben. Sein Lieblingsstofftier, ein Maikäfer, erwacht in der Traumwelt zum Leben. Ana hat den Maikäfer Dinu genannt. Wallner erfuhr davon erst, als ihm Ana das fertig gebundene Buch einen Tag vor Costins erstem Schultag zeigte. Wallner war gegen den Namen Dinu gewesen, aber Ana hatte gesagt, es sei zu spät, noch irgend etwas zu ändern, die Arbeit, das alles zu tippen, die Zeichnungen mit Holzfarbstift, das mache sie nicht noch einmal.
Jedes Kapitel begann ähnlich. Christopher schlief ein und erwachte, däumlingsgroß, auf dem Rücken Dinus wieder, der gerade zu neuen Abenteuern flog. Oft geschah das auf Hilferufe hin, die atemlose Heuschrecken oder Mücken mit auf ihren Stacheln befestigten schriftlichen Ersuchen aus fernen Ländern überbrachten.
Wallner konnte sich noch dunkel an ein Kapitel erinnern, in dem ein Dorf in Indien von einer Dürreperiode heimge-

sucht wurde. Auf einer Illustration hatten Traktoren verlassen auf den ausgetrockneten Feldern gestanden. Dinu Mai hatte sämtliche einheimische Käferarten zu einer Generalversammlung einberufen, und unter Christophers Anleitung war mit Käferschaufeln und Käferbeinen ein Schacht, ein Brunnen gegraben worden.

Ana las fast jeden Abend von Winter bis Sommer, das ganze erste Schuljahr hindurch, Costin ein Kapitel aus *Christopher* vor. Zu seinem Geburtstag im März hatte Costin einen Stoffmaikäfer sowie einen Mantel in den Christopher-Farben geschenkt bekommen, den er den ganzen Sommer über trug, wobei er darauf bestand, mit Christopher angeredet zu werden. Wallner hatte auf Costins Wunsch hin dessen Bett und Bücherschrank in den Christopher-Farben angemalt.

Vor Beginn der zweiten Klasse hatte dann Ana Costin, der inzwischen das *Christopher*-Buch stellenweise auswendig konnte, ein zweites *Christopher*-Buch geschenkt. Im zweiten *Christopher*-Buch hatte Christopher ein neues Stofftier bekommen, Marie Käfer, die Dinu Mai anfangs nicht ausstehen konnte. Dann war Dinu Mai krank geworden, er hatte eine Art Arthrose in den Fühlern bekommen, und Marie Käfer war zusammen mit Christopher in ein Land geflogen, das „Frühlingsland“ oder „Land des Frühlings“ hieß, jedenfalls hatte es einen kitschigen Namen gehabt. Nur dort hatte es so etwas wie das „Wasser des Lebens“ für Maikäfer, einen Sirup aus irgendwelchen magischen Früchten, gegeben.

So oder so ähnlich ging die Geschichte, das wußte Wallner noch. Als ihm Ana diesmal, noch bevor sie das Buch zum Binden gab, das Manuskript vorlegte, damit sie, sollte er etwas dagegen haben, noch Änderungen vornehmen konnte, hatte er wegen Marie Käfer Verdacht geschöpft, daß Ana vielleicht etwas über sein ehemaliges Verhältnis mit Lotte Müller herausgefunden haben könnte und darauf anspielen wollte. Als er aber auf die Illustration des kranken Dinu Mais mit geknickten Fühlern zeigte und fragte, ob das er, Wallner, sein solle, hatte Ana gesagt, daß er und sie ja bereits im Buch vorkämen, als Christophers Eltern nämlich, die immer nur in Aktion traten, wenn sie ihren Sohn ins Bett brachten oder ihn am Morgen aufweckten. Sie habe bei Dinu an niemand Bestimmten gedacht.

„Maikäfer werden halt auch mal krank", hatte sie gesagt.

Ungefähr als Costin ins Gymnasium eintrat, nein, zuvor, Wallners Großmutter war bereits tot, hatte eines Tages Ana zusammen mit Costin neue Möbel für das Zimmer gekauft. Costin hatte es seitdem abgelehnt, Christopher genannt zu werden. Nur das Christopher-Bett war in Costins Zimmer stehengeblieben. Costin hatte bald angefangen, Comics zu sammeln. Wallner hatte zusammen mit Costin ein, zwei Folgen von Alf gesehen, so daß er erraten konnte, wenn Costin so tat, als wäre er, Costin, dieser Alf.

Wallner geht zwischen den Stapeln der bunten Hefte, die über den Boden verstreut liegen, zum Computer. Über dem Schreibtisch hängt das Poster einer Sängerin, blondes Haar, schief aufgesetztes weißes Cap, vermutlich aus Lack, unter dem T-Shirt sind ihre Brustwarzen erkennbar. Sie schaut Wallner ins Gesicht, er kann ihrem ernsten Blick nicht ausweichen. Wallner schaltet den Computer ein, geht online und klickt auf das Icon mit dem Briefumschlag, um zu seinem E-Mailkonto zu gelangen.

51

„Bitte verlaß mich nicht."
„Aber warum soll ich dich denn verlassen?"
Es entsteht eine Pause.
„Ich habe so eine Angst. Ana. Ich habe so eine Scheiß-Angst."
„Aber du mußt doch keine Angst haben."
Es entsteht eine Pause.
„Du mußt keine Angst haben."

52

Die Einkaufstüten in seinen Händen sind in den letzten Minuten immer schwerer geworden. Und dann das Gedränge überall und besonders auf der Rolltreppe, seine Nase berührt beinahe den Pelzmantel der Frau vor ihm, der stark süßlich riecht. Ana ist schon vorausgeeilt. Sie steht oben und studiert den Wegweiser der Etagen. Woher nimmt sie diese Energie? Wallner läßt den Blick schweifen. Die Musik – irgendein Walzer von Schostakowitsch, den er aus einem Film kennt – hat etwas Einschläferndes. Ein Mann, spitze Nase, Ende 50, leicht untersetzt, vielleicht 1,85 groß, mit rotweiß kariertem Hemd, hat ihn von gegenüber, der Rolltreppe, die nach unten fährt, angeschaut und sich sofort umgewendet, mit einem Schlag ist Wallner hellwach. Kein Zweifel, der Mann hat gemerkt, daß Wallner ihn erkannt hat. Wallner greift nach dem Fotoapparat in seiner Manteltasche, blickt dem Fremden nach, möchte „He" rufen, bringt aber keinen Ton heraus, macht ein Foto und versucht dabei gegen die Fahrtrichtung der Rolltreppe und

zwischen den Leuten hindurch, die ihm den Weg versperren, nach unten zu laufen, dem Fremden hinterher. Schon ist der Mann am Ende der Rolltreppe angekommen, eilt weg. An einem Stand für Armbanduhren ist er mit dem Rücken zu Wallner stehengeblieben, beugt sich über eine der Glasvitrinen. Er schreibt etwas auf einen Notizzettel. Wallner klopft das Herz bis zum Hals, er zögert, dann tippt er dem Mann auf den Rücken.
„Was soll das?“ fragt Wallner, außer Atem.
Der Mann hat sich umgedreht.
„Wie bitte?“ fragt der Mann.
„Warum folgen Sie mir immer? Auf der Rolltreppe eben ...“
„Entschuldigung. Aber ... Sie müssen mich verwechseln.“
Der Mann deutet auf das Namensschild an seinem Hemd, auf dem *Herr Geiger* steht.
„Aber eben auf der Rolltreppe ...“
Wallner stutzt. Hat er den Falschen erwischt? Möglich, daß der Mann von der Rolltreppe weitergelaufen ist. Vielleicht war Wallner für einen Moment unachtsam.
„Entschuldigung ...“, stammelt Wallner.
Langsam geht er zur Rolltreppe. Oben wartet Ana.
„Was war denn?“ fragt sie, als Wallner auf die Kante von einem der Ausstellungsbetten gesunken ist.
„Kennst du den Mann da unten, den Verkäufer in dem karierten Hemd? Kennst du den?“ fragt Wallner erschöpft.
Ana reckt den Kopf.
„Aber das ist doch der, bei dem wir die Couch gekauft haben; der sich damals für uns so eingesetzt hat, daß wir das Modell in Grün bekommen. Weißt du das nicht mehr? Greier, Geiber oder so ähnlich ...“
„Geiger“, sagt Wallner.
„Geiger, ja.“
Es entsteht eine Pause.

„Soll ich dir ein Wasser bringen? Du bist ja ganz bleich, ich bring dir ein Wasser, warte mal“, hat Ana gesagt und ist gegangen.
Während Wallner sich vorsichtig zurückfallen läßt und sein Blick auf die Neonleuchtröhren an der Decke hoch über ihm fällt, ist er beinahe erleichtert. Er hat zwar den Mann auf der Rolltreppe nicht mehr erwischt, aber Wallner weiß jetzt mit Sicherheit, daß er tatsächlich unter Beobachtung steht. Es ist nur eine Frage der Zeit, bis man sich das nächste Mal begegnet. Wallner braucht sich keine Gedanken darüber zu machen, daß er keine Beweise dafür hat, daß man ihn verfolgt. Die Beweise für eine Verfolgung werden ihm geliefert werden.

53

Witte sitzt im Eßzimmer und ißt Suppe, Wallner stellt sich vor, daß die Wittes dasselbe Set benutzen wie die Wigets, weil ihm das tatsächliche Set der Wittes gerade nicht präsent ist: Auf der weißen Keramikfläche sind konzentrische hellgrüne Kreise aufgemalt. Das Eßzimmer mit dem Bauernschrank und dem PVC-Boden ist das der Wellenhofers. An der Wand neben dem Durchgang zur Küche hängt ein Votivbild, das die in einen blauen Mantel gehüllte Mutter Gottes zeigt. Witte trägt das gelbbraun karierte Sakko, das er angehabt hat, als er heute vormittag mit Wallner gesprochen hat. Nein. Wallner stellt sich vor, daß Witte zu Hause eine Trachtenjacke trägt. Da kommt Wittes Frau, Ines oder Vera. Wallner kann sich jetzt nicht mehr daran erinnern, wie sie aussieht. So ist es die Schauspielerin aus dem Mehrteiler über das Leben einer Familie, die in einem Dorf im

Voralpenland wohnt, Wallner hat die zweite und dritte Folge ungefähr vor einem halben Jahr gesehen.
Wallner kann hören, was Witte jetzt denkt: „Vielleicht komme ich mit dem Naturell von Herrn Wallner nicht zurecht. Gut. Aber wie der die Firma führt, wie der die hochgebracht hat, das nötigt einem Respekt ab. Die Firma, die ist ein Ort, wo ich bleiben werde. Ich könnte dem Herrn Wallner schon ein bißchen öfter zeigen, wie dankbar ich ihm bin. Weil eigentlich er es ja ist, der die Firma führt. Nicht so sehr der Herr Wiget. Der Herr Wiget organisiert eher und hält den Betrieb am Laufen. Aber sein Naturell."

54

Wallner geht zum Bett. Er ist nackt. Sein Rücken und sein Gesäß wirken muskulös. Er hat dichtes schwarzes Kopfhaar. Auf dem Bett sitzt Ana mit angezogenen Beinen. Auch sie ist nackt. Wallner legt sich mit dem Rücken aufs Bett, den Kopf am Kopfende. Ana kniet über Wallner, sie nimmt sein Glied und führt es sich ein. Ana sitzt auf Wallner. Wallner reckt den Kopf und sagt etwas zu Ana.
Wallner geht zum Bett. Er ist nackt. Neben dem Bett steht Ana mit an die nackten Hüften gestützten Händen. Wallner legt das Kissen an die Längsseite des Betts und legt sich auf den Rücken, mit dem Kopf auf das Kissen. Ana setzt sich auf Wallner. Sie ist jetzt frontal zu sehen, im Unterschied zu vorhin, wo sie nur im Profil gezeigt wurde. Ana bewegt sich vor und zurück. Wallner hat ihre Brüste umfaßt. Ana schließt die Augen, schaut einmal kurz in Richtung Kamera, schließt die Augen wieder.
Wallner geht zum Bett. Ana hat auf dem Bett, den Kopf in

Richtung des Kopfendes, einen Vierfüßlerstand eingenommen. Wallner kniet sich hinter sie und führt sein Glied ein. Er faßt Ana an den Hüften und bewegt sie schnell vor und zurück. Er bewegt seinen Mund, sagt etwas, ohne daß er zu verstehen wäre.
Dadurch, daß Ana das originale Super-8-Band aus den 70ern in den 80ern mit einer Videokamera abgefilmt hat, sind die Farben grautönig und die Konturen verschwommen. Wallner und Ana sitzen mit dem Rücken an das Kopfende des Betts im Schlafzimmer gelehnt und schauen auf den Fernseher.
Ana steht auf und geht zum Schlafzimmerschrank, hockt sich hin und zieht die unterste Lade heraus.
Wallner sagt: „Nicht die."
Ana legt den einen der drei Pornofilme, die sie in den 80ern unter einem anderen Namen bei einem Versand bestellt haben, zurück in die Lade und sagt: „Toll." Wenn er das nicht wolle, sie wolle das. So gehe das einfach nicht weiter.

55

Jetzt lächelt sie geschmeichelt, die blöde Sau. Herausgeputzt hat sie sich, wie könnte es anders sein, weiße Bluse, steifer Rock, Make-up. Eben hat ihr Papa ein Kompliment gemacht, sie habe gut gekocht, es habe ihnen allen sehr gut geschmeckt. Broccolisuppe, soweit sich Wallner erinnern kann. Wahrscheinlich wird in diesem Moment, wo alle schweigen, von ihm erwartet, daß auch er ihr ein Kompliment macht. Papa hat plötzlich seine Hand auf der Tischplatte auf die ihre gelegt, sie sehen sich an. Stefan spielt bei vielem mit, er hat sich auch seinen Firmlingsanzug angezogen und bisher keinen Kommentar abgegeben, und das nur, weil ihn der Papa darum gebeten hat. Er möchte ja auch, daß der Papa glücklich ist. Aber dieses peinliche Jugendlich-Gehabe ist zuviel. Er ist nämlich auch noch hier. Er steht auf und läßt laut den Löffel auf den Teller fallen. Günter und Doris, die blöde Sau, schauen ihn an, überrascht, verwirrt. Ihm wird bewußt, wie peinlich die Situation gerade ist, er hätte nicht aufstehen sollen, er wird rot, glaubt er, und trotzdem, er haßt diese Doris in diesem Augenblick und hofft, daß sie etwas von seiner Abneigung mitbekommt durch den Blick, den er ihr zuwirft, erst ihr, dann dem Papa, bevor er sich umdreht und schnell auf sein Zimmer geht. Der Fehler liegt im nachhinein betrachtet eindeutig nicht bei ihm, Wallner, wie er damals vielleicht meinte, er schrie in sein Kopfkissen, weil er sich schämte und weil er wütend war, beides zugleich, sondern bei seinem Vater und seiner damaligen Lebensgefährtin, Doris, von denen als Erwachsene zu erwarten gewesen wäre, daß sie sich in die Situation eines pubertierenden Jungen, der früh seine Mutter verloren hat, einfühlen können, auch sie waren einmal jung.

56

12. Januar
Elena Todestag (4)

57

März
Geburtstag Kerstin B. (37)

58

Wallner geht am Fenster in seinem Büro auf und ab. Auf dem Parkplatz draußen steigt ein Mann in einen grünen VW. Soweit von oben zu erkennen ist, handelt es sich bei dem Mann um Herrn Meier.
Wallner sagt sehr laut, da erregt: „Aber das haben wir doch überhaupt nicht so besprochen."
Wiget antwortet. Er spricht aus dem Lautsprecher des Telefons auf Wallners Schreibtisch. „Aber bitte. Stefan. Du hast doch selber gesagt, daß, was Cham angeht, nicht jedes Detail im Aufsichtsrat groß diskutiert werden muß."
„Aber doch mit mir."
„Aber die Speditionssachen. Das hast du doch noch nie gemacht. Das haben doch immer der Witte und ich gemacht. Haben das immer der Witte und ich gemacht?"
„Meistens haben das der Witte und du gemacht."
Wallner hat sich auf den Schreibtischstuhl gesetzt und die Hände auf der Tischplatte gefaltet.
„Und wie bist du überhaupt auf *Zentrope* gekommen? Von denen hat man ja noch nie etwas gehört."
„Wie bin ich auf *Zentrope* gekommen. Über Henning."
„Über van Riet?"
„Über Henning. Das ist die Firma, die Straßburg benutzt. Henning hat da mal wegen Marckelsheim nachgesehen."
Es entsteht eine Pause.

Wallner sagt, daß das nichts mache. Es sei ja schon gut. Er verabschiedet sich.
Wiget fragt, ob es bei Samstag abend bleibe.
Wallner sagt: „Ja“.
Wiget sagt, er freue sich und verabschiedet sich.
Wallner erwidert: „Ich auch“ und verabschiedet sich.
Er sitzt auf dem Schreibtischstuhl und hat die Hände auf der Tischplatte gefaltet.

59

26. März
16:15 Uhr. Friseur.

60

Der hellrote Peugeot in seinem Rückspiegel folgt ihm bereits eine ganze Weile. Gleich nachdem Wallner, nur um zu sehen, was passiert, den Blinker setzte, blinkte auch der hellrote Peugeot hinter ihm. Als Wallner doch nicht abbog, fuhr auch der hellrote Peugeot geradeaus. Der Fremde aus dem Kaufhaus in Nürnberg und eine Frau, seine Frau?, haben darin gesessen. Aha, denkt Wallner, einer reicht nicht mehr aus.
„Wenn möglich, bitte wenden“, wiederholt die Frauenstimme des Navigationssystems.
Wallner ist es egal, ob er zu dem Termin um vier in der Leopoldstraße zu spät kommt. Er biegt in ein Wohngebiet ein, beschleunigt und behält dabei die rosa Spur, die er auf der

Straßenkarte des Bildschirms zieht, sowie den Rückspiegel im Auge. Unabsichtlich ist er jetzt in eine Sackgasse gefahren, die Straße endet vor einer Hecke. Wallner hält den Wagen an.
Dann wird er nun also sehen, wer in dem roten Peugeot sitzt.
Es ist still geblieben. Wallner wartet, holt den Fotoapparat aus dem Sakko. Diesmal muß das mit dem Fotoapparat funktionieren, das letzte Mal, im Kaufhaus in Nürnberg, waren die drei Fotos, die er gemacht hatte, völlig schwarz. Er spürt wieder diesen stechenden Schmerz in seinem Kopf, in letzter Zeit hat er das Gefühl, daß dieser Kieselstein, oder was auch immer es ist, in seinem Kopf größer geworden ist, handtellergroß.
Der hellrote Peugeot ist nicht gekommen. Wallner setzt sich in den Wagen, startet und schaltet das Navigationssystem ein, um die Zielführung fortzusetzen. Auf dem Gewirr aus gelben Rechtecken und grauen Linien ist nach ein paar Momenten eine rote Linie erschienen, ein Faden.

61

Bereits von weitem kann er die kleine Gruppe von Gerademal- beziehungsweise Gerade-noch-nicht-Teenagern sehen, am Gatter hängen Luftballons, davor liegen Teddys. Eigentlich müßten die Kinder schon längst die Alarmanlage ausgelöst haben. Ana wird sie wie immer ausgeschaltet haben. Sie ertrage das ständige Piepen nicht, sagt sie.
Als er mehrmals hupt und sich das Gatter automatisch öffnet, sind die Mädchen – es sind nur Mädchen, vielleicht sechs, sieben – zu den Seiten ausgewichen und haben, jetzt

aber anders als eben, wütend oder traurig, wie es scheint, nicht mehr dem Haus, sondern dem Auto zugewandt, obwohl sie sehen können, daß nur er und niemand sonst darin sitzt, ihre Sprechchöre mit „C-O, C-O, C-O“ fortgesetzt. Für einen Augenblick befürchtet er, daß eines der Kinder sich an seinem Auto vorbei aufs Grundstück zwängen und bis zur Haustür laufen könnte. Zudem stellt sich die Frage, was passiert, wenn die Mädchen die zwei Tage, an denen Costin hier auf Besuch ist, weiter ihre Show abziehen und dabei womöglich noch Verstärkung bekommen sollten. Eines von ihnen könnte nachts ins Haus einbrechen, die Alarmanlage würde natürlich ausgelöst werden, jetzt lohnen sich endlich die eigentlich viel zu hohen Ausgaben für das satellitenüberwachte System. Aber allein die Vorstellung, 48 Stunden unter Belagerung zu sein, ist Wallner in diesem Moment unerträglich. Man könnte im Büro schlafen.

Er geht, die Stimmen der Mädchen im Hintergrund wie Anfeuerungsschreie, von der Garage zum Haus. Die Mädchen starren ihn mit diesen Augen an, sie glotzen regelrecht.

Als er die Tür öffnet, kommt ihm gerade im Eilschritt Costin entgegen, er trägt einen dieser ockerfarbenen Nadelstreifenanzüge mit T-Shirt darunter, das Outfit, in dem die männlichen Models auf den Werbeeinlagen in der Zeitung abgebildet sind, Costin sieht tatsächlich genauso aus wie das männliche Model aus der Werbeeinlage, er ist braungebrannt.

Wallner sagt: „Hey.“ Er kann für einen Moment nicht sprechen, er bringt kein Wort heraus. „Hast du eigentlich auch normale Fans? Die stürmen mir ja bald mein Haus. Wann bist du denn angekommen?“

Costin, der im Begriff ist, die Treppe in den Keller herunterzulaufen, sagt: „Hallo, Tata. Ich hab’s gerade super-eilig,

sorry, ich habe was mit Quirin und Britney ausgemacht. Muß noch duschen und das alles. Streß, Streß, Streß. Wollen wir mal reden?“
Costin ist im Keller verschwunden.
Er hat Wallner nicht zur Begrüßung umarmt oder auf die Wangen geküßt. Wallner möchte, daß ihn Costin zur Begrüßung umarmt und auf die Wangen küßt.
Vor der Küchentür, die einen Spalt weit geöffnet ist, bleibt Wallner wie angewurzelt stehen. Am Herd kocht jemand, eine fremde Frau, vielleicht 30, klein, dürr, schulterlanges blondes Haar.
Nein.
Es ist Dolora, die Köchin. Schön öfter ist es Wallner jetzt passiert, daß er sich vor Dolora oder der Putzfrau, Eva, erschrocken hat; er hat sich noch immer nicht ganz an die neue Situation gewöhnt. Anas Bedingungen für den Umzug in die Villa nach Chammünster waren gewesen, daß sie im Haushalt entlastet werden würde und sie sich voll auf die Boutique konzentrieren könne. Wallners Einwand, daß man ja mit dem Börsengang ein hohes Risiko auf sich genommen habe und vielleicht später einmal finanzielle Polster benötige, lehnte sie ab. Sie sehe es nicht ein, auf Sachen zu verzichten, die sie sich all die Jahrzehnte – Jahrzehnte! – in Cham gewünscht habe und die sie sich nun endlich leisten könne. Wallner hatte gedacht, er könne die Diskussion um die Putzfrau und die Köchin aufschieben, indem er einfach, immer wenn ihn Ana abends fragte, was denn nun sei, welche Bewerberin in die engere Wahl komme, erwiderte, er sei sehr müde, könne heute einfach nicht mehr, ob sie das nicht später einmal besprechen könnten, am Wochenende zum Beispiel – was sie dann natürlich nicht taten.
Eines Tages aber hatte, als er nach Hause kam, Ana mit einer dicklichen Blondine, ungefähr 30, im Wohnzimmer ge-

sessen. Sie waren lachend ins Gespräch vertieft gewesen, schienen ihn zuerst überhaupt nicht wahrzunehmen, bis Ana ihm die Blondine als die neue Putzfrau vorstellte. Ana hatte ihr einfach so, ohne Wallner noch einmal zu konsultieren, den Job gegeben, ebenso wie Dolora. Beide waren ursprünglich aus Tschechien, hatten einen leichten Akzent, möglich, daß ihnen ihre Herkunft bei Ana einen Bonuspunkt eingetragen hatte, die in ihnen Verbündete sehen mochte, die Ostblock-Connection sozusagen. Die wenigen Male, die Wallner Eva und Dolora zu Gesicht bekommt, verwechselt er sie oder geht ihnen tunlichst aus dem Weg. So sind oft das einzige, was ihm anzeigt, daß die beiden tatsächlich für Ana und ihn werktags arbeiten, der Teppich, die Fenster und Möbel, die plötzlich anders riechen, künstlich, nach Melonen oder Zitronen – Eva mußte ein anderes Reinigungsmittel als Ana verwenden –, die Speisen, die zwar aussehen wie früher – Ana und er hatten einen Speiseplan erstellt –, aber nicht so schmecken; Dolora muß bestimmte Gewürze verwenden, die ihm bis dahin unbekannt gewesen sind. Zuerst hatte Wallner Evas und Doloras regelmäßige Anwesenheit in der Villa beunruhigt. Er hatte nicht schlafen können. Seit er die Schlüssel für die Schreibtischschubladen immer bei sich trägt und seinen Laptop in den Safe sperrt, geht es etwas besser. Man kann nie wissen.
Wallner macht schnell einen Schritt zurück und geht leise den Flur entlang, zur Treppe nach oben. Dolora hat ihn nicht gesehen.

62

Rhett Butler lehnt am Ende der Treppe und schaut nach oben. Den rechten Arm hat er auf den Pfosten gestützt, den linken in die Hüfte gestemmt. Seine pechschwarzen Haare sind stark pomadisiert. Er hat die Augen leicht zusammengekniffen und lächelt schlitzohrig.

63

„Ja Moment. Es geht doch hier vor allem um unser Profil. Es geht doch hier auch darum, wie, ja, und vor allem wo wir uns in den nächsten Jahren sehen. Sind wir das Unternehmen aus Cham, das national reüssiert, meinetwegen, oder sind wir das europäische Unternehmen mit Tochterfirmen dort und dort und dort. Ich höre da jetzt immer: Das ist doch ein Risiko, schau dir Rosenheim an, 20 Jahre schwarze Zahlen und innerhalb von zwei Jahren Insolvenz, laß uns warten, laß uns die sein, die wir sind und so weiterfahren wie bisher, laß uns noch fünf Jahre warten, bis es auch an der Börse besser läuft, und dann können wir überlegen, ob so etwas wie Marckelsheim überhaupt ein Thema ist. Und jetzt sage ich auch mal etwas. Wir werden an der Börse nicht punkten, wenn wir nicht expandieren. Wir werden nicht weiter die Aufträge bekommen, wenn wir uns nicht andere Märkte erschließen. Und, ja, darf ich mal etwas fragen: Wie kann es sein, daß meine Unterlagen sagen, die Maschinen in Marckelsheim seien erst vor fünf Jahren erneuert worden, das Gebäude sei saniert worden, und der Leiter sagt mir am Telefon, die Angestellten haben ein Durchschnittsalter von unter 40 und Straßburg werde in spätestens einem Jahr Probleme mit *Zentrope* bekommen? Und das erklärt ihr mir jetzt erst einmal."

„Dazu kann ich nur sagen: Der Uli und ich sind ja dagewesen und haben uns das angeschaut. Und wir haben auch den Rost an den Kränen gesehen. Buchstäblich. Rost. Und den Putz, der von der Werkhalle gebröckelt ist. Da kann der Monsieur Aimard Ihnen noch soviel versichern, und in den Unterlagen kann stehen, daß das ja eigentlich eine schnieke Firma sei und nigelnagelneu und so weiter. Der Uli und ich sind aber da gewesen. Marckelsheim ist die Katze im Sack. Das sage ich jetzt. Wenn wir das machen, brauchen wir gar nicht die nächsten zwei Jahre abwarten, sondern können gleich die Insolvenz anmelden. Und ich stehe da mit meiner Meinung auch nicht allein da. Der Uli sieht das ganz genauso, und Herr Resch wird sicher so seine Probleme bekommen, seinen Aktionären zu verklickern, daß sie ihr Geld in eine Bruchbude investieren sollen, nur weil es Herr Wallner so wünscht. Uli?"

„Ja, das stimmt schon so, wie das der Henning sagt."

„Also ich muß auch sagen, daß mir das mit Marckelsheim, ich sage jetzt mal, als nicht ganz realistisch erscheint. Nach dem, was da Herr van Riet und Herr Wiget so erzählen, ist das schon sehr schwer, den Aktionären zu sagen: Sagt ja."

Es entsteht eine Pause.

Wallner schaut auf die Pappeln vor dem Fenster, deren Blätter in der Sonne glitzern.

Er sagt: „Wir machen das jetzt einfach so. Sollte sich der Rat nicht für Marckelsheim entscheiden, trete ich als Vorstand zurück, bitte schreiben Sie das mit, Frau Beck."

„Aber da hat doch jetzt niemand was davon, wenn du jetzt ausrastest, Stefan. Du kannst uns doch jetzt nicht zu drohen anfangen, Stefan."

„Na, wir stimmen jetzt einfach ab. Wir stimmen jetzt einfach ab. Und dann sehen wir schon."
„Ich glaube, wenn ich das sagen darf, wir sollten das Ganze vertagen."
„Also wir stimmen dann ab. Bitte die Stimmen dafür."
Wallner hat die Hand beim Sprechen gehoben.
„Ich stimme jetzt nicht ab, Stefan."
„Uli, laß uns einfach abstimmen, und wir haben das Ganze hinter uns."
„Ich stimme nicht ab."
„Dann zählt das als Enthaltung, du hast doch Herrn van Riet gehört, oder sollen wir jetzt erst darüber abstimmen, ob wir abstimmen sollen. Also noch einmal. Die, die dafür sind, sagen jetzt: Ich bin dafür. Ich bin dafür."
Es entsteht eine Pause.
„Und jetzt bitte die Gegenstimmen. Herr van Riet?"
„Dagegen."
„Herr Resch?"
„Ich votiere dagegen. Ja."
„Uli?"
„Stefan."
„Uli?"
„Dagegen."
„Gut. Dann schreiben Sie jetzt bitte, Frau Beck. Vorschlag der Übernahme der Firma in Marckelsheim mit einer zu drei Stimmen abgelehnt. Gleichzeitig tritt Stefan Wallner mit sofortiger Wirkung als Vorstand des Aufsichtsrats zurück. Punkt."
Wallner öffnet die Tür und tritt auf den Flur. Jemand ist ihm gefolgt und faßt ihn am Arm. Es ist Wiget.
Wiget sagt zu Stefan: „Was soll denn das Ganze? Das ist doch alles nicht dein Ernst, Stefan."
Er hat die Augen weit aufgerissen.

Wallner bleibt stehen und sagt: „Ja Moment. Es geht doch hier um unser Profil, Ulrich. Es geht doch hier darum, wie, ja und vor allem, wo wir uns in den nächsten, sagen wir, drei bis sechs Jahren sehen, bis wir abtreten, Uli, und wie es danach mit der Firma weitergeht. Darum geht es. Sind und bleiben wir, bis wir abtreten, Uli, die Firma aus Cham, die national reüssiert oder werden wir das europäische Unternehmen mit Tochterfirmen dort und dort und dort."

64

Wallner sperrt die Haustür auf, schlüpft aus seinen Halbschuhen, indem er mit der Fußspitze das Fersenende des jeweils anderen Schuhs festhält, er hängt seinen Übergangsmantel auf einen der Kleiderbügel im Einbauschrank, zupft den rechten Ärmel glatt, weil sich eine Falte gebildet hatte.
Wallner verspürt großen Hunger auf Brot, Wurst und Gewürzgurken.
Er öffnet im Flur die Küchentür und versucht den Gesichtsausdruck von Wut und Trauer noch mal deutlicher werden zu lassen, weil er Ana im Eßzimmer nebenan hört und weiß, daß sie in wenigen Sekunden in die Küche kommen wird, um ihn zu begrüßen.
Er beißt seine Zähne fester zusammen, damit seine Wangenknochen stärker hervortreten und verengt seine Augen, zudem schiebt er die Unter- gegen die Oberlippe, so daß seine Mundwinkel nach unten zeigen müßten.
Ana ist nach wenigen Sekunden in die Küche eingetreten. Wallner kann an ihrem vergrößerten Bewegungsradius, dem Gestikulieren mit den Händen, dem breiteren Tonum-

fang der Stimme, lauter als gewöhnlich, umgehend erkennen, daß Ana sehr gut gelaunt ist, sie habe mit Costin telefoniert, setzt sie an.
Wallner unterbricht Ana, er dreht sich ihr jetzt frontal zu, damit sie sein Gesicht sieht, er sagt mittellaut: „Bitte, laß mich damit zufrieden“, Ana faßt ihn an den Schultern, sie sagt mittellaut: „Nix böse sein, nix Gesicht machen, Stefan lustig sein, einmal lächeln bitte, Herr Wallner, habe ich da nicht eben etwas gesehen, war das nicht, doch das war, Ohhhh! Herr Wallner hat doch gerade gelächelt, oder?“
Wallner sagt laut: „Laß mich in Frieden damit, ja? Fünf Minuten. Ja? Siehst du denn nicht, daß ich das jetzt nicht haben kann?“
Das Öffnen der Haustür und das Stehen, fröstelnd, auf der Matte, der Blick dabei auf das gegenüberliegende Zweifamilienhaus mit den heruntergelassenen Rolläden, hinter deren Spalten Licht brennt, ist der Ersatz für einen Schlag mit der Faust in Anas Gesicht, so daß sie kurz vor Überraschung und Schmerz aufschreit.

65

12. September
Nigeria. Vorbereitung.

66

13. September
Nigeria. Vorbereitung.

67

14. September
Nigeria. Vorbereitung. Angst.

68

Als Wallner Ndou aus seiner Hütte folgt, haben sich die Gläser der Brille, die er gegen seine zunehmende Weitsichtigkeit vor seiner ersten Reise zum Kinderdorf bei Port Harcourt bei dem von Witte empfohlenen Optiker Brunner in Regensburg gekauft hat, wegen des grellen Sonnenlichts schnell eingedunkelt. Wallners Augen flimmern ein wenig. Er hatte noch ein persönliches Schreiben aufgesetzt, das später vom Verwaltungsgebäude des Kinderdorfes aus an eine von ihm zusammengestellte Adressenliste früherer Geschäftspartner gefaxt werden soll, um bei diesen wegen Praktikumsplätzen für die Jugendlichen im Dorf anzufragen, die nächstes Jahr mit der Schule fertig sind. Das Schreiben hatte Wallner an einem der Computer aufgesetzt, die er dem neuen alleinigen Leiter der Firma *Wallner & Wiget*, Wiget, durch Anas Vermittlung letztes Jahr verbilligt abgekauft hatte, nachdem in der Firma auf eine speziell für Unternehmen im Wirtschaftssektor entwickelte Software umgestiegen und im Zuge dessen auch gleich die gesamte Hardware ausgewechselt worden war. Die anderen acht Computer stehen im Verwaltungsgebäude und in der Schule des Kinderdorfes, im Hobbyraum in Cham ein zehnter, der eigentlich für Costin vorgesehen war, von diesem aber, da er sich nur selten meldet und auch nicht seine Handynummer weitergegeben hat, geschweige denn auf

Besuch kommt, nie abgeholt worden war. Das grüne Polster der Rückenlehne des Stuhls, den Wallner aus dem Eßzimmer in Cham bei seiner letzten Fahrt mitgenommen hatte, muß einen Abdruck auf seinem Rücken hinterlassen haben, Wallner spürt das.
Bei dem Treffen mit einem Vertreter des Verkehrsministeriums aus Port Harcourt und dem Leiter des Kinderdorfes im Verwaltungsgebäude möchte Wallner noch einmal den Ausbau der Straßen zum Dorf ansprechen. Er weiß, daß es sinnlos ist, dieses Thema anzusprechen, da seitens der Regierung ohnehin keine Gelder vorhanden sind. Aber zu irgendwas muß er doch gut sein hier. Ihm ist kurz schwarz vor Augen geworden. Es kann nicht sein, daß er die Hitze derart schlecht verträgt. So alt ist er noch nicht. Er muß das wegstecken können.
Er trägt ein weißes Hemd, das gerade frisch gebügelt aus der von den Kindern betriebenen Wäscherei des Dorfes gekommen ist. Es riecht nach Akazien.

69

„Gestern haben wir noch einmal ein Gespräch mit jemandem vom Verkehrsministerium gehabt. Ein Arsch. Zuerst macht der die großen Versprechungen. Habe ich dir doch alles erzählt vorgestern. ‚Ich sehe kein Problem mit den Straßen. Ich organisiere die Gelder. Ich bin auf Ihrer Seite.‘ Was stellt sich heraus? Er hat überhaupt nicht die Befugnisse. Die Entscheidungsgewalt. Jetzt müssen wir wieder warten und betteln beim Ministerium, und dann sieht man weiter. Ja. Das war gestern. Und heute sitzen wir eigentlich den ganzen Tag schon an dieser Lehrer-Geschichte.“

„Dieser Lehrer-Geschichte?"
„Habe ich dir doch schon erzählt."
„Hast du mir nicht schon einmal erzählt. Du erzählst mir nie was."
„Bitte, Ana. Das ist doch jetzt egal. Ich habe jetzt wirklich nicht die Zeit, daß wir jetzt hier über so etwas reden. Ich muß auch gleich wieder rüber. Wir haben nicht genügend Lehrer, können nicht soviel zahlen wie sonstwo, die Lehrer müssen hier wohnen und so weiter und so weiter."
„Weißt du, wie es mir geht?"
„Wie geht es dir?"
„Interessiert dich das? Spielt das überhaupt irgendeine Rolle? Für dich gibt's doch nur noch dieses Dorf. Seit einem Monat sitzt du da."
„Das hatten wir doch schon alles einmal. Ich komme in zwei Wochen. In zwei Wochen. Das Dorf braucht mich. Die brauchen mich."
„Ich fahre weg."
„Du fährst weg? Wohin?"
„Nach Wien. Nach Budapest. Nach Prag. Ich weiß es nicht. Aber ich werde morgen fahren. Was mache ich denn die ganze Zeit in diesem Kaff? Was ist denn schon in Cham?"
„Ganz genau dasselbe hast du doch schon einmal gesagt. Weißt du das? Als du wegwolltest. Und wäre es anderswo anders geworden? Wäre es das? Nein. Es ist gut gewesen. Daß wir geblieben sind. Aber über all das haben wir wirklich schon zur Genüge geredet."
Das Hintergrundrauschen, das die ganze Zeit über in der Leitung gewesen ist, ist plötzlich in Piepsen übergegangen. Ana muß schon vorher aufgelegt haben. Wallner legt das Handy auf den Nachttisch, geht auf die andere Seite des Schlafzimmers und schaltet den Fernseher ein. In den Nachrichten wird gerade von einer Gesetzes-Debatte im

Europa-Parlament berichtet. Wallner öffnet zuerst die Flügel der Innen-, dann die der Außenfenster des Schlafzimmers. Während unten, vier Stockwerke tiefer, die Straße schon im Dunkeln liegt, fällt auf die Grande Arche, deren Bogen in der Ferne über den Häusern zu sehen ist, noch Abendlicht.

70

12. Mai
Kinderdorf. Gespräche mit Laurent (Fiasko!). Fax an Gieske, Gottschalk und Lange schicken! Starke Rückenschmerzen. Sonnenbrand. Kreislaufprobleme. Wieder das Gefühl im Kopf.

71

Man kann einen Teil des Geldes, das für die Unterstützung eines Kinderdorfes bei Port Harcourt vorgesehen ist, auf ein Extra-Konto bei einer Bank in der Rue Morgue abzweigen, für die Ausgaben, die in Paris anfallen. Man kann die Kommodität des Zimmers, in dem man sich in seinem Apartment die meiste Zeit aufhält, also des Schlafzimmers, optimieren, indem man a) Einrichtungsgegenstände der anderen Zimmer – Küche mit Eßzimmer und Wohnzimmer – dem Schlafzimmer zuführt, b) für die Einrichtungsgegenstände von a) die Kriterien „günstig“, „robust“ und gleichzeitig „ästhetisch“ geltend macht. Sind a) und b) erfüllt – a) und b) sind erfüllt –, können vom Handy aus Tele-

fonate mit Ana geführt werden, in denen ihr vom Kinderdorf bei Port Harcourt erzählt wird, können Nachforschungen angestellt werden, um zu erfahren, was die Firma macht, wie es ihr geht. Es können Modelle gebaut werden. Man verspürt hin und wieder den Drang, neben dem Satellitenfernsehen und dem Lesen von französischen Kriminalromanen etwas zu bauen. Modelle.
Solange die Putzfrau, für die man bei jedem Aufenthalt in Paris alle zwei bis drei Monate von neuem inseriert, ihre Arbeit verrichtet, bleibt man in der Wohnung und überprüft, daß nichts gestohlen wird. Man tut so, als wäre man beschäftigt. Man hat eine weitere Wohnung im Auge. Die Nachbarwohnung. Man braucht die Wohnung nicht. Die meiste Zeit während der drei bis vier Wochen, die man im Apartment zubringt, hält man sich ja im Schlafzimmer auf. Bis auf die Küche stehen die anderen Zimmer, Eß- und Wohnzimmer also, leer. Man möchte sich aber vergrößern. Nach zwei Jahren, die man regelmäßig hierherkommt, ist das natürlich. Die Nachbarwohnung wird von einer alten Frau, alleinstehend, bewohnt, die nie Besuch erhält. Der Hausmeister hat zugesagt, beim Todesfall der alten Frau sofort Wallner zu benachrichtigen und sich für ein Trinkgeld dann auch um die Adresse des möglichen Maklers der Nachbarwohnung zu bemühen.
Im Quartier Latin hat man sich die kürzesten Routen zu den günstigsten Geschäften erschlossen. Ebenso Fluchtwege, Abkürzungen, sollte man zur Vermutung Anlaß haben, man werde beobachtet, einer folge einem. Für den Fall, daß man sich nicht, wie in den letzten Monaten häufiger, vor oder nach Paris im Kinderdorf bei Port Harcourt aufhält, ist ein Geschäft mit authentischen Gegenständen aus Afrika sowie ein Bräunungsstudio ausgemacht worden. Ana erhält nach jeder Nigeria-Reise beziehungsweise

jeder Paris-Reise, die als Nigeria-Reise ausgegeben wird, einen authentischen Afrika-Gegenstand aus diesem Geschäft als Andenken. Geschäfte in Paris, in denen deutsche Zeitungen, Bücher und Filme zu erwerben sind, kennt man. Manchmal erkundigt man sich nach den Bahnfahrplänen, und man macht einen Ausflug. Man fährt entweder aufs Land oder Richtung Norden ans Meer. Manchmal bleibt man länger und nimmt sich ein Zimmer in einer Pension.
Man geht Feldwege entlang zwischen Wiesen.
Man geht durch den Wald.
Man läßt die Füße ins Wasser baumeln.

72

12. Februar
Traum: A. und ich an Küste in Portugal. Schön.

73

Es gilt, zufällige Begegnungen wie überhaupt jeden Kontakt mit den Wigets und insbesondere Wiget zu vermeiden. Das ist schwierig. Man wohnt im selben Viertel. Aber: Man kennt die Gewohnheiten der Wigets, insbesondere die Wigets. Seine Wege und die von ihm frequentierten Orte gilt es zu umgehen. *Rigoletto*, wo sich die Ehepaare hin und wieder trafen, das italienische Restaurant, *Kieser*, das Fitneßstudio, *Tengelmann*, den Supermarkt im Gewerbepark, wo beide Ehepaare am Samstag ihren Großeinkauf machten, der Mann hilft der Frau. Für den Fall einer zufälligen

Begegnung mit Wiget oder Astrid hat man sich Möglichkeiten zurechtgelegt.
A) Man grüßt kurz und höflich und fährt mit der Tätigkeit fort, mit der man gerade beschäftigt ist.
B) Man beginnt ein Gespräch und tut so, als hätte es die letzten Jahre nie gegeben, man erkundigt sich, man vereinbart.
C) Man beginnt ein Gespräch und beharrt auf dem, was vorgefallen ist, man stellt Wiget oder Astrid zur Rede wegen intrigantem Verhalten und Verrat an der vormals mehr als freundschaftlichen Beziehung.
Hin und wieder ruf Wiget oder Astrid an. Deswegen hat man seine Handynummer geändert und geht auch zu Hause nicht mehr ans Telefon. Ana hebt dann ab. Früher hat sie, weil man sie darum bat, gesagt, man sei gerade nicht zu Hause, man sei in Nigeria. Jetzt scheinen Wiget und Astrid nicht mehr nach einem zu fragen, sondern unterhalten sich mit Ana einfach so, über alltägliche Probleme, Urlaubspläne, die Kinder. Man fragt da nicht nach. Man schnappt hin und wieder etwas auf. Ana trifft sich ja mit Astrid, vielleicht auch mit Wiget regelmäßig. Das ist bekannt. Solange sie erzählt, daß Nigeria ein Erfolg ist, ist es gut. Patrick studiert Maschinenbau in München. Maximilian arbeitet bei einer Bank in Erlangen und ist verheiratet, Wiget und Astrid fahren noch immer regelmäßig in die Türkei, der Wert der Aktien der Firma stagniert seit Jahren, wie man ja auch aus dem täglichen Studium der Aktienkurse in der Zeitung weiß. Witte ist inzwischen in Pension, er hatte die ersten beiden Weihnachten nach dem Ausstieg vor der Tür gestanden und einen Freßkorb als Geschenk mitgebracht; insbesondere die Becks, die Breitenbachers sowie weitere Teile der Belegschaft schicken zum Geburtstag und zu Weihnachten Karten mit Vordruck und eigenhändiger Unterschrift. Das ist alles.

Wichtig ist: Es gilt auszuharren. Ana hatte nach seinem Ausstieg vorgeschlagen umzuziehen, nach Regenburg oder München zum Beispiel, man könnte auch nach Bukarest gehen. Bukarest sei nach dem EU-Beitritt wirklich eine schöne Stadt geworden.

Ein Umzug wäre die Offenlegung der eigenen inneren Verfassung.

Manchmal stehen Autos in der Einfahrt der Wiget-Villa, der rote Golf der Wittes zum Beispiel, und sind im Vorbeifahren die Umrisse von Gestalten in den Fenstern des Wohnzimmers und der Küche zu sehen, bei denen es sich um van Riet, Resch sowie um Angestellte von *Wallner & Wiget* handeln könnte. Witte wird selbstgebackenes Brot zum Verzehr beim gemeinsamen Abendessen mitgebracht haben. Frau Beck wird Fotos ihres Sohnes Justin und seiner Familie vorzeigen. Man wird zusammen essen, trinken und lachen. In solchen Momenten sieht man klarer. Vormals nicht als solche wahrgenommene Intrigen und Täuschungsmanöver der Vergangenheit werden jetzt entlarvt.

Der Anfang der Freundschaft im Wohnheim: höchstwahrscheinlich echt, aber zweckbedingt, da Wiget sonst keine Freunde (gute) besaß.

Die Übernahme der insolventen Firma in Ulrich Wigets Heimatstadt dank des über Wallners Großeltern beschafften Kredits: von Anfang an vom Gedanken bestimmt, den eigentlichen Kopf (Wallner) des Projektes nur so lange zu gebrauchen, bis die Firma auf eigenen Beinen stehen und somit auch von weniger kompetenten Kräften (Wiget, van Riet, Resch) übernommen werden kann.

Die Pläne zur Fusionierung und zum Gang an die Börse: nur mitgetragen, um Verbündete gegen Wallner zu formieren.

Die Einbindung in die Familie Wiget inklusive gemeinsamer als harmonisch empfundene Abende und Ausflüge:

der Gewinn von Wallners Vertrauen, um einen besseren Einblick in seine Gedankenwelt, Pläne, Wünsche plus Gefühle zu erhalten.
Zu diesem Komplex gehörend: das Arm-auf-die-Schulter-Legen, ein Ausstellen der Zuneigung, das es im Falle der Echtheit der Freundschaft nicht gebraucht hätte.
Resch: der Mitläufer.
Van Riet: der Adjutant.
Marckelsheim: der Enthauptungsschlag.
Es ist bekannt, daß Wiget und van Riet Stammkunden verloren haben. Verloren: Kaiser, Qualtinger, Erl, Konrad. Ana hat es gesagt. Sie muß es von Wiget oder Astrid wissen. Witte hat es gesagt. Später bei einem Telefonat, in dem es um den Plan ging, Jugendliche aus Nigeria für den Zeitraum der Hopfenernte nach Deutschland kommen zu lassen, hat Erl selbst gesagt, er sei zu Maier in Rosenheim gewechselt, weil er ja immer mit Wallner zu tun gehabt habe, mit van Riet nicht klargekommen sei – und, wie sich herausstellt, hat er sich ohnehin schon länger überlegt, die Firma zu wechseln, er sei mit der Lieferzeit unzufrieden gewesen. Es gibt Solidarität. Es gibt Treue.

74

„Wo bist du?“
„Ich bin in Bukarest. Und du?“
„Du bist in Bukarest. Du hast doch gewußt, daß ich heute komme. Ich bin drei Wochen in Nigeria, ich komme am Flughafen an, niemand da, ich komme nach Hause, niemand da. Keine Nachricht. Gar nichts. Ich warte. Nichts. Du bist in Bukarest.“

„Du hast es nicht für nötig gehalten, mich die letzten zehn Tage anzurufen. Ich habe dir mehrere Nachrichten auf deine Mailbox gesprochen. Du hast dich nicht gemeldet. Warum soll ich mich also melden? Ich habe das hier gebraucht, ich brauche das hier."
„Ich glaube das alles nicht. Daß du so was tust. Daß du in Bukarest bist. Jetzt. Wohin soll denn das alles führen? Was bezweckst du mit so was?"
„Ich komme übermorgen wieder. Eva und Dolora habe ich freigegeben. Bis dahin wirst du dich selbst versorgen müssen. Du wirst dich ja selbst versorgen können. Da kannst du mal sehen, wie das ist da. Allein. In dem Haus da."

75

In seinem Kopf befinden sich grüne, blaue und rote Flekken.
Er beugt sich mit der Leselupe über den Ausdruck der letzten PET-Aufnahme, den er von Dr. Kaduk angefordert hat. In dem roten Fleck ist ein schwarzes Loch, soviel steht fest. Wallner sieht es ganz deutlich. Allerdings. So klein ist es, daß es sich auch um eine Unregelmäßigkeit im Druck handeln könnte. Dr. Kaduk hat doch alles genau untersucht. In der Regel konnte man sich auf Dr. Kaduk verlassen. Vielleicht aber ist das Loch in Wallners Kopf, sofern es tatsächlich existierte, in der Zwischenzeit gewachsen und wäre nun auch für Dr. Kaduk sichtbar.
Das Loch ist in der Zwischenzeit gewachsen.
Er braucht Dr. Kaduk gar nicht aufzusuchen. Wallner weiß es ohnehin.

76

Wie gut, daß Ana in Bukarest ist. Man kann nur gewinnen. Dies ist eine Win-win-Situation. Am Ende liegt die Schuld bei Ana, Bukarest ist eine Ungeheuerlichkeit, jetzt ist sie es, die ausgebrochen ist, nicht man selbst. In der nahen Zukunft wird die anklagende Haltung, die sie im Moment noch an den Tag legt, einer rechtfertigenden weichen, dann einer zerknirschten. Man wird beleidigt sein können. Man wird vergeben können. Und Ana wird davon absehen, einem erneut Vorwürfe zu machen; geschweige denn, daß sie überprüfen wird, ob man tatsächlich in Nigeria war beziehungsweise ist. Man wird ihr Andenken mitbringen, sie wird sich freuen müssen, weil die Situation nach ihrer Ungeheuerlichkeit und der eigenen Großmütigkeit dies mehr denn je erfordert. Ana hat sich selber eine Grube gegraben. Sie fällt.

Außerdem kann man, woran man in Paris schon öfters dachte, Anas Sachen im Schlafzimmerschrank durchsuchen. Selbst wenn Ana umgehend in Bukarest in den Flieger steigt und nach Nürnberg fliegt, braucht sie mindestens fünf Stunden, bis sie hier eintrifft. Man hat Zeit.

Wallner öffnet die Glastüren des obersten Regals, des Costin-Regals. Neben den Videokassetten mit den Mitschnitten sämtlicher Folgen der *Popstar*-Staffel mit Costin befinden sich darin zwei Fotoalben, eines für die *PingPongs*, eines für Costin beziehungsweise CO. Ana hat manchmal am Wochenende neben einem Packen Zeitschriften gesessen, *Bravo*, *Popcorn*, *Mädchen*, hat Fotos und Artikel ausgeschnitten und eingeklebt. Wallner hat gefragt, was sie mache, obwohl er es genau wußte. Ana hat dann manchmal „Ich mach' so ein Album für Costin", manchmal „Nichts" gesagt. Seit ihrem Streit darüber, daß Costin einfach so, ohne seine Eltern vorher zu fragen, diesen Vertrag bei dieser Produktionsfirma unterschrieben hatte, haben sie eigentlich, wenn Wallner jetzt überlegt, nicht mehr wirklich kommuniziert; die ein, zwei Male, die Costin kurz dagewesen war, war er eigentlich die ganze Zeit über mit seinen Freunden unterwegs gewesen; auch Ana, mit der Costin zuerst noch regelmäßig telefoniert hatte, hat im letzten halben Jahr, seit dem zweiten Album der *PingPongs*, nur noch indirekt Kontakt mit Costin, über die Managerin der Band, eine Melanie Zoitke, mit der sie sich aber tatsächlich gut zu verstehen scheint. Ana hat öfters gesagt, mit Melanie Zoitke könne man gut reden und sie, Melanie Zoitke, kenne Costin inzwischen erstaunlich gut.

Obwohl Wallner demonstrativ aus dem Zimmer ging oder sich etwas anderem zuwandte, wenn Ana die neueste *Popstar*-Folge ansah, hatte er am Wochenende, wenn Ana einkaufen war, Anas Mitschnitte oft insgeheim im Schnellverfahren angeschaut, hatte den Vorlauf gestoppt, wenn Costin ins Bild kam. Hin und wieder, wenn er in letzter Zeit den Flieger nach Paris genommen hatte, hatte er auch in den Zeitschriftengeschäften am Flughafen in Nürnberg in Teenager-Zeitschriften geblättert, *Bravo*, *Popcorn*, *Mädchen*, um das Neueste über Costin beziehungsweise CO und die *PingPongs* zu erfahren. Wallner hatte gelesen, daß sich Costin von Henriette getrennt habe und mit der Sängerin einer anderen Band zusammen sei; daß sich das erste Album der *PingPongs* eine Woche lang auf Platz zwei der deutschen Albumcharts hielt. Costin hatte in einem Interview folgende Aussagen gemacht: „Mein Lieblingsgericht ist Sarmale, weil es mich daran erinnert, wo ich herkomm." Und: „Ich hab ein Herz für Pferde." In abgedruckten Fanbriefen hatte ein Mädchen, das 11, 12 oder 13 war, geschrieben, es sei in CO verliebt, es sei ihr größter Wunsch, ihn einmal zu treffen. Auf den Fotos, den Videos und den ausfaltbaren DIN-A 3-Postern in der Mitte der Zeitschriften, in die Wallner, am Stand in Geschäften stehend, hineinlugte, wurden aus Costins schwarzen Naturlocken kurze rote Stifteln, diese zu einer Glatze und diese zu schulterlangen, glatten blonden Haaren, trug Costin einen Ziegenbart, dann Monsterkoteletten, dann einen Dreitagebart, war glattrasiert und nahm im Lauf der Jahre deutlich zu.

Wallner zieht die Videokassette aus dem Schrank, die Ana mit *Konzert* beschriftet hat, und legt sie ein. Es ist ein Konzert mit vielen früheren und späteren *Popstar*-Gruppen, ziemlich in der Mitte des Konzerts kündigt der Moderator die *PingPongs* mit einer Single aus ihrem neuen Album an. Obwohl die Musik der *PingPongs* nie die seine gewesen ist – wenn er Musik hört, dann vielleicht seine alten LPs aus den 70ern, *Pink Floyd*, *Simon & Garfunkel*, *die Beatles*, die Großen eben –, kann selbst Wallner hören, daß die neue Single keinerlei Zug besitzt. Zudem singen die *PingPongs* jetzt auf deutsch. Die Songs auf dem ersten Album waren auf englisch gewesen, was die Banalität der Texte zumindest zu einem gewissen Teil kaschierte.

Wäre Wallner Costin, er würde sich weigern, zusammen mit diesem Wylie, der sich immerzu in den Vordergrund drängt – er ist ja viel öfter zu sehen als Costin –, den Refrain „Dann möchte ich dein Boy sein“ (direkt daran angeschlossen die Zeile der Mädchen, der immer attraktiver werdenden Seema und der grauen Maus, dieser Uschi, „Und ich dein Girl“) zu singen. Wäre Wallner der Manager der *PingPongs* und nicht Melanie Zoitke, er würde die Lieder mit größter Sorgfalt und natürlich in Rücksprache mit der Band auswählen. Man würde sich treffen. Man würde diskutieren. Wäre Wallner der Choreograph der *PingPongs*, er würde sie nicht dieses Affentheater machen lassen. Costin

kann hervorragend tanzen. Wallner weiß das. Wäre Wallner Costin, er würde Wallner um Verzeihung plus finanzielle Hilfe bitten, um diesem ganzen Popbusiness zu entkommen, wo einem vorgeschrieben wird, was man zu tun hat. Man ist unfrei. Man hat sich mit Unterschreiben des Vertrags der Produktionsfirma überantwortet.
Wallner legt den Kopf zur Seite, um die Titel der Videos in den anderen Regalen zu lesen. Die Videos sind chronologisch geordnet. Während Wallners Blick über die Videos mit den Aufnahmen aus der Anfangszeit hier in Cham schweift, sieht er Sequenzen aus Filmen vor sich, an die er sich erinnert. Wie sich Wiget und Astrid nach ihrer Trauung vor dem Eingang der Kirche zum Gruppenbild mit Verwandten aufstellen, für die Fotografen stillstehen. Wie Ana mit der Kamera durch das erste Haus in Cham geht, die viel zu dunklen Bilder wegen der schlechten Beleuchtung. Costin als Baby in der Wiege. Costin als kleiner Junge auf einer Schaukel, auf die Kamera zu schaukelnd und zurück, er, Wallner, dahinter, anschubsend, mit Schnauzer, hat er damals den Schnauzer gehabt oder erst später beziehungsweise schon früher? All diese Aufnahmen sind ohne Ton, man kann nur raten und aus der Erinnerung zu rekonstruieren versuchen, was die Leute sagen, wenn sie den Mund bewegen.
Wallner legt das Video mit der Aufschrift *Abitur Costin* ein.
Costin steigt auf die Bühne. Durch den Zoom ist sein lachendes kalkweißes Gesicht zu sehen.
Wallner weiß, was folgt.
Costin holt sich sein Abiturzeugnis beim Rektor ab, wendet sich zum Publikum, tippt sich an die Stirn, lacht, tritt von der Bühne; dann er selbst, Wallner, wie er sich den Weg durch die Menge nach vorne bahnt, wie er Costin von hinten umarmt, überschwenglich, glücklich, sie beide, wie sie

in die auf sie zuzoomende Kamera winken, aufstehen und Arm in Arm nach hinten, ausgelassen redend, zu Ana, zum Buffet gehen.

77

Stefan Wallner sagt, dies sei jetzt das dritte Jahr, in dem die Firma schwarze Zahlen schreibe. Die Firma habe jetzt eine Bonität.
Günter Wallner sagt, daß ihn dies freue.
Stefan Wallner sagt, er sei froh, daß er in der Lage war, letztes Jahr, noch bevor die Großmutter gestorben ist, ihr den Rest des geliehenen Geldes zurückzuzahlen.
Günter Wallner sagt, auch er sei froh. Er freue sich für Stefan Wallner. Er müsse es ganz offen gestehen. Am Anfang, wie Stefan Wallner vor zehn Jahren angefangen habe, da habe er Zweifel gehabt.
Stefan Wallner fragt, was Günter Wallner gedacht habe. Günter Wallner könne offen sein.
Günter Wallner sagt, wenn er ganz offen sei, habe er gedacht, der Kredit der Großeltern sei für immer fort. Die Firma halte sich vielleicht zwei Jahre. Maximal drei. Er habe ja noch gedacht, er könne Stefan Wallner von seinem Unglück abhalten.
Stefan Wallner fragt, wie Günter Wallner das meine.
Günter Wallner sagt, er habe doch Stefan Wallner das immer wieder auszureden versucht. Jetzt im nachhinein sei man natürlich schlauer. Er, Günter Wallner, sei stolz auf Stefan Wallner, er sei sehr stolz. Das sei natürlich eine Glückssache gewesen, daß die andere Firma in der Gegend gleich am Anfang zugemacht habe.

Stefan Wallner sagt, er staune, daß Günter Wallner sich das gemerkt habe.
Günter Wallner sagt, es tue ihm leid, er müsse das einmal sagen, daß er Stefan Wallner damals nicht unterstützt habe.
Stefan Wallner sagt, es müsse Günter Wallner nicht leid tun, er habe doch das Geld und den Kreditspielraum damals nicht gehabt. Er, Stefan Wallner, wisse das doch.
Es entsteht eine Pause.
Stefan Wallner fragt, ob das stimme.
Günter Wallner sagt nichts.
Stefan Wallner sagt, Günter Wallner habe das Geld und den Kreditspielraum gehabt, habe aber trotzdem Stefan Wallners Großeltern mütterlicherseits zahlen lassen, die damit die eigene Existenz aufs Spiel setzten, es seien ja eben nur Nowottnys und nicht Wallners, und da sei es ja egal.

78

2. August
Das Kinderdorf soll mich in Frieden lassen. Ich wünsche keine Anrufe mehr von wegen „Wir benötigen Ihre Vermittlung“ oder „Ist es in Ordnung, wenn wir das Geld für das und das verwenden?“ Ich vermittle nicht. Und: Ja, es ist in Ordnung.

79

Da ist Ndou. Er trägt ein langes hellgrünes Hemd und weiße Kniehosen aus Leinen. Er streckt den rechten Arm aus, die Goldreife daran klimpern. Er fragt, lächelnd, „Monsieur?“ und zeigt seine strahlend weißen Zähne.

80

Van Riet sitzt neben Wiget auf dem Sofa im Wohnzimmer der Wigets, ihm gegenüber sitzt Astrid auf einem Stuhl. Sie hat sich vorgebeugt und hört van Riet und Wiget konzentriert zu, die, sobald das Gespräch auf die Firma gekommen ist, begonnen haben, leiser zu sprechen. Astrid trägt den weißen oder rosafarbenen Bademantel, den sie anhatte, als Wallner und Wiget zusammen den Film über den Bundeswehreinsatz in Nigeria angeschaut hatten, dessen Titel Wallner jetzt vergessen hat. Wallner stellt sich vor, daß Patrick in seinem Zimmer im ersten Stock sitzt und fürs Abitur lernt. Er hat die blaue Matrosenmütze aufgesetzt, die ihm van Riet aus Hamburg mitgebracht hat.

81

Das Gesicht des Türstehers ist für einen Moment im Guckkasten der metallenen Tür erschienen, kurz nachdem Wallner den Klingelknopf gedrückt hatte, ohne daß jedoch ein Klingeln zu hören gewesen wäre. Die Wände des Korridors sind mit Spiegeln belegt. Wo sie an die Decke und den glatten Fußboden anschließen, sind kleine Christbaumlämpchen befestigt, rot, weiß, blau. Wallner steigt die Treppe am Ende des Korridors herunter. Es hat ihm niemand gesagt, aber er vermutet, daß dies der Weg ist, möglich, daß die Spiegel zugleich Türen sind. Das Dröhnen des Basses wird mit jeder Windung der Treppe lauter.

Der Raum, in den Wallner tritt, liegt im Halbdunkel. Nur das Glitzern der Discokugel an der Decke wandert langsam über die Tische in den Nischen, die leere Tanzfläche, die Stange in der Mitte, die von einem Spotlight erhellt wird. Im Schwarzlicht, das von irgendwoher kommen muß, von der Lampe über der Bar, aus der Bar heraus, sind die Fusseln auf der Kleidung, die Zähne der Gestalten, die an der Bar sitzen, zu erkennen. Wallner tritt näher heran, bestimmt. Die Frauen drehen zuerst die Köpfe nach ihm um, dann stehen sie auf.

Eine ist mittelgroß, schlank, brünett, eine asiatisch, athletisch, eine schwarz, kräftiger, eine klein, schwarzhaarig, kräftiger, eine klein, blond.

Wallner geht langsam an ihnen entlang, bleibt stehen, geht weiter, geht zurück. Er deutet auf die kleine schwarzhaarige Frau.

Sie legt den Arm um seine Hüfte, zusammen gehen sie langsam quer durch den Raum, auf einen Treppenaufgang zu, bei dem es sich aber nicht um jenen handeln kann, über den Wallner hier hereingekommen ist. Die kleine schwarzhaarige Frau flüstert Wallner etwas ins Ohr, etwas auf französisch. Auf der Treppe ist sie vorausgegangen, Wallner ist zurückgefallen.

82

Bei *Chez Robert* kann man wunderbar draußen sitzen, Kaffee trinken, Zeitung lesen oder einfach nur das Treiben auf dem Platz beobachten. Philippe, der Kellner, kennt einen schon. An guten Tagen, wenn man keine Schmerzen hat, das Wetter schön ist und man noch die ganze Woche vor sich hat, genießt man es hier richtig. Die Passanten, die spielenden Kinder, die Tauben. Man ist glücklich. Man hat keine Last. An schlechten Tagen, wenn man Schmerzen hat, das Wetter nicht so gut ist, man nur noch wenige Tage bis zur Abreise nach Cham hat plus Ana wieder am Telefon Vorwürfe erhoben hat, hat der Platz etwas Bedrückendes. Man sieht müde von der Zeitung auf. Die Passanten und die spielenden Kinder lärmen. Und diese Gedanken regen sich in einem: Was wäre, wenn einem jemand hier auf die Schliche käme, wenn es jemandem einfiele, einen zu erpressen.
Im Juni war beispielsweise plötzlich ein mittelgroßer Herr aufgetaucht, circa 50, kurzes blondes Haar, gut gekleidet. Kurz nachdem man sich selbst vors *Chez Robert* gesetzt hatte, hatte auch er an einem Nebentisch Platz genommen, Zeitung gelesen und ab und zu hinübergesehen, manchmal nickend, wie es einem vorkam. Als Ana am Telefon eine Andeutung machte, aus der zu schließen war, daß sie einem nicht glaube, ja, daß sie möglicherweise genau wisse, wo man sich in Wirklichkeit befinde, konnte man davon ausgehen, daß sie ihre Informationen von ebendiesem Herrn hatte, bei dem es sich demnach um eine Art auf einen selbst angesetzten Privatdetektiv, vielleicht auch um einen Bekannten oder Freund oder Liebhaber Anas handelte, der ihr einen Gefallen tun beziehungsweise sich einschmeicheln wollte, und wie war da die Überführung des Ehemannes noch zu übertreffen?

Als Ana sich später in Cham für ihre Ausfälligkeiten am Telefon entschuldigte und sagte, sie wolle nicht, daß diese Ehe in die Brüche gehe, sie wolle das nicht, vielleicht sei es ja nicht mehr so wie früher, aber man könne doch die Jahre, die einem bleiben, noch mit Würde und Respekt dem anderen gegenüber verbringen, und als man sie in die Arme genommen und man die Tränen in ihren Augen gesehen und selbst zu weinen begonnen hatte, man wußte nicht mehr, was tun, was denken, und als sich dann beim nächsten Parisaufenthalt der Herr nicht mehr blicken ließ, erwies sich der vormalige Verdacht als gegenstandslos und damit auch die bereits im Kopf ausgearbeiteten Pläne, den Herrn entweder auflaufen zu lassen, indem man so tat, als wüßte man nicht, daß man beobachtet werde, nur um falsche Fährten zu legen, oder aber, die Flucht zu ergreifen, Paris zu verlassen und sich in einer anderen Stadt eine zweite Existenz aufzubauen (vielleicht Prag; man kennt Prag von Geschäftsreisen), als überflüssig.

83

14. Juni
Im Apartment rechts wohnt Monsieur Damiens, circa 1,80, graues Haar, Bürstenschnitt, drahtig. Um 8:15 Uhr geht er zum Bäcker, Baguette holen. Um 9 Uhr verläßt er das Haus mit einem schwarzen Aktenkoffer, um zur Arbeit zu gehen. Um 17 Uhr kommt er zurück. Von 19 bis 23 Uhr sieht er fern, oft auch Spielfilme auf englisch, wie ich durch die Schlafzimmerwand hören kann. Selten Besuch. Samstags um 19 Uhr verläßt er mit einer Sporttasche das Haus und kommt erst nach 0 Uhr zurück. Zu unregelmäßigen Zeiten,

zumeist abends, hört man rhythmisches Quietschen. Es ist davon auszugehen, daß Monsieur Damiens eine Rudermaschine, ein Rad oder ähnliches in seinem Zimmer aufgestellt hat.

84

Wallner sitzt am Schreibtisch über sein Notizbuch gebeugt. Die Beine hat er übereinandergeschlagen. Seine Ellbogen ruhen auf der Tischfläche. Er schreibt sehr schnell mit dem Bleistift, der auf dem Papier ein kratzendes Geräusch erzeugt.

85

Christian Aimard, Anfang 60, circa 1,85 groß, leicht untersetzt, spitze Nase, sich lichtendes brünettes Haar, kennt alle Wege Wallners, weiß, wo er essen, wo er einkaufen, wo er ins Sonnenstudio geht. Er kennt alle bisherigen Putzfrauen Wallners in Paris, tatsächlich hat *er* sie auf die Anzeigen aufmerksam gemacht, die Putzfrauen sind alle Bekannte Aimards. Aimard ist in Wallners Apartment gewesen. Er hat Wallners Computer und Fernseher angeschaltet, die Kriminalromane gelesen, die Toilette benutzt und sich ein Rumpsteak mit Petersilkartoffeln zubereitet. Wüßte Wallner etwas von Aimard, hätte er bereits seine Route durch das Viertel geändert und sich vielleicht, trotz der Pläne, die Nachbarwohnung zu kaufen, ein anderes Apartment gesucht. Wallner weiß nichts von Aimard.

Tagsüber ist Aimard in einem Fotolabor eines Supermarchés angestellt. Aimard entwickelt Fotos innerhalb einer Stunde, die Abzüge von digitalen Bildern kann man sofort mitnehmen. Wallner folgt er am Wochenende oder in der Mittagspause, oder er nimmt sich extra frei. Außer es regnet. Aimard haßt Regen, nicht nur spannt er bei Regen einen XXL-Regenschirm mit dem Aufdruck der Sehenswürdigkeiten von Paris auf, sondern er trägt auch neongelbe Regenkleidung mit Extraverschluß an Armen und Beinen, so daß kein Wasser auf seine Haut gelangt. Aimard ist alleinstehend. Er hatte einmal eine Beziehung zu einer jungen Frau, Claire, in Nantes, als er 28 war und noch im Fotolabor seines Vaters arbeitete. Aber Claire heiratete einen anderen. Abends steht Aimard auf einer Leiter an der nördlichen Wand seines Schlafzimmers. Die Wand ist fast vollständig mit Fotos von Wallner bedeckt. Während Wallners Aufenthalten in Paris steht Aimard hier an der Wand und klebt die Fotos auf, die er am Tag von Wallner gemacht hat. Bald wird Aimard beginnen, auch an der westlichen und östlichen Wand Fotos aufzukleben.

86

Aimard hat eine Freundin, Anne-Catherine Moureau. Sie ist schlank, ja mager, trägt eine Nickelbrille und hat das blonde Haar mit den grauen Strähnen stets zu einem Zopf geflochten. Nie trägt sie Hosen, immer Röcke mit T-Shirts oder Blusen, weiß. Aimard kannte Moureau vom Sehen, sie kaufte ab und zu im Supermarché ein. Vor zwei Monaten war sie dann zum ersten Mal zu Aimards Theke gekommen, hatte ihm eine Filmrolle übergeben und ihm ihren Namen gesagt, Moureau, wobei sie auf einen Punkt neben Aimards rechtem Ohr schaute. Auf dem 36er-Film waren nur sechs Fotos gewesen: drei von einer weißen Katze mit schwarzen Flecken am Kopf, drei von einer sehr aufgeräumten Wohnung mit Möbeln, die nach *IKEA* aussahen. Moureau war am Ende der Woche noch mals mit einer Filmrolle zum Fotolabor gekommen, die Woche darauf jeden zweiten, die übernächste Woche fast jeden Tag. Hatten die Fotos zunächst immer ähnliche Ansichten von derselben Katze und derselben Wohnung gezeigt, war auf den Bildern bald gar nichts mehr zu sehen gewesen, das heißt, Moureau hatte Aimard unbelichtete Filmrollen zum Entwickeln gegeben. Wenn Aimard Moureau die Taschen mit den schwarzen Fotos, die sich an den Rändern grau aufhellten, über die Theke reichte, ließen weder er noch sie sich etwas anmerken. Dann war Moureau ein paar Tage lang nicht zum Fotolabor gekommen, und Aimard, der inzwischen wußte, zu welchen Zeiten Moureau einkaufte, welche Produkte sie bevorzugte, welche Gesten sie beim Artikel-in-den-Einkaufskorb- und Artikel-aufs-Band-Legen machte, hatte untertags umsonst seine Theke verlassen, um nachzusehen, ob Moureau nicht vielleicht gerade in einem der Gänge im Supermarché vor den Kompottdosen oder in der Fleischabteilung stand. Nach vier Tagen hatte sich aber Moureau Punkt 12 Uhr an der Theke des Fotolabors eingefunden und sich Bilderrahmen angesehen, die zu einem Sonderpreis angeboten wurden. Aimard, der eigentlich zum ersten Mal nach drei Wochen wieder Wallner durch die Stadt hatte folgen wollen, war unschlüssig gewesen, was er tun sollte. Schließlich hatte er sich, während ihn sein Lehrling vertrat, an einen der Tische in der Bäckereiabteilung neben dem Fotolabor gestellt und sich ein Croissant sowie Kaffee gekauft. Auch Moureau hatte sich bei der Bäckereiabteilung einen

Croissant sowie Kaffee gekauft, und weil auf dem anderen Tisch Brösel und eine Lache waren, hatte sie Aimard gefragt, ob sie sich an seinen Tisch stellen dürfe.
Bald treffen sich Aimard und Moureau regelmäßig in einem Café, dann auch abends in einem chinesischen Restaurant, Einladungen zu Aimard und Moureau, deren Wohnung und Katze Aimard schon von den Fotos her genau kannte, folgen. Aimard und Moureau entdecken Gemeinsamkeiten: Moureau, die als Sekretärin in einer Firma für Landmaschinen arbeitet, ist ordentlich, führt Buch über die anderen Mieter in ihrem Haus. Schon seit längerem hat sie Aimard beim Einkaufen bemerkt. Die Filmrollen sind natürlich nur ein Vorwand gewesen, Kontakt mit ihm herzustellen. Aimard erzählt Moureau von Wallner, dem Verdacht, daß etwas mit ihm nicht stimme; nicht nur verberge er etwas, auch scheine er ein schwaches Herz und angegriffene Nerven zu haben. Er fasse sich oft an den Kopf. Aimard zeigt Moureau die Wände in seinem Schlafzimmer mit den Fotos Wallners.
Beim Sex hat Moureau sehr laut und schrill gerufen. Aimard und Moureau beschließen, fortan nicht nur gemeinsam über die Mieter in Moureaus Haus Buch zu führen, sondern auch gemeinsam Wallner auf die Schliche zu kommen. Abwechselnd beschatten sie Wallner, der noch immer keinen Verdacht schöpft. Sie zapfen seine Telefonleitung an, sie mieten sich in der Wohnung im Haus gegenüber ein und betrachten Wallner durch ein Fernrohr auf einem Stativ, sie kennen sein E-Mail-Paßwort, obwohl er es regelmäßig ändert. Am Anfang und am Ende der Fluchtwege, die sich Wallner in seinem Quartier zurechtgelegt hat und die er hin und wieder zur Verwirrung eventueller Detektive oder Verfolger oder Erpresser einschlägt, stehen sie immer schon, wartend.

87

Aimard und Moureau haben Wiget und Astrid kontaktiert! Wallner hat für einen Moment den Eindruck gemacht, als hätte er die vier auf der Strandpromenade in Le Havre erkannt, scheint aber zum Glück zu glauben, sich getäuscht zu haben, da er ganz ruhig weitergegangen ist, sich später ein Tretboot gemietet hat, mit dem er für ein paar Stunden raus aufs Meer gefahren ist, später ist er wieder in seine Pension zurückgekehrt und hat nicht ausgecheckt.
Aimard, Moureau, Wiget und Astrid haben sich in einem Landhaus etwas außerhalb der Stadt einquartiert. Aimard hat Wiget und Astrid die Fotos von seiner Schlafzimmerwand gezeigt, Moureau hat ihnen Kopien von Wallners Telefonrechnung vorgelegt. Wiget und mit ihm auch Astrid hatten seit Wallners Ausscheiden aus der Firma gegenüber Wallner Schuldgefühle gehabt, deren Besänftigung Wallner aber durch nicht angenommene Telefonate, nicht beantwortete E-Mails und die durch Ana abgelehnten Einladungen zu verhindern gewußt hatte. Wallner hatte Wigets und Astrids Pläne einer Versöhnung durchkreuzt. Durch Aimard und Moureau hat sich Wigets und Astrids Bild von Wallner verändert. Wiget und Astrid fühlen bezüglich Wallner Enttäuschung, die mit jedem weiteren Bericht des beharrlichen Aimards und der aufrichtigen Moureau sich in Wut verwandelt. Drängend steht die Frage im Raum, wie sich Wiget und Astrid an Wallner rächen können. Noch wollen sie abwarten. Sie wollen morgens zu viert nach Paris fahren und mit Aimards und Moureaus Hilfe Wallners Apartment betreten. Am Abend stoßen die Wigets mit Aimard und Moureau mit einem Glas Rotwein an. Man versteht sich. Im Landhaus schlafen die Wigets im Ehebett im Schlafzimmer im ersten Stock, Aimard und Moureau im

Ehebett im Schlafzimmer im Erdgeschoß. Wallner stellt sich vor, daß beide Schlafzimmer wie sein eigenes Schlafzimmer in Cham aussehen.
Am Donnerstag wird Wiget mit Eva telefonieren. Er kennt sie schon länger. Er hat sie gebeten, Wallners Arbeitszimmer in dessen Villa nach brauchbaren Unterlagen zu durchsuchen. Wiget bezahlt Eva.

88

Butter: E 1, 20
Brot: E 2, 70
Tomaten: E 3
Gewürzgurken: E 2, 20
Cidre: E 2, 30
Pizza (3): E 8, 76
Käse: E 4, 23
Zeitung: E 2, 10

89

Man geht spazieren. Nur vereinzelt kommen einem Passanten entgegen. Die Bäume der Allee haben vom Wind zu rascheln begonnen. Man stellt den Mantelkragen hoch. In der Ferne ist über den Dächern die Spitze des Eiffelturms aufgetaucht.

90

Man liegt mit geschlossenen Augen auf dem Rücken im Bett. Durch das gekippte Fenster dringt der Straßenlärm von draußen, eine Autoalarmanlage, Kinder, die rufen. Man legt den rechten Arm über den Kopf.

91

Man hat einen stechenden Schmerz in der Seite.

92

Man geht spazieren. Nur vereinzelt kommen einem Passanten entgegen. Die Bäume der Allee haben vom Wind zu rascheln begonnen. Man stellt den Mantelkragen hoch. In der Ferne ist über den Dächern die Spitze des Eiffelturms aufgetaucht.

93

Ist der Wunsch nach Flucht vorhanden?
Ja.

94

Man liegt mit geschlossenen Augen auf dem Rücken im Bett. Durch das gekippte Fenster dringt der Straßenlärm von draußen, eine Autoalarmanlage, Kinder, die rufen. Man verschränkt die Arme auf der Brust.

95

Kundenfrequenz der Bäckerei gegenüber (gezählt wurden die Personen, die das Geschäft betraten, Kinder inklusive):
7–9 Uhr: 138
9–12 Uhr: 97
12–15 Uhr: 88
15–17 Uhr: 95
17–20 Uhr: 127

96

Er streift die Beete am Zaun entlang. Hinten, auf der Terrasse, essen Oma, Opa und Papa Kuchen. Er reckt den Kopf und schaut auf die großen gelben Blüten, die sich auf seiner Augenhöhe befinden. Ob Bienen darauf sind. Viele sind darauf. Er nimmt die Flasche, stülpt sie über die Blüte, er versperrt die Öffnung mit dem Zeigefinger, die Biene ist gefangen. Die Biene fliegt nach oben, stößt an, krabbelt auf der Innenseite der Flaschenwand entlang. An den Hinterbeinen der Biene sind kleine orangenfarbene Säckchen. Die Biene sitzt auf seiner Fingerkuppe. Das kitzelt. Die Biene hat ihn gestochen. Ihr Hinterteil hat gewackelt. Er hat geweint. Die Flasche ist ins Gras gefallen. Die Biene ist weg. Sein Zeigefinger ist angeschwollen. Oma, Opa und Papa haben nach ihm gerufen und sind aufgestanden. Er ist zu ihnen gelaufen. Opa und Papa stehen vor den Korbstühlen und sagen etwas wie „Hat dich eine Biene gestochen", Oma ist in die Hocke gegangen und hat, während sie etwas Beruhigendes sagt, irgend etwas, seine Hand ergriffen. Sie steckt seinen Zeigefinger in ihren Mund, saugt daran, spuckt aus, saugt weiter.

97

An den Bäumen in den Alleen und Parkanlagen kann man schon die ersten Knospen sehen.

98

Vor dem Wohnhaus ist eine Baustelle. Ein Loch wurde gegraben, darüber ein gelbes Zelt aufgestellt. Bauarbeiter, die meisten Marokkaner, stehen in ihren orangenen Anzügen drumherum und unterhalten sich sehr laut. Manchmal verschwindet einer von ihnen im Zelt, im Loch. Ein beinahe unerträgliches Bohrgeräusch ist zu hören, das den ganzen Körper mitvibrieren läßt. Man könnte fast denken, die Lärmquelle komme von innen.

Costin goes and fucks himself

01

Gaaaanz langsam öffnet er die Augen, macht „Umpf", dreht sich zur Seite und zieht die heruntergerutschte Decke bis zum Kinn. Das Bettzeug riecht noch voll frisch. Die letzten Tage hat ihn der Mief ein bißchen aufgeregt. Aber als er heute morgen nach einem Vollbad, einer Rasur und all dem anderen Schnickschnack aus dem Bad kam, da war nicht nur sein Bett frisch bezogen, auch das Zimmer war gesaugt worden und wieder so einigermaßen aufgeräumt. Nichts mehr zu sehen von den Chips- und Salzstangenbröseln, den eingetrockneten Cola- und Bierlachen, den leeren Pizzakartons und Dosen auf dem Boden; auch der Aschenbecher: ausgeleert; und die herumliegende Wäsche: entweder mitgenommen, wahrscheinlich zur Reinigung, oder aber picobello zusammengelegt.
„1 A Zimmerservice", hat er jetzt tatsächlich gemurmelt, obwohl er das eigentlich nur denken wollte.
Das Kissen ist weich, wie Daunen, der Satz ist ihm gleich danach eingefallen, und war das nicht der Refrain von so einem Song, von diesem Dortmunder Typen, der einen auf Tim aus *Tim und Struppi* machte? Er hat die Augen jetzt wieder geöffnet und gesehen, daß im Fernseher gegenüber vom Bettende lautlos eine Folge der Telenovela läuft, die er die letzten Nachmittage regelmäßig geguckt hat. Gerade ist Marcello in Großaufnahme erschienen, Zoom auf seinen bestürzten Gesichtsausdruck, wahrscheinlich erklingt gerade diese chromatische Synthie-Schicksalsmelodie dazu.
Costin richtet sich kurz auf, sieht, daß die Fernbedienung auf dem Nachttisch liegt, und läßt sich zurück ins Bett fallen. Er blinzelt noch ein paar Minuten auf Roswitha, die mit Pedro streitet, vermutlich wegen seiner Affäre mit Frederica, Roswithas Schwester, mit der er, Pedro, es, als Ros-

witha im Urlaub war, in deren, Roswithas, Bett getrieben hat, dann schließt Costin die Augen, macht sie noch einmal auf und schaut auf das Fenster über dem Fernseher, durch das das schwächer werdende Licht des Nachmittags dringt, schließt sie wieder, um weiterzuschlafen.

02

Schon seit einer ganzen Weile, keine Ahnung, wie viele Sekunden oder vielleicht sogar Minuten, starrt er auf diese ungeöffnete Coladose auf dem Schreibtisch am Ende des Zimmers. Als Junge hatte er ja mal so eine Phase, zu der Zeit, als er gerade die *X-Men*-Comics las, wo er tatsächlich – voll beschränkt im nachhinein eigentlich – den Cyclops-Blick geübt hat. Cyclops-Blick: Du starrst auf einen Gegenstand in deiner Umgebung, Obst, Süßes, was zu trinken, keine Ahnung, oder auch so Abbildungen in Katalogen oder im Internet, Zeug, das du gern hättest, Videos, CDs, Kleidung, und du hoffst, daß es zu dir kommt, also auch irgendwie indirekt, daß jemand kommt und es dir gibt, vielleicht als Geschenk.
Er war sich am Ende dieser Phase nie so ganz sicher gewesen – Achtung: oberbeschränkt –, ob er nicht vielleicht tatsächlich diesen Cyclops-Blick besessen hatte. Manchmal hatte er nämlich tatsächlich das, was er sich wünschte, wenig später, ohne daß er es ausdrücklich gesagt hätte, geschenkt bekommen; und dann, einmal, hatte er Tata nach einem Streit sehr lange mit seinem Blick fixiert, und plötzlich – was nur ein Zufall gewesen sein kann, aber trotzdem ziemlich spooky – ist Tata sauübel geworden, und er ist ins Badezimmer gestürzt, um sich zu übergeben.

Costin hatte eigentlich, wenn er es jetzt so bedenkt, die ganze Zeit nicht mehr an den Cyclops-Blick gedacht. Aber dann hatte ihn vor paar Monaten Jessica extremst böse angesehen und, ohne daß er darüber nachgedacht hätte, hatte er, wie aus der Pistole geschossen, gerufen: „Boah! Der Cyclops-Blick! Voll evil!"
Costin stellt sich vor, wie die ungeöffnete Coladose durch das Zimmer über den Teppich zum Bett in seine rechte Hand schwebt.

03

Jetzt kommt gleich Hobbes.
Costin hat mittlerweile ungefähr nach der Hälfte eines Joints ein ganz gutes Gespür dafür, in welchen Comic er gleich eintauchen wird. Als ihm sein Vater, wie er 14 oder 15 war, für zwei Wochen seine Kamera wegnahm, er sich nicht wie gewohnt abends im Bett filmen konnte und deshalb unter Einschlafstörungen litt, hatte Costin die Augen geschlossen und sich vorgestellt, wie er jetzt wohl aus der Perspektive der Kamera an seinem ausgestreckten Arm aussehen würde. Immer öfter hatte er dann aber, kurz vor dem Eindösen, die jeweilige Situation, sich selbst im Bett, in einer Panelabfolge, damals vor allem im Stil der Mangas, die ihm Quirin geliehen hatte, vor Augen gehabt. Auch später hatte er während seiner Zeit mit den *PingPongs*, immer wenn er sein Handy nicht greifbar hatte, um schnell ein Foto von sich zu schießen – fummel Tasche links, fummel Tasche rechts, Blick rechts, Blick links, Panik –, Comic-Meditation gemacht, wie er es für sich selbst nannte, bei Signierstunden, vor Auftritten, auf der Bühne. Nachts, wenn er

wach lag und die Dinge nicht so gut gelaufen waren, hatte er sich manchmal das jeweilige Interview, den Auftritt als Comic vorgestellt – worüber er meistens eingeschlafen war. Eines Tages dann, als er in der Endphase der *PingPongs* backstage mit Seema einen Joint rauchte, hatte sich plötzlich, zum ersten Mal, soweit er das jetzt beurteilen konnte – stimmte das? –, eine Comic-Meditation von selbst eingestellt, ohne daß er überhaupt an einen Comic gedacht hätte. Seema hatte wie Minnie Maus gesprochen, er selbst war Micky gewesen, und auch die Farben des Backstage-Raums hatten *disney*-grell zu leuchten begonnen. Wie sich herausstellte, hatte Costins ungewollte Comic-Meditation nichts mit dem Gras, das angeblich, so Seema, von einem Freund aus Basel stammte, oder mit der Situation an sich zu tun gehabt, sondern hing wohl mit einer speziellen chemischen Voraussetzung in Costins Körper zusammen, mit psychischen Faktoren, gekoppelt mit der persönlichen Vorgeschichte und sich daraus ergebenden blablabla, was wußte er schon: Denn nachdem er bei der Pinkelpause auf dem Klo einer Tankstelle einen Joint geraucht hatte, den er über Wylie von dessen Tulpen-Connection Jens bezogen hatte, hatte Costin beim Verlassen des Kabuffs plötzlich ein wohlvertrautes hautenges Kostüm am Körper gefühlt, ein schwarzes Cape flatterte hinter ihm, statt der Sonnenbrille trug er eine Maske mit Fledermausohren, der Tour-, oder besser: jetzt *Bat*bus stand schon mit laufendem Motor bereit, hinter den Scheiben konnte er Wylie, ne, bullshit: Robin ausmachen, während er noch das Lachen des Tankwarts hinter sich als Joker-Kichern im Ohr hatte – kein Zweifel: Er befand sich im *Marvel*-Universum.

Hat Costin zu *PingPongs*-Zeiten sein Gras zuerst über Wylie oder Seema bekommen, so ist Costins Bezugsperson jetzt

Dirk, ein Kneipenwirt in Schöneberg, der nur, so er, Dirk, für Freunde etwas besorgt, also auch für Costin, da Dirk Costin als Jessicas Freund kennengelernt hatte, Jessicas Freunde auch Dirks Freunde sind und Costin damit selbst nach der Trennung von Jessica weiterhin zu Dirks Kreis gehörte, einmal dabei, immer dabei, so Dirk.
Die Umrisse der Gegenstände im Hotelzimmer treten jetzt, wie mit schwarzem Filzstift nachgezogen, stärker hervor, färben sich ein, koloriert. Der Sessel ist bereits hellgrün, der Teppich rötet sich gerade. Gleich wird er kommen. Costin spürt, daß sich seine Haare zu Calvin-Zacken aufstellen. Da senkt sich was von der Decke ...
Hobbes: „Hast du mal Zeit?"
Calvin: „Muß bis morgen einen Aufsatz über das Thema ‚Was kann ich tun, damit die Welt schöner wird' schreiben. Hab keine Zeit zum Spielen."
Hobbes: „Ich spiele ja gar nicht. Ich leiste einen wichtigen Beitrag für die Wissenschaft, indem ich unerschrocken ausprobiere, welche Veränderungen der Wahrnehmung sich durch das Kopfüber-von-der-Decke-Herunterhängen ergeben."
Calvin hängt kopfüber neben Hobbes.
Calvin: „Glaubst du, ich kann die Forschungsergebnisse morgen statt meiner Hausaufgaben präsentieren?"

04

„CO?"
Costin hat sich zu dem Mädchen, das ihn an der Theke angesprochen hat, umgedreht – schwarze Locken, dunkler Teint, Zinken, etwas größer als er selbst, fünf von zehn zu erreichenden Punkten –, festgestellt, daß er es nicht kennt,

„Hi" gesagt und dann wieder weggeschaut. Die Bedienung, die, entsprechend dem Namen der Filiale der Fast-Food-Kette, *The Fifties*, einen kurzärmeligen rosa Angora-Pulli sowie eine Marilyn-Monroe-Perücke trägt, oder sind das wirklich ihre Haare? – wobei Costin seit Einführung der Kette in Deutschland vor ein paar Jahren da ja echt Zweifel hat, ob überhaupt jemand in den USA oder damals in der BRD so rumgelaufen ist –, hat mit stark sächsischem Akzent „Für hier oder zum Midnähm?" gefragt.

Er hat schon immer so eine Schwäche für Themen-Restaurants gehabt, bei Cham gab es ja auch, in dem Entertainment Areal Richtung Furth, so einen Laden, *Junge Römer*, wo die Bedienungen, inklusive Gabriele, sein damaliger Schwarm aus der K 12, wegen der er dort von Anfang an regelmäßig aufkreuzte – Achtung: originell –, in Togen rumliefen und die Gäste beim Essen auf so Kanapees lagen.

„CO? Hallo-ho!?" hat das Mädchen neben Costin gesagt.

Costin: „Kennen wir uns? Kenn ich dich?"

Mädchen: „Hey bitte. Stuttgart. After-Show-Party. Pool. *Holiday Inn*. Die Basak von deiner Schule und ich mit euch im Jacuzzi und ..."

Costin (hastig): „Ach. Oh. Du bist das. Was machst denn du hier?" (Betonung auf *du*)

Erst mal soll die hier nicht so ein Theater machen, so daß ihn alle erkennen, und außerdem soll die diesen Krams in der Öffentlichkeit nicht auspacken. Schon möglich, daß er sie kennt, auch wenn er sich nicht an Stuttgart, geschweige denn einen Pool im *Holiday Inn* und schon gar nicht an ein Jacuzzi erinnern kann – und noch was: Wer ist Basak?

Die Bedienung hat Costin einen in einer Retro-50s-Plastik-Lunchbox (grün, mit Träger) verpackten 50s-Chicken-Burger gereicht und ihm einen „Gudn Abbedied" gewünscht.

Als sich Costin später, in der Missionars-Stellung, umdreht

und die angewinkelten Beine des Mädchens, das gesagt hat, es heiße Umut, gesehen hat, erinnerte ihn genau dieser View an ein Panel aus einem *Barbarella*-Comic, vor dessen aufgeschlagenen Seiten er zum ersten Mal onanierte. Umut hat zweimal laut „CO" gerufen, Costin hat noch mal einen Gang zugelegt und dann, während er spürt, daß er kommt, und für den Bruchteil einer Schrecksekunde dachte, er habe kein Kondom angelegt, wo ihn doch noch vorhin beim Anlegen des Teils wieder mal der Scheißgummigeruch aufgeregt hatte, „Oh, Umut" gesagt, einmal.

05

Doch. Man kann die zehn Euro mehr pro Nacht, die er hier im Vergleich zur *Pension Paula* zahlt, wo er vorher gewohnt hatte, schon an der Einrichtung des Zimmers sehen. Kein billiges Blumenbild über dem Bett, sondern ein Chagall-Druck. Auch die Möbel, Bett, Nachttisch, Schreibtisch, aus so massivem, dunkelbraunem Holz. Und das Bad: wie gerade frisch installiert und nicht so ein Ekel-DDR-Look wie in der *Paula*.

Costin hechelt mehrmals, damit der heiße Käse auf dem Stück der Pizza Hawaii, von der er abgebissen hat, abkühlt. Als plötzlich das Streicher-Tremolo eingesetzt hat, hat er wieder zum Fernseher gegenüber vom Bettende geschaut.

Close-up Pedro.

Pedro: „Morgen kommt Sandro aus dem Knast raus."

Close-up Elvira.

Elvira: „Nein." (Pause) „Nein! Nein!"

Pedro (Elvira in den Arm nehmend): „Laß uns abhauen, Schatz! Laß uns einfach weggehen von hier."

Diese Streicherlinie hat verdammt nach diesem Sommerhit von vor Ewigkeiten geklungen, der mit der Welle von den *Helden*, nein, *Julimond*. Costin hat etwas Heißes auf seinem rechten Fuß gefühlt und ist mit einem Ruck vom Schneidersitz in die Hocke gegangen. Das Stück Schinken, das von der Pizza in seiner Hand heruntergefallen ist, liegt auf seinem rechten großen Zeh. Er steckt es in den Mund. An der Stelle, wo es auf dem Laken gelegen hat, ist ein kleiner kackfarbener Fleck.

06

Melanie sagt: „Ihr steht um 4:30 Uhr auf. Ihr habt 30 Minuten um aufzustehen, zu frühstücken und so weiter und so fort. Um 5:00 Uhr kommt das Taxi. Der Flug ist um 6:10 Uhr. *Ich* habe eure Tickets. Ich muß euch nicht sagen, daß jeder für sein Gepäck selbst verantwortlich ist. Von 9:30 Uhr bis 10:00 Uhr habt ihr ein Interview mit *Q*. Um 10:30 Uhr habt ihr einen Live-Gig bei M 93, 3. Um 12:00 Uhr habt ihr einen Live-Gig im *Saturn*. Um 13:00 Uhr eßt ihr bei *McDonalds*. Die *Popcorn* wird da sein. Ihr werdet fotografiert. Um 15:00 Uhr habt ihr eine Autogrammstunde auf der Messe bis 16:00 Uhr. Um 16:30 Uhr dreht ihr den Spot für *Nike*. Um 19:30 Uhr habt ihr frei. Ihr duscht, eßt, macht euch die Maske *sel*-ber und so weiter und so fort. Euer Auftritt in der Show ist um 21:15 Uhr. *Di*-rekt im Anschluß unterhaltet ihr euch noch mit Karl. Er wird euch zu eurem neuen Album fragen, zur Vorbereitung für die Tour, vielleicht wird er auch die Gerüchte über Seema ansprechen. Ihr kennt ja Karl. Es muß aber keiner *Angst* haben. Ich muß euch ja wohl nicht sagen, was ihr ihm sagt."

07

Er merkt, daß sein Herz jetzt bereits nicht mehr so rast wie noch gerade eben, und fragt sich für einen Moment, wie schon früher auch einmal, warum eigentlich aus manchen Handys so ein künstlicher Polaroid-Kamera-Klick-Sound kommt, wenn man ein Foto macht. Er schaut auf das Display des Handys, mit dem er vorhin, als er spürte, daß er gleich eine Attacke bekommen würde, schnell ein Foto von sich gemacht hat – die mittlerweile klassische Foto-Panik-Präventiv-Aktion, die Klein-Costin nach jahrelanger Übung aus dem Effeff beherrscht: Hand mit Handy hoch, übers Gesicht halten, in Linse gucken, *klick,* und fertig. Wobei er nicht sagen könnte, ob sie, die Attacke, gekommen war, weil er darauf geachtet hatte, auf die Attacke, oder umgekehrt: erst Attacke, dann darauf geachtet. Auf dem Bild des Displays hat er einen starren Blick, sein Mund ist ein ganz klein wenig geöffnet. Er ist bleich und könnte mal wieder eine Rasur gebrauchen. Seine schwarzen Locken sehen fettig aus und kräuseln sich auf dem beigen Kissen, auf dem er jetzt liegt.

08

Constanze steht an der Kommode, mit der einen Hand hält sie sich daran fest, die andere Hand hält sie sich vor den Mund. Sie weint. Elvira ist ins Zimmer gekommen, sie bleibt kurz stehen, als sie Constanze so sieht, dann geht sie auf sie zu und legt ihr von hinten den Arm um die Schulter. Constanze (schluchzend): „Laß uns das irgendwie hinter uns bringen. Daß wir da neu anfangen.“

Elvira (zögernd): „Es tut mir ..."
Constanze (sie unterbrechend, plötzlich gefaßt): „Ich weiß schon. Ich weiß doch. Ich habe Sachen falsch gemacht, und du hast Sachen falsch gemacht. Vielleicht können wir das jetzt zu so einem Wendepunkt machen. Laß uns einfach versuchen zu vergessen, was da passiert ist."
Constanze dreht sich um und nimmt Elviras Hand. Zoom auf die ineinandergelegten Hände.
Er hat wieder diese krassen Augenschmerzen bekommen, die er schon seit ein paar Tagen, mindestens aber seit gestern hat, und vom Fernseher weg auf den Van-Gogh-Druck daneben geschaut, die Sonnenblumen mit dem Aufdruck *Van Goghs Sonnenblumen*, über dem weiß lackierten Schreibtisch, dessen Beine schon ziemlich abgeschlagen sind. Über dem Bett hängt ja auch so ein Van-Gogh-Druck, eine Sternennacht. Auf dem Laken sind Brösel, Reste von Popcorn, die er an seinen nackten Füßen spüren kann.
Er steht auf, der Kreislauf ist extrem unfit, wenn man sich den ganzen Tag nicht bewegt.
Er kneift die Augen zu, macht sie auf, kneift sie zu, macht sie auf, damit die schwarzen Flecken, die er sieht, verschwinden.
„Sobald das Bettzeug ausgebeutelt ist, fühlt es sich frisch an, riecht besser und wird auch ganz schnell wieder warm", sagt er sich und friert in diesem Augenblick ein bißchen, so nur im Pyjama, den Luftzug von der Decke, die er an den Enden gefaßt hat und kräftig schüttelt, im Gesicht, auch noch ein bißchen wackelig im Kopf von der plötzlichen körperlichen Anstrengung.

09

Kann ja wohl nicht sein. Er liegt, als er jetzt blinzelnd die Augen aufmacht und sich langsam aufrichtet, ausgestreckt auf dem Boden, direkt neben dem Nachttisch, er ist aus dem Bett gefallen und um ein Haar auf die Nachttischkante geknallt. Ein Bein hängt noch auf der Matratze. Sein Rücken tut weh, das spürt er jetzt, vom Fall auf den harten Boden.

Er hatte wieder diesen Albtraum, den er schon zu den *Ping-Pongs*-Zeiten hatte, kein Zweifel, er sieht die Bilder noch vor sich: Er auf der Bühne neben Seema, vor ihnen Uschi und Wylie, viel zu nah beieinander, bei der Choreo können sie dem anderen zuerst gerade noch so ausweichen, dann plötzlich stoßen sie zusammen, Seema haut Costin ihren Arm ins Gesicht. Im Schlaf muß er dann immer die Tanzbewegungen in irgendeiner Form mitgemacht haben, jedenfalls hat immer wieder, wenn er aus dem Albtraum erwachte, die Nachttischlampe auf dem Boden gelegen, oder er hatte noch für Sekunden, im Moment des Wachwerdens, mit Armen und Beinen gezuckt, wie ein Spack. In der Öffentlichkeit, also beim Einkaufen oder beim Essengehen, ist es ja auch schon ein paarmal vorgekommen, daß er an einen *Ping-Pongs*-Song denkt, *Wild Lady* zum Beispiel, und sich und seine Umwelt da irgendwie für einen Moment vergißt und auf einmal die jeweilige Choreo macht, „Wild“: vorspringen, Beine auseinander, „La-dy“: mit rechtem Arm ein „L“ in die Luft malen, „Lady“ mitsprechen, Kopf hin, her und den linken Arm mit der zur Faust geballten Hand in die Höhe, zwischen den Regalen im *Tengelmann* oder in der Warteschlange beim *Mac*.

Costin klettert zurück ins Bett. In den Aushöhlungen der übereinandergeworfenen Decke am Bettende sind noch die

Spuren seiner Füße zu erkennen, der Tanzschritte, die er so lange im Schlaf auf der Stelle gemacht haben muß, bis er sich frei gestrampelt hat. Er zieht sich die Decke übers Kinn und summt den Refrain von *Wild Lady*, eigentlich ein Schwachsinnstext, auch nie eine Single, aber vielleicht wird er den Song auch deshalb nicht los, weil er ihn nie leiden konnte und trotzdem singen mußte, *Wild Lady, you Sexy Sadie, why don't you come?*

10

„Brian?"
Das muß Melanie sein. Das kann nur Melanie sein. Es ist Melanies Stimme. Außerdem nennt ihn ja nur Melanie Brian.
Er hatte ja mal diese Phase während der Aufnahmen zum zweiten Album, da wollte er unbedingt mit den anderen diesen Track vom *Smile*-Album der Beach Boys aufnehmen, *Wonderful*, und zwar besser als die Bootleg-Version aus den 60ern und besser als die offizielle Fassung vom *Smile*-Album 2004, damals vom alten Brian Wilson himself mit der Hilfe eines, nur für den Fachmann hörbar, Computer-Programms gesungen, das alle falschen Töne sofort korrigierte. Die anderen – Seema, Uschi und Wylie – hatten nicht mal gewußt, wer das überhaupt sein sollte, Brian Wilson, Melanie allerdings schon, die ihm damals in ihrer Funktion als Managerin der Band die Nachricht überbrachte, daß die Rechte für *Wonderful* zu teuer wären, außerdem seien ja sowieso alle gegen den Song. Melanie war es damals auch gewesen, die ihn, als er sich, vielleicht aus Trotz, während der Zeit im Studio so anzog wie Brian Wil-

son Ende der 60er – weißes Shirt mit drei blauen Querstreifen, Pilzkopfhaarschnitt, bei Bedarf die fette Hornbrille und, ab und zu, der obligatorische rote Feuerwehrhelm –, statt wie bisher Costin oder wie die Fans und Medien CO, Brian nannte – gar nicht boshaft, sondern, ja, irgendwie liebevoll; auch noch, als er für die Tour wieder sein Outfit ändern mußte, sprich: wieder so aussehen mußte, wie er, Costin, vor den Aufnahmen ausgesehen hatte und wie man ihn draußen, sprich: vor allem auf dem Bildschirm, in den Zeitschriften, auf der Bühne und so weiter kannte. Er hatte seitdem das Gefühl, er habe vor allen anderen in der Band einen besonderen Draht zu Melanie und, nachdem er ja diese Anfangsschwierigkeiten mit ihr gehabt und er ihr beim ersten Album noch gesagt hatte, daß ihm ihr Große-Schwester-Gehabe tierisch auf den Sack gehe, hatte das jetzt saugut getan, er war froh gewesen, daß sie da war, daß er eine Verbündete in diesem ganzen Zirkus hatte, die wußte, wie es ihm manchmal zumute war und was wirklich abging, seine große Schwester, die Melanie.
„Melanie?“ hat Costin in das Mikro an seinem Headset gefragt und ist über seine eigene Stimme ein bißchen erschrocken, die total brüchig und rauh klingt, OK, so wie man eben klingt, wenn man was getrunken, geraucht und bis jetzt geschlafen hat und zum ersten Mal am Tag was sagt. Er schaut auf das ausgeklappte Display seines Handys auf dem Nachttisch neben dem Bett. Yup. Das Gesicht, obwohl schlecht ausgeleuchtet, gehört Melanie. Er achtet darauf, daß er für die Kamera in seinem Handy nicht zu sehen ist, sondern lediglich die gegenüberliegende zart rosa gestrichene Wand. Sieht Melanie halt nur die zart rosa gestrichene Wand. Ist auf jeden Fall weniger peinlich, als wenn sie mitbekommt, in was für einem Zustand er sich befindet.
Melanie sagt: „Wie kommst du denn dazu, einfach so abzu-

tauchen, keiner hat deine neue Handynummer, niemand weiß, wo du bist." (Melanie zu einem imaginären Gegenüber:) „Weißt du, wo der Costin steckt?" (Melanie als imaginäres Gegenüber:) „Nee, den hab ich ja auch schon ewig versucht zu erreichen, aber von dem fehlt irgendwie jede Spur."
Costin sagt: „Die lange Tour, die Sehnenscheidenentzündung, die Depressionen, der Streit mit Wylie, Jessica, die mich rausgeworfen hat …"
„Brian. Ich muß dir was sagen. Da ist was passiert."
„Die Plattenfirma ist pleite. Die Band hat sich in meiner Abwesenheit für immer aufgelöst."
„Brian."
„Man hat dir gekündigt. Wylie ist nach Brooklyn gezogen."
„Brian."
„Seema hat einen Unfall gehabt. Nicki hat einen Unfall gehabt. Wylie hat einen Unfall gehabt."
„Costin. Dein Vater ist gestorben."
„Mein Vater ist gestorben."
„Dein Vater ist gestorben."
Die Bettdecke ist weiß. Der Teppich ist hellbraun. Über dem weiß lackierten Schreibtisch hängt der Spiegel. Die Wand ist zartrosa gestrichen.
„Brian?"
Melanies Gesicht auf dem Display des Handys, das er in die Hand genommen hat, ist ernst. Sie hat die Stirn in Falten und den Kopf zur Seite gelegt, als horche sie darauf, ob eine Antwort von ihm komme. Melanies Haare sind schwarz. Jetzt preßt sie die Lippen zusammen, sie hat einen mitleidigen Blick. Costin weiß, daß sie ihn jetzt, in diesem Moment, auf ihrem Display hat, wie er mit angezogenen Beinen auf dem Bett kauert, der Mund, durch den er versucht, langsam und regelmäßig zu atmen, sein Haar muß zerzaust sein.

11

Schon beim Aussteigen aus dem Taxi und dann während er mit geschulterter Reisetasche über das grüne Gatter springt, langsam die Einfahrt entlanggeht bis zur Villa, hat er diese Klezmer-Klarinetten-Musik von diesem Typen, Friedmann, Friemann, Freimann, leise und dann immer lauter, wie hochgefadet, im Ohr gehabt, also innerlich. Er klingelt. Ana öffnet ihm. Er tritt ein, stammelt irgendwas, umarmt Ana und fängt an zu weinen. Die Tür ist hinter ihm mit einem *Klick* ins Schloß gefallen. Während er jetzt „Das ist alles so furchtbar" schluchzt, hat er, glaubt er, Speichelfäden zwischen den Lippen, jedenfalls spürt er so was. Ana hat ihn umarmt, aber sie hat noch gar nichts gesagt, weinen tut sie auch nicht, sie hält ihn nur.
Ana hat seit Tagen geweint, denkt Costin. Ana hat keine Tränen mehr. Sie hat das Tiergeschäft vorübergehend geschlossen. Ana schläft schlecht, jetzt auf einmal ganz allein im Ehebett. Nachts geht sie durchs Haus. Sie vermeidet es, Bilder Tatas anzusehen. Astrid und Uli helfen ihr. Sie hören zu, sie trösten, sie streicheln Ana über den Rücken. Ana sitzt viel auf dem schwarzen Sofa im Wohnzimmer. Manchmal sieht sie fern. Sie versucht sich, so gut es geht, abzulenken. Das gelingt nur selten. Es ist noch zu früh. Alles ist Schmerz. So wird es sein.
Aus der halboffenen Tür zum Eßzimmer ist ein Mann in den Flur getreten. Es ist Tata. Die Statur. Der dunkelblaue Anzug. Costin schaut in ein Gesicht, das nicht das von Tata ist, graublondes Haar, eher runde Backen.
Ana, deren Gesichtszüge sich verhärtet haben und die Costins Unterarm festhält, leicht, sagt: „Das ist Herr Kauderer, er ist Anwalt und hilft mir jetzt mit den Sachen."
Herr Kauderer. Anwalt. Mamas verhärtetes Gesicht. Herr

Kauderer sagt, es tue ihm leid, und schüttelt Costin die Hand, er verabschiede sich jetzt auch schon wieder, zu Ana gewandt, er melde sich dann bei ihr.
Ana geht, bei Costin eingehängt, ohne etwas zu sagen, auf den Boden schauend, ins Wohnzimmer. Auf dem schwarzen Ledersofa sitzt ein großer brauner Hund. Der Hund hebt den Kopf, öffnet das Maul, hechelt. Costin beugt sich zu dem Golden Retriever oder Setter oder was auch immer und krault ihn zwischen den Ohren.
Ana: „Benny".
Auf rumänisch fährt sie fort, daß sie doch diese Tierboutique gehabt habe. Die habe sie vor einem Jahr aufgegeben. Die Tiere, die sie noch gehabt habe, habe sie dann mitgenommen. Also zum Beispiel Benny, im Eßzimmer seien zwei Kanarienvögel und draußen treibe sich irgendwo der Peter herum, so ein schwarzer Kater.
An dieser Stelle müßte Costin, der sich den Rotz von der Nase wischt, eigentlich etwas sagen, eine Entschuldigung zum Beispiel, warum er so lange nichts von sich hat hören lassen, oder eine Nachfrage, wie genau das jetzt passiert sei, mit dem Tata, Melanie meinte ja Schlaganfall, ein paar Tage Koma, und aus.
Costin hat neben Benny Platz genommen. Ana setzt sich auf den Sessel gegenüber, Benny ist vom Sofa aufgesprungen und hat sich vor Anas Füße auf den Boden gelegt. Er beziehungsweise sie – Costin geht mal davon aus, daß es sich trotz des männlichen Namens um ein weibliches Tier handelt – hebt den Kopf, schaut auf eine Stelle im Wohnzimmer, spitzt die Ohren, hechelt, läßt den Kopf wieder sinken. Während Ana auf rumänisch erzählt, Herr Kauderer habe ihr gerade dabei geholfen, den Verkauf ihres Anteils von *Wallner & Wiget* in die Wege zu leiten – Verkauf von *Wallner & Wiget*? Wie bitte? –, sie werde auch in absehbarer

Zeit die Villa hier abstoßen – abstoßen? Schluck! –, es gebe bereits Interessenten, morgen sei ein Besichtigungstermin in der Früh, was solle sie noch in Cham, sie werde nach Bukarest ziehen – Arrrg! –, sie habe sich schon nach einer schönen Wohnung in der Innenstadt umgeschaut, hat sich Costin vorgestellt, wie es eigentlich wäre, wenn Benny ein Hunderoboter wäre und statt einer Rute einen überdimensionalen Schlüssel besäße, mit dem man ihn beziehungsweise sie aufziehen könnte, Benny würde zuerst schnell, dann immer langsamer eine Runde nach der anderen im Wohnzimmer drehen, oder, wie ein Kolben in einem Motor, den Kopf heben, senken, heben, senken, tatatatata, mit nachlassendem Tempo, bis die Feder in Bennys Innerem ihre Spannung verlöre.
Costin hat die Schultern hochgezogen, die Arme erhoben und Ana auf deutsch gefragt: „Ja und wie ist das jetzt mit Tata gewesen, also wie genau, was hat sich da“, wobei ihm auffällt, daß diese Bewegung, die er gerade macht – Schultern hoch, Arme ausgestreckt, mit Händen einen Kreis beschreiben –, mit dem Bridge-Teil des *PingPongs*-Songs *Flüsse und Seen* übereinstimmt.
Ana sagt auf rumänisch, daß er ja das alles nicht wisse. Sie haben sich ja schon wie lange?, ein halbes Jahr?, ein Jahr nicht mehr richtig gesprochen. Er sei ja nie zu erreichen gewesen.
OK – jetzt kommt die Standpauke.
Tata und sie haben sich ja in der letzten Zeit auseinandergelebt, sagt sie auf rumänisch. Er sei kaum mehr zu Hause gewesen. Sie sei viel gereist, vor allem nach Rumänien und in die benachbarten Regionen. Costin wisse ja nicht, wie die letzte Zeit gewesen sei mit ihr und Tata. Was mit Tata eigentlich los gewesen sei. Sie müsse Costin da mal was sagen.

Costin hat gehustet, er hatte eigentlich nur so pseudo-husten wollen, um irgendwie die Anspannung zu lösen, und jetzt hustet er wirklich, plötzlich hat er Tränen in den Augen gehabt, weitergehustet, die Hände vors Gesicht gehalten, er weint.

Er hat etwas an seinem Bein gespürt, zuerst hat er gedacht, es sei Benny, dann hat er aber gesehen, daß Ana vor ihm in die Hocke gegangen ist und über sein Knie streichelt, sie hat gesagt: „Aber, scumpul meu, ich weiß doch. Ja. Das ist jetzt alles zuviel. Ja? Jetzt leg dich vielleicht erst mal ein bißchen hin, hm?"

Ana streichelt weiter über sein Knie und starrt ins Leere, auf einen Punkt im Wohnzimmer.

Sie hat Costin ein Taschentuch gereicht. Während er sich schneuzt, sagt er auf deutsch, das sei alles ein bißchen viel jetzt, und, sich die Wangen abwischend, wohin mit dem Taschentuch?, Ana nimmt es, was denn jetzt mit dem Tata gewesen sei, was sie ihm da sagen wolle.

Ana sagt: „Na, eigentlich nichts. Er ist halt die ganze Zeit in Nigeria gewesen. Aber das hast du ja eh schon gewußt. Das ist halt für mich, für uns beide, sehr schwierig gewesen, wenn man sich nicht mehr so richtig sieht, er hat es halt etwas übertrieben, er nimmt ja alles immer so extrem ernst, du kennst das ja", Ana als Wallner (Oberkörper aufrecht, geballte Faust beim Sprechen, den Takt schlagend): „Mankann-das-jetzt-nicht-einfach-so-hinnehmen", sie hat kurz aufgelacht, aber dann sofort wieder den starren Gesichtsausdruck von vorhin bekommen, Costin hört zu weinen auf, sie hat ganz kurz zu ihm, dann wieder weggeschaut, ins Leere.

„Aber was er da im Kinderdorf erreicht hat, was er da geschafft hat, jede freie Minute war er da, ja letztlich ..., wie sagt man da, Altruist?, also selbstlos, die haben sogar eine

Straße nach ihm benannt, also er hat sich da wohl aufgerieben, in Port Harcourt, aber wir können – wir können" (sie macht eine Pause) „schon, also, stolz auf den Tata sein."
Jetzt sollte Costin eigentlich noch mal fragen, wie und wo der Tata eigentlich gestorben ist, ob in Nigeria oder Cham, wo er begraben ist, wie das war, die Beerdigung, aber wenn er sich Ana so ansieht, ist das alles jetzt zuviel für sie, sie hat ja, wie sie ihm das erzählt, selber Tränen in den Augen.
Costin gibt Ana einen Kuß auf den Scheitel.

12

Er erwacht von Stimmen, dreht sich zur Seite, zieht die Decke bis zum Ohr. Scheißhotelgäste. Sollten verdammt noch mal ruhiger sein, zumindest auf dem Flur, *Rück*-sicht? Hallo?! Hier wohnen noch andere Gäste?! Er tastet nach der Fernbedienung auf dem Nachttisch, auf dem etwas Weiches, Flauschiges sitzt. Er macht die Augen auf. Er hält einen großen Maikäfer in der Hand. Also keinen richtigen. Eine Stoffpuppe von einem Maikäfer, so groß wie ein Brotlaib. Costin richtet sich mit einem Ruck auf. Das Bett, in dem er liegt, ist hellblau angestrichen und hat dünne rote Streifen, auf dem Boden rundherum liegen Stapel, Stapel von Comics. OK. Stoffpuppe = Dinu Mai. Bett = sein, Costins, altes Kinderbett, das Christopher-Bett. Zimmer = sein altes Kinderzimmer, im Keller. Ort = Cham. Zeit = Montag morgen. Tata = tot. Das heißt aber auch: Hotelgäste = die potentiellen Käufer der Villa, von deren Besichtigungstermin Ana gestern sprach.
Costin setzt sich auf den Bettrand und wartet darauf, daß sich die Stimmen der potentiellen Käufer, ein Ehepaar, äl-

ter, und Ana entfernen, so daß er durch den Flur ins Bad gehen kann. Er möchte nicht gesehen werden. Vor allem nicht mit dieser MPL (=Morgendliche Prachtlatte), die sich merkwürdigerweise in den letzten Sekunden, als er erkannte, wo er ist, gebildet hatte. Mit einem alten, an sich abgelegten T-Shirt aus dem Kleiderschrank - er hatte in der Eile vergessen, sich im Hotel in Berlin eines einzupacken - und seiner Reisetasche unterm Arm ist er dann durch den Flur geeilt, hat sich zunächst in den Türrahmen von Anas Büro neben seinem Zimmer gedrückt, dann an der Wand vorsichtig um die Ecke gespäht, ist zum Bad gesprungen. In der Duschkabine hat er, ohne hinzusehen, mit einem Dreh, das Wasser in der Temperatur eingestellt, zu der er früher schon immer als Jugendlicher duschte, hat, automatisch, mit der anderen Hand nach dem Shampoo ganz oben auf der Leiste der Duschwand gelangt, wo es nicht gestanden hat, und schmiert sich dann statt dessen mit dem Duschgelsample ein, das in der Seifenschale lag, die sonst eigentlich immer - sonst eigentlich immer = zwischen Costins 18. und 21. Lebensjahr, das heißt zu der Zeit seines Zivildienstes und der ersten BWL-Semester in Regensburg - leer war. Es hat sich da rein zufällig ergeben, daß er, beim Waschen seines Schwanzes, zu onanieren anfing. Während er seine Vorhaut vor- und zurückzieht, dachte er dann auch nicht an einen zurückliegenden Geschlechtsverkehr, sondern daran, daß er wahrscheinlich für sehr lange Zeit das letzte Mal in Cham sein würde, daß er unbedingt schauen sollte, ob jemand von seinen alten Freunden in town wäre, also die nächsten drei, vier Tage - länger würde er diesen Psychostreß, Ana, das Haus, die ständigen Erinnerungen, sowieso nicht aushalten -, jetzt kommt er, wischt sich mit dem Duschstrahl sauber.

Vor dem Bad stand dann Ana, als hätte sie hier schon eine ganze Weile gewartet. Sie sagt auf rumänisch, das Ehepaar sei schon gegangen, es habe großes Interesse gezeigt, sie wolle Costin etwas zeigen, lieber gleich, ehe sie es dann vergesse und er weg sei. Im Hobbyraum hat sie die Sachen von Tata eingestellt, die aus seiner Hütte im Kinderdorf, typisches Afrika-Zeug, ein bunter Flickenteppich, ein Klappschreibtisch, ein paar so Statuetten, geschnitzte Negerköpfe, außerdem seien noch Bücher und Kleidungsstücke in den Umzugkartons, die da so rumstehen, ob Costin etwas brauche, die Bücher seien auf französisch übrigens, Ana kenne jetzt ihre, Costins und Jessicas Wohnung, nicht, aber für irgend etwas habe man ja immer Verwendung, sie, Ana, könne die Sachen jedenfalls nicht um sich haben, Costin wisse schon.
Costin sagt auf deutsch, Jessica und er seien nicht mehr zusammen.
Ana sagt auf deutsch, sie habe gedacht, Jessica und Costin seien noch zusammen.
Costin sagt auf deutsch, Jessica und er seien nicht mehr zusammen.

13

Er sitzt auf der Bank im Pausenhof und ißt ein Knoppers. *Knoppers – Die kleine Waffel mit dem großen Effekt.* Seit er mit den *PingPongs* einen Werbespot für den Scheiß gedreht hat, hat er so Bons, 500 ungefähr, die er in jedem Supermarkt gegen Knoppers eintauschen kann. Einziger Nachteil: Jedesmal, wenn er ein Knoppers ißt, hört er diesen Satz, den er bis zum Erbrechen vor der Kamera wiederholt hat. Es ist große Pause. Noch zehn Minuten, dann beginnt die fünfte Stunde. Sein Deutschlehrer, Herr Heindl, hat vorhin her- und dann gleich wieder weggeschaut.

14

Rechts im Hof sind die Unterstufler. Eine Gruppe Mädchen und Jungs spielen was– was, ist nicht so ganz zu erkennen. Sie laufen zu der Betonumrandung, in der die Pappel steht, rauscht, bleiben da stehen, laufen geschlossen wieder ein paar Meter zu einem scheinbar fest markierten Punkt und wieder zurück zur Betonumrandung und so weiter, lachend, total kirre. Ein Mädchen trägt das Outfit von Agata aus der ersten *Popstar*-Staffel, sieht eigentlich auch identisch aus wie Agata, nur halt in klein.

15

„Costin?"
Costin schaut sich um und dann wieder auf Quirin in Nadelstreifenanzug und rosa Krawatte hinter dem Schalter. Kein Zweifel: Quirin hat Costin schon auf den ersten Blick erkannt, obwohl der doch seine Standardverkleidung trägt: Mega-Kim-Jong-Il-Sonnenbrille (gelbgetönt), hochgestellter Anorak-Kragen, in die Stirn gezogenes *I love Austria*-Cap (auf der *PingPongs*-Österreich-Tour in Linz gekauft).
Eigentlich wollte Costin ja in die Chamer Filiale der *Dresdner Bank* gehen, nach Quirin Lothar fragen, der dort, wie er aus dessen letzter SMS von vor zwei Jahren weiß, arbeitet,

sich, durch die Verkleidung anonym, bei ihm nach einer Lebensversicherung erkundigen und sich erst am Ende beim Abschluß des Vertrages und der damit verbundenen Nennung des Namens zu erkennen geben. Quirin hätte Augen gemacht.
Während sie im *Rigoletto*, dem Italiener gegenüber der Filiale, auf das Mittagessen warten, sagt Quirin: „Und – was treibt dich ..."
OK. Jetzt kommt die Standpauke.
Costin sagt: „Mein Vater ist gestorben."
Quirin ist platt. Costin muß irgendwas sagen, damit in dieser Mittagspause noch ein halbwegs normales Gespräch zustande kommt. Costin fragt: „Ist Marco auch irgendwo?"
Quirin sagt: „Das habe ich ja gar nicht gewußt. Das tut mir sehr leid. Das tut mir leid. Kommst du klar?"
Costin nickt, Quirin soll jetzt mal die Beileidstour beenden und weiterreden.
„Ja, der Marco", sagt Quirin, „der Marco ist in Hof, Gymnasium, Geschichte, Deutsch."
„Sara?"
„Anwaltskanzlei, München."
„Verheiratet mit Bernd?"
„Mit Christof."
„Ach ja, Christof. Bernd ist der andere. Sonst irgendwer von unserem Jahrgang hier?
„Nein."
„Der Tobi? Der Vogt?"
„Der Tobi. Ja."
„Spacko-Tobi? Echt? Spacko-Tobi?"
Costin macht mit den Armen Verrenkungen und grunzt dazu.
„Ja."
Quirin lacht kurz.

„Seit dem Studium sind der Tobi und ich eigentlich ganz gut befreundet. In der Schule war der vielleicht bißchen seltsam, aber jetzt ist der voll OK, du weißt schon."
Pause.
„Und bei deinen Eltern? Alles fit bei deinen Eltern?"
„Ja. Doch."
„In der Bank?"
„Ja."
Na super, das läuft ja.
„Freundin?"
„Ich bin verheiratet. Mit der Susi. Wir haben eine kleine Tochter. Die Veronika."
OK, Costin hat jetzt auch gerade das „R" zum ersten Mal seit wie lange? Oberpfalzstyle vorne und nicht hinten im Mund gebildet; aber so wie Quirin das „V" als „F" ausspricht, wird Costin das nach der Zeit in Berlin nie wieder hinkriegen. Quirin holt seinen Geldbeutel aus der Gesäßtasche. Klar. Foto zeigen. Bisheriger Informationswert des Treffens = null. Quirin hat entweder einen schlechten Tag, ist super eingeschnappt, oder er hat sich krassest verändert. Allerdings nicht vom Aussehen her. Quirin hat tatsächlich seinen Look über die Jahre hinweg beibehalten. Dick und Mecki. Frage: Hatte Quirin immer schon Sommersprossen? Frage: Hatte Quirin immer schon diese Nase (Marke Kartoffel)? Frage: Wer ist Susi?
Das mit der Florian-Geyer-Brücke wird wohl auch nichts werden. Insgeheim hatte Costin ja gehofft, er könne mit Quirin zu einem ihrer alten Lieblingsorte gehen und dort ein paar Erinnerungen aufleben lassen. Früher – in der Siebten? Oder war das in der Achten? – hatten sie dort *Brücke* oder besser: *Die Brücke* gespielt. Das war so gekommen: Ihr Geschichtslehrer hatte ihnen, als sie den Zweiten Weltkrieg durchnahmen, erzählt, daß es so einen klassi-

schen Streifen aus den 1950ern gebe über eine Gruppe von Schülern, die in den letzten Kriegstagen eine völlig unwichtige Brücke gegen die heranrückenden Amis verteidigen und dabei alle bis auf einen draufgehen, einer *der* Antikriegsfilme schlechthin, großes Kino, *Die Brücke* genannt; und der sei in keinem geringeren Kuhdorf gedreht worden als – Trommelwirbel, stolzes Lächeln, geschwellte Brust – „in unserem Cham" (O-Ton Geschichtslehrer). Der Schwarzweißfilm, der sich natürlich in Tatas umfangreicher DVD-Sammlung gefunden und den Costin sich zusammen mit seinen Kumpels angeschaut hatte, war dann zwar alles andere als großes Kino gewesen, vielmehr endlos öde, jedenfalls für einen Teenager; aber er hatte Costin, Quirin, Marco und Co. dazu gebracht, eines Nachmittags in den Sommerferien, mit Spritzpistolen bewaffnet, zur Florian-Geyer-Brücke rüberzuradeln, sozusagen zum Originalschauplatz der Schlacht beziehungsweise des Films.
Costin kann sich nicht mehr erinnern, aus welchem Grund, aber plötzlich waren sie damals mitten dabeigewesen, Szenen aus dem Streifen nachzustellen, Sätze der Schauspieler aufzusagen – erst lachend, dann voll ernst, sie schossen aufeinander. Fast den ganzen Sommer lang war das so gegangen – mit wechselnder Besetzung und mit unterschiedlichem Ausgang: Mal war Quirin oder Marco oder Costin oder irgendein anderer, auf der einen Seite des Ufers, der Ami, mal war einer von ihnen, auf der anderen Seite, Fritz Wepper oder Volker Lechtenbrink gewesen. Mal starben sie bei der Verteidigung der Brücke, mal überlebten sie. Mal gewannen, wie im Original, also im Film, die Amis, mal die Deutschen, und war der Weltkrieg noch nicht zu Ende. Fußgänger, die die Brücke während des Spiels überquerten, wurden miteinbezogen, gehörten, ohne daß sie es wußten, entweder zu der einen oder der anderen

Kriegspartei und wurden, unsichtbar oder einige Male auch mit Wasser, erschossen.

Irgendwann in jenem Sommer hatten sie dann aufgehört mit dem *Brücke*-Spiel, sei es, weil einige von ihnen mit den Eltern in Urlaub fuhren oder weil sich herausstellte – war das in diesem Sommer gewesen, oder hatte Costin das erst nach der Schule irgendwo gehört? –, daß die Florian-Geyer-Brücke ja gar nicht die Florian-Geyer-Brücke aus dem Film war; die Florian-Geyer-Brücke, die im Film gezeigt worden war, war in den 1990ern durch eine neue und nur so ähnlich wie die alte aussehende Florian-Geyer-Brücke ersetzt worden.

Quirin fragt, ob sich nach Jessica für Costin etwas Neues ergeben habe. Susi habe einen *Bunte*-Artikel gelesen. Außerdem: Wie es jetzt mit den *PingPongs* weitergehe. Das zweite Album sei ja nicht so gut gelaufen. Was schade sei. Denn ihm, Quirin, habe es besser als das erste gefallen. Es sei von der Musik und den Texten her individueller gewesen. Komme Seema bald wieder aus Indien zurück? Gehe es Uschi schon besser? Schließlich: Quirin habe sich Sorgen gemacht. Als er erfuhr, daß Costin die letzten Monate in Hotels verbracht habe. Auf dem Foto, das er neulich gesehen habe, habe Costin sehr, Entschuldigung, versifft ausgesehen.

Der Quirin, der Quirin. Der Quirin weiß Bescheid. Der Quirin hat sich schlau gemacht. Der Quirin hat Zeitschriften gelesen.

Costin ist platt. Er spielt das alles runter. Ja – Uschi gehe es nach ihrem Reitunfall schon wieder besser, das Bein heile. (Das ist die offizielle Version: Uschi hat gar keinen Reitunfall gehabt. In Wirklichkeit hat sie während der letzten Auftritte die Krise gekriegt, Eßstörung, vor und nach den Auftritten kotzen, kaum mehr ansprechbar et cetera.) Auch

Seema befinde sich längst wieder in Deutschland. (Ihr Vater sei in Bombay schwer erkrankt, Krebs, sie habe hinfliegen müssen, hatte es offiziell geheißen. Tatsächlich war Seema, die ja eigentlich Jennifer heißt, nach der letzten Tour nach Manchester zu ihren Eltern geflogen– beide putzmunter übrigens. Die „Postkarten" mit den „Eindrücken von ‚meinem' Indien", die auf die *PingPongs*-Homepage gestellt worden waren, inklusive Stadt und Landschaftsaufnahmen, waren in Wirklichkeit, soviel Costin weiß, von einer Mitarbeiterin der Agentur geschrieben worden.) Man plane schon. (Kein Wort davon, daß die *PingPongs* eigentlich nach dem Mißerfolg des zweiten Albums gedroppt worden sind. Vielleicht noch hier und da ein Charity-Auftritt - Dat wars dann aber auch.)
Costin hebt die Gabel und zieht die Käsefäden seiner Lasagne in die Länge. Interessant, daß das hier, beim *Rigoletto*, tatsächlich nach wie vor die beste Lasagne ist, die man weit und breit in Deutschland - und Costin war nun wirklich fast überall - bekommen kann. Er hätte ja gedacht, daß es vielleicht in Berlin oder dann in Italien eine Lasagne gibt, die zumindest genauso gut wie die *Rigoletto*-Lasagne ist. Aber ne. Pustekuchen. Costin hechelt, damit der heiße Käse in seinem Mund abkühlt.
Vor dem Eingang zum *Rigoletto*, nachdem Quirins Mittagspause fast um war und für Costin eigentlich schon fest stand, daß er ein Revival der Schul-Blutsbruderfreundschaft Costin-Quirin vergessen konnte, hat Costin plötzlich, und ohne daß er es sich vorher überlegt hätte, Quirin mit dem ausgestreckten linken Arm zurückgehalten, den Hals rekkend, nach links und rechts über den Chamer Marktplatz lugend, wo jetzt gerade der Bus nach Furth steht, Costin flüstert mit gerunzelter Stirn: „Vorsicht, Robin, die Gegend hier ist nicht geheuer. Irgendwo kann hier der Joker lauern."

Quirin (flüsternd, erregt): „Was schlägst du vor, Batman?"
OK. Das heißt: Wie noch zu Schulzeiten, wo sie Szenen aus der 60er-Jahre-Batman-TV-Serie nachspielten, wird Costin Batman und Quirin Robin und damit, wenigstens einmal noch, für die nächsten Sekunden, ganz der alte sein.
Costin (nervös): „Schlage vor, wir suchen da drüben im Gebüsch Deckung."
Quirin (laut): „Heiliger Strohsack. Meinst du denn, wir schaffen es bis dahin, Batman?"
Costin (Faust in die Hand schlagend): „Wir müssen es versuchen, Robin. Die Zeit wird knapp."
Quirin (Faust reckend): „Abgemacht. Ich folge dir, Batman. Aber laß uns vorsichtig sein."

16

Costin liegt auf der rubinrot bezogenen Ottomane, mit der linken Hand hat er ab und zu eine Rebe hochgehalten, von der er dann eine supersüße Traube in den Mund baumeln läßt, plopp!, mit den Lippen pflückt. Er hat sich aufgerichtet, eine Bedienung herbeigewinkt und ihr den Blechkelch hingehalten. Die Toga der Bedienung wird an den Schultern von Spangen zusammengehalten, die Riemen ihrer Sandalen sind um die Schienbeine gewickelt. Sie nimmt den Krug von ihrer Schulter, obwohl sie Costin superlieb angeschaut hat, scheint sie ihn nicht erkannt zu haben. Von den Thermen am anderen Ende der Halle, wo ein dicker Bademeister am Beckenrand steht, leider auch in Toga, mit Lorbeerkranz auf dem Kopf, ist Gejohle und Platschen gekommen. Die Bedienung füllt Costins Becher bis zum Rand mit O-Saft-Sekt und geht wieder zurück zur Theke.

17

Er klingelt. Ana öffnet ihm. Er tritt ein, stammelt irgendwas, umarmt Ana und fängt zu weinen an. Die Tür ist hinter ihm mit einem *Klick* ins Schloß gefallen. Während er jetzt „Das ist alles so schrecklich" schluchzt, hat er, glaubt er, Rotzbläschen in den Nasenlöchern gehabt, jedenfalls spürt er so was.

Ana hat ihn umarmt, Ana bebt, Ana weint.

In seine Schulter schluchzt sie: „Du kannst dir das ja nicht vorstellen, wie furchtbar das ist, jetzt allein im Ehebett, und ich war doch schon bevor der Tata gestorben ist immer so allein, als ob er schon da nicht mehr gelebt hätte, so oft bin ich da durchs Haus gegangen, die ganze Nacht, und immer wenn ich was gesehen habe, was mich an den Tata erinnert hat, also damals, als er noch gelebt hat, da habe ich das nicht ausgehalten. Ich habe das nicht ausgehalten. Die Bilder, die Sachen, die ihm gehören, die Anzüge im Schrank. Ich habe da nicht mehr hierbleiben können. Mit dem Uli und der Astrid habe ich ja eigentlich auch keinen Kontakt mehr gehabt. Wie denn auch, nach dem, was der Uli dem Tata angetan hat, das war doch nicht in Ordnung gewesen. Ich habe oft stundenlang auf dem Sofa gesessen, allein. Manchmal habe ich ferngesehen, um mich, so gut es eben gegangen ist, abzulenken. Aber das ist ja nur selten gelungen. Und dann Tatas Geiz. Wir haben ja eigentlich sehr viel Geld gehabt, seit die Firma fusioniert ist. Wir hätten uns nicht nur eine Köchin und eine Putzfrau leisten können. Aber nur die Boutique hat er mir erlaubt. Dabei hätten wir ein Schwimmbad haben können, eine Sauna, einen Fitneßraum, ein Ferienhaus, einen Sportwagen, sogar einen Chauffeur, was weiß ich. Uli und Astrid haben das alles gehabt. Die haben das richtig gemacht. Aber der Tata wollte sparen, falls einmal Notzeiten kommen würden. Falls das mit der Börse nicht klappen würde. Davor hat er riesige Angst gehabt und alle mit seinen Sorgen angesteckt. Und dann ist von dir ja auch nichts mehr gekommen. Ich habe nur weggewollt, nach Bukarest. Da habe ich wenigstens noch Verwandtschaft. Ich habe dich verloren gehabt, und ich habe den Tata verloren gehabt. Die wenigen Male, die er dann noch hiergewesen ist, da habe ich es hier nicht ausgehalten, verstehst du das? Weil es ihn da eigentlich nicht mehr für mich gegeben hat. Weil klar gewesen ist, der kommt nicht mehr zurück, hierher, der kommt nicht mehr zu mir. Alles war Schmerz. Als dann die Nachricht gekommen ist, daß der Tata, also, daß der Tata gestorben ist, ich habe da schon keine Träne mehr gehabt. Ich habe nicht mehr weinen können, weil ich schon davor soviel geweint habe."

18

Costin klingelt. Olaf Erdrich öffnet ihm. Die Tür fällt hinter Costin mit einem *Klick* ins Schloß. Costin umarmt Olaf Erdrich und fängt zu weinen an. Normalerweise geht ihm ja Olaf Erdrichs Big-Daddy-Gehabe auf die Nerven; wenn der so tut, als kümmere er sich persönlich und nicht etwa die bei ihm angestellten Manager um die jeweiligen Mitglieder der jeweiligen Bands, ihre Wünsche, ihre Sorgen, Beschwerden. Standardantwort bei Telefonaten, sofern man ihn überhaupt erreicht: Mach dir da mal *überhaupt* keine Sorgen, ich werde mich *gleich persönlich* darum kümmern; oder wenn Olaf Erdrich, dessen Produktionsfirma nicht zufällig *MA* (für *Music Academy* oder genauer: *The* Music

Academy) heißt - auch *Mama* oder *Die Mama* genannt -, wenn also Olaf Erdrich bei Treffen einem den Arm um die Schulter legt, einem über den Rücken streichelt, scherzend in den Bauch boxt und auch schon mal auf die Stirn küßt. Im Moment findet es Costin in Olaf Erdrichs Armen und an seiner Brust aber ganz OK so. Costin hat Ana sogar ein bißchen angelogen; er müsse schon früher nach Berlin, er habe einen Anruf von Melanie bekommen, es sei da so eine Tour mit allen bisherigen *Popstars* in Planung, eine *Generations-Tour*, die Proben begännen schon nächste Woche, er solle sich sobald wie möglich bei diesem Chef der Produktionsfirma, diesem Olaf Erdrich, Ana kenne ihn ja, melden, er könne auch bei ihm pennen, der habe ja so ein Riesenpenthouse - was so nicht ganz stimmte.
Anruf von Melanie, geplante Tour, Pennen im Penthouse: Ja.
Genauer Termin für Probenbeginn: Nö. Is nich.
Aber Costin mußte weg. So schnell wie möglich diese Bilder von zu Hause aus dem Kopf kriegen: Ana, wie sie weint, wie ihr alles eine Qual ist zur Zeit, dieses Haus, die Stille, dieser Hund und die Details, die da so über Tata ans Licht kommen, das braucht er, Costin, momentan nicht. Vielleicht kann er es später ab, wenn es ihm selbst besser geht. Außerdem kann er ja Ana sowieso nicht helfen, mit dem Verkauf der Firma, der Villa, mit dem Umzug und Pipapo. Diese Rolle übernimmt ein Herr Kauderer.
Olaf Erdrich, der, wenn Costin nicht alles täuscht, selber Tränen in den Augen hat, sagt, Costin könne jetzt entweder was essen oder duschen oder gleich schlafen gehen, ganz wie er wolle, sein Zimmer warte schon auf ihn; natürlich könne er auch noch runter, bißchen ausspannen, wenn ihm danach sei.
Damit alle Künstler, die bei ihm unter Vertrag sind, das Ge-

fühl haben, daß Olaf Erdrich immer ein offenes Ohr für sie hat und daß ihm tatsächlich an ihrem Wohlbefinden gelegen ist, stehen nicht nur die restlichen Zimmer in seinem Penthouse potentiell einsamen, depressiven oder erholungsbedürftigen Bandmitgliedern zur Verfügung. Olaf Erdrich hat die gesamte Etage ein Stockwerk tiefer zu einem Entertainment-Headquarter herrichten lassen, mit allem, was das Herz eines 8- bis 35jährigen Popstars begehrt: Whirlpool, Spielautomaten, Fitneßgeräte, Heimkino mit den neuesten DVDs sowie, für den Introvertierten: eine kleine Bibliothek mit Klassikern in schweinsledergebundenen Jubiläumsausgaben.

Costin möchte vielleicht noch eine Runde am Automaten Autorennen fahren und dann ins Bett. Bevor er sein Gepäck aufs Zimmer bringt, fragt er Olaf Erdrich, ob außer ihm zur Zeit noch jemand in den Gästezimmern sei. Als Olaf Erdrich sagt, daß Paolo von der *Popstar*-First-Generation gerade ein bißchen Urlaub von seiner Familie mache und sich außerdem auf die *Generations-Tour* vorbereite, er wohne im Zimmer ganz hinten links, da hat Costin für einen Moment aufgeatmet.

Nicht daß er wirklich an die Gerüchte glaubt, über die die *MA*-Popstars, spärlich bekleidet, fröstelnd auf ihren Auftritt wartend, in Backstage-Räumen von Kuhdorf-Locations so sprechen, wobei sie nervös an Kippen ziehen: Daß Olaf Erdrich in jedem Zimmer seines *MA*-Paradieses inklusive am Boden des Whirlpools Kameras installiert hat, durch die er, von einem geheimen und für Unbefugte nicht zugänglichen Kontrollraum im Penthouse aus, diejenigen seiner Schützlinge, die gerade auf Besuch sind, vorzugsweise Jungs bis 25, beobachten kann.

Mit Paolo, den Costin jetzt allerdings so richtig nur aus der ersten *Popstar*-Staffel kennt, die er damals, noch zu Schulzeiten, angesehen hat – Paolo muß schon seit Jahren nicht mehr aufgetreten sein –, mit Paolo wird er aber erst mal morgen früh das Entertainment-HQ voll ausnützen. Autorennen allein am Automaten sind suboptimal. Autorennen zu zweit sind optimal.

19

Im Aufladegerät am anderen Ende des dunklen Zimmers blinkt das Handy verführerisch grün. Costin starrt schon eine ganze Weile vom Bett aus zu ihm rüber.
„Na los, Costin, hol's dir, jetzt ein Foto, dann geht's dir besser, dann kannst du endlich einschlafen."
Das ist die innere Stimme, die Costin manchmal tatsächlich hört, der innere Costin sozusagen, obwohl er, Costin im Bett, nicht der innere Costin, so diese Sachen mit inneren Stimmen eigentlich ziemlich peinlich findet.
Innerer Costin alias PISC (Persönliche Innere Stimme Costins): „Jetzt steh schon auf, du fauler Sack."
Costin kratzt sich an der Brust. Die Schlafanzüge, die sich im Schrank der Gästezimmer in allen Größen befinden – von S für die Mädels und, nicht zu vergessen, Lasse, den Kinderstar aus der achten Staffel, über den in *Popstar*-Kreisen der Spruch kursiert „Ich hasse Lasse", bis zu XXL für die dicken Drei von den *Die dicken Drei* – fühlen sich rauh auf der Haut an, insbesondere an der Stelle, wo, wie auch auf den Handtüchern im Badezimmer, den Badeschlappen, das Logo der Produktionsfirma, *MA*, aufgenäht ist.
Innerer Costin alias PISC (beleidigt): „OK. Dann bleib halt so liegen. Aber du weißt ja sicher, was das heißt. Jetzt muß

Baby-Costin sein Hirn selber anstrengen, damit Baby-Costin nicht wieder seine Attacke bekommt.“
Schnauze, PISC. Costin hat sich diese Bilder von seiner Ankunft in Cham ins Gedächtnis gerufen. Und vielleicht liegt es daran, daß er am letzten Abend in seinem Zimmer einen Stapel *Akira*-Hefte durchblätterte, daß der Garten zu Hause, den er jetzt sieht, nur aus ein paar flüchtigen Schwarzweiß-Strichen besteht, und ihm selbst, das spürt er in diesem Augenblick, auf dem Weg zur Haustür, eine Megaträne aus den Kulleraugen tropft, Mangastyle.

20

Zurück vom Fitneßstudio, sperrt er die Tür zu Olafs Penthouse auf, geht, die Sporttasche geschultert, durch den Flur, hört Stimmen, die ihm doch, also die kommen ihm doch bekannt vor, er öffnet die Tür zum Wohnzimmer, da stehen sie plötzlich, Wylie, Seema, Uschi und Melanie, ja, Melanie ist auch dabei, alle vier haben Sektgläser in der Hand. Während Costin die Tasche absetzt, ist sein Blick kurz über Wylie – der einen dieser jetzt modischen, aber trotzdem schwulen Herrenröcke trägt und eindeutig zugelegt hat, kein Rock kann das verbergen, mein lieber Scholli – sowie Uschi und Seema geschweift, die beide in diesem Moment nur entfernte Ähnlichkeit mit der Uschi und der Seema von der letzten Tour der *PingPongs* vor einem Jahr besitzen. Costin weiß, daß Wylie, Seema und Uschi, die jetzt „Hallo“ (Wylie), „Hey“ (Seema) und „Na?“ (Uschi) sagen, gerade die 14 Pfund über seinem Idealgewicht bemerken. Uschi hat noch mehr abgenommen, Seema hat zugenommen.
Er hatte ja echt die besten Vorsätze, hatte schon genau diese

Szene vor sich gesehen, die letzten Tage, und geplant, alle beim ersten Treffen nacheinander zu umarmen (1. Uschi, 2. Seema, 3. Wylie), um eine relaxte Atmo zu schaffen. Der einzige Unterschied war, daß er gedacht hatte, die Situation würde umgekehrt sein; also daß er sich eben schon im Wohnzimmer befinden würde und die anderen *PingPongs* erst so nach und nach, nicht im Dreierpack, eintrudeln würden. Mit Melanie hatte er sich ja eigentlich extra treffen wollen.

Damit der Erfolg des *PingPongs*-Parts in der *Popstar-Generations-Tour* wenigstens nicht bereits von Anfang an gefährdet ist, ist es die beste Strategie, erst einmal ein Smile aufzusetzen – Costin setzt ein Smile auf – und so zu tun, als hätte es das letzte Jahr nicht gegeben: nicht daß Wylie – der ihn jetzt für den Bruchteil einer Sekunde ernst angesehen hat, bevor auch er ein Smile aufsetzt – nach dem zweiten Album und während der Tour nur das Nötigste mit ihm gesprochen hat, weil Costins Leadanteil bei den Songs größer war als seiner und er, Wylie, behauptete, Costin stelle sich auf der Bühne immer in den Vordergrund (stimmt null); nicht daß er und Seema während der Tour, bei der eigentlich striktes Groupie-Verbot galt, geschnackselt hatten und er ihr, sobald er in Berlin Jessica kennengelernt hatte, den Laufpaß gegeben hatte; auch nicht Uschis Finger-in-den-Mund-steck- und Ich-red-mit-euch-nicht-mehr-Geschichte und nicht Seemas Ich-vermisse-meine-Family-so-Geschichte; und schließlich nicht, daß sie sich alle das letzte Dreivierteljahr nicht mehr gesprochen hatten – und daß das auch gut so war.

Costin sagt „Holla“, obwohl er eigentlich „Hallo“ hatte sagen wollen, umarmt zuerst Uschi, beinahe hätte er Melanie als erstes drangenommen, er wird später mit ihr irgendwo abseits von den anderen das alles noch mal durchsprechen, wie es ihm jetzt geht nach Tatas Tod, wie es so war in Cham,

wie das weitergeht mit den *PingPongs,* oder, wenn sie gerade keine Zeit hat, kann man sich ja auch mal nur so auf einen Cappuccino treffen, er merkt jetzt erst eigentlich so richtig, wie er sie – also bloß als Ansprechpartnerin (Betonung auf *-in*), natürlich, hey, remember? Melanie = große Schwester – vermißt hat.
Als Wylie in die Pause hinein fragt, in der alle auf den Boden gesehen haben, an ihren Gläsern nippen, warum man nicht Platz nehme und Melanie beim Hinsetzen sagt, eigentlich habe sie nur ganz kurz Zeit, sie müsse noch zu *Es*, dieser anderen Band, die sie jetzt, wie Seema, Uschi, Wylie und Costin ja sicher wissen, manage, Olafs neues Projekt, eine gecastete Technoband, guter alter 1980er-Berlin-Dreck-Techno, außerdem habe sie ja bekanntlich geheiratet, vor zwei Monaten, und sie, man habe es ja wahrscheinlich schon bemerkt, sei im ersten, also Monat, da ist Costins Blick über die anderen geschweift – er ist ja hoffentlich nicht der einzige, der gerade ein bisserle schockiert ist – und ist bei Seema hängengeblieben, die als einzige nicht verständnisvoll nickt, sondern ihn, Costin, angestarrt hat, aufgerissene Augen, leicht offener Mund, Marke: Ich glaub das nicht. Costin hat in diesem Moment starke Zuneigung für sie empfunden.

21

Jessica im Türrahmen, ihren Kopf, Jessica-like, zur Seite gelegt, lachend. NO, lang gedrückt. Soll wirklich gelöscht werden? Yes. Gelöscht. Yes.
Jessicas Gesicht, lächelnd, neben seinem, ernst. NO, lang gedrückt. Soll wirklich gelöscht werden? Yes. Gelöscht. Yes.

Jessicas Gesicht, eine Grimasse schneidend, neben seinem, eine Grimasse schneidend. NO, lang gedrückt. Soll wirklich gelöscht werden? Yes. Gelöscht. Yes.
Sein Kopf auf Kissen, Blick in Kamera, über ihm, ernst. Yes.
Sein Kopf auf Kissen, Blick in Kamera, über ihm, ernst. Yes.
Sein Kopf zur Seite gedreht, vom gelben Nachttischlampenlicht beleuchtet, Augen aufgerissen, offener Mund. NO, lang gedrückt. Soll wirklich gelöscht werden? Yes. Gelöscht. Yes.
Costin schaut vom Display des Handys auf. Eine Gruppe Kinder ist lachend, schreiend, laut, Hand in Hand und eskortiert von Kindergärtnerinnen an der Bank, auf der Costin sitzt, vorbei zum Ausgang des Parks gezogen. Die Blätter der Pappel neben der Bank haben im Wind zu rascheln begonnen.
Sein Kopf auf Kissen, Blick in Kamera, über ihm, ernst. NO, lang gedrückt. Soll wirklich gelöscht werden? NO, NO. Soll Bild wiederhergestellt werden? Yes. Bild wieder hergestellt. Yes.
Britta, Kopf zur Seite gedreht, auf Kissen, Augen geschlossen, Mund offen, schlafend. Yes.
Umut, Kopf zur Seite gedreht, auf Kissen, Augen geschlossen, Mund offen, schlafend. Yes.
Sein Kopf auf Kissen, Gesicht verheult, Augen zusammengekniffen, Speichelfäden zwischen geöffneten Lippen. NO, lang gedrückt. Soll wirklich gelöscht werden? Yes. Gelöscht. Yes.
Der in Terrassen abgestufte Pausenhof. Yes.
Quirins Gesicht neben dem seinem. Yes.
Sein Gesicht, Blick in Kamera vor ihm. Yes.

22

Das Bild da jetzt kommt ihm doch bekannt vor. In der Spiegelwand sieht er, daß sie gerade dabei sind, zum ersten Mal seit ihrem Break-up, die Choreo zu ihrer allerersten Single, *Equinox*, total synchron hinzubekommen. Seema hat wieder ihr Normalgewicht, tatsächlich nur Training oder doch Absaugen?, that's the question; Uschi, gut, Uschi war schon immer schlank, aber sie sieht, glaubt er, in diesem Moment, Pferdeschwanz schwingend, ausgestreckter Zeigefinger, genauso aus wie früher, ebenso Wylie, Respekt, 10 Pfund in zwei Wochen; nur wenn jetzt sein, Costins, Blick auf sich selber fällt, dann fragt er sich allerdings schon, ob er bei der Anweisung Melanies, vom Outfit her möglichst so auszusehen wie beim ersten Album – man wolle kein Risiko beim Gedächtnis der Fans eingehen –, nicht doch ein Veto hätte einlegen sollen; die letzten vier Jahre haben eben Spuren hinterlassen (siehe Ansatz zum Doppelkinn); und jetzt so zu tun, als wäre er noch 27? Marke: relativ peinlich.
Ihre Sohlen haben bei der 180-Grad-Drehung, weg vom Spiegel, unisono gequietscht. Auch daß Umpf!, Tanzcoach diverser *Popstar*-Generationen, von denen er den Spitznamen Nazi-Umpf! und Schinder-Umpf! erhalten hat, genau in diesem Moment seinen Anfall kriegt, ist letztlich absehbar gewesen. Während *Equinox* weiterläuft, Uschi auf der CD gerade ihren Part in der letzten Strophe singt, ist Costin Zeuge eines krassen Umpf!-Déjà-vus geworden; die Szene, die sich gerade vor seinen Augen abspielt, hatte so schon mal vor ihrer ersten Tour stattgefunden.
Seema war stumm rausgelaufen, Umpf! hinterher, Seema weiter anbrüllend, wie dann in der Folge im Fernsehen zu sehen gewesen war, Costin war ja mit den anderen im Proberaum geblieben, Seema hatte geweint, Umpf! hatte

plötzlich auch geweint, sie hatten sich in den Armen gelegen, Umpf! hatte gesagt, er müsse das machen, auch wenn es ihm weh tue; es tue ihm selber hier drin (Zeigefinger auf Herz) weh, wenn er seine Kiddies so anbrüllen müsse, hat er später im anschließenden Interview in der Folge im Fernsehen gesagt. Umpf! wäre nicht Umpf! und hätte es nie zum Inhaber zahlreicher über Deutschland verteilter Umpf!-Tanzstudios gebracht, in denen die Coaches den Teens im Umpf!-Look (Glatze, weite weiße Hose, Army-Top) die neuesten Choreos der aktuellen Bands eindrillen, wenn Umpf! jetzt nicht den prototypischen und mittlerweile als Motivationstraining auf DVD vermarkteten Umpf!-Anfall bekommen würde.

Umpf! (obligatorische Schweißtropfen auf der Glatze, brüllend): „Ja, Seema! Bist wohl noch immer in Indien! So schwerfällig wie'n Elefant dreht die sich um! Hey, aufwachen, Mädchen! In zwei Wochen ist Auftritt! Hey, ich glaub's nicht!"

Seema (ab, stumm)

Umpf! (ab, Seema hinterherbrüllend)

23

Die Stimmung ist gut. Die Party scheint ein Erfolg zu sein. Costin macht mal kurz auf *Matrix*. Der 360-Grad-Schwenk: Hinter dem schwarzen Sofa standen vorhin, als er sich umgedreht hat, Paolo, der mit richtigem Namen Antonio heißt, Dick, der, soviel Costin weiß, tatsächlich Dick heißt, Kundry alias Petra und Tosca alias Agata, alias die *Sternschnuppen*, alias die allererste Generation, die *Mamas and Papas* sozusagen, am offenen Fenster, frische Luft war

hereingezogen. Es ist bekannt, daß zumindest Paolo und Kundry mittlerweile Familie haben und daß Kundry sich jetzt wieder Petra nennt. Nur noch Tosca ist, soviel Costin weiß, im Musik-Business tätig. Costin, der vorhin mit einem Ohr gehört hat, wie Petra von ihrem Sohn erzählte, kann sich kaum vorstellen, wie die vier, auch wenn sie in *Popstar*-Kreisen mittlerweile als Legenden aus einer Zeit gelten, als der Markt noch nicht übersättigt und ergo die Welt des Castings noch in Ordnung war, in knapp drei Wochen auftreten sollen. Werden sie nach all den Jahren noch die Credibility besitzen, die sie brauchen, um ihre Songs von damals rüberzubringen? Im Moment machen sie eher den Eindruck, als wäre die ganze *Generations-Tour* so etwas wie eine einmalige Gaudi, eine Faschingsveranstaltung, nichts, was man ernst nehmen müßte jedenfalls.
Schwenk zur Seite: In der Ecke rechts schräg gegenüber vom Sofa unter der großen in einen blauen Mantel gehüllten Madonnenstatue, die Olaf, wie er immer wieder erzählt hat, vor vielen Jahren von einer aus Verehrung für Benedikt XVI. unternommenen Wallfahrt nach Altötting mitgebracht hatte, und die ihr Gesicht, während ihr unter dem Mantel sichtbares rotes Herz von einem Dolch durchbohrt wird, zum Himmel blickend vor Schmerz verzerrt, sitzt Lasse zusammen mit Hubert und Hubert, die eigentlich Heiner und Peter heißen, auf dem Boden und wippt mit dem Kopf zu dem Song, den die beiden auf ihren Gitarren schrummen.
Es ist ein offenes Geheimnis, daß Hubert und Hubert, obwohl sie in der siebten Staffel gecastet worden waren, wo explizit auf Songwriting-abilities Wert gelegt wurde, zwar in der Sendung ihre Instrumente tatsächlich auch selber spielten – daß aber die Songs, die offiziell als von ihnen geschrieben ausgegeben wurden, in Wirklichkeit vom vielbe-

schäftigten Gustav „the Word“ M. stammen und daß er Hubert und Hubert die angeblich autobiografischen Texte über Kindheit, Schulzeit, das erste Mal et cetera in den Mund gelegt hatte, wobei es sich wohl eher um die Erlebnisse von Gustav „the Word“ M. handelte als um die Huberts und Huberts.
Rosa, das war der Titel ihrer ersten Single gewesen, die nicht zuletzt auch, weil allgemein verbreitet wurde, es handele sich um Huberts – also Heiners – erste unglückliche Liebe, Hubert sei seitdem psychisch labil, einen Dezember lang das Lieblingslied all derer gewesen war, die etwas Ähnliches wie Hubert erlebt hatten, sprich gerade eine Trennung durchmachten, so auch Andreas, Costins Arbeitskollege in der Sparkasse in Regensburg, der das Lied, immer wenn er vor seinem Computer saß, mit aufgerissenen Augen und ins Leere gehendem Blick, vor sich hin summte, als sei er auf Repeat gestellt worden. Diese Rosa hatte allerdings, wie Costin, Jahre später, auf einer Party erfuhr, wo er Hubert alias Heiner traf, nie existiert, vielmehr hatte Hubert alias Heiner von Anfang an, schon zu Realschulzeiten jede Frau genagelt, die ihm über den Weg gelaufen war. Inzwischen, nachdem Hubert und Hubert von der Plattenfirma gedroppt worden sind, schreiben sie ihre Songs tatsächlich selbst, wobei ihre Musik und Texte weiterhin sehr stark nach Gustav „the Word“ M. klingen. Allerdings hat es seitdem keiner ihrer Songs in die Charts geschafft.
Blick geradeaus: Auf dem schwarzen Ledersofa gegenüber von Costin sitzen Olaf und das B von *A, B, C*, die *Popstar*-Band, die unmittelbar nach den *PingPongs* gecastet worden war. Olaf ist sehr nah an das B herangerückt, er hat, während er auf das B einredet, den Kopf in den Nacken gelegt, eine Falte des dicken Nackens hängt über den Kragen seines schwarzen Hemds. Seine Augen sind geschlossen, manch-

mal hebt er die Hand, wohl um etwas zu betonen; seine schulterlangen und nach hinten gekämmten grauen Haare sind etwas fettig.

Jetzt lachen Olaf und das B.

Jetzt legt Olaf die Hand auf den Arm des Bs und spricht weiter in sein Ohr.

Obwohl er laut gegen die Geräuschkulisse aus exaltierten Schreien, Baß und Flipperpiepen anreden muß, die vom Stockwerk drunter, aus dem Entertainment-HQ hochdringt, wo der andere Teil der Party mit den restlichen *Popstar*-Bands stattfindet, ist nicht zu verstehen, was Olaf sagt. Costin hat wieder auf Ronja von den *Schwestern* geschaut, die noch immer mit ihrem Kopf auf seinem Schoß liegt. An ihrem gleichmäßigen Atem und ihren entspannten Zügen sieht er, daß sie eingenickt ist.

24

Die Gruppe fährt zusammen mit den anderen Gruppen in einem der drei *Popstar-Generations-Tour*-Busse von Auftritt zu Auftritt. Die *Popstar-Generations-Tour*-Busse sind mit dem Schriftzug *Popstar-Generations-Tour* gebrandet. Die Gruppen haben ein Fotoshooting. Die Gruppe lacht mit den anderen Gruppen. Die Gruppe gibt Autogramme auf ihr Foto. In Kassel schläft X mit Uschi, X mit X, X mit X und Costin mit Seema. Die Gruppe nimmt einen Termin wahr. In Braunschweig schläft X mit X, X mit X und Costin mit X. Olaf sagt den Gruppen, daß der Kartenverkauf nicht laufe. Die Gruppe macht sich Sorgen. Die Gruppe redet über ihre Zukunft. Was wenn. Die Gruppe gibt ein Interview. X braucht ihre circa 30 cm große Stoffmaus aus der *Sendung mit der Maus*, um einschlafen zu können. Die Gruppe ißt. In Bielefeld schläft X mit X, X mit X, Seema mit X und Costin mit Uschi. Die Gruppe hat interne Probleme. Die Gruppe nimmt einen Termin wahr. Die Gruppe sagt: „Wir verstehen uns." Die Gruppe hat einen Auftritt im *Kinderkanal.* Uschi hat sich im Klo eingesperrt und kotzt. Die Gruppe hat einen freien Tag. Die Gruppe geht in den Zoo. Ein Kamerateam des lokalen Fernsehsenders begleitet sie. Die Gruppe streichelt Ziegen. Olaf sagt der Gruppe, daß die Plattenfirma kein neues Album mit ihr machen wolle. Die Gruppe gibt ihr letztes Konzert. Uschi hat sich im Klo eingesperrt und kotzt. Wylie sitzt in der Garderobe und bewegt seinen Kopf im Kreis, um die Nackenmuskeln zu entspannen. Seema steht auf dem Gang und knutscht mit X. Costin steht in der Toilette vor dem Spiegel und trägt Lidschatten auf.

25

Die Stimmung ist gut. Die Party ist ein Erfolg.
Costin macht jetzt mal kurz auf *Matrix*. Der 360-Grad-Schwenk:
Gegenüber des schwarzen Ledersofas, auf dem er sitzt, vor dem offenen Fenster, unterhält sich Wylie gerade mit dem Jungen und den beiden Mädchen, mit denen er seit einem Monat in einer Band ist. Das eine Mädchen ist Inderin. Wylie hat sich mit der Hand auf die Schulter des Jungen gestützt. Vom Fenster ist ein frischer Luftzug gekommen. Auf dem schwarzen Ledersofa vor dem Fenster sitzt Lasse, der sich jetzt, soviel Costin weiß, nicht nur Claudio nennt und im letzten Jahr endlich in Stimmbruch gekommen ist,

sondern auch einen 180-Grad-Imagewechsel vom Kinderstar mit Ach-wie-süß-Faktor zum Romeo mit Sex-Appeal – siehe den weißen Anzug, die Elvis-Koteletten und die durch Kettenrauchen um mindestens eine Terz gesenkte Stimme – durchgemacht hat, oder kurz, wie der Titel des *Popcorn*-Interviews lautete: „Lasse: Bin jetzt erwachsen." Lasses beziehungsweise Claudios Körperhaltung – Oberkörper vorgebeugt, Arm auf der Rückenlehne, Beine übereinandergeschlagen – verrät, daß er wohl gleich die Frau neben ihm umarmen und/oder küssen wird, bei der es sich, kann ja wohl nicht sein, ist aber so, trust your eyes, Costin, um die Ex-Mega-Perle MiezMiez handelt.
MiezMiez, die vor fünf Jahren oder so diesen Hit hatte, wo alles sonst auf deutsch, der Refrain aber chinesisch war, weil doch da gerade dieser China-Hype war – China war da ja auf angeblich einstimmigen Beschluß der Regierung zum Wohl des Volkes offiziell zur Demokratie geworden, alle sahen diese chinesische Soap, *Wenzuoh*, alle lasen chinesische Bücher, in den Clubs spielte man die aktuellen chinesischen Top Ten rauf und runter; MiezMiez, die, nachdem ihre Plattenfirma sie gedroppt hatte, komplett von der Bildfläche verschwunden war; MiezMiez, die, so Olaf, jetzt noch ein Jahr warten müsse, bis der China-Hype inklusive MiezMiez endgültig vergessen ist, damit sie etwas Neues starten könne, weil sie sonst auf ewig mit dem China-Ding assoziiert werden würde. MiezMiez, die bis dahin, bis der China-Hype inklusive ihrer endgültig vergessen ist, also noch so ein Jahr, sagt Olaf, in Olafs Gästezimmer wohnen und warten wird. MiezMiez sieht in ihrem Kleid, das vielleicht auch nur ein Negligé ist, wer weiß, sie wohnt ja schließlich hier, verdammt scharf aus. Claudio alias Lasse oder Heintje, wie er neuerdings in *Popstar*-Kreisen genannt wird, muß ja ganz verwirrt sein; MiezMiez, die zwar

diesen asiatischen Touch hat, weil ihr Vater aus Japan oder Thailand kommt, die aber in Berlin aufgewachsen ist, könnte ja vom Alter her zumindest Claudios alias Lasses große Schwester, wenn nicht sogar seine junggebliebene Mutter sein.

Schwenk zur Seite: In der Ecke neben dem schwarzen Sofa sitzen sich zwei Jungs im Schneidersitz gegenüber. Sie spielen Gitarre, was aber wegen des Lärms, der von unten aus dem Entertainment-HQ kommt – Baß, dumpf, Lachen, exaltierte Schreie, Flippergeräusche –, nicht zu hören ist. Costin meint, die beiden schon einmal gesehen zu haben, kann sich aber nicht erinnern, wo. Nein, er kennt sie nicht. An der Wand über ihnen hängen zwei Kupferstiche. Costin weiß, was es mit ihnen auf sich hat. Die Umstände, wie es dazu kam, hatten dazu geführt, daß Costin jetzt mehr über Olaf weiß als das, was irgendwie jeder weiß, die offizielle Bio, die auch auf der Homepage steht, Olaf Erdrich gründet Anfang der 90er in Berlin seine Firma, ist innerhalb weniger Jahre ganz oben, keine Frau blabla, daneben die üblichen Gerüchte, Olaf Erdrich sei a) schwul, b) pädophil, c) polygam, d) impotent.

Es war vor ein paar Wochen gewesen, da hatte Olaf Costin in der Nacht angerufen, schluchzend, das war die erste Überraschung gewesen, denn bis dahin hatte Costin Olaf so noch nie erlebt, so total bloß, emotional nackt sozusagen. Die zweite Überraschung war, daß Olafs Vater gestorben war. Also nicht unbedingt die Nachricht vom Todesfall machte Costin für ein paar Sekunden sprachlos, bevor ihm die für die Situation angemessenen Sätze einfielen – Nein, das ist ja furchtbar, wie ist das passiert, wie geht's dir jetzt, bist du in Ordnung –, sondern, so lächerlich ihm dann seine Verwunderung darüber erschien, daß Olaf, der ja schließlich gegenüber ihnen, seinen Künstlern, oder, wie

Olaf sagte, seinen *Kindern*, immer auf die Big-Daddy-Tour machte, überhaupt selbst einen Vater besessen hatte. Olafs Vater hatte in Toronto gelebt und war gebürtiger Kanadier, wie Olaf dann am Telefon erzählte, weinend, und Costin überlegte, was zum Geier Olaf dazu bewog, gerade ihm, Costin, einem unter doch wahrscheinlich vielen Bekannten, und nicht einmal ein Freund, das alles zu erzählen.
Olaf hatte seinen Vater seit seiner Kindheit, als er zusammen mit seiner Mutter, einer Deutschen, nach Berlin gezogen war, nicht mehr gesehen. Weder er, der Vater, noch Olaf hatten jemals versucht, in Kontakt zu treten. Etwas mußte wohl vorgefallen sein während Olafs Kindheit, Costin wollte da nicht nachfragen, aber irgendwas Großes, das spürte Costin in seinem Hotelbett, hatte da im Raum gestanden, denn Olaf schluchzte zwar weiter, hatte aber in der Gesprächspause „Asshole“ und „dieser Dreckskerl“ gestammelt. Das Telefonat hatte damit geendet, daß Olaf Costin sagte, er werde die nächsten Tage in Toronto sein, um die Erbschaft zu regeln, und er danke ihm, daß er für ihn da sei.
Costin war sich, nachdem er sein Handy auf den Nachttisch gelegt hatte und dann so im Bett lag, Blick auf die Zimmerdecke, plötzlich nach ein paar Minuten nicht mehr hundertprozentig sicher gewesen, ob das jetzt gerade wirklich passiert oder ob das nur so ein super-intensiver Flash gewesen war, so absurd und peinlich hatte sich das da eben angefühlt. Als er im Lauf der folgenden Wochen den üblichen Verdächtigen, das heißt anderen aus dem *Popstar*-Stall, über den Weg lief, stellte sich heraus, daß sie von der ganzen Sache mit Olaf gar keine Ahnung hatten. Der Grund, warum Olaf zur Zeit nicht erreichbar sei, bestand für sie darin, daß er auf einer Messe in Moskau sei. Toronto? Beerdigung? Vater? Olaf Erdrich und Vater? Hä? Costin hatte langsam realisiert, daß Olaf tatsächlich nur

ihm vom Todesfall seines Vaters erzählt hatte, so daß Costin es dann auch unterließ, die anderen darin einzuweihen.
Folgerung aus Olafs Anruf → Number one: Olaf hat sich daran erinnert, wie Costin hier bei ihm auftauchte, als sein, Costins, Vater gestorben war. Olaf mußte annehmen, daß Costin, weil er schon einmal in derselben Situation gewesen war, Olaf und alles, was er gerade durchmacht, versteht. → Number two: Olaf hat außer Costin niemanden, dem er das sagen beziehungsweise der seine Gefühle nachvollziehen möchte beziehungsweise könnte. → Number three: Olaf ist (unglaublich!) 'ne arme Sau. (Costin schenkt sich Number four: Olaf steht auf Costin.)
Bei seinem ersten Besuch nach Olafs Kanada-Reise hatten Kupferstiche an der Wand gehangen, *Ansichten eines Städtchens, Toronto-City 1885* hatte darunter gestanden. Olaf hatte Costin zur Begrüßung umarmt, dann so getan, als sei gar nichts geschehen, immer wenn Costin dann das Gespräch auf Kanada lenken wollte, war Olaf ihm ausgewichen, es schien ihm unangenehm zu sein, daß er Costin soviel von sich verraten hatte, auch zu den Kupferstichen sagte Olaf nichts weiter. Weil Costin davon ausging, daß Olaf in Toronto nicht die Zeit hatte, Andenken zu kaufen, hatte die Annahme nahegelegen, daß es sich um Erbstücke handelt.
Costin hat sich wieder auf dem schwarzen Ledersofa zur Seite, zu Olaf gedreht, der die ganze Zeit über auf ihn eingeredet hat, ohne daß Costin ihm wirklich zugehört hätte. Olaf ist sehr nah an Costin gerückt, er hat den Kopf in den Nacken gelegt, seine Augen sind geschlossen, manchmal hebt er die Hand, um etwas zu betonen, sein schulterlanges nach hinten gekämmtes graues Haar ist etwas fettig, und auch eine Rasur wäre mal wieder fällig.
Und das müsse er, Olaf, ihm noch erzählen, das sei der Hammer, das sei jetzt witzig, also, der Opa, der bei ihm im

Haus wohne, den habe er sicher auch schon einmal im Treppenhaus getroffen – Costin weiß, was jetzt kommt, Olaf erzählt diese Geschichte irgendwie ständig, und nicht nur ihm, sondern auch den anderen *Popstars*, neulich hat er noch mit Shaneela darüber geredet. Hat dir Olaf auch diese Geschichte erzählt? Ja. Jetzt schon zum dritten Mal –, der trage immer so ein kariertes Hütchen, manchmal habe er auch einen Stock, und – Achtung! – er habe immer so einen kackfarbenen Anorak an, ob Sommer oder Winter, total egal für den, also, Olaf beugt sich näher an Costins Ohr, so daß Costin Olafs Mundgeruch, ein Gemisch aus Zigaretten und Käsecrackers, in der Nase hat, eines Tages also klingele es bei ihm, fährt Olaf fort, es sei Samstag abend, er denke sich noch, wer klingelt bei mir denn am Samstag abend, er geht zur Tür, macht die Tür auf, wer steht vor der Tür? Der Opa, weißes Shirt, weiße Shorts, weiße Söckchen, Turnschuhe und – Achtung! – weißes Stirnband um die Glatze. Und was sage der Opa?, Costin hat zu lächeln begonnen und sagt mit Greisenstimme: „Ja, hallo, Herr Erdrich", Olaf prustet los: „Genau. Ja, hallo, Herr Erdrich, ich bin Ihr Nachbar, ich wollte Sie da mal was schon seit geraumer Zeit – geraumer Zeit! – fragen, wo Sie doch bei diesem Management sind." Costin kichert, sagt: „Ich würde mich gern ...", Olaf fällt ein, gleichzeitig sagen sie, Costin, Olaf, synchron: „... Ihrem Management zur Verfügung stellen." Olaf: Als was? Der Opa: Als Künstler. Er, Olaf: Als Künstler? Er, der Opa: Ja. Er singe. Er könne auch tanzen. Er trainiere. Bei sich zu Hause. An Geräten. Olaf solle jetzt mal aufpassen. Und da pumpe sich der Opa vor Olaf auf. Die kleinen Bizeps-Bällchen seien in die Höhe gesprungen.
„So plopp-plopp", sagt Costin.
„So plopp-plopp", bestätigt Olaf schnell, wobei sich seine Stimme überschlägt.

Costin und Olaf lachen.
Olaf legt die Hand auf Costins Arm, seine Augen sind immer noch geschlossen. Jetzt mal was anderes, er habe da schon ein paar Ideen, konkrete Ideen, was Costin tun könne, Costin solle sich keinen Kopf machen, er, Olaf, habe doch die Kontakte, er wisse natürlich, wie Costin sich jetzt so fühle, er habe es schon bei so vielen vor ihm erlebt, das Loch, in das man falle, wenn es mit der Band endgültig aus sei, aber es gebe da verschiedenes, was er momentan für Costin sehe.

26

Von der Anhöhe, auf die sie gestiegen sind, kann man jetzt die flache rote Wüste des Mars bis zum Horizont überblikken.
Costin atmet zweimal laut ein, aus, sagt: „Das ist überwältigend."
Vladimir, der ebenfalls in die Ferne schaut, öffnet den Mund.
Sören sagt mit russischem Akzent: „Das entschädigt einen wirklich für die ganze Mühe."
Zu spät.
Vladimirs Mundbewegung und Sörens Stimme waren nicht synchron, aus der Regie ist von Toni, von dem hinter der Glaswand nur der von der Leselampe erhellte Gesichtsausschnitt sichtbar ist, die Anweisung gekommen, die Szene noch mal zu wiederholen.
Costin hat langsam echt das Gefühl, seinen Text besser vorbereitet zu haben als Sören den seinen, obwohl doch Sören hier der Profi ist, Sören ist die Stimme von Kent Foster,

Jude Afro und dem alten Eddie Murphy. Also noch mal die Aussicht über die Marswüste. Costin atmet schwer, was später im fertig synchronisierten Film wie das Atmen durch ein Sauerstoffgerät, Marke *2001*, klingen wird.
Er schaut noch mal sicherheitshalber auf den am unteren Bildrand eingeblendeten Text und sagt: „Das ist überwältigend."
Sörens Stimme hat mit den Lippenbewegungen Vladimirs „Das entschädigt einen wirklich für die ganze Mühe" gesagt.
Schnitt.
Astronauten Wolfgang Reinhard (Stimme: Costin) und Vladimir „Wodka" Mravinsky (Stimme: Sören) steigen die Anhöhe herab.
Bei Aufnahmen wie diesen jetzt kann man tatsächlich nicht sehen, denkt Costin, daß der ganze Film *Mission Universe* inklusive der Figuren - eine internationale Gruppe von Astronauten, die bis zum Saturn fliegt - computeranimiert ist. Als bis dato „realitätsgetreueste filmische Darstellung" (Presseankündung) einer innerhalb der nächsten 100 Jahre vielleicht schon möglichen Erkundung des Alls wird dann das Ganze in den *IMAX*-Kinos laufen.
Costin muß noch immer aufpassen, daß er nicht plötzlich in die Stimmlage seiner allerersten Rolle fällt (rollendes R, pseudo-französische Aussprache), die er vor drei Monaten gesprochen und in die er sich vielleicht, jetzt im nachhinein betrachtet, ein bißchen zu sehr reingesteigert hatte. Schließlich war aber der Dr. Goebbels in der europäischen Koproduktion *Hitler – Der Zeichentrickfilm* die Chance gewesen, auf die er gewartet hatte und die er keinesfalls vermasseln wollte. Über die Vermittlung Olafs, der eine Bekannte in den Synchronstudios von Babelsberg hatte - nach dem Erfolg der letzten Jahre auch *Babelwood* genannt –, hatte

Costin als Dr. Goebbels vorsprechen dürfen. Würde er den Dr. Goebbels bekommen und dann der Film ein Erfolg werden, hätte er den Sprung ins ernste Fach, zumindest vorerst, geschafft, ein für allemal vorbei dieser *PingPongs*-Kinder-Krimskrams. Costin hatte sich sämtliche Bild- und Tonaufnahmen von Goebbels übers Internet bestellt und sein Apartment in Wedding damit beschallt, hatte sämtliche Lektionen, an die er sich noch vom *Popstar*-Sprechtraining erinnerte, beherzigt und war, das Skript laut rezitierend, im Zimmer auf- und abgegangen, hatte am Ende gehinkt. War Costin am ersten Aufnahmetag, als er bei der Vorbesprechung den Stimmen Hitlers, Eva Brauns, Himmlers und so weiter die Hand schüttelte – lauter, wie er sich hatte sagen lassen, bekannte Synchronsprecher –, noch etwas nervös gewesen, legte sich die Aufregung mit den ersten Bildern, die dann über den Bildschirm im Studio flimmerten und auf denen alle Figuren statt bereits fertige Gesichter lediglich weiße Flecken besaßen: Die Mimik würde erst später den Stimmen der Sprecher entsprechend gezeichnet werden, so daß die Sprecher letztlich in der Gestaltung ihrer Rolle Freiheit zur individuellen Gestaltung hatten.

Jetzt wo der Hitler-Film das erhoffte Echo in den Medien gefunden hat – Amerika hat sich bereits die Rechte gesichert, die Rede ist vom ersten Familienfilm über das Dritte Reich – und sich Costin – in einigen Rezensionen war insbesondere die Besetzung Goebbels mit einem tatsächlichen Popstar als mutig hervorgehoben worden – einen Namen als Sprecher gemacht hat, stellt sich beziehungsweise Costins innere Stimme alias PISC die Frage: „Costin? Du willst doch sicher nicht auf das Zeug hier festgelegt werden, oder? Also nicht nur, daß du da ganz schnell in so eine braune Ecke gestellt wirst – auch das Sprecher-Ding kann es ja wohl auf die Dauer nicht sein, oder? Ich meine: Ge-

stern Goebbels, heute Astronaut, und was kommt als nächstes? Schweinchen Dick?"
Costin (auf den Bildschirm schauend, auf dem die Schlußszene, die schwerelose Besatzung, die von sich per Selbstauslöser ein Gruppenfoto macht, zu sehen ist, beiseite): „Hm."
Natürlich hat PISC nicht so ganz unrecht. Es liegen ja wirklich schon einige Angebote auf Costins Tisch; er wird aber, so jetzt sein fester Entschluß, nur noch in dem Babelwood-Ostern-Familien-Animationsfilm *Saurier* einen Archäopterix sprechen, eine recht große Rolle eigentlich, mit ein, zwei Songs, durch die er sich dem Zeichentrickfilmpublikum von einer neuen, bisher unbekannten lustigen Seite präsentieren könnte; den Judas in *Jesus*, ebenfalls ein Zeichentrickfilm, wird er jedenfalls ablehnen. Und dann muß man weitersehen.
In den Schlußcredits von *Mission Universe*, die jetzt auf dem Bildschirm erscheinen, während Costin die Kopfhörer abnimmt und Sönke, ohne russischen Akzent, irgendwas wie „So, dann hätten wir das jetzt auch" sagt, wird Costin, so wie schon in *Hitler – Der Zeichentrickfilm*, auf seinen ausdrücklichen Wunsch hin nicht als CO, sondern als Costin Wallner aufgeführt werden.

27

Er erwacht im Christopher-Bett. Noch verschlafen hat er, auf dem Bettrand sitzend, auf die hellblaue Farbe und die roten Streifen geschaut, bevor er mit einem Ruck aufgestanden ist. In der Küche stand Ana schon am Herd und kommt, als Costin sich an den Tisch gesetzt hat, zu ihm,

hat sich vorgebeugt, um ihm einen Kuß auf den Scheitel zu drücken, „Bună dimineaţa, scumpul meu“, hat sie gesagt.
„Bună dimineaţa“, murmelt Costin.
Jung sieht die Mama aus, ganz so wie früher, jung und energiegeladen, sie macht gerade Tee, ein Ei und Toast, sie wird ihm das alles gleich bringen, ganz so wie früher.
Sie fragt auf rumänisch, wie ihr Scumpul geschlafen habe.
Costin räkelt sich und sagt, der Scumpul habe gut geschlafen, während er die nackten Füße auf Tatas nigerianischem Flickenteppich aneinanderreibt, obwohl ihm eigentlich gar nicht kalt ist, eben nur so, weil er das sich halt so in Berlin, wo es immer kalt war im Apartment, angewöhnt hat. Er überblättert die ersten Seiten der *România libera*, die sowieso nur über Zeug berichtet, das ihn nicht interessiert, und überfliegt den *Garfield*-Comic, den er, das weiß er, schon mal irgendwann vor paar Jahren in einer Zeitung in Deutschland, vielleicht noch in Cham, gelesen hat.
Ana sagt auf rumänisch, sie habe in einem Geschäft günstig ein paar T-Shirts für ihn gesehen, weiß, die T-Shirts würden gut zu dem Pulli passen, den sie ihm zum Geburtstag geschenkt habe, sie werde sie ihm heute mitbringen, wenn sie einkaufen gehe, ob sie ihm sonst noch was mitbringen solle.

28

Er erwacht im Christopher-Bett. Gähnend, am Bettrand sitzend, hat er überlegt, ob das Bett beim Umzug hierher eigentlich zerlegt worden oder als ganzes in den dritten Stock heraufgetragen worden sei, bevor er mit einem Ruck aufstand. In der Küche sitzt Ana am Tisch und früh-

stückt. „Bună dimineaţa", sagt sie und starrt dabei auf den Teller.
„Bună dimineaţa", sagt er und setzt das Wasser für den Tee auf und macht sich einen Toast.
Er fragt sie auf rumänisch, ob sie gut geschlafen habe, sie nickt und liest in der Zeitung weiter.
Im Gegenlicht sieht er jetzt, daß Anas weißes Haar doch recht dünn geworden ist, ihr Blick ist matt, so am Morgen und ungeschminkt. Mit dem Teller und der Tasse in den Händen hat er sich ihr gegenüber gesetzt, auf der Titelseite der *România libera* ist von der Weigerung des rumänischen Präsidenten Popescu die Rede, sich der europäischen Eingreiftruppe anzuschließen und Truppen ins Bürgerkriegsgebiet nach Usbekistan zu entsenden, über Strafmaßnahmen seitens der EU werde spekuliert, sogar ein Austritt Rumäniens aus dem Bündnis werde für möglich gehalten.
Costin reibt seine nackten Füße auf Tatas nigerianischem Flickenteppich aneinander, obwohl es eigentlich recht warm hier in der Wohnung ist. Ana fragt Costin auf rumänisch, ob sie heute bitte zusammen ihre Steuererklärung durchgehen könnten. Costin sagt, er habe ein Gespräch mit dieser Agentur, *Stars*, aber danach könne er ihr helfen, er werde sich auch mal um den Abfluß im Bad kümmern.

29

Costin legt den Kopf in den Nacken, reißt die Arme hoch, springt auf und ab, er hat die Augen geschlossen, seine schwarzen Locken wirbeln, Henriette kommt angelaufen und ist ihm um den Hals gefallen, Costin öffnet die Augen, schaut ihr ins Gesicht, ruft ihr etwas zu, strahlend.

Costin wirft einen Spähblick nach links, zu Bogdan Petrescu, der die Fernbedienung auf seinen Oberschenkel gelegt und die Unterlippe vorgezogen hat. Dann Spähblick rechts, zu Petrescus Assistentin, die aber wahrscheinlich genauso wichtig ist wie Petrescu selbst, Ruxandra, *Pokemon*-Augen hat sie, so von der Seite angeschaut jetzt, richtige Riesenteile, mit denen sie gerade klimpert. Noch kann man also nicht sagen, wie Petrescu und Konsorten das Drei-Minuten-Promo-Video, das *MA* für Costin krasserweise und echt kostenlos produziert hat, gefällt und wie sie die Chancen einstufen, daß ihre Agentur, *Petrescu* – voll einfallsreicher Name übrigens, ne –, irgendwas für Costins potentielle zweite Karriere als Solo-Artist hier in Rumänien beziehungsweise Bukarest reißen kann. Hier kennt ihn natürlich keiner, *PingPongs*? Hä? CO? Hä? Costin? Hä? *Hitler – Der Zeichentrickfilm*? Willst du eins auf die Fresse? Deswegen – Achtung: dringend! – braucht Costin einen Namen, ein Image, einen Ruf hier, Costin schwebt da so ein Projekt als MC vor, wo er nicht tanzen muß, *MC O* oder so könnte er sich dann nennen.
Jetzt in so einer Situation angeschaut, wo es auf etwas ankommt, ist dieses Drei-Minuten-Promo-Video irgendwie wirklich nicht der Bringer. OK, da ist alles drin, was er so gemacht hat, die letzten Jahre, sein ganzes Leben, seine ganze Passion. Vom *Popstar*-Casting über den Workshop in Orlando, die ganze *PingPongs*-Zeit, der *Generations-Tour*-Nachklatsch, Momente aus seiner Karriere als Synchronsprecher. Es kommt rüber: Costin ist Feuer und Flamme fürs Singen und Tanzen (siehe: die Aufnahmen von Auftritten, seine englisch untertitelte Aussage bei einer Talk-Show „Ich könnte nicht ohne, I couldn't live without it"), Costin hat Herz (siehe: der Charity-Auftritt der *PingPongs*, der Besuch der Band in einem Kinderkrankenhaus)

und – wichtig! –: Costin kann was (siehe: Umpf! in Kamera: „CO ist der talentierteste Artist, den ich, seit ich dabei bin, kennengelernt habe – und ich bin schon scheißlange dabei!"; siehe: Sekunden aus Costins sängerischen und tänzerischen Glanzstunden – schon ein bißchen her, ob er noch mal da hinkommt, wo er mal war? puhh, aber das weiß ja niemand vorerst, jetzt geht's erst mal um die Chance).
Andererseits sieht jeder Depp, wie die Zeit good ol' Costin zugesetzt hat: Der Costin am Anfang des Videos, trainierter Körper, dynamische Bewegung, volles schwarzes Haar, hat nicht mehr ganz so viel Ähnlichkeit mit dem Costin, der bei Minute 2:30 mit leichtem Bauchansatz, zum Glück mit Schal, der das Doppelkinn verbirgt, und, als Zugabe: Geheimratsecken, im Tonstudio steht und einen Flugsaurier synchronisiert.
Kein Zweifel zudem: *Petrescu* ist nicht so gut wie *Stars*, wo Costin vor gut einem Monat ebenfalls im Büro des Chefs gesessen und sich mit ihm das Promovideo angeguckt hatte. *Stars* hat mehr Connections, *Stars* kennt die DJs in den Bukarester Clubs, *Stars* kennt Festivalchefs, *Stars* kennt Musiker, ja, Cacat!, wenn sich *Stars* bei ihm inzwischen gemeldet hätte, dann wäre er nicht zu *Petrescu* gegangen. Wenn die hier jetzt auch nichts zustande bringen …
Costin sieht so einen Bruchteil-einer-Sekunde-Flash-Gehirn-Film: Er bei Ana im Apartment in Bukarest, immer fetter, kugel-like, immer älter, Ana immer hutzeliger, Ana tot, Costin allein im Apartment in Bukarest, windige rumänische Agenten, die ihm, ganz Rumänien-Style, immer noch versprechen: „Hey, hey, ich sag dir, das klappt bestimmt", Costin in Club auf Bühne, Flaschen fliegen et cetera, das ganze bittere Karriere-am-Ende-Szenario.

Auf dem Bildschirm im Hintergrund erlischt das Bild des Archäopterix, Costin dreht sich um, streckt, lächelnd, den Daumen aus, dann ist das Promo-Video ausgestanden, der Bildschirm im Büro Bogdan Petrescus ist schwarz.
Costin beherrscht ja eigentlich das Rumänische sehr gut – hören besser als sprechen, versteht sich –, aber damit ihm kein Fehler unterläuft, hat er darum gebeten, das Gespräch auf englisch zu führen, irgendwie fühlt er sich da wohler, ob er, sollte es mit der zweiten Karriere als Sänger klappen, dann auf rumänisch oder englisch singen wird, mal sehen; vielleicht könnten die Songs ja durch seinen minimalen Akzent noch catchier werden, seine Trademark: sein Akzent, sozusagen.
Ruxandra sagt: „Well“ und schaut Costin in die Augen. Ruxandra hat orange Augen. Das fällt ihm tatsächlich erst jetzt auf.
Costin sagt: „Well.“

30

Er weiß, daß Tante Maria, die eigentlich gar nicht seine Tante, sondern nur Anas Cousine ist, wie schon beim letzten Besuch gleich einen klagenden Gesichtsausdruck (Hände zusammenklatschen, ein- bis zweimal, Blick zum Himmel) bekommen wird und Anas Frage, wie es denn Tante Marias Mann, Ion, heute gehe, mit einem knappen „Ah! Nu îi merge bine de loc!“ beantworten wird. Während Tante Maria sagt, Ion gehe es sehr schlecht, er leide so in diesem schrecklichen Pflegeheim, ist Costin in die Küche gegangen, um einen weiteren Laib des griechischen Olivenbrots zu holen. Er weiß, daß Tante Maria, genau, drei, zwei, eins:

jetzt sagen wird, das Pflegeheim sei doch so teuer (Himmel-Blick), obwohl es einen Standard wie aus der Zeit Ceaușescus besitze (klatsch-klatsch), und daß Ana dann mal wieder fragen wird, ob sie aushelfen könne, finanziell, was Tante Maria mit einer Miene der Entrüstung (Stirn runzeln, Hände abwehrend vor die Brust halten) abweisen wird.
Er mag Tante Marias griechisches Olivenbrot, das für ihn und Ana noch immer Onkel Dinus Brot heißt, weil Ana es früher, als sie bei ihren Besuchen in Bukarest bei Tante Steluța und Onkel Dinu wohnten und es täglich griechisches Olivenbrot frisch aus Onkel Dinus Bäckerei gab, immer so genannt hatte, auch nachdem Onkel Dinu und später Tante Steluța gestorben waren, Onkel Ion die Bäckerei übernommen hatte und Ana hin und wieder von Fahrten nach München aus einer neueröffneten Spezialbäckerei griechisches Olivenbrot mit nach Hause, nach Cham, brachte.
Costin kommt mit dem aufgeschnittenen griechischen Olivenbrot und einer Flasche Soave – anders hält er diesen Besuch nicht durch – zurück ins Eßzimmer. Ana und Tante Maria lachen.
Ana hat sich gerade aufgerichtet und mit tiefer Stimme und starkem Akzent gefragt: „Do you haff samsieng do decläär?" Anas Zoll-Nummer. Costin weiß, daß vor einigen Sekunden eine Pause in der Unterhaltung entstanden sein muß und Ana angefangen hat, eine Anekdote zu erzählen, um einen unangenehmen oder peinlichen Moment zu überbrükken. Die Anekdote, wie sie, Ana und Costin, mal ein rumänischer Zollbeamter wegen des Autokennzeichens für deutsche Touristen gehalten hat und ihnen tatsächlich weismachen wollte, es gebe da eine neue Regelung, deutsche Touristen müßten bei der Einreise eine Einreisegebühr zahlen, bis Ana zu Costin laut auf rumänisch gesagt

hatte: „Sieh dir das an, mein Junge! Der hält uns doch tatsächlich für dumme Deutsche!“ und der Zollbeamte knallrot angelaufen war und sie durchgewinkt hat, obwohl sie doch den Kofferraum voller zu verzollender Mitbringsel aus Deutschland hatten, eben diese Anekdote beginnt Ana für gewöhnlich damit, daß sie lächelnd abwechselnd auf Tante Maria und auf einen damals aus Deutschland mitgebrachten Gegenstand im Zimmer schaut, die Stehlampe zum Beispiel, so daß Tante Maria dem Blick folgt.
Costin, der sich wieder an den Tisch gesetzt hat und die Ziegenkäse- und Olivenstücke aus dem Brot puhlt, hat zwei Gedanken. Numero uno: Was ihm seit längerem entfallen war und ihm jetzt wieder präsent ist, daß er auf den Rückfahrten von Bukarest Zigarettenstangen auf dem Rücksitz nach Deutschland geschmuggelt hat, die er dann in der Schule an die Stammkundschaft in der Raucherecke verkaufte. Tatsächlich war die Auftragslage zeitweise so gut, daß er sich, wie ihm einfällt, allen Ernstes überlegt hatte, das Zigarettengeschäft nach der Schule im großen Stil, vielleicht als zweites Standbein neben der Sängerlaufbahn, weiterlaufen zu lassen. Numero due: Tante Maria hat merkwürdigerweise all die Jahre immer schon so ausgesehen wie jetzt. Wenn sich Costin frühere Begegnungen mit ihr ins Gedächtnis ruft, aus der Zeit, als er noch zur Schule ging, dann hatte Tante Maria immer schon dieses volle weiße Haar, von Altersflecken übersäte Hände und trug immer schon die obligatorische Perlenkette sowie im Sommer Kleider mit Blumen drauf, obwohl, wie Costin weiß, von manchen von diesen Begegnungen Fotos existieren, auf denen eine entsprechend jüngere Tante Maria mit wasserstoffblondem Haar abgebildet ist.
Ana ist aufgestanden und in die Küche gegangen. Sie kommt zurück, legt die aufgerissene Packung Gummibär-

chen – auf der Packung steht in goldener Schrift *Gummibären*, darunter, kleiner: *NOU!* – in die Mitte des Tischs und steckt sich ein grünes Gummibärchen in den Mund.
Costin weiß, daß die Gummibärchen immer zur Care-Paket-Story führen.
Tante Maria sagt, sie, Tante Maria, könne sich noch erinnern, daß die Briefe aus Deutschland bis '90 manchmal mit braunem Klebestreifen ankamen, jemand mußte sie in Rumänien geöffnet und gelesen und wieder zugeklebt haben, Censurâ sei das gewesen, und bei Telefonaten, bei Telefonaten habe sie manchmal so ein Knacken in der Leitung gehabt, sie, Tante Maria, sei sicher, jemand habe das abgehört, manchmal sei noch immer ein Knacken in der Leitung, bei Ferngesprächen, und sie wisse dann nicht, ob da noch immer jemand das abhöre, und jetzt, die Gummibärchen – Tante Maria spricht „Gummibärchen" mit rumänischem Akzent aus: „Gumibaarchn" –, die erinnern sie immer an die Care-Pakete – Voilà, da isse! Die Care-Paket-Story! –, die Anas Eltern ihnen früher immer schickten, da haben als einziges regelmäßig die Gummibärchenpackungen gefehlt, wenn Steluţa von Elena am Telefon gefragt worden sei, ob sie, Tante Maria, sich denn über die Gummibärchen gefreut habe, habe Steluţa gesagt, daß doch gar keine Gummibärchen im Paket gewesen seien, bei der Post müsse es jemanden gegeben haben, der Gummibärchen mochte.
Tante Maria steckt die Hand in die Gummibärchenpackung.
Tante Maria wird sagen, daß sie früher, als Jugendliche, manchmal von Gummibärchen geträumt habe. Tante Maria sagt, es sei schon seltsam, früher, als Jugendliche, da habe sie sich so Süßigkeiten immer gewünscht, die waren so unerreichbar, und jetzt gebe es sie in jedem Supermarkt hier, in Bukarest, gleich nebenan, manchmal habe sie, Tante Maria, sogar von Gummibärchen geträumt.

31

Der Rumänien-Ferien-Costin, das wird Costin in diesem Moment klar, wo er in der *Las-Vegas-Bar* in Bukarest – gefühlte Uhrzeit: nach zwölf – seinem sehr entfernt, keine Ahnung wie weit entfernt, verwandten Cousin Tudor gegenübersitzt, den Rumänien-Ferien-Costin gibts nicht mehr, der ist tot. Und es würde Costin nicht wundern, wenn tatsächlich in dieser Sekunde eine aufleuchtende Glühlampe über seinem Kopf erschiene, Marke: Ich hab's! Wenn Costin alias damals noch der Rumänien-Ferien-Costin mit Ana vor seiner *PingPongs*-Zeit hierher gekommen war, hatte er jedenfalls tierisch Spaß daran gehabt, Tudor sein damals noch zukünftiges, jetzt mittlerweile zurückliegendes Leben als Popstar auszumalen, den Glamour; nun vermeidet er die Themen *PingPongs*, CO et cetera trotz Tudors beharrlichem Nachfragen (siehe gerade eben). Gleichzeitig ist es vorbei mit den Stories, die der Rumänien-Ferien-Costin dann wieder zu Hause, also in Deutschland, also in Cham, Quirin, Marco und Sara von nicht unbedingt wahren, dafür aber trotzdem glaubwürdigen – hey! Das ist eben Rumänien, Leute! – Abenteuern (kraß – vor unserem Haus war 'ne Schießerei, beziehungsweise: boah! –, da lag ein Toter auf der Straße. Echt erschossen. Voll die Mafia da in Bukarest beziehungsweise: ... und dann kam da der Zigeunertreck durch die Stadt gezogen, mit Planwagen, Rumänien ist Dritte Welt, Leute, ich sags euch et cetera) und Geheimtips (rumänische Folklore mit DJ, voll abgefahren, das wird der neue Trend, denkt daran, beziehungsweise: Da gibts noch Cafés und Restaurants von vor dem Zweiten Weltkrieg, ohne daß da was verändert wurde, hey wirklich) erzählte, die meisten typischen rumänischen Lokale sind umgebaut worden (siehe *Las-Vegas-Bar*), die Zeit

für rumänische Geheimtips ist nach dem Hype vor fünf Jahren oder so, als plötzlich überall in Deutschland rumänische Musik gehört, rumänisches Essen gegessen wurde und Kids zwischen 16 und 25 Wert darauf legten, daß auf ihrer Kleidung *Made in Romania* stand, ist vorbei, außerdem existiert ja niemand, dem Costin das alles erzählen könnte (Problem numero uno), zu Hause (Problem numero due) – äh? Wo? Cham? Berlin? Bukarest? Voilà.
Nicht einmal mehr Tudor, der, von der grünen Lampe über dem Tisch beschienen, gerade stumm die Hände auf dem Tisch gefaltet hat, gibt auch nur ansatzweise Stoff für die – frei erfundenen – (Abenteuer-)Geschichten her, als deren Held er sich noch zu Costins Gymnasialzeiten unter dem Namen Cousin Tudor bei Costins Freunden und sogar bei Tata einer gewissen Beliebtheit erfreute: Cousin Tudor dealt, Cousin Tudor fährt mit einem Opel, Jahrgang 81, nach Moskau, den Kofferraum voll Gras. Und jetzt? Tudor, verheiratet, Tochter, Job als Elektroingenieur, Brille.
Es gebe da noch eine Sache in Rumänien, die Costin reizen würde, bevor er abhaut und die peinlichen Versuche, hier eine Karriere als Sänger zu starten, so schnell wie möglich vergißt, *it never happened* – Song von? –, Konstanza, diese Stadt am Schwarzen Meer – klingt doch gut, oder?, also als TV-Fantasy-Serie zum Beispiel –, da will Costin noch einmal hin, da war er schon mal, mit sechs oder sieben oder so, es gibt dieses Video von Ana, wie er eine Straße entlanggeht mit so, ja, keine Ahnung, wie das hier heißt, Gründerzeit?-Fassaden, weiß, mit Ornamenten, auf einer Bank hockt, eine Strandpromenade und das Meer natürlich, sehr hell das alles, die Sonne glitzert, ja, da will er noch mal hin, bevor er zurück zu *MA* geht, also zu Olaf und Co.
Tudor hat Costin eine Frage gestellt, schon eine ganze

Weile zuvor, Costin hat sie nicht verstanden und sagt jetzt erst „Wie bitte?“, dann, sich schnell verbessernd, „Ce?“
Ob er schon einmal auf Mallorca gewesen sei.
Costin hat das bejaht und dann zu erzählen angefangen, wie es so auf Mallorca aussehe. Tatsächlich hat er aber totalen Bullshit geredet, weil er, das hat er, ohne sich dann zu korrigieren, bemerkt, ziemlich genau das Strandbad am Großen Wannsee und die Fahrt mit dem Dampfer zur Pfaueninsel beschreibt.

32

Er geht die Straße entlang, die weißen Fassaden der Häuser erinnern an Gebäude der Gründerzeit. An der Strandpromenade sitzt er auf einer Bank. Er schaut auf das Meer. Die Wellen glitzern in der Sonne.

33

Beim Atmen haben sich vor seinem Mund kleine Dunstwölkchen wie Sprechblasen gebildet. Costin entscheidet sich für die dürre Fichte vor ihm, setzt die Axt ab, holt aus und schlägt sie in den Stamm. Aylin hat sich gebückt, um Reisig zu sammeln. Keine Frage: Der braune Leinenkittel mit der weißen Schürze und das rote Kopftuch stehen ihr, und natürlich hat sie es sich auch nicht nehmen lassen, unter dem Kittel irgend so einen Spitzenunterrock anzuziehen, dessen Rand jetzt plötzlich hervorschaut. Costin schultert den Stamm der Fichte und trägt ihn zum Leiterwagen.

Dieter schichtet gerade Holzscheite darauf, und Costin kann nur hoffen, daß er selbst in seinen, also Costins, kurzen Lederhosen, seinem Leinenhemd und seinen Haferlschuhen eine bessere Figur macht als Dieter. Spiegel in der Hütte ist ja nicht.
Auch Aylin legt ihr Reisigbündel auf den Leiterwagen, stemmt die Hände in die Hüften, sagt „Puh“ und „Also das mit dem Schlachten, hey, also daß ich heute da mitmache und mit euch dieses Schwein schlachte, also, daß überhaupt der Rudi geschlachtet wird, das könnt ihr ja knicken.“
Dieter widerspricht: „Vor 150 Jahren, Aylin, da haben sich die Leute auch nichts geschissen. Schlachten ist etwas ganz normales. Das gehört zum Leben auf der Alm und überhaupt so auch sonst dazu.“
Costin hält sich da diesmal raus, denkt sich aber natürlich seinen Teil; daß zum Beispiel das ja so klar war, daß Aylin, Ex-*Kika*-Moderatorin und Oktober-*Playboy*-Bunny (siehe *Ex-Kika*-Moderatorin!), das Leben hier auf der Alm wesentlich schlechter wegsteckt als das Stehaufmännchen Dieter, der mal als Comedian lange vor Costins Zeit Erfolg hatte, Costin kennt ihn nur aus ein paar Schwarzweiß-TV-Sketchen, die manchmal zu Silvester laufen, daß Dieter überhaupt noch lebt, hatte er gar nicht gewußt. Diese Schiene – Aylin: Frau Etepetete, Ich-bin-sensibel, Zickzick, Dieter: Mr. Schlechte-Witze-am-laufenden-Band, har, har – sind die beiden schon bei der Vorbesprechung mit den anderen gefahren, die Schiene fahren sie auch jetzt –, egal, ob mit Kamera, so wie jetzt, oder ohne.
Costin selbst, der ja, wie ihm jetzt auffällt, tatsächlich für einen Moment den Kameramann direkt neben sich eigentlich total vergessen hatte, hat sich ja, als die Show losging vor einem Monat, ein bißchen an seine *PingPongs*-Casting-Zeit erinnert. Zuerst immer nur wenn die Kamera da war: Adre-

nalin-Rush, der Kick, Quasselquassel, gute Performance; sobald Kamera aus: schlaff, boah, bin ich müde, boah, kein Bock. Dann war es ab einem bestimmten Punkt, nach ein, zwei Wochen, plötzlich egal gewesen, ob er gerade gefilmt wurde, er hatte sich einfach konstant, sogar auf dem Klo oder im Bett, wo garantiert nicht gefilmt wurde, so gefühlt (siehe Kick), als sei da gerade irgendwo irgendwer im Dunkeln, oder besser: irgendwas, das auf ihn gerichtet sei, das ihn registriert.
Der Kameramann – Gottlieb oder Fürchtegott, etwas mit Gott – hat gesagt, das reiche jetzt, er habe genug Material, das restliche Holz, das sie benötigen, werde ihnen dann unten zur Verfügung gestellt, er bräuchte nur unten dann einen Shot, wie sie die Bündel und Scheite vor dem Haus stapeln, ansonsten wärs das. Costin und Dieter haben sich an die Deichsel gestellt und angefangen, den Leiterwagen aus dem Wald und auf die Wiese zu ziehen, Aylin hat hinten aufgepaßt, daß nichts herausfällt.
Aus der Ferne ist hinter der Anhöhe das graue Schindeldach der Almhütte zu erkennen, von der sie, das hat Costin jetzt gerade so im Gefühl, gerade zoommäßig oder in einer Totale aufgenommen werden.
Costins Hände haben bei der Berührung mit der Deichsel gebrannt. Als er einen kurzen Blick auf seine Finger geworfen hat, sind sie ganz blutig gewesen.

34

Die Stimme (monoton, ergo unbestimmbar, ob Frage oder Aussagesatz, verzerrt, ergo unbestimmbar, ob weiblich oder männlich): „Welchen Kandidaten hier magst du besonders."

Costin: „Ja. Ich finde eigentlich alle hier ganz OK."
Stimme (schnell): „Und wenn du eine Person nennen müßtest."
Costin: „Frieder."
Die Stimme (schnell): „Und bei den weiblichen Teilnehmern."
Costin: „OK, Aylin."
Die Stimme (direkt daran in Anschluß): „Würdest du sagen, du empfindest etwas für sie."
Costin: „Ja, nein, ich mag sie halt. Sie ist ein guter Typ so."
Die Stimme (direkt daran in Anschluß): „Du könntest dir mit ihr etwas vorstellen."
Costin (lachend, zu Boden schauend, Pause, dann): „OK, ich weiß nicht."
Die Stimme: „Hast du die Bestrafung deiner Gruppe heute als gerecht empfunden."
Costin: „War schon OK so, das Holzsammeln, hat mir nicht so viel ausgemacht, hat eigentlich sogar irgendwie Spaß gemacht, das Ganze, also man tut ja was Sinnvolles hier."
Die Stimme (schnell): „Und wie fühlst du dich jetzt."
Costin: „Also, ganz gut. Mir gefällt das hier wirklich. Die Alm. Die Gruppe und so. Also ich würde gern hierbleiben, auch die restlichen Monate, und hoffe, ich bleibe drin. Also, das geht jetzt mal an euch da draußen. Ihr habt ja gesehen, daß das hier so mein Ding ist und wie ich hier was dafür tue, ihr kennt mich ja jetzt schon so einen Monat, und ich bin noch immer dabei, und ich denke mal, das heißt, ihr findet das so OK, was ich hier so mache, was ich so für ein Typ bin. Also, ich bin jetzt schon supertraurig, daß einer von uns am Samstag wieder rausmuß, aber ich möchte auch sagen, daß ich euch da draußen vertraue, ihr checkt ja am besten, was hier abgeht."
Die Stimme: „Danke, Costin."

Costin: „Danke euch."
Costin steht vom Schemel auf. Beim Schließen der Tür des Häuschens, das wohl mal als Klo diente und jetzt zum Studio umfunktioniert wurde, hat er gesehen, daß der Scheinwerfer der Kamera erlischt. In der Dämmerung sind die Umrisse der Almhütte am anderen Ende der Wiese noch gerade so erkennbar. Hinter den Berggipfeln gegenüber vom Tal ist ein ganz schmales Stück hellblauer Himmel zu sehen und darüber – kraß! – breiten sich Tausende Sterne aus, winzige glitzernde Punkte, wenn Costin jetzt den Kopf in den Nacken legt.

35

„OK", schaltet sich der innere Costin alias PISC ein. „Jetzt schau dich mal um, Costin" – Costin schaut vom Lagerfeuer auf die anderen Kandidaten, die darum im Kreis sitzen –, „da wäre mal Frieder."
Costin schaut auf Frieder, bekannt geworden als Alberich im Babelwood-Remake der *Nibelungen* sowie durch zahlreiche Gastauftritte im *Tatort*, *Polizeirevier* et cetera, wo er zumeist eine besonders fiese Variante des Bösewichts gespielt hat, den buckligen Gnom. Frieder, der von der Dezember-Ausgabe des *Spiegel* als „wichtigster Zwerg Deutschlands" bezeichnet wurde und dessen Beinchen von der Bierbank baumeln, macht gerade den Kanzler nach, was er tatsächlich umwerfend gut kann, genau die Stimme, genau die Gestik, die anderen Kandidaten hören ihm wie gebannt zu, lachen nach jeder Pointe laut auf – „Siehst du, Costin, Frieder ist beliebt, Frieder bleibt drin, 100 Pro; dann wäre da Gisela" – Gisela: blondgrauer Zopf, braungebrannte faltige

Haut, hält sich gerade vor Lachen die Hände vors Gesicht –, „Gisela ist Hausfrau, Costin, Gisela ist die einzige Normale hier, Gisela ist eine von denen da draußen, die sich wunderbar mit Frau Superdurchschnittlich identifizieren können, Gisela fliegt nie im Leben, OK; über Dieter daneben brauchen wir wohl gar nicht reden, Dieter ist die männliche Gisela, also genau das, was sie für den weiblichen, ist er für den männlichen Zuschauer, war mal erfolgreich, war mal gutaussehend, jetzt alles over = voll sympathisch; Aylin, auch so ein klarer Fall, hat sich mal nackig gemacht, jeder Opa will doch jetzt, daß so eine Schnecke drinbleibt; tja, kommen wir zu deinem Freund, Umpf!" – Umpf! hat als einziger die Hände vor dem Army-Top verschränkt, starrt ins Feuer und kichert nur ab und zu geistesabwesend, wenn die anderen lachen – „Umpf! ist ein Arschloch, Umpf! ist dein Gegenspieler hier, Umpf! wird gehen müssen, früher oder später, irgendwann ist der Umpf!-Bonus, harte Schale, weicher Kern, auch mal aufgebraucht; Costin? Hallo?! Ich will jetzt, daß du mir gut zuhörst, nicht auf Frieder, sondern jetzt mal schön ins Feuer schauen und konzentrieren. Bitte: wie heißt die Show, in der du gerade bist?"
„*Almtrieb*", hat Costin für die anderen unhörbar geflüstert und ein Stöckchen ins Feuer geworfen.
„Genau", hat der innere Costin alias PISC gesagt. „*Almtrieb*, das heißt, du hast sicher auch mitgekriegt, daß es hier den Liebesjackpot gibt. Wer offiziell zum Paar wird, ist automatisch für die nächsten zwei Monate dabei. Also, ich weiß zwar, daß du Aylin nicht leiden kannst, aber ..."
Als Costin aufgestanden ist, erst mal so getan hat, als sei er müde und strecke sich – in Wirklichkeit möchte er aber zu Aylin gehen und ihr ins Ohr flüstern, ob sie mal kurz mitkommen wolle, er müsse ihr was sagen –, genau da hat Aylin ihn angeschaut und sich, als ob das alles schon lange

abgesprochen wäre, ebenfalls erhoben, auf dem Weg zur Almhütte – von den anderen ist niemand nachgekommen, nicht mal eine blöde Bemerkung hat es gegeben, strange ... – hat sie, stumm, seine Hand ergriffen. Obwohl es im Männerschlafraum unterm Dachboden stockdunkel gewesen ist, hat Costin so ungefähr gewußt, welches Bett am nächsten zu der einen Kamera am Querbalken steht, er hat es ja auch, ganz leise, hören können, das *Zzzt, Zzzt,* wie sie schwenkt, und sich schließlich mit Aylin auf Frieders Bett gesetzt – was natürlich die Frage aufwirft, warum ausgerechnet über Frieders Bett die Kamera hängt, die Bettenverteilung war doch am ersten Tag ausgelost worden, oder? Obwohl ... wenn Costin jetzt für eine Sekunde zurückdenkt ... Frieder (kreischend, mit beiden Beinen rumpelstilzchenmäßig auf den Boden stampfend): „*Ich* will *dieses* Bett!"

Plötzlich hat Aylin ihn auf das Bett gedrückt und die Decke über sie beide gezogen. Direkt in sein Ohr und damit auch für jedes noch so superempfindliche Mikro garantiert nicht zu hören sagt sie: „Weißt du, daß ich schon seit den letzten zwei Monaten wahnsinnig auf dich stehe, eigentlich schon seit deinem Auftritt bei *Kika*, du kleiner Archäopterix, ich habe mich nur nicht getraut, es dir zu sagen, weil ich, na ja, ich glaube, ich bin echt ein bißchen verliebt in dich, und da will ich das nicht, daß das die Leute mitbekommen, mit so was macht man keinen Spaß."

Costin ist platt. Und spontan etwas sauer, weil die Situation hier eh schon stressig genug ist, da soll die jetzt nicht so einen Zirkus machen, keine großen Gefühle, und wenn, dann bitte so, daß es auch die da draußen mitbekommen. Aber Aylin hat ihn schon zu sich gezogen, ihn zu küssen begonnen.

Als dann wenig später die Decke zu Boden gerutscht ist,

scheint es Aylin plötzlich nichts mehr ausgemacht zu haben, daß sie beide jetzt für die Kamera zu sehen gewesen sind – Aylin: Kittel, Schürze, Unterrock gelüpft, Träger von Kittel heruntergerutscht, Busen bloß; Costin: Lederhose bis zu den Knien heruntergelassen; Aylin: Beine um Costin geschlungen; Costin: Aylin penetrierend –, ja, Aylin scheint gar nichts davon mitbekommen zu haben, sie hat, soweit das Costin in der Dunkelheit sehen kann, den Kopf zurückgelegt, die Augen geschlossen, stöhnt sehr leise, unterdrückt, sie muß das hier wirklich genießen (Costin hat in seinem Leben schon relativ viel erlebt, inklusive fakes).
Damit er nicht kommt – Costin darf auf keinen Fall kommen ... das wäre ja noch schöner: Kind mit Ex-*Kika*-Moderatorin live bei Reality-Show namens *Almtrieb* gezeugt, zehn Jahre später: Kuck, mal, Kleiner! Da zeugen wir dich gerade! ... Nein, danke! –, hat sich Costin vorgestellt, wie das hier jetzt in der Sendung aussehen wird, die grünstichigen Nachtaufnahmen aus der Vogelperspektive, möglicherweise Zoom auf Aylins Gesicht, dazu die Stimme des Moderators oder der Moderatorin: „Aylin und Costin kommen sich schließlich näher“ oder: „Aylin und Costin können ihre Gefühle füreinander nicht mehr zurückhalten“ oder: „Nur Sex auf der Hütte, oder doch der Anfang einer großen Liebe?“ (undeutliche Geräusche, Stöhnen, Rascheln, crescendo); oder aber die ganze Szene wird geschnitten – zu brisant! – und verschwindet im Archiv; nur manchmal von einem einsamen Redakteur der Spätschicht, wenn nichts los ist, heimlich im Regieraum angeschaut, der erste Live-Geschlechtsakt in einer deutschen Reality-Show, oder vielleicht sogar überhaupt, global sozusagen, wer weiß, TV-history that never was.

36

Die Stimme (laut, monoton, verzerrt, as always): „Und wie rechnest du dir deine Chancen aus."
Costin: „Also, ich denke mal, ich glaube, es steht jetzt schon ziemlich fest, daß Frieder am Ende der Almkönig wird. Und ich kann nur sagen: Ich gönn es ihm – und daß ich saufroh bin, daß ich's überhaupt soweit geschafft habe."
Die Stimme: „Wie kommst du denn zurecht mit Frieder."
Costin: „Ich helfe halt dem Frieder, so gut es geht, weil der ist halt nicht so flexibel. Also, klar ist das jetzt schwierig, nach drei Wochen hier so zu zweit, hey, könnt ihr mal das Ding, hallo?, könnt ihr das mal ausmachen, und kann ich euch mal was fragen, ohne daß das aufgezeichnet wird, bitte?"
Die Stimme: „OK. Sag nur. Wir schneiden das. Das wird sowieso alles geschnitten."
Costin: „Also, wenn ich jetzt früher aussteige, ist dann der Vertrag ungültig, also, ich meine, gilt dann noch das vereinbarte Honorar, oder ..."
Die Stimme: „Willst du aussteigen."
Costin: „Na ja." (Pause) „Noch drei Wochen?"
Die Stimme: „Tut mir sehr leid, Costin. Aber ich brauche dir wohl nicht zu sagen, daß ..."
Costin: „OK. Vergiß es. Machen wir weiter. Wo waren wir?"
Die Stimme: „Du hast gesagt, daß es hier natürlich schwierig sei, noch drei Wochen so zu zweit."
Costin: „Ja. Also natürlich ist das jetzt hier schwierig, so zu zweit, für drei Wochen. Mit wem wäre es das nicht, egal, ob das jetzt Frieder ist oder ob, mein Gott, meine Freundin oder meine Mutter."
Die Stimme: „Vermißt du Aylin."
Costin (stumm, schaut auf den Boden)

Die Stimme: „Costin?"
Costin (schaut in die Kamera): „Also, das ist so. Ihr müßt wissen, wenn ich draußen bin, in drei Wochen, dann wird das sicher nicht so einfach sein, erst mal, nach den neun Monaten hier. Aber es wird einen Menschen geben, der mir sehr nahe sein wird und der mir jetzt auch nahe ist, obwohl sie nicht da ist. Mann, ich weiß nicht, ob ihr das so verstehen könnt, was hier so passiert ist. Aber das wird erst mal da drin bleiben." (aufs Herz deuten)

37

Aylin liegt auf dem Bauch am Rand einer Schlucht, streckt ihre Hand nach dem Hansel aus, der sich gerade noch so, etwas unter ihr, an einem Vorsprung aus Ästen und Gestein festhält, nie und nimmer könnte sich da jemand in der Wirklichkeit festhalten, so windig sieht das aus.
Aylin schreit: „Halt dich hier fest!! Ich zieh dich hoch!!"
Der Hansel keucht.
Aylin trägt eine Polizeiuniform, schwarze Lederjacke, olivgrüne Hosen, schwarzer Pferdeschwanz, und Costin auf der Couch in seinem Moabiter Apartment, in dem sich die Kartons für den Umzug nach Australien stapeln, denkt, daß wie viele Monate, Wochen, Tage? vergehen mußten, bis er hier und jetzt Aylin so, in einer Polizeiuniform, wiedersieht. Als er erwartungsgemäß vor Frieder rausgevotet und von einem Hubschrauber direkt ins Studio ins Tal geflogen worden war, hatte da auf dem grünen (warum eigentlich *grünen*?) Teppich auf dem Landeplatz, sozusagen als Begrüßungskomitee, Aylin merkwürdigerweise immer noch im Almkittel gestanden – mit einer gelben (warum zum Geier

gelben?) Rose in der Hand. Er und Aylin hatten sich zur Begrüßung geküßt, hatten dann im Studio auf dem Sofa nebeneinandergesessen, hatten Fragen über die vergangenen Monate über sich ergehen lassen, und plötzlich, ja, plötzlich hatte es geheißen, die Aylin spiele ja jetzt in so einer TV-Serie, die im Herbst im *Zweiten* zu sehen sei, deshalb müsse die Aylin auch leider gleich weiter zu Dreharbeiten, nach Köln. Aylin Küßchen, und ab. Natürlich ohne irgendeine Nummer von sich zu hinterlassen, wäre ja auch schlecht während der Sendung gegangen (du, Aylin, kannst du mir mal deine Nummer geben, damit wir das, was da auf der Alm war, ein bisserl vertiefen können? Zwinkerzwinker). Und dann: nüschts. Hätte Madame Aylin Kontakt gewünscht, hätte sie ja ohne weiteres Costins Adresse bei der Produktionsfirma erfragen können oder bei *MA* zum Beispiel, man kennt Costin ja, er ist doch bekannt.
So aber (siehe: nüschts) hieß das eben auch, daß mit Aylin nicht nur in Zukunft nichts gehen würde, sondern daß auch das Ding da auf dem Dachboden auf der Alm lediglich Teil einer individuellen Aylin-Show gewesen war. Eine Einsicht, die der Presse vielleicht auch mal gutgetan hätte. „Aylin: schwanger?", „Costin: Bin wieder mit Seema zusammen", „Aylin und Costin: Ihre heiße Nacht im Hilton", „Costin: Bin zu fett" et cetera, so war es einige Wochen in kleinen Artikeln in Boulevardblättern gegangen, woraufhin Costin beschlossen hatte, erst mal alle Talk-Show-Auftritte abzusagen und für einige Zeit abzuhauen, weg, keine Ahnung, wohin, coole Doku über die australische East Coast gesehen, eine Woche später noch 'ne Reportage gelesen, OK: australische East Coast it is. Und jetzt das: Aylin als Politesse.
Der Hansel hat Aylins ausgestreckten rechten Arm gepackt, sucht mit den Füßen Halt, Steine bröckeln.

Costin hat zu seiner eigenen Überraschung „Die! Die! Die!“ geflüstert.
Großaufnahme Aylins Gesicht: verzerrt, leicht gerötet, zugekniffene Augen, unterdrücktes Stöhnen.
Aylin: „Ich zieh dich hoch! Lindemann! Halt dich fest! Bloß nicht loslassen! Halt durch, Lindemann! Das ist ein Befehl!“

38

Costin dreht sich einmal um sich selbst. Gaaanz langsam. Die Beine über dem Kopf, Querlage, dann wieder gerade, er öffnet die Augen. Alle Fische sind bunt. Knallgelb, grün, rot. Mit Streifen. Mit Punkten. Harvey deutet mit dem rechten Zeigefinger nach oben. Ein Schlag mit der Flosse bringt einen schon *so* weit. Ein Schwarm winziger weiß-orange gestreifter Fische bewegt sich alle paar Sekunden ruckartig in eine neue Richtung, rechts, links, noch mal links. Von unten ist das Motorboot ein großer schwarzer Fleck. Als Costin, den Kopf noch unter Wasser, mit beiden Händen eine Seite des Boots faßt, the rail, keine Ahnung, was das auf deutsch wäre, Griff?, fällt es ihm wie immer schwer, sich hochzuziehen, die Beine aus dem Wasser in das schwankende Boot zu schwingen. Harvey sitzt schon auf der Bank, hat das Tauchgerät abgeschnallt. Costin nimmt den Schnorchel aus dem Mund und zieht sich die Maske vom Gesicht. Harvey wirft den Motor an und steuert auf die Küste zu. Das Wasser glitzert. Der Himmel ist dunkelblau. Am Bootssteg verabschiedet sich Harvey von Costin, weil er am Nachmittag noch die Anfängerkurse für die Touristen geben muß.

Mit wie vielen seiner Schülerinnen Harvey, der in seinem Tauchanzug für Costin in diesem Moment, Rückenansicht, noch immer eine gute Figur macht, tatsächlich schläft, ist nicht herauszukriegen. Weil Costin, als er damals bei ihm Tauchstunden nahm, manchmal gesehen hatte, wie Harvey blonden Teenager-Mädchen, den reichen Töchtern der Papas und Mamas, die hier Urlaub machten, nach dem Tauchgang über die Wange strich, sie in den Arm nahm und ihnen dabei etwas ins Ohr flüsterte, sind Affären vorstellbar. Das Mädchen würde in der Nacht zum vereinbarten Treffpunkt laufen, einem versteckten Platz am Strand, und sich dabei mehrmals umsehen, ob ihr auch niemand vom Hotel folge, eine blonde Strähne würde ihr ins Gesicht fallen, Harvey würde alles für ein Lagerfeuer vorbereitet haben, das Mädchen würde sich an ihn schmiegen, sie würden sich küssen, das Mädchen würde Harvey zu seinem Haus begleiten, das sich strategisch günstig nicht allzuweit von dem Strandstück entfernt befindet. So wäre das.

Harvey wird jedenfalls heute abend, wenn Costin ihn in ihrem Stammpub trifft und mit ihm in der booth ganz hinten links sitzt, als erstes von seinen blonden Schülerinnen erzählen, und Costin wird, wie seit einem Monat, seit der Trennung von Gwendo, von Harvey, der nicht sehen will, was für ein lächerlicher alter Sack er eigentlich ist, ja, angewidert sein. Nachdem Gisela, die Besitzerin des Pubs, die mit Costin inzwischen nicht wie noch am Anfang, als er zum ersten Mal mit Harvey hierhergekommen war, einen kurzen Smalltalk auf deutsch macht, sondern lediglich mit einem „Hi guys“, ungefragt, das Lager-Import und Costins Lasagne auf den Tisch stellen wird, wird Costin diesmal wieder keine Geschichte à la 100-Groupies-wollten-mich-und-ich-hatte-Erbarmen erzählen, sondern gleich auf die

für März geplante Herbst-Reise überleiten, im Wohnmobil einmal um den Kontinent, über Darwin, Perth, Melbourne, um was man sich noch kümmern müsse, welche Route die bessere sei et cetera. Harvey wird wieder auf sein Vorhaben zu sprechen kommen, im August zu dieser einsamen Insel zu fahren, am Kap York, und zu diesen Korallenbänken, in diesen Farben, knallgelb, grün, rot, von denen er Costin schon bei einem ihrer ersten Treffen erzählt hat und von denen Costin damals im Unterschied zu jetzt noch annahm, daß er sie zusammen mit Harvey, wenn nicht diesen, dann nächsten, und wenn nicht nächsten, dann den übernächsten August tatsächlich sehen würde, die Insel und diese Korallenbänke.
Costin hofft, daß Harvey nicht Seymor Ass, angeblich Ex-Porno-Darsteller und momentan, nach eigenen Aussagen, Produzent für australische Popacts, mitbringen wird, der wieder versuchen würde, Costin einzureden, eine neue Karriere als Sänger, hier in Cairns, und dann als nächstes in Sydney zu starten.
Im Schlafzimmerschrank hängen noch ein paar von Gwendos Sachen, oben im Fach liegt noch ihre Taucherausrüstung, weiß Costin, im Flur hängt ihr Aborigine-Bild, das sie beim gemeinsamen Besuch im Reservat bei Alice Springs gekauft hat.
Als Costin mit dem T-Shirt und den Shorts unterm Arm auf dem Weg zum Badezimmer vor dem Ganzkörperspiegel im Flur stehenbleibt und sich im Taucheranzug mit hochgezogener Maske betrachtet, hat er plötzlich, ohne daß er sich das jetzt vorgestellt hätte oder daß er etwas genommen hätte – Costin nimmt nichts mehr –, ein Bild vor Augen. Und noch während Costin realisiert, daß das, was er da eben im Spiegel gesehen hat, Jimmy Corrigan gewesen ist, genannt „The Smartest Kid on Earth“, daß er, Costin,

für einen Moment Jimmy Corrigan gewesen ist, steht da plötzlich jemand anderes vor ihm, kein Zweifel: das Bild der fetten Katze, die am liebsten Lasagne frißt .

39

Costin erwacht vom Refrain von *Du*, der Hitsingle des gleichnamigen nach dem Flugzeugabsturz der Band posthum veröffentlichten und mit einem *MTV Europe Music Award* ausgezeichneten Albums der *Münchener Freiheit* – besser gesagt, von der elektronischen Weckton-Fassung seines Handys. Tatsächlich hat er den Weckton, schon bevor er aus dem Handy gekommen ist, sozusagen soundtrackmäßig, in den letzten Momenten seines Traums, gerade eben, im Ohr gehabt, also innerlich; eigentlich eine Szene aus seiner Jugend, da wo sein Opa, väterlicherseits jetzt, bei diesem ICE-Unglück gestorben war; also Costin kommt so die Treppe im alten Haus in Cham runter, hört Geräusche aus der Küche, er schaut nach, da ist der Tata, obwohl er eigentlich im Büro sein müßte um diese Zeit, da ist der Tata und macht sich einen Toast und hat so einen merkwürdigen Gesichtsausdruck, dabei tut er, als sei gar nichts, und erwähnt mit keinem Wort, daß irgendwas mit dem Opa passiert ist, und das ist direkt nachdem er die Todesnachricht im Büro bekommen hat, wie abgefahren ist das denn bitte? Und eben diesen strangen Gesichtsausdruck vom Tata hatte Costin eben im Traum vor Augen, als er zum Weckton mit der *Du*-Melodie aufgewacht ist.
Costins erster Blick fällt, wie könnte es anders sein, auf die Umzugskartons, die, immer noch, hier im Schlafzimmer rumstehen, und damit kommt auch – Costin braucht gar

nicht anzufangen, die Sekunden zu zählen –, sozusagen automatisch, die Assoziationskette, die sich ihm irgendwie, wenn er sich jetzt nicht irrt, seit er hier im Apartment am Prenzlauer Berg wohnt, also seit fast einem halben Jahr, praktisch jeden Morgen aufdrängt: Umzugskartons → Sachen aus Mamas Wohnung in Bukarest → Mama tot → Mama allein gestorben → er Alleinerbe → er in Australien (als Mama stirbt) → er schuld (an allem) (irgendwie).
Costin greift nach dem Handy und schaut auf die Uhr. Es ist immer wieder erstaunlich, wie schlecht er sich selbst einschätzen kann, denn als er gestern den Wecker für den Termin jetzt dann in einer Dreiviertelstunde stellte, da hatte er tatsächlich gedacht, daß er sofort aufstehen würde, sich anziehen, aufbrechen et cetera. Nach seiner Planung von gestern müßte er, Costin, in diesem Moment eigentlich im Bad sein und duschen. Statt dessen liegt er jetzt immer noch hier im Christopher-Bett und *denkt* lediglich daran, daß er ja eigentlich schon im Bad sein und duschen müßte. Auch der folgende Gedanke ist so unausweichlich wie die allmorgendliche Mama-Assoziationskette: Wenn er jetzt aufsteht, sein Blick auf die paar französischsprachigen Bücher in seinem Regal, Tatas ehemaligen Nigeria-Schreibtisch fällt und er im Flur mit seinen nackten Füßen – kalt! – auf den Nigeria-Flickenteppich tritt, wundert er sich – wohl ausgelöst durch die Mama-Assoziationskette eben –, daß er Schuldgefühle gegenüber der Mama hat (immer noch), niemals aber gegenüber dem Tata (hat und hatte).
In der Küche steht ein kleiner Umzugskarton auf dem Boden. Costin weiß, daß sich darin Mamas Espresso-Maschine befindet, blau, mit der roten Aufschrift *Espresso*. In allen Zimmern des Apartments stehen noch Kartons, auch mit Sachen von ihm selbst, aus Australien. Vasen, das Di-

dgeridoo, gerahmte Fotos, Einzelteile eines Regals, dunkelbraun. Costin hat die Kartons wenigstens schon mal an die Stellen gestellt, wo dann später einmal die in ihnen verpackten Sachen stehen sollen – Costin muß halt nur mal die Zeit und die Kraft für diesen Auspack-Act finden. Dadurch, daß die Kartons schon so lange einfach so rumstehen, ist er sich aber in einigen Fällen nicht mehr so ganz sicher, was eigentlich der ein oder andere Karton beinhaltet: Vase, Fotos oder Regaleinzelteile. Das Ganze wird mal wie Weihnachten werden, er sieht es schon kommen.
Irgendwie hatte er beim Duschen, Anziehen, U-Bahn-Fahren die ganze Zeit über so einen Gedankenflash aus *Münchener Freiheit*, Flugzeugabsturz, Mama, Bukarest, Cham gehabt, dazu immer diesen *Du*-Song im Ohr, so daß er gar nichts von dem Weg mitbekommen hat und fast ein bißchen überrascht gewesen ist, als er plötzlich – nur eine halbe Stunde verspätet – vor dem *Salamander*-Schuhgeschäft stand, in dessen Keller sich das Studio *Dicke Klunker* befindet, er mußte die Route schon so intus haben, daß er sie sozusagen blind gegangen war.
Die Aufnahmen sind schon voll im Gang gewesen, als er in den Regieraum kommt, er hat an der Tür gewartet, bis Tau und ihre Band hinter der Glasscheibe im Aufnahmeraum ihren Song beenden. Skjold am Mischpult (Spitzname nach seiner ersten und bisher einzigen goldenen Schallplatte vor fünf Jahren: *Skjold ist Gold*) nickt ihm kurz zu. Tau singt gerade den zweiten Song von dem Demo-Tape, das damals, vor ein, zwei Monaten per Post, unaufgefordert, an Costins Record-Label *BIBO* (= *Breathe in and Breathe out*) geschickt wurde und auf seinem Schreibtisch gelandet war. Tatsächlich ist es dieser zweite Song – wie das gesamte Album von Tau in einer Fantasiesprache gesungen –, der in Costin, jedesmal, wenn er das Tape später bei sich zu Hause

angehört hatte, Erinnerungen an dieses erste Hörerlebnis, damals, in seinem Büro, hochkommen läßt.

Costin hört: Taus entrückten Gesang, Costin sieht, als ob das jetzt schon der Clip zum Song wäre: das geöffnete Fenster, der blaue Himmel, Background, leise: Kinderstimmen vom Spielplatz, voll der Kitsch eigentlich.

Als der Megahall des letzten Gitarrenakkords verklungen ist, hat Skjold neben dem Mischpult auf den Knopf zum Sprechen gedrückt, für ihn sei es OK so, Costin ist dazugekommen und hat „Hallihallo“ ins Mikro gesagt. Tau und die anderen haben sich zum Regieraum umgedreht, Tau hat die Augen zugekniffen, den Kopf gereckt, damit sie durch das spiegelnde Glas sieht, jetzt hat sie Costins Gesicht erkannt, sie lacht, die Tau, Costin weiß, daß er diesem Lachen irgendwann einmal nicht widerstehen können wird.

Die Band möchte den Song noch einmal aufnehmen, das Gitarrensolo könne man ja aus dem ersten Take nehmen und nachher reinschneiden. Auf dem Bildschirm ist das Gitarrenriff des Intros als gezackte grüne Linie erschienen, die, als Tau einsetzt, nach oben ausschlägt.

Skjold dreht sich zu Costin und sagt, er könne sich da megagut Streicher im Background vorstellen; Costin ist voll d'accord, er beginnt, die Melodielinie zu singen, die man dann nachher in der Postproduction aufnehmen müßte, ein Streichquartett vielleicht, wenn noch Geld dasein sollte, ansonsten ein Synth.

40

In dem Moment, wo er ihnen den Vertrag und den Spezial-Vertrag-Unterschreibe-Gold-Füller über den Tisch reicht, haben der Sänger und der Gitarrist dieses Face bekommen. Er kennt dieses Face, er hat dieses Face auch gehabt, als er zusammen mit den anderen *PingPongs* den Plattenvertrag bei *MA* unterschrieb, Olaf Erdrich saß damals da, wo er, Costin, jetzt sitzt, die *PingPongs* da, wo jetzt die *KOPs* alias *Kings of Pop* sitzen.

Er kann sich so ziemlich genau vorstellen, was in diesem Moment in den Bandmitgliedern vorgeht, den ganzen Sekunden-Film, der da gerade vor ihren Augen abläuft, vom Dilettanten-Anfang, vom ersten Katastrophen-Gig über die ersten Erfolge, die ersten bandinternen Streitereien bis hier, Büro des Plattenchefs, Mahagonischreibtisch, grünbezogene Stühle mit Metallarmlehne und die Frage, ob sie Kaffee oder einen Softdrink möchten.

Irgendwie hat er dieses Face jetzt schon ein paarmal gesehen, auch bei den anderen Bands, die bisher bei ihm gesignt haben, und irgendwie hat er dann selber immer, so wie jetzt auch, dieses Champagner-ich-habs-geschafft-und-bin-der-König-der-Welt-Kribbeln bekommen, vielleicht auch selbst dieses Face gehabt. Damit das Label funktioniert, kann es jedenfalls nur von Vorteil sein und ist vielleicht sogar essentiell, daß der Chef des Labels schon mal am eigenen Leib all das erlebt hat, was jetzt den Bands so oder so ähnlich noch bevorsteht. Er würde aus diesem Grund, weil er nämlich weiß, wie das alles ist, nie etwas verlangen, was er nicht auch von sich selber verlangen würde. Also, wenn er die Bands mal kritisiert – was sein muß –, dann eben deshalb, weil er auch sich selber ständig kritisiert; wenn er sie lobt, dann eben deshalb, weil er sich selber auch ab und zu lobt (hey,

Costin, du krasser Hund), und wenn er ihnen jetzt so Sachen auf den Weg mitgibt, gleich, dann ist das ja im Prinzip auch nichts anderes, als was er sich selber schon tausendmal in den verschiedenen Situationen beziehungsweise was ihm PISC alias der innere Costin gesagt hat.
Die eingenähten Metallschlaufen an der Lederjacke des Sängers der *KOPs* haben bei der Vertragsunterzeichnung aneinandergeklackt. Als Band, die musikalisch deutlich auf die Quincy-Jones-Phase Michael Jacksons anspielt, haben die Mitglieder der *KOPs* – Musik- und Politologie-Studenten aus Tübingen – von ihrem Look her nahezu nichts mit den späten 80ern, frühen 90ern gemein, gut, der Schlagzeuger und der Bassist sind Mulatten und auch in Nicht-Bühnen-Situationen wird manchmal der Moonwalk eingelegt, auf Überraschung beziehungsweise Freude mit „Shamo'!" reagiert.
Das Duo Jones/Jackson habe sich ja damals, nach *Dangerous*, nicht weiterentwickelt; Justin Timberlake als Sohn Jacksons im Geiste habe es dann vorgemacht: Diese frühzeitig abgebrochene Entwicklung des Duos setzen die *KOPs* jetzt, Jahrzehnte danach, fort und beantworten die Frage, welche Musik Jackson heute machen würde, hätte er sich nicht exzessiv operieren oder besser transformieren lassen, wobei die Zunahme der Operationen nach der Trennung des väterlichen Mentors Jones proportional zum Nachlassen der eigenen Schaffenskraft stehe – so der Sänger und Kopf der *KOPs*.
Dadurch, daß hier Musik, die an sich Chartpotential besäße, mit einem intellektuellen Diskurs (was ist das denn, bitte?) verbunden werde, komme low zu high, kurz, die *KOPs* hätten das Zeug, einmal zu den neuen heimlichen Lieblingen des Undergrounds zu werden, so Georgi (nie ohne ihren Hund Timmi unterwegs, mit dem sie jetzt auch

nebenan in ihrem Büro sitzt), die burschikose Mittdreißigerin mit schwarzem Wuschelkopf, die die *KOPs* letzten Sommer auf dem *Störtebeker-Open-Air* in Stralsund entdeckt hatte und die Costin vom insolventen bayerischen Indie-Label Maulwurf-Records als Talent-Scout für *BIBO* übernommen hatte.
Das Geräusch, das die Spitze des Goldfüllers auf dem Papier macht, wenn jetzt die Bandmitglieder im ansonsten stillen Büro den Vertrag mit ihren Namen unterzeichnen, das Kratzen, ist wohl der Sound, nach dem sich jeder von ihnen, wie auch mal Costin, so lange gesehnt hat und der ihnen von jetzt an im Gedächtnis bleiben wird, das Geräusch des Signens: einfach nur geil in diesem Moment.

41

Lore geht zum Schlußapplaus des Publikums in ihrem trotz ihrer korpulenten Figur hauteng geschnittenen hellbraunen Hosenanzug mit Nadelstreifen – Autsch! – von ihrem Platz auf einer der Treppen zwischen den Zuschauerreihen, wo sie die meiste Zeit während der Sendung gestanden hatte, auf die Bühne und verabschiedet nacheinander die Gäste mit Handschlag.
Sie sagt: „Das war Lore mit dem Thema ‚Sind wir zu viele?‘ Nächste Woche zur selben Zeit heißt es dann ‚Das Leben danach‘, unter anderem mit jemandem, der von sich sagt, er sei schon sieben Mal geboren worden, und mit Costin Wallner alias CO, Ex-Popstar, Ex-Alm-Bewohner und was weiß ich noch alles. Also, bleiben Sie mir treu! Ihre Lore.“
Als der Applaus abrupt, wahrscheinlich auf ein Zeichen eines Assistenten hin, verstummt und auf dem Monitor im

Warteraum in einer starren Kameraeinstellung nur noch die halbdunkle Bühne gezeigt worden ist, von der inzwischen mit kleinen vorsichtigen Schritten auch der letzte Gast verschwunden ist - das ehemalige Mitglied einer internationalen Gruppe von Wissenschaftlern, die bis vor kurzem zur Erforschung alternativer Wohnmöglichkeiten zwei Jahre lang von der Außenwelt abgeschnitten in einer Tauchstation lebten und sich unter anderem monatelang wegen schlechten Fischfangs ausschließlich von Plankton ernährten („Algen schmecken super!", so der Wissenschaftler aus Kiel, der jeden Satz gleichzeitig mit den Händen in Taucher- beziehungsweise der am Ende zwischen der anscheinend nicht mehr sehr kommunikationsfreudigen Gruppe üblich gewordenen Taubstummensprache mitformte) -, lehnt sich Costin auf dem Sofa zurück, faltet die Hände hinter dem Kopf und versucht aus den Augenwinkeln heraus festzustellen, wer der anderen Gäste der nächsten Sendung am ehesten so aussieht, als sei er schon siebenmal geboren worden. Der Mann mit Glatze und dem zerstörten Gesicht, rechts neben ihm, der solariumbraune Mann mit schlecht blondiertem Haar und Goldkette, links von ihm, oder der daneben, der so Mitte 20 sein muß und, seit er hier sitzt, Gameboy spielt.

Die Tür hat sich geöffnet, eine Frau sagt, man solle mit in die Maske. Auf dem Flur zwängt sich Costin an weiteren Gästen der vorigen Sendung vorbei, einer 21köpfigen Familie aus Braunschweig in akuter Wohnungsnot, deren Mitglieder in diesem Moment, aus der unmittelbaren Nähe betrachtet, relativ wenig äußere Ähnlichkeiten miteinander aufweisen. Und hat nicht der Steppke mit dem glatten blonden Haar den anderen mit dem gelockten schwarzen Haar gerade gefragt, wie denn sein Agent heiße, seiner sei Kacke, das hier sei erst sein zweites erfolgreiches Casting gewesen?

Lore, auf die eben eine junge sportive Frau mit Headset einredet, hat Costin, den sie vor sechs oder sieben Jahren zusammen mit den anderen *PingPongs* eingeladen hatte, mit „Hallo, Costin, sieht man dich mal wieder“ begrüßt, bevor sie die junge sportive Frau mit Headset stehenläßt und hinter der Tür mit der Aufschrift *Garderobe* verschwindet.
Im Spiegel, dem er in der Maske gegenübersitzt, sucht Costin sein Gesicht nach Falten und sein Haar nach grauen Strähnen ab, schließt die Augen, als die Visagistin ihm über die Nase und die Stirn pudert. Er geht zurück durch den Flur, in dem jetzt ein Kleiderständer mit Kinderkleidung steht und hinten, ganz am Ende, die junge sportive Frau mit Headset allein redend auf und ab geht; er setzt sich wieder auf seinen Platz auf dem Sofa im Warteraum, faltet die Hände hinter dem Kopf. Der Monitor zeigt die halbdunkle Bühne mit den vier Stühlen für die nächsten Gäste – Lore hat immer vier Gäste –, aus dem Hintergrund kommt das gedämpfte Geräusch des Publikums, das für die nächste Sendung Platz nimmt. Lore betritt die Bühne, sie trägt ein 19.-Jahrhundert-Rüschenkleid, so wie es jetzt wieder Mode ist, vereinzelt wird applaudiert, man ist wohl etwas verwirrt, daß es schon losgehen soll. Lore hebt beschwichtigend die Hände, sagt in das Mikro in ihrer Hand: „Hallohallo, liebe Leute“, sagt, daß es gleich losgehe.
Costin versucht erneut aus den Augenwinkeln heraus festzustellen, wer von den anderen Gästen im Zimmer, von denen inzwischen auch der letzte, der Mann mit dem zerstörten Gesicht, vor dem die Maske kapituliert zu haben scheint, zurückgekommen ist, am ehesten so aussieht, als sei er schon siebenmal geboren worden. Die junge sportive Frau mit dem Headset öffnet die Tür und teilt mit, in welcher Reihenfolge sie auftreten. Costin, den sie Herrn Wallner genannt hat, ist der zweite Gast heute und kommt nach

dem Jungen mit dem Gameboy, der jetzt aufgestanden ist und mit der Frau mitgeht. Auf dem Monitor kommt Lore mit Applaus auf die hell erleuchtete Bühne, sie hebt beschwichtigend die Hände und sagt durch das Mikro in ihrer Hand: „Hallohallo, liebe Leute."

Die Einstellung zwischen Lore, die den Jungen ankündigt, und der leeren Kulisse, aus der er dann endlich tritt, das Publikum hat schon aufgehört zu klatschen, wird später geschnitten werden, Costin ist sich da sicher.

„Peter E., dessen Name für die Sendung geändert wurde, ist mit 17 Opfer einer Familientragödie geworden", sagt Lore, die neben Peter E. Platz genommen, eine Halbbrille aufgesetzt und auf eine Stichwortkarte geschaut hat.

Peter E.s Vater hat eines Nachts zu Hause im Streit mit Peter E.s Mutter deren Kopf mehrmals auf die Kante des Eßzimmertischs geschlagen. Peter E. hat währenddessen in seinem Kinderzimmer geschlafen und aus für ihn unerfindlichen Gründen nichts von dem Ganzen mitbekommen. Erst als die Polizei und später die Sanitäter eintrafen, von den Nachbarn alarmiert, ist er aufgewacht und hat den blutverschmierten Eßtisch, seine Mutter mit eingedrücktem Kopf auf der Bahre liegen, seinen Vater in Handschellen auf dem Eßzimmerteppich knien gesehen.

„Die Mutter war zu diesem Zeitpunkt schon tot", sagt Lore. „Das war vor sechs Jahren. Möchtest du uns sagen, wie diese sechs Jahre für dich gewesen sind, Peter?"

Costin erinnert sich, daß er einmal vor einiger Zeit eine Crime-Show im *Zweiten* gesehen hat, wo genau dieser Fall oder jedenfalls so was Ähnliches vorkam, und in den nachgestellten Szenen, verwackelt und in Zeitlupe, Peter E.s Mutter beziehungsweise eine Frau von Peter E.s Vater beziehungsweise eine dunkle Gestalt an den Haaren gepackt und mit dem Kopf auf einen Gegenstand geschla-

gen wurde, bis ihr das Blut aus der Nase und übers Kinn gelaufen war.
Peter E. sagt, es habe lange gedauert. Er habe ja auch niemanden gehabt. Sein Vater sei im Gefängnis, er wolle ihn auch gar nie wiedersehen. Er habe allein gewohnt, er sei ja damals gerade volljährig geworden. Nur seinen Therapeuten habe er gehabt. Nur sehr langsam werde er wieder der, der er vor dieser Nacht gewesen sei. Noch immer durchlebe er diese Nacht und habe Angst, daß sein Vater plötzlich vor der Tür stehe. Je mehr Bekanntschaften und Freunde er aber habe – er studiere jetzt Informatik –, desto seltener kämen diese Zustände. Desto rascher normalisiere sich alles.
Lore hat Peter E. mehrmals, während er ihre Frage mit monotoner Stimme beantwortet, bei der Hand gefaßt. Am Ende hat sie ihre Hand auf seine Schulter gelegt, hat sich zu ihm vorgebeugt und irgend etwas sehr Positives, Aufbauendes, Mütterliches zu ihm und dem Publikum gesagt. Sie stellt diesen Lore-Touch her, diesen Eindruck, daß sie sich wirklich darum kümmert, was ihre Gäste erlebt haben und wie es ihnen geht, deswegen auch die Quote, deswegen der feste Sendeplatz seit über zehn Jahren, deswegen kein Palaver wegen Lores Gewicht, deswegen auch keine second thoughts seitens Costins, als er eingeladen wurde.
Inzwischen ist die Assistenten-Tante – Costin nennt jetzt die junge sportive Frau mit dem Headset Assistenten-Tante – gekommen und hat ihn abgeholt. Zur Begrüßung hat Lore Costin neben die Wange, rechts, links, in die Luft geküßt und „Hallo, Costin, wie geht es dir“ gesagt.
Costin nimmt neben Peter E. Platz, der glücklich aussieht. Peter E. grinst. Auch Lore schmunzelt. Hat Costin auf dem Weg hierher was verpaßt?
„So, CO oder besser Costin, jetzt erzähl mal“, sagt Lore. „In einer meiner ersten Sendungen warst du ja damals mit dei-

ner Band, den", Lore liest ab, „*PingPongs* zu Gast. Das ist jetzt über ja, ogottogott, machen wir das hier schon so lange?, das ist über zehn Jahre her. Wie isses nun, mit dem Leben danach?"

Lore will jetzt vor allem was zu *Almtrieb* hören, keine Frage, dem Gebumse, Aylin, was da wirklich gelaufen ist, was für eine dumme Sau Aylin sei oder ähnliches.

Schon bevor Costin aus den Kulissen kam, war er etwas nervös, doch das war kein Vergleich zu jetzt, seine Augen müssen sich in sich drehende rotweiße Spiralen verwandelt haben, Schweiß muß ihm auf der Stirn stehen, was dann hoffentlich später geschnitten wird, bitte. Erst als er auf einem Monitor am Rand der Bühne sich in der Totale neben Peter E. und Lore sitzen sieht, wird er ruhiger, er befeuchtet seine Lippen, sagt: „Ja, also", lehnt sich zurück und faltet die Hände hinter dem Kopf.

42

Die Fahrstuhltür ist aufgegangen, und er hat plötzlich – ohne daß es einen Auslöser dafür gegeben hätte, also wirklich gar nichts, optisch, akustisch oder geruchstechnisch, geraucht hatte er ja auch nichts – diese Szene vor Augen gehabt, wann? vor 20 Jahren oder mehr vielleicht, diese Fahrradtour mit Mama und Tata, wo er vorausgefahren war und dann vor einem Ortsschild, keine Ahnung jetzt, wie der Ort hieß, gewartet hatte, ewig, „Griaß God" hatte darüber gestanden, über dem Ortsschild, genau, irgendwann, erst nach einer Stunde oder so, hatte ihn Tata auf dem Handy angerufen und hatte rumgedruckst, von wegen, wo steckst du, warum bist du, weißt du wie lange schon et cetera, bis rausgekommen war, daß er und Mama sich verfahren hatten, was Tata aber unter keinen Umständen zugeben wollte, genau – Costin sperrt die Tür zum *BIBO*-Büro auf –, Tata, der immer so groß auf: „Hier komm ich her, ne", und: „Ich wohn hier schon ewig, ne", und: „Die Leute und ich, ne, wir verstehen uns halt, ne", gemacht hat ... Tata also und verfahren, sozusagen vor seiner Haustür, das war schon was, Costin hatte ihnen entgegenfahren müssen, so planlos waren die beiden, verschärfenderweise hatte es dann auch noch zu schiffen angefangen, und auf einmal hatte Tata ausnahmsweise nicht der Mama, sondern ihm, Costin, die Schuld an allem gegeben, als ob sie sich verfahren hätten, weil er, Costin, vorausgefahren war, Tatas übliche Verschwörungskomplotts halt, die Gewerkschaften, die Politiker, die Mama und jetzt eben mal zur Abwechslung Costin – er schließt die Tür hinter sich und geht durch den Flur, er wird ziemlich grantig, das spürt er jetzt –, na gut, sie hatten dann in so einer komischen Pension übernachtet, total Horrorshow, in Costins Zimmer war alles orange gewesen, orange Vorhänge, orange Bettdecke, oranger Teppich, orange Tapete, an der Wand ein Schwarzweißfoto, er sieht es jetzt wieder vor sich, ein Mann in Uniform, schätzungsweise Weltkrieg, schätzungsweise Wehrmacht, ein Familienbild wahrscheinlich, der Herr Papa, der Opa, keine Ahnung, am nächsten Tag waren sie dann weitergefahren, über die tschechische Grenze nach Taus, genau, so ein kleines tschechisches Kaff, an das er jetzt, merkwürdigerweise, überhaupt keine Erinnerungen mehr hat, man müßte eigentlich mal schauen, bei seinen und Anas Filmen zu Hause, im Kellerabteil, ob sich da nicht irgendwo was finden läßt über die Tour damals, andererseits: Sich da durchzuwursteln, das alles zu sichten und sich noch mal den Psychostreß mit der Vergangenheit anzutun,

Mama und Tata so zu sehen, von wegen sweet memories, Nostalgie und so, da hat Costin momentan nicht den Nerv für, außerdem auch überhaupt keine Zeit. Später vielleicht. Hinter der verschlossenen Tür des Büros sind Georgis und Julians Stimmen zu hören gewesen, ein Hundelaut von Timmi. OK, sie besprechen die Tourpläne für die Bands. Costin ist wieder mal zu spät. Ein wenig jedenfalls.
Aber während er jetzt so vor der Tür steht und die beiden so reden hört, wird ihm klar, daß es eigentlich gar keine Rolle spielt, ob er da ist oder nicht, also im Label jetzt. Georgi und Julian legen so viel Herzblut in das Ganze und halten den Laden am Laufen – Costins Anwesenheit braucht es eigentlich gar nicht. Natürlich ist sein Geld, sein Gesamtkonzept, nenn' es Vision, und sein Draht zu den Künstlern die Voraussetzung. Aber im Prinzip haben ja Georgi und Julian Costins Ideen vollkommen verinnerlicht. Ihm fiele kein Fall ein, wo er nicht mit den beiden d'accord gewesen wäre. Costin drückt die Klinke der Tür, die Stimmen der beiden verstummen.

43

Costin bahnt sich im extremst stickigen und verrauchten Aftershowpartyzelt einen Weg durch die Menge, manche Bands, die vorher bei der Ceremony, genauer: der *MTV Europe New Year's Bash Ceremony* in der Halle gleich nebenan aufgetreten waren, haben sich gar nicht erst umgezogen, sondern sind in ihren Bühnen-Outfits, im Bären- und Hasenkostüm oder lediglich mit BH und Hotpants bekleidet oder aber in irgend so einer wahrscheinlich türkischen Tracht – wohl eine Referenz an den Veranstaltungsort,

Istanbul – hierhergekommen. Costin ist sauübel, er müßte sich mal unbedingt hinsetzen, das heißt also, jetzt entweder ab aufs Klo oder zur Lounge, die auch da irgendwo am anderen Ende des Zelts sein müßte.

Soviel steht fest: Costin muß endlich mit dem Kiffen aufhören, mit über 40 muß man auch mal erwachsen werden, nix Peter Pan, nix junggebliebenes Genie à la Wolfgang Amadé, das hier ist das wirkliche Leben, also: Kiffen aufhören, der erste Vorsatz fürs neue Jahr.

Denn Istanbul wäre wahrscheinlich eine super Stadt, gerade in den letzten Jahren, nach dem EU-Beitritt, dürfte sich da einiges getan haben. Betonung Konjunktiv. Denn eigentlich das komplette Wochenende über, das er jetzt zusammen mit Georgi (und Timmi) und Julian hier ist, ist Costin stoned gewesen, nicht übermäßig, aber doch so sehr, daß Straßenzüge unvermittelt Ähnlichkeit mit einer gewissen Stadt namens Gotham City bekamen und sich in einer Bar die Stimmen der sich unterhaltenden Leute plötzlich in einen hochgetunten Singsang verwandelten, der verdammt noch mal nach dem Schlumpflied klang; schließlich hatte Costin an einem Stand in einem Basar den hellblauen Dr. Manhattan, den roten Night Owl und die lila Kapuze Rorschachs von den *Watchmen* erspäht. Obwohl er deshalb eigentlich ein gutes Gefühl hätte haben müssen – schließlich waren das hier die ultimativen Weltenretter –, war Costin, wahrscheinlich kalkweiß im Gesicht, in die Hocke gegangen und hatte schön tief durchgeatmet, und ein und aus.

Costin mußte für keine Ahnung wie lange auf einem der weißen Ledersofas in der Lounge eingenickt sein. Georgi (an ihrem Bein Timmi) hatte ihn wach gerüttelt, er hatte für einen Moment erschrocken, ja in Panik in ihr Gesicht geschaut, sie hatte neben ihm Platz genommen und gegen das Gemurmel und die Heizstrahler angeschrien: „Hey, Chef, nicht einschlafen jetzt, gleich ist es 12!! Außerdem weißt du nicht, was ich gerade herausgefunden habe!! Also Q ist von R zur Presse bei S und T zu U gewechselt, V von W hat aufgehört und macht jetzt was ganz anderes, Hundezucht oder so, ich hab's nicht ganz verstanden, und Lisa ist jetzt Quasselstrippe auf *Neun Live*, Xs Vertrag bei Y wird nächstes Jahr gelöst, X wird frei, Z wird von einem Major übernommen, wahrscheinlich *Time Warner*, und Elisabeth hat sich von Mehmet getrennt, sie sind nicht mehr zusammen" – Costin streicht Timmi durchs Fell; es ist weich –, „wo Elisabeth doch schwanger ist, und ich habe den Scout von A aus London getroffen, der kannte *BIBO* und fand uns ganz Klasse und die und der", und Costin hat nicht mehr zugehört, weil plötzlich, ohne daß es eine Ankündigung oder eine Aufforderung gegeben hätte, auf einmal alle in der Lounge, nahezu gleichzeitig, simultan sozusagen, aufgestanden und Richtung Ausgänge geströmt sind. Während dann Costin Georgi (und Timmi) so hinterherstolpert, überlegt er, daß er sich ja jetzt eigentlich noch weiter Vorsätze fassen sollte, noch ein paar jedenfalls, daß so eine Aktion jetzt angebracht wäre, Vorsatz Nummer eins hat er ja schon.

PISC (freundschaftlich, hochgestimmt, ja, freudig erregt): „Also, altes Haus. Es ist soweit, mach mal. Was wünschst du dir fürs neue Jahr?"

Ja, also gut, ähhh, keine Talk-Shows mehr, nie wieder Lore, das wäre mal die Nummer zwei, und 'ne Frau, also so eine richtige, eben eine Beziehung, was längeres, am besten eine aus dem Business oder so, eine, die weiß, was los ist ... wo Costin nicht erst erklären muß, was so in ihm vorgeht und ihn beschäftigt (Nummer drei), und den ganzen Scheiß hinter sich lassen (siehe: erwachsen werden) ... *BIBO*, er

möchte die Künstler, die er jetzt unter Vertrag hat, die möchte er endlich ganz groß, Betonung auf *ganz groß*, rausbringen, *BIBO* ist sein Projekt, *BIBO* ist sein Baby, er hat doch eine Verantwortung gegenüber den Künstlern.
Über die Lautsprecher erklingt eine Stimme, die mit starkem Akzent auf englisch „Ladies and Gentleman, de countdown is starrrting now“ gesagt hat, die Menge hat zu zählen begonnen, auch Costin, jetzt, er hat irgendwie gerade voll das schöne Gefühl, obwohl er hier ein bißchen zwischen den Leuten im Zelt eingepfercht ist und nur auf Zehenspitzen zwischen ihren Köpfen auf den Bosporus und die Silhouette der Stadt sehen kann, EIGHT, SEVEN, SIX, am Nachthimmel sind schon die ersten Feuerwerkskörper explodiert, grün, orange, rot, vom anderen Ufer des Flusses hat der Wind Gejubel herübergetragen, während Costin die Arme in die Höhe gerissen, den Kopf in den Nacken gelegt hat und ruft, laut, mit den anderen, sozusagen synchron, TWO, ONE.

44

Er steckt die Sticks mit den Soundfiles ein, die ihm Vincent, der Agent der *Limelight Company*, über den Stehtisch geschoben hat, und wie lange bleiben Sie noch in Köln?, ja, in Berlin dann, im März, genau, so long.
Costin humpelt, auf seinen Gehstock gestützt, in Halle C. Am *BIBO*-Stand verteilen mehrere Promoter Prospekte und Demo-Megadiscs. Julian unterhält sich gerade mit dem langhaarigen Gitarristen von *Oliver*, deren zweites Album, vor Monaten fertig produziert und seitdem im Computer im Berliner Studio abgespeichert, noch immer auf

sein Release wartet beziehungsweise darauf, daß das Label jetzt irgendwann mal wieder Gewinne einfährt.
Costin humpelt schnell weiter. Ein Gespräch mit dem Gitarristen – der trotz arschlanger Haare eigentlich ein sehr friedfertiger Mensch mit hoher Fistelstimme und stets vor der Brust verschränkten Armen ist, sofern er eben nicht was genommen hat und dann bei den Auftritten animal-like sein Instrument mit den Zähnen bearbeitet, und sieh ihn dir mal an, wie er da am Stand irre Blicke um sich wirft: Der ist doch gerade auf Drogen – hat Costin jetzt gerade noch gefehlt.
Schon Tage vor der Messe sind die Schmerzen in seinem rechten Bein wiedergekommen, so stark wie seit seinem Unfall nicht mehr. Er drückt auf die Wahlwiederholung an seinem Handy, läßt es zehnmal klingeln, legt wieder auf, öffnet die Tür des Damenklos, mustert die Frauen, die vor den Spiegeln stehen und sich nach ihm umdrehen, sagt: „Oh, Entschuldigung."
In Halle B trifft er am *Yamaha*-Stand Clarissa, mit der er letztes Jahr bei der Messe nach der Party was hatte, sie hatte ihm auf der Herrentoilette einen geblasen, nein, das war irgendwer anderer irgendwann anders, aber er kennt Clarissa, auch wenn er im Moment nicht weiß, woher, er sagt, er habe es eilig, es sei schön, sie wiederzusehen, und fragt, ob sie Romy gesehen habe, was sie verneint, er ist sich nicht sicher, ob sie ihn überhaupt erkannt hat.
An einem der Tische vor einem Café in Halle B hat er dann endlich doch noch Hazeh, den Schlagzeuger von *Franz*, sitzen gesehen, Soul, den Bassisten, und, ist sies?, sie ists, jawoll, Romy, in ihrem zitronengelben Sommerkleid über der Jeans. Als er vor ihnen steht, schaut Romy gelangweilt vom Gespräch auf, sagt: „Hey."
Costin: „Können wir dann, bitte."

Romy: „Jetzt?"
Costin: „Jetzt."
Romy zieht beim Aufstehen ihre Schlecht-gelauntes-Mädchen-Grimasse, gibt Hazeh und Soul einen Kuß auf die Wange, sagt: „Ich ruf euch nachher an", während sie mit den Augen auf Costin deutet.
Costin zieht Romy durch die Menschenmenge hinter sich her, zu einem Stehtisch. Er sagt laut: „Wo warst du denn zum Teufel? Ich ruf dich an. Ich such nach dir. Ich humpel mir hier einen ab."
Romy hat den Kopf gesenkt, einen Schmollmund gemacht. Costin humpelt jetzt einfach weg, Romy ist ihm – na also: Jetzt hat sie ein schlechtes Gewissen – gefolgt. Sie stellt sich vor ihn, auf Zehenspitzen, während sie ihre Hände auf seine Wangen legt, und küßt ihn auf den Mund. Romys Zunge schmeckt nach Cherry Coke.
Auf dem Parkplatz vor den Messehallen sind Costin und Romy in ein Taxi gestiegen. Er hat sie gefragt, ob sie sich noch erinnere, wie das Hotel hieß. Sie hat dem Taxifahrer gesagt, er solle zum *City-Hotel* fahren.
Der Taxifahrer hat sich umgedreht und gefragt: „Welches?" Er spricht nur gebrochen Deutsch, hat aber einen starken rheinischen Akzent, dem Aussehen nach könnte er Rumäne sein.
Romy sagt: „Das im Zentrum eben. Das, wo der Bahnhof gleich ist." Wo genau, könne sie nicht sagen.
Der Taxifahrer sagte, Jaja, er wisse schon wo, und ist losgefahren.
Als sie aus dem Taxi steigen, ist sich Costin in der Dunkelheit und beim Eintreten in die Lobby nicht vollkommen sicher gewesen, ob das hier auch wirklich das *City-Hotel* ist, in das sie gestern am Nachmittag eingecheckt hatten. Dann erkennt er die Rezeptionistin wieder. Beim Einchecken hat-

te er ihr gesagt, er habe ein Doppelzimmer bestellt; sie hatte demonstrativ einen kritischen Blick auf Romy geworfen, wohl um zu unterstreichen, daß sie es nicht gutheiße, wenn wieder mal so ein alternder Sack mit so einem jungen Ding ankommt, das seine Tochter sein könnte. Er humpelt weiter zum Lift – wie in allen *City-Hotels*: im Gang hinter der Rezeption, neben der links ein etwa zwei Meter großer Gummibaum steht, immer, in allen *City-Hotels*, die Costin kennt. Vor dem Hotelzimmer macht sich Romy von Costin frei, der ihr, sich auf sie stützend, den Arm um die Schulter gelegt hatte, drückt ihre rechte Hand auf den Scanner in der Wand neben der Tür, die ein klagendes *Pieeep* von sich gibt, aufschnappt.
Costin setzt sich im Zimmer sofort aufs Bett und sagt, er gehe jetzt schlafen, er sei tot.
Romy fragt, ob er etwas dagegen habe, wenn sie noch mit Hazeh und Soul ausgehe.
Costin sagt, sie dürfe, sie solle ruhig. Romy kniet sich vor Costin auf Boden, zieht ihm die Schuhe aus, die Strümpfe, die Hose, die Unterhose, holt den Schlafanzug unter seinem Kissen hervor und hilft ihm beim Hineinschlüpfen, indem sie ihm die Hosenbeine aufhält. Nachdem sie ihn zugedeckt und auf die Stirn geküßt hat, sagt sie: „Du wirst mir doch kein Fieber bekommen." Sie holt einen Waschlappen aus der Badewanne und befeuchtet Costin das Gesicht. Dann löscht sie das Licht, sagt: „Träum schön, morgen kaufen wir dir deinen Anzug, den, den du da in dem Geschäft gesehen hast. Aber jetzt schlaf erst mal und werd wieder ganz gesund."
Sie macht einen Schritt zur Tür, Costin hält immer noch ihre rechte Hand. Obwohl sich seine Augen nur langsam an die Dunkelheit gewöhnen, sieht Costin, daß Romy stehenbleibt, sich umwendet, er versucht in ihrem Gesicht auf die

Stelle zu sehen, wo ihre Augen sein müssen und jetzt nur ein schwarzer Streifen ist.
Sie schlägt die Decke zurück, zieht Costin die Schlafanzughose bis zu den Knien herunter und nimmt seinen Penis in ihren Mund, während sie seine Hoden massiert. Costin ejakuliert, Romy macht ihm mit dem Waschlappen auf dem Nachttisch den Bauch sauber und deckt ihn wieder bis zu den Schultern zu.
Sie packt mich ein, denkt Costin. „Ich packe dich schön ein", das hat Ana immer gesagt, wenn sie ihn in Cham ins Bett gebracht hat.
Als Romy ihn noch einmal zum Abschied auf die Wange küßt, hat sie nach Apfel gerochen. Sie muß sich irgendwann zwischendurch einen Kaugummi oder ein Bonbon in den Mund gesteckt haben.

45

Der Schmerz in seinem rechten Bein ist jetzt tatsächlich so stark, daß er sich überlegt, die Aktion hier abzubrechen. Klar. Der Sinn des Ganzen ist, sich selber (und Romy) zu beweisen, daß er noch zu so was fähig ist, daß er es kann. Und wenn er jetzt abbricht, dann zeigt er genau das Gegenteil: Dann ist er ja wirklich schon ein alter Sack und sollte, wie andere in seinem Alter auch, auf sich schauen, gerade weil er diese Scheißbehinderung hat, die nicht weggeht und die ihn tatsächlich zum Opa macht. Vorerst trägt er aber weiter, in der Hocke, Kleister auf die Fläche der Wand auf, gleich über dem Fußboden, da, wo dann die Holzleiste hinsoll. Zähne zusammenbeißen – er merkt, daß er wirklich die Zähne zusammenbeißt, wie in so einem schlechten Manga:

Großaufnahme: Gesicht, Mund offen, Zahnreihe auf Zahnreihe –, sich jetzt nichts anmerken lassen!
Aus dem Wohnzimmer ist Romys Stimme gekommen, wo die Disc mit dem Mexiko-Mix sei, ob Costin das wisse, wo die sei.
Romy steht vor der Regalwand im Wohnzimmer und findet die Mexiko-Disc mit der rosa Hülle nicht. Das ist alles relativ typisch.
Costin nimmt die Holzleiste, drückt sie an das mit Kleister beschmierte Wandstück und sagt: „OK, du gehst jetzt ganz nach links, du siehst im Regal ganz außen, oberstes Fach, mehrere Discs, die so eine grüne Hülle haben, irgendwo zwischen denen muß eine Disc mit rosa Hülle sein."
Costin horcht, ob Romy was sagt, ob zu hören ist, wie sie sich auf die Zehen stellt und die Disc aus dem Regal nimmt.
Romy ist für einen Moment aus dem Wohnzimmer in den Flur gekommen, sie ist barfuß – das fällt Costin irgendwie jetzt von unten so auf –, dann ist sie auch gleich wieder im Atelier, gegenüber vom Wohnzimmer, verschwunden.
Aus dem Atelier kommt dieser Song von dieser mexikanischen Band, von der Costin letztens zu Romy meinte, *Erich* klinge ein wenig wie die. Er hält sich am Türrahmen fest und zieht sich hoch. Brüll. Ihm ist für eine Sekunde schwarz vor Augen geworden, und – auch das noch –, als er auf die Wand schaut, hat seine Hand, mit der er sich gerade abgestützt hat, um das Gleichgewicht zu halten, dort einen dunklen Abdruck hinterlassen. Das war's dann wohl. Heimwerken ist nicht mehr. Er hinkt ins Atelier.
Im Computer läuft die Disc, das Programm läßt den Song als Partitur mit den Lyrics auf dem wandgroßen Bildschirm erscheinen. Romy hat sich vor den Schreibtisch gesetzt und die Gitarre auf den Schoß genommen, sie starrt

auf den Bildschirm und versucht die angezeigten Riffs nachzuspielen, reckt den Kopf ab und zu nach vorne, runzelt die Stirn, streicht sich eine Strähne ihres rot gefärbten Haars aus der Stirn, macht „Hä?“, Romy, barfuß, Romy, in einteiligem schwarzen Kleid, Romy, leicht verwirrt, Romy ist in diesem Moment, genau so, extremst süß.
Costin schaltet das Licht aus, es ist plötzlich düster, nur um den Bildschirm strahlt es grau, die zwei Glühlampen hinter den zu Wellen geklebten Folien der Scheibe über dem Schreibtisch, die Romys Mutter Romy geschenkt hat, als sie hier einzog, tauchen den Rest des Zimmers in ein diffuses Rot, Costin läßt sich mit „Urgs“ aufs Bett in der Ecke plumpsen.
Romy hat sich an Costin und in seinen Arm gekuschelt, den er, schon als er sich hinlegte und dabei zu ihr rüberschaute, für sie ausgestreckt hatte. Sie hat begonnen, mit ihrer Hand an seinem verschwitzten nackten Oberkörper entlangzufahren, gedankenverloren, auf und ab, durch sein Brusthaar; auch das Brusthaar, normalerweise grau, ist jetzt rötlich. Als sie an der Stelle angekommen ist, wo sein Herz ist, das noch immer, durch die Anstrengung vom Heimwerker-Act, ziemlich schnell schlägt, sagt sie leise: „Bumbumbum.“
Costin schaut zur Decke.
Costin: „Was würdest'n du jetzt machen, wenn ich jetzt sterben würde?“
Romy: „Was?“
Costin: „Was würdest'n du jetzt machen, wenn ich sterben würde jetzt?“
Romy: „Ich würde dich nicht sterben lassen.“
Costin: „Ne, jetzt sag doch mal.“
Romy: „Ich würde nach Stralsund fahren und deine Asche in den Wind streuen.“
Costin: „Und dann?“

Romy: „Weiß ich nicht." (Pause) „Ist ne blöde Frage."
Costin: „Aber ich weiß es. Du würdest mich vergessen. Sonst könntest du ja gar nicht überleben. Du würdest –"
Romy (unterbrechend): „Hey, bin ich jetzt im falschen Film, oder was? Du bist hier, du bist nicht tot, wirst jedenfalls noch 'ne Weile hier sein, bei mir. Aus. Thema gegessen. Du hast echt ein Problem, hey, ich glaube, ich gehe jetzt lieber gleich ..." (möchte aufstehen)
Costin (hält sie zurück): „Ach komm, laß mal, war doch nur so ein Gedanke. Nicht jetzt die Beleidigte spielen, OK?" (Pause) „Romylein?"
Romy: „Wie stellst'n du dir eigentlich vor, wie wir so in 20 Jahren sein werden?"
Costin (mit Romys Korallenhalsband spielend): „Was?"
Romy: „Ja. Was ist mit uns dann. In 20 Jahren. Du Senior. Ich in 'ner mega Midlife-Crisis."
Costin (mit Romys Korallenhalsband spielend): „Also, ich bin einer der erfolgreichsten Indie-Label-Besitzer Europas, du hast gerade deinen zweiten Echo mit *Erich* gewonnen. Wir wohnen in einem Haus am Starnberger See, einem Bungalow. Der Föhn macht den Himmel total blau, so wie an dem Tag, wo wir da mit dem Dampfer gefahren sind."
Costin spricht das Thema „Kinder" nicht an. Er weiß, daß Romy nicht nur *noch* keine, sondern *prinzipiell* keine Kinder möchte, sie habe schon genug Streß mit sich selber. Costin würde sich eigentlich schon ein Kind wünschen. Auch mit Romy. Am liebsten, sofern er das bestimmen könnte, eine Tochter. Wenn sie größer wäre und studieren würde, vielleicht, würde sie ihr eigenes Ding machen, sie wäre bestimmt, mit ihm als Vater und Romy als Mutter, relativ dickköpfig, schwer zu händeln, aber eines jener Mädels, von denen alle Jungs träumen und vor denen sie auch ein bißchen Angst haben.

Costin (fortfahrend): „Ja, und dann hätten wir natürlich, da in unserem Haus, ne Katze. So eine grau-weiß gestreifte. Die würde dann Lily heißen. Die Katze würden wir dann so nennen. Lily."
Romy (nach einer Pause, leise): „Bär?"
Costin: „Ja?"
Romy: „Du verläßt mich nicht, oder? Ich war mit so vielen Scheißtypen zusammen, ich bin immer verletzt worden, ich ..." (Pause) „Ich will nicht mehr verletzt werden."

46

Zur Begrüßung hat Lore Costin beziehungsweise Costin Lore neben die Wangen, rechts, links, in die Luft geküßt, und „Hallo, Costin, wie geht's" gesagt.
Dem Gast vor ihm, Oskar, auch bekannt unter dem ihm von der Presse gegebenen Spitznamen „Oskar mit Herz", nachdem ihm, als erstem Deutschen, ein geklontes Herz eingesetzt worden war, gibt Costin die Hand.
Lores Haar ist eigentlich rot gefärbt. Costin kann aber jetzt im Scheinwerferlicht im Haaransatz einzelne weiße Haare ausmachen. Wo war denn hier die Maske, bitte?
Lore schaut auf ihre Stichwortkarte. „So, Costin, jetzt erzähl mal. Für unsere Zuschauer: Costin und ich kennen uns jetzt schon fast ein Leben lang und noch länger, nicht wahr, Costin?"
„Eine Ewigkeit", bestätigt Costin.
Lore sagt: „Du warst CO, du warst – beinahe – der Almkönig, du warst Goebbels, du warst ein Saurier, und jetzt hast du eine Plattenfirma, ist das richtig?"
„Das ist richtig, Lore", bestätigt Costin.

„*BIBO*“ liest Lore ab. Sie schaut ihn an.
Schon bevor Costin aus der Kulisse gekommen ist, ist er etwas nervös gewesen, doch das war kein Vergleich zu jetzt. Erst als er sein Gesicht im Close-up auf einem der Monitore am Rand der Bühne sieht, wird er ruhiger. Er befeuchtet seine Lippen, wartet auf Lores Frage, lehnt sich zurück und faltet die Hände hinter dem Kopf.

47

Romy: „... na, und stell dir das jetzt mal vor, meine Mama und mein Papa also auf diesem Campingplatz im Yellowstone-Park, und irgendwie kommt da nachts immer dieser Grizzlybär und frißt ihnen die Vorräte weg; also macht sich mein Vater daran, den Grizzly zu fangen, ohne Scheiß jetzt, so haben die mir das immer erzählt, also, mein Papa fährt los und kauft ’nen Köder, so Burger bei *McDonald’s*, na, und als er zurückkommt, ist meine Mama weg, keine Spur von ihr –: weil die Wehen eingesetzt haben und sie von ’nem Ranger ins nächste Krankenhaus gefahren worden ist; mein Papa jetzt denkt natürlich, der Grizzly, der hat jetzt die Mama aufgefressen, und ist total fertig. Mein Papa. Na, und was macht er, als er hört, daß meine Mama inzwischen mich zur Welt gebracht hat? Er geht weiter auf Jagd, damit die Mama sicher ist und sich nicht vor dem Grizzlybären fürchten muß, wenn sie mit mir zurückkommt, zum Campingplatz. So haben mir das meine Eltern immer erzählt, genauso, so als Gutenachtgeschichte, ich kann das alles noch auswendig, siehste ja, und bis ich fünf oder so war, habe ich das auch alles geglaubt, Kinder glauben so was ja immer, voll süß, oder? Aber, jetzt mal im Ernst: Ich bin wirklich in den USA geboren, soweit stimmt das Ganze, weil mein Papa da gerade an der Uni gearbeitet hat, so auslandsjahrtechnisch, und irgendwann waren meine Eltern wohl auch mal im Yellowstone-Park und haben da 'nen Bären gesehen. Ob das jetzt 'n Grizzly war, weiß ich auch nicht."

Costin (der die ganze Zeit über, an die Decke schauend, gedankenverloren, mit dem Zeigefinger den Kreis von Romys nackter linker Brustwarze nachgefahren hat): „Bei mir gibt's gar nichts Besonderes zu erzählen. Eine Kindheit in der Oberpfalz halt. Was soll es da zu erzählen geben? Cham halt."

Romy: „Was ich mich schon immer gefragt habe, ist, also, wie deine Mutter eigentlich mit dem Ganzen klargekommen ist. Also, ihr habt da ja irgendwie in diesem Kaff gewohnt. Und sie dann noch als Rumänin. Also, eigentlich ja in der zweiten Generation, oder? Aber trotzdem. Ja, und dein Vater. Ich meine, ich kenn jetzt nicht die ganzen Stories, aber der war doch irgendwie total neurotisch und egoistisch, der Typ, jetzt no offense, ne, du hast mir ja selber erzählt, wie deine Mutter immer wegwollte und er immer nur diese doofe Traktor-Firma im Kopf hatte. Ich meine, Traktorfirma, hallo?!" (Romy hat mit ihrem Zeigefinger, während sie gesprochen hat, irgendwelche Figuren auf Costins hellblauen Samtpulli gemalt, hat ihren Zeigefinger, jetzt am Schluß, auf Costins Lippen gelegt.)

Costin (weiter an die Decke schauend): „Ja gut. Das wird schon alles stimmen. Das *war* Scheiße für meine Mutter in Cham. Andererseits: Sie hätte ja auch mit mir abhauen können, wie ich noch klein war, zu ihren Eltern. Oder so. Und sie hat ja auch durch meinen Vater alles gehabt. Also, materiell jetzt. Ich versuche das alles immer objektiv zu sehen. Sie hats schwer gehabt. Und mein Vater hats auch nicht einfach gehabt. Ich meine, von null an so eine Firma aufzuziehen und dann, wenn der Laden brummt, von seinem Partner verarscht zu werden. OK, der Uli, also der Partner, der hat sowieso eigentlich immer die meiste Arbeit gehabt, eigentlich ist der dafür verantwortlich, daß das alles so eine erfolgreiche Geschichte wurde, der Tata, also mein Vater jetzt, war ja eigentlich von Anfang an nur der Geldscheißer, schon ein ordentlicher Kaufmann, aber: Ob er das alles allein so geschafft hätte? Den Laden geleitet hat immer der Uli, hat meine Mutter immer gesagt." (Pause) „Na, aber es gehört aber auch was dazu, rausgemobbt zu werden und dann nicht zu sagen, OK, jetzt mach ich mir ein schönes Leben, sondern der fährt nach Nigeria und zieht da mit so einem Einsatz ein Kinderdorf auf, da muß man schon Respekt haben. Da hat der Tata, also mein Vater, sich auch eigentlich aufgerieben, mit dieser Nigeria-Sache, der Schlaganfall war sicher 'ne Folge davon, vom Aufreiben, ist ja klar, die Hitze und das alles, aber, wenn man das jetzt mal so betrachtet, hat ihn das sicher mit meiner Mutter auch fertiggemacht. Daß sie so lange voneinander getrennt waren, und bis Nigeria haben sich die beiden, glaube ich, schon ziemlich, ja, geliebt, mit allen Aufs und Abs halt, OK, mein Vater war schon schwierig, auch wenn man sich jetzt die ganze Geschichte anschaut, wie er dagegen war, daß ich da, also, Popstar wurde. Aber andererseits: Mama hat gesagt, daß er in Wirklichkeit immer total stolz auf mich war, und ich hätte ihm das auch mal gern irgendwie, also, gesagt, bevor er da in Nigeria auf der Straße, also, umgekippt ist, er hat ja da in Nigeria seinen Schlaganfall gehabt und ist da auch begraben, also, wie auch immer, ich hätte ihm halt gern noch mal davor gesagt. Daß ich ihn auch." (Pause) „Ach, keine Ahnung."

48

Gaaanz langsam wacht er auf, öffnet ein Auge, macht „Pfft", dreht sich auf den Rücken und versucht, noch ein bißchen Schlaf mitzunehmen. Nach ein paar Minuten, die aber vielleicht auch nur Sekunden gewesen sind, schlägt er die Decke zurück und setzt sich auf den Bettrand. Im Halbdunkel humpelt er zur Tür, ihm ist der Gedanke gekommen, daß so eine Scheißzentralheizung eigentlich was Cooles ist – Scheißzentralheizung = Cool, ist das nicht aus der Werbung? –, weil man da nackt durch die Wohnung gehen kann, und überall ist es gleich warm und man friert nicht.

Er schaltet das Licht im Bad an und läßt das Wasser in der Dusche warm laufen. Während er sich dann einseift, haben sich so ein paar Fragen aufgedrängt. Er hat ja jetzt ganz vergessen nachzuschauen, ob sie noch geschlafen hat, da neben ihm, oder ob sie schon auf ist, er wird es ja gleich sehen, wenn er aus dem Bad ist, und – *we*sentlich *wi*chtiger, (das berühmte Doppel-W) –: Was war eigentlich gestern? War er im Studio wegen der Aufnahmen mit Tau, war gestern diese Messe in Leipzig, da hat er doch mit dem Fritzen von der *BMG* geredet, oder war dieses Kreuzberg-Festival gestern? Ja, so isses, Kreuzberg-Festival: gestern, Aufnahmen: erst nächste Woche, Messe: letzte oder vorletzte Woche.

Beim Abtrocknen hat er wieder diesen krassen Schmerz im rechten Knie, immer wenn er diese Bewegung wie gerade eben macht, der Schmerz kommt automatisch, er hat es längst aufgegeben auszuprobieren, ob das vielleicht Zufall ist mit der Bewegung, er weiß: Bewegung → Keuch → Schmerz, seit dem Unfall: Er läuft durch die Hotellobby, um noch das Taxi zu bekommen, das er draußen durch die

gläserne Drehtür schon warten sieht, der Marmorboden ist schwarz, die bunten Lichter von der Weihnachtsbeleuchtung spiegeln sich darin, und er wundert sich noch, ob den jemand extra so gewachst hat, er rutscht aus, fällt, schreit, er kann es gar nicht zurückhalten, er *muß* schreien, weil der Schmerz so irre ist, als hätte man ihm mit einem Hammer mit voller Wucht gegen die Kniescheibe geschlagen, der Concierge ist angerannt gekommen, sein Gesichtsausdruck, aus dem alle Heuchel-Höflichkeit gewichen ist und in dem die blanke Angst geschrieben steht.
Costin hat Haß – Wir haben HASSHASSHASS! –: auf seine Schwabbelschenkel, sein unrasiertes Schamhaar, seinen Bauchansatz, auf sein Doppelkinn oben, die Geheimratsecken, es ist ja vorherzusehen, wie er in fünf bis zehn Jahren aussieht, wenn das so weitergeht, wenn er nichts tut, tja, sad but true, wenn er jetzt den beschlagenen Spiegel abwischt, sich die nassen Haare zurückkämmt: ganz der Herr Papa, war das nicht ein Lied der *EAV*? Das muß aufhören, diese ständigen Songtitel-Assos.
Costin öffnet die Badezimmertür, Romy steht da, sie steht tatsächlich direkt, fünf Zentimeter entfernt vielleicht, vor ihm, in einem beigen Kord-Hosenanzug, den er ja noch nie an ihr gesehen hat. Sie sagt: „Morgen" und daß sie schnell mal ins Bad müsse, um sich frisch zu machen, sie habe ja um neun diese Veranstaltung in der Kulturbrauerei. Er hat seinen Mund verzogen, sie fragt ihn, ob er wieder Schmerzen habe, er bejaht es, obwohl es im Moment nicht weh tut, zieht den Knoten an seinem Bademantel enger und hinkt, den Arm um Romys Schulter, in die Küche, läßt sich auf den Stuhl am Eßtisch plumpsen. Romy fragt, ob sie ihm Tabletten holen soll, ob sie ihm was zu essen machen soll, ob er gut geschlafen habe, daß sie aber jetzt wirklich wegmüsse, er legt seinen Kopf an ihre Brust, umarmt sie,

sie drückt ihren Mund an seine Stirn und hat einen Laut gemacht, „Ach“ oder „Och, du Ärmster“, er mag diesen Laut, er möchte, daß sie ihn wiederholt.
Bevor sie aus der Küchentür geht, hat sie gesagt, Nero habe mehrmals angerufen, wegen des Termins mit Martin, und Tosca, mit der er, Costin, doch heute eigentlich verabredet war, Romy hatte ihn aber nicht wecken wollen, auf dem AB sei auch noch einiges für ihn.
Er hört die Haustür ins Schloß fallen, im Kühlschrank haben sich hinter der Klarsichtfolie, in die der Schinken eingewickelt ist, Tropfen gebildet. Er schaltet den kleinen Steinzeit-Fernseher auf der Konsole an – ein Erbstück seiner Mutter – und stellt den Ton aus. Eine Eilmeldung auf der Titelseite der *BZ* berichtet von einem Flugzeugunglück in Australien, bei dem alle Insassen umgekommen sind, 10 Uhr Ortszeit, also am Abend hier. Er merkt, daß er, während er den mit Schinken belegten Toast kaut, grunzt, schon die ganze Zeit, ein Schweinelaut, ihm ist das erst jetzt aufgefallen, macht er das schon ein Leben lang?, du bist so widerlich, genau diesen Satz hat er für einen Moment im Kopf und kaut dann weiter. Im Fernseher ist auf einem blauen Hintergrund die *heute*-Uhr erschienen, die 19 Uhr anzeigt. Weil er keinen Bock hat, die Fernbedienung zu holen, sich den Schmerz im Knie vorstellt, wenn er jetzt aufsteht, sieht er den stummen Lippenbewegungen dieser blonden Moderatorin zu, die er mal vor zehn Jahren oder so bei einer Gala in echt getroffen hat und die tatsächlich nicht nur so wie im Fernsehen, sondern damals so wie jetzt aussah, und auf die er ein bißchen steht, den Luftaufnahmen mit Wrackteilen in einer steppenartigen Gegend, dem Outback, ein Landkartenausschnitt mit Sydney, von wo aus eine rot gepunktete Linie beginnt, die dann kurz vor Darwin abbricht, eine Flughafenhalle, also jetzt entweder

in Sydney oder am Zielort, nein, am Zielort: Da ist eine Frau, die ein Taschentuch vor den Mund drückt, eine andere, die mit einer Tasche ihr Gesicht bedeckt und an der Kamera vorbeieilt.
Als er sich wieder dem Frühstück zuwendet, sieht er durch das Küchenfenster, daß draußen die Straßenlaternen schon an sind, den fetten Nebel. Er steht auf, macht „Boah", obwohl es nicht so weh getan hat wie erwartet, stellt den Fernseher aus.
Auf dem Weg ins Atelier, wo er den AB abhören wird, hat er schon die Stimme von Nero im Ohr, weiß so ziemlich genau, was der sagen wird, das superschnell gesprochene „HalloCostinhieristNero" und „EsstelltsichjetztdieFrage" und „Rufmichdochsobaldwiemöglichzurück."

49

Er schaltet das Licht im Bad ein und läßt das Wasser in der Dusche warm laufen. Während er sich dann einseift, wäscht, Shampoo in die Haare reibt, haben sich so ein paar Fragen aufgedrängt, er hat ja jetzt ganz vergessen, nachzusehen, ob sie noch geschlafen hat, da neben ihm, oder ob sie schon auf ist, und außerdem, wieder mal, zum wiederholten Male – das hat Herr Büttner, der Chemielehrer in Cham immer gesagt, Martin Büttner: wieder mal zum wiederholten Male –, was hat er gestern noch gemacht?, er hatte doch diesen Super-lazy-Tag, wo er gleich ganz im Bett geblieben ist, weil Romy ja noch auf Tour war, schlafen, fernsehen, alle Termine absagen, Handy ausschalten, Comics raussuchen, mal wieder alte *Snoopy*-Dinger durchblättern, es ist ihm dann ziemlich schnell eingefallen: Super-lazy-Tag war

vorgestern, gestern waren diese Studio-Aufnahmen mit Tau, die sich so superlang in die Nacht hingezogen haben: Das war gestern.
Beim Abtrocknen hat er wieder diesen krassen Schmerz im rechten Knie, wenn er diese Bewegung macht, der Schmerz kommt automatisch, er hatte für Momente tatsächlich irgendwie ganz vergessen, daß diese Bewegung den Schmerz auslöst, er versucht, nicht darauf zu achten, und auf seinen Scheißkörper auch nicht, das kaputte Knie ... Knie, da gab es doch bei den *Fraggles* diesen Satz, ganz am Anfang, als die Fraggles durch die Gänge ihrer Höhle laufen und dieses Lied singen, „Fick dich doch ins Knie", „ie" langgezogen, kann das sein? In einer Kindersendung? Oder hat er seine ganze Kindheit über nicht genau aufgepaßt, was dieser Fraggle da eigentlich singt ... vor dem beschlagenen Spiegel, in dem er sich selber nur als dunklen Fleck sieht, jetzt, kämmt er sich die Haare zurück, er kann seinen Herzschlag spüren, er ist ein bißchen aufgeregt, fast schon lampenfiebermäßig, obwohl ja auch niemand weiß, was Romy auf ihrer Tour so treibt, es gibt ja diese Geschichten, also, Costin, kein schlechtes Gewissen, bitte. (War das gerade der innere Costin?)
Er öffnet die Badezimmertür. Von dem Licht der Straßenlaternen draußen, das durch das nicht vollkommen heruntergelassene Rollo dringt, ist das Innere des Schlafzimmers in ein fahles Licht getaucht. Er versucht, den Schmerz in seinem rechten Knie zu ignorieren und jetzt möglichst lässig mit dem umgebundenen Handtuch zum Bett zu gehen.
Weil sich seine Aufregung noch immer nicht legen will, hat er, als er ins Bett schlüpft und unter der Decke Taus warmen nackten Körper spürt, die Augen geschlossen und zu einem altbewährten Mittel gegriffen ...
Lucy (in Reiterstellung auf Charlie Brown): „Oh."

Charlie Brown (Gedankenblase): „Das Scheiß-Knie! Sie sitzt genau drauf. Wann ist das bloß endlich vorbei?“
Charlie Brown: „Ah.“
Lucy: „Oh.“

50

Es ist dieser UHU-Geruch, der von der weißen Farbe an den frisch gestrichenen Wänden kommt, eigentlich nicht unangenehm, nur ungewohnt. Überall ist der noch, in allen Räumen des neuen *BIBO*-HQs. Überall auch noch Kabel mit abgeklebten Enden, die statt Lampen aus der Decke schauen, die neuen weißen Metallschränke statt der alten aus dunklem Holz, die alten Aktenordner, CDs und Megadiscs sind schon eingeordnet, der neue Teppich, grün statt grau.
Irgendwie weiß Costin, daß, wenn er diesen Geruch einmal später, wo auch immer, zufällig, in der Nase hat, daß er dann an den Umzug des Labels zurückdenken wird und an diese ganze etwas unangenehme Situation momentan, die sich aber hoffentlich bis dahin gelegt haben wird, das legt sich immer alles, das ist immer so.
Ihm ist das ja in letzter Zeit öfter aufgefallen, daß das wirklich so ist, daß so Kleinigkeiten, ein Geruch, ein Lied oder Gegenstand, plötzlich eine Erinnerung in einem auslösen, er fand das früher ziemlich lächerlich, voll Klischee, so Zeilen wie „I smell the fields, and I think of childhood“, aber man kommt dem eben nicht aus, das kommt einfach so, daß man zum Beispiel was sieht, und schon ist man für ein paar Sekunden weg.
Das heißt also, wenn er und Romy mal umziehen, in zwei, drei Jahren vielleicht, dann wird er in seiner neuen Woh-

nung stehen, UHU schnüffeln und plötzlich an das hier denken und wie sich alles in Wohlgefallen aufgelöst hat, *BIBO* die kleine Krise überwunden hat und wieder auf der Erfolgsspur ist.

Jennifer steckt den Kopf durch den Türspalt in sein neues Büro und sagt: „Schaust du dann mal wegen dem Keller?"

Tja, Jennifer: Jetzt noch für Costin – natürlich sagt er das nicht laut – eine Zicke, wird dann, wenn besagte Erinnerung dank UHU stattfinden wird, eine nette Kollegin sein, vielleicht auch eine Freundin. Er hinkt ihr durch die Büroräume ins Treppenhaus hinterher, hält sich, als sie jetzt in den Keller steigen, bei jedem Schritt am Geländer fest, das noch in Plastik eingeschlagen ist, Lift gibts zwar schon, die Türen sind aber noch zugeklebt. Costin muß sich immer wieder sagen: Daß er, nachdem Julian von *Tough Trade* abgeworben wurde, Georgi (mit Timmi) rausgeworfen und das gesamte Team mit Jennifer und Jo und Vaclav im Prager Büro neu besetzt hat, also quasi kahlschlagmäßig, war eine der wenigen konsequenten und professionellen Entscheidungen in seinem Leben, du bist erwachsen geworden, Costin, Glückwunsch!

Wenn sich *BIBO* seinen in all den Jahren mühsam erworbenen Namen als kleines, aber feines Indie-Label, das zum Teil, wie bei Tau oder den *KOPs* „mit schlafwandlerischem Gespür" (Zitat Rezensent im *BIBO*-Porträt der *Rex*) künftige Trends vorausgeahnt hat, Trends, die so richtig erst ein, zwei Jahre später groß wurden, wenn sich *BIBO* also diesen Namen erhalten will, dann muß es sich halt, sorry, Georgi (und Timmi!) verändern, flexibel sein, du verstehst. Georgi war halt Georgi. Und ab einem gewissen Punkt kam da nichts mehr Neues. Costin hat das gesehen.

Andererseits: die menschliche Komponente. Julian, Georgi (und Timmi!) und Costin waren eigentlich schon so etwas

wie eine kleine Familie. Jennifer, Jo, Vaclav und er müssen sich erst noch einspielen, bevor sie zu einem richtigen Team werden können.
Jennifer zum Beispiel, Jennifer, die jetzt den Lagerraum im Keller aufsperrt und dabei sagt: „So, jetzt schließ ich mal das hier auf, und dann gucken wir mal."
Costin weiß im Prinzip so alles über sie, die Facts, wo sie vorher war, was sie schon alles gemacht hat, er hat sich schon oft mit ihr, wie mit Jo und Vaclav auch, auf ein Bier oder so getroffen und einfach mal so mit ihr geredet. Sie hat von ihren Wünschen erzählt, ihren Vorstellungen, daß ihre Seele in London liege. Sie ist, wie Jo und Vaclav auch, fachlich top. Jennifer hat Ahnung. Aber: Was sie wirklich denkt und wer sie wirklich ist, das könnte Costin nicht mit Sicherheit sagen. Wenn er etwas erzählt, schaut sie oft skeptisch und angewidert, sagt aber dann: „Da bin ich voll der Meinung" und: „Hmhm, genau."
Und Jo. Jo, der so ein Muster-Leben in einem Muster-Penthouse mit einer Muster-Italienerin als Freundin führt. Das kann irgendwie nicht alles sein. Es muß noch einen anderen Jo geben. Wenn Costin da an gemeinsame DVD-Abende bei sich zu Hause mit Julian und Georgi (und Timmi) zurückdenkt, an Julian, der ihn mit tränenerstickter Stimme anrief, als ihn seine Freundin rausschmiß und er für ein paar Wochen bei Costin und Romy wohnte – Costin kannte die Situation ja nur zu gut, er hatte ja selber schon mal da gestanden, wo Julian jetzt stand. Wäre das mit Jennifer, Jo oder Vaclav, der nur brüchig Englisch und Französisch spricht, vorstellbar?
Nö. Jo ist nicht Julian. Jennifer ist nicht Georgi.
Jennifer schaltet das Licht an. Die Regale rechts und links, die nur einen schmalen Gang bis zum Ende des Raums lassen, reichen bis zur Decke. In den Regalen liegen links Sta-

pel mit T-Shirts und Pullis, rechts Posterrollen. Jennifer sagt: „Willkommen im Reich des Merchandise." Links Tau, *Das Kapital* und so weiter, rechts die *KOPs*. Sie stellt sich auf die Zehenspitzen und holt aus einer Kiste in einem Regal ziemlich weit oben so eine Art Haarreif mit zwei langen hin- und herschwingenden Fühlern.
Sie sagt: „Dieser Artikel wurde bei der letzten Tour der Gruppe *Lolek und Bolek* verkauft. Man setzt sich den Reif während des Konzerts auf, und die Gruppe schaut von der Bühne auf ein Meer von Fühlern, die im Dunkeln blau leuchten."

51

Vor ihnen haben Wylie und Uschi doch erstaunlich synchron den rechten Arm in die Höhe gerissen und mit dem linken Fuß einen Kreis beschrieben. Seema neben ihm hat nur so alibimäßig irgendwie Bewegungen mit dem rechten Bein und beiden Armen, Marke: Eigentlich bin ich mit meinem Kopf gerade ganz woanders, gemacht. Weil er sich nicht mehr so genau an die Choreo von *A Day in my Life* erinnern kann, hat er, auf die Krücke gestützt, abgewartet, was Wylie und Uschi tun. Die beiden haben das wahrscheinlich selber nicht so intus, sie schauen immerzu geradeaus, auf die Plasma-Wand am anderen Ende des Wohnzimmers, wo jetzt gerade das *PingPongs*-Video zum Song läuft, so daß sie sehen können, wie sie sich damals bewegt haben und was sie jetzt machen müssen. Costin nimmt das Video zum Glück nur verschwommen wahr, weil er seine Brille abgenommen hat; soweit er sich erinnern kann, trugen sie damals *Beatles*-Kostüme.

Vor ein, zwei Monaten, ja, im März ist es gewesen, es hatte noch einmal ziemlich geschneit, da hatte Costin einen Anruf im Label bekommen, und Wylie war in der Leitung gewesen. Costin hatte zuerst nicht geschnallt, daß der Wylie, der da anrief, *der* Wylie war, also der *PingPongs*-Wylie, und er hatte für ein paar Sekunden, wie immer, wenn ihn sein Gedächtnis im Stich läßt, so getan, als kenne er ihn (höflich: „Ja, ach hallo, grüß dich!"), bis er überhaupt realisierte, was hier eigentlich los war.
Ganz früher, also direkt nach dem endgültigen Break-up der *PingPongs*, hatte Wylie ihn noch in unregelmäßigen Abständen auf dem Handy angerufen und gefragt, was so am Start sei, er hatte diesen Ausdruck gebraucht, „am Start sein", wie es ihm so gehe, was er so mache. Costin hatte immer das Gefühl gehabt, Wylie, wirklich nicht sein bester Freund während der *PingPongs*-Zeit, rufe nur an, um ihm, Number One, zu erzählen, wie toll es in seiner neuen Band sei, und, Number Two, um rauszufinden, ob Costin Erfolg habe, die Competition-Schiene eben. Aber dann hatte Wylie auf einmal von seinen Problemen in der neuen Band und auch privat zu labern begonnen, immer wieder gesagt, er hoffe wirklich, es gehe Costin gut, das, was da bei den *PingPongs* an Zwist gewesen sei, sei ja nicht mehr aktuell, jeder verändere sich. Schließlich hatte Wylie auch dann noch monatelang angerufen, als Costin schon längst nicht mehr seine Anrufe – Wylies Nummer hatte er mit dem Klingelton *I'm a Loser, Baby* belegt – entgegennahm. Wylie schien das alles damals, also das „Wie geht's dir" und so weiter, ernst gemeint zu haben. Costin hatte ihm anscheinend wirklich was bedeutet.
Wylie hatte bei seinem Anruf im Label sofort und ohne große Einleitung nach dem Hallo gesagt, er habe das *PingPongs*-Archiv wieder mal geordnet – welches *PingPongs*-Ar-

chiv, bitte? –, hier in Recklinghausen, er wohne in Recklinghausen, ja, und da habe er gedacht, weil er wisse ja, daß Costin dieses Label habe, ja, und da habe er also gedacht, er rufe ihn mal an, ob man sich nicht mal, also, so treffen wolle, Uschi und Seema seien auch dabei, die wollen auch, sich treffen also, er habe mit denen telefoniert, was Costin darüber denke, während sich Costin die ganze Zeit über im Büro umgesehen hatte – Schrank, Fenster, Tisch, Schrank, Fenster – und überlegt hatte, daß das hier gerade nicht sein dürfe, daß er das jetzt gerade nicht haben könne, daß ihn das hier total überfordere, diese Stimme aus der Vergangenheit, voll Horrorfilm, das, und wie er das Ganze hier jetzt so schnell wie möglich, ohne dabei als Arschloch rüberzukommen, beenden könne. Costin hatte gesagt, daß sie das unbedingt tun sollten, sich treffen, daß er aber jetzt gerade wegmüsse, ob er Wylie zurückrufen könne, Wylie hatte sich vielmals entschuldigt und hatte sich sofort – fast ehrfürchtig, wie Costin schien – verabschiedet, Costin hatte an Wylies Stimme gemerkt, daß er, Wylie, ziemlich viel Respekt vor ihm, Costin, hatte, ob noch von den *PingPongs*-Zeiten her oder wegen dem Label, whatever, der Bildschirm am Telefon war schwarz geblieben, Wylie schien kein Bildtelefon zu besitzen, die Nummer war auf dem jetzt wieder grauen Display verschwunden.
Damals hatte Costin, nach langer Zeit wieder, diesen Traum gehabt. An sich nichts Besonderes, alles so wie früher eben: Er mit Wylie, Uschi und Seema auf der Bühne, tanzend, singend, Romy hatte ihn wach gerüttelt, weil er wohl mit den Armen um sich geschlagen hatte, ja, und als er da so dalag, da war er nicht etwa schweißgebadet gewesen und hatte Magenkrämpfe gehabt. Er war richtig glücklich gewesen, jau, da so vorhin auf der Bühne, also im Traum, mit den anderen, das hatte ihm einen richtigen

Kick gegeben, und irgendwie hatte er da beschlossen, daß so ein Wiedersehen doch nicht so eine schlechte Idee war. Costin hatte Jo am nächsten Tag gebeten, die Nummer eines gewissen Wylie Anderson in Recklinghausen herauszufinden. Als Wylie abhob, hatte Costin gesagt: „So, grüß dich, jetzt habe ich wieder etwas Luft."

Für einen Moment war das Wohnzimmer vom Applaus aus der Plasma-Wand gefüllt, Wylie und Uschi vor und Seema neben ihm haben, während sie zum Sofa und dem Sessel gegangen sind, ziemlich geschnauft, etwas gestöhnt. Wylie hat sich nach vorne gebeugt, die Hände auf seine Schenkel gestützt und „Oh, Oh, Oh" gemacht. Auf der Rückseite seines roten T-Shirts hat sich ein ganz enormer Schweißfleck gebildet.

Wylie trägt eines dieser T-Shirts von einer dieser Gruppen, die momentan überall, also quasi: global, seit dem Start des ersten bemannten Raumflugs zum Mars ins Leben gerufen worden sind. Da trifft man sich so regelmäßig, schaut die tägliche Live-Übertragung aus der *Enterprise*, das Raumschiff heißt tatsächlich *Enterprise*, im eigens für die nächsten 22 Monate auf Sendung gegangenen *24-hrs-Mars-Channel* an, und wenn man Glück hat, kann man – ein exklusives Privileg für die Mitglieder in einem dieser Clubs – mal mit einem Besatzungsmitglied, zum Beispiel der einzigen Deutschen an Bord, Anneliese Fritz, eine E-Mail austauschen oder über Funk reden. Wylies Gruppe heißt *Wir zählen!* Das steht auch vorne in Gelb auf seinem von seiner Wampe gespannten T-Shirt. *Wir zählen!* heißt, das hat Costin mal in einer Reportage gesehen, daß die Club-Mitglieder am Anfang und Ende jedes Treffens für keine Ahnung, wie lange, die aktuell verbleibende Zeit bis zur Marslandung laut mitzählen, also rückwärts, countdownmäßig, so quasi als Ritual. Nächsten Juli wird die *Enterprise* dann tatsächlich auf dem

Mars landen, der Besatzung werden vielleicht doch noch nicht, wie inzwischen in Expertenrunden diskutiert, alle Zähne ausgefallen sein, und der Kapitän, so ein Chinese, wird beim Betreten der Marsoberfläche irgendeinen Satz sagen – Moment ... macht der das dann auf chinesisch? Keine Ahnung ... oh, Gott.

An sich hat ja diese Uschi, die da jetzt auf dem Sofa sitzt, keinerlei Ähnlichkeit mit der Uschi, die Costin kannte beziehungsweise kennt.

Das soll Bohnenstangen-Uschi sein? Wie Wylie ist sie richtig fett. Beide haben etwas von diesen Typen aus dieser US-Sitcom in den 80ern oder 90ern, *Roseanne*. Aber wenn sie jetzt lacht, ihren Kopf zurückwirft, dann ist das eindeutig Uschi, so wie früher, vor 30 Jahren, das Uschi-Lachen, Costin hatte das damals für sich Uschi-Lachen genannt, und später, wenn er jemanden so lachen sah, gedacht, daß der- oder diejenige das Uschi-Lachen habe.

Als sie alle vorhin hier saßen, Gebäck knabberten und Wylie das erste Video der von ihm eigens für den Abend zusammengeschnittenen Doku, *Die PingPongs. Von Wylie Anderson*, einlegte, hatte Uschi erzählt, daß sie schon lange nicht mehr arbeite, seit sie verheiratet sei und drei Kinder habe, Söhne, zwei hatte ihr Mann, ein Banker, schon mit in die Ehe gebracht. Wylie hatte erzählt, er leite Jugendgruppen in Recklinghausen innerhalb eines Streetwork-Programms. Das mache Spaß. Seema war sehr still gewesen und schien alles, was so früher für sie charakteristisch gewesen war, den Seema-Blick (Kopf nach unten, hochschauen), den Seema-Kommentar (immer bitchend), den Seema-auf-die-Schulter-Klopfer, abgelegt zu haben; sie habe das Fach gewechselt, sie arbeite in der Immobilien-Branche, hatte sie mit spitzen Lippen gesagt. Costin kennt diese Art von Image-Wandel, er hat ihn oft genug bei anderen aus der Branche gesehen und sieht jetzt auch ganz klar, daß Seema, sollte es später am Abend ausgelassener zugehen, als erste am lautesten lachen, die derbsten Witze machen und ihr ganzes steifes Ich-bin-so-professionell-Gehabe in Null Komma nix vergessen haben wird, Marke: unterdrückte personality.

Im Video sind die *PingPongs* im Tourbus gesessen. Es ist die zweite Tour gewesen, mit den ersten krassen Break-up-Erscheinungen. Seema und Costin (Wohnzimmer) haben die Sessel umgedreht, um auf den Bildschirm schauen zu können. Uschi und Wylie (Video) sitzen sich in Kojen gegenüber. Costin führt wohl die Kamera, er weiß es nicht mehr. Uschi und Wylie (Video) keifen sich an, über irgendeinen Pipifax. Uschi auf dem Sofa hat die Uschi im Video beziehungsweise im Tourbus nachgemacht, Wylie ist sofort mit eingestiegen, voll das eingespielte Team die beiden, statt irgendwas zu sagen, machen sie „bäbäbäbäbä" (schnell), lachen.

Uschi (rufend): „Weißt du noch? Der Umpf!"

Wylie stellt die Plasma-Wand auf lautlos. Seema ist aufgestanden – na, siehste, Costin, haste es doch gewußt –, hat Umpf!-like in die Hände geklatscht, steht breitbeinig da, (schreiend): „Was macht ihr denn hier für ne Scheiße!? Hey, ich glaubs nicht! Ihr seid das letzte! Loser! Loser seid ihr!! Hey, ich brauch Luft!!"

Costin hat sich an seiner Krücke hochgezogen, hat ein Umpf!-face gemacht (Unterkiefer vor, Augen groß): „Liegestütz!! 20!!"

Uschi (rufend): „Wie wir in Braunschweig auf der Bühne standen und ich die Choreo vergessen hatte, das Playback ausgefallen ist und in der ersten Reihe der Typ stand, der die ganze Zeit ‚Ausziehen, Ausziehen' gerufen hat!"

Costin kann sich gerade nicht erinnern, daß das, was Uschi

da so beschreibt, mal passiert ist ... Braunschweig? Playback ausgefallen? Das spielt aber keine Rolle, er lacht, sagt: „Genau", Seema und Wylie lachen, sagen: „Ja, kraß."
Es *spielt* aber eine Rolle, daß der Abend jetzt gerade so, ja, schön ist, dieses Together-Gefühl, das da gerade ist, daß sich das, wenigstens solange sie hier sitzen, hält, also, daß das hier gerade nicht aufhört, muß es natürlich, klar, aber trotzdem, genau das wünscht sich Costin in diesem Moment.
Romy ist im Wohnzimmer gestanden. Auf dem Bildschirm winken Seema und Uschi in die Kamera, sie tragen rote Nasen, im Hintergrund erklingt das *PingPongs-Nirvana*-Cover *Smells like Teen Spirit*, Romy ruft: „Hallo, Tach allerseits, Costin hat schon gesagt, daß ihr kommt, hallo, du wirst der Wylie, du die Uschi und du die Seema sein, hallo, Romy. Ja, entschuldigt, daß ich so spät dran bin, ich habe diese Band, *Erich*, und wir nehmen gerade unser neues Album auf, und das ist diesmal alles echt schwierig, total zoffig und so, Costin hat gesagt, bei euch war das immer total harmonisch, da beneide ich euch echt drum, daß das bei euch immer so gut ging."
Romy weiß genau, daß die Aufnahmen bei den *PingPongs* immer chaotisch und total unprofessionell verliefen, Zikkenalarm inklusive, sie hatte ja erst gestern mit Costin darüber, eher zufällig, gesprochen. Wenn sie jetzt so was sagt, dann ist das nicht das erste Mal, daß sie irgendwie Leute provozieren will, was allgemein OK wäre, aber eben bitte nicht jetzt.
Romy ist falsch. Costin wird das gerade klar.
Uschi: „Ja, irgendwie hat's bei uns halt am Schluß immer doch geklappt."
Seema: „Ja, alles andere war bei uns nicht so harmonisch, aber die Aufnahmen waren geprägt von großem Teamgeist."

Wylie: „Ja, Aufnahmen erstes, zweites Album: astrein."
Als Wylie gemeint hatte, er müsse jetzt langsam, hatten plötzlich Uschi und dann auch Seema nach der Uhrzeit gefragt und gesagt, daß sie sich Wylie anschlössen. Obwohl die Wirkung der Tabletten, die ihn vorhin echt ein bißchen dizzy gemacht haben, nachgelassen hat, und die Schmerzen im rechten Knie wieder dagewesen sind, ist Costin bei der Verabschiedung noch mit den anderen runter zum Hauseingang gehumpelt. Er hatte irgendwie so das Gefühl, daß er das jetzt machen müsse, weil sonst das ganze Reunion-Treffen nicht rund wäre, daß dann irgendwie was fehle.
Man verbleibt so, daß man jetzt regelmäßig Kontakt haben wird; spätestens bei der Mars-Landung nächstes Jahr werde man sich diesmal bei Wylie in Recklinghausen treffen (Wylies Vorschlag). Obwohl Costin weiß, daß das alles eh nichts wird und daß man sich hier vielleicht zum letzten Mal sieht, sagt er: „Ja, unbedingt, nein, das machen wir auf jeden Fall", weil er in dem Bruchteil der Sekunde, den es nach Wylies Vorschlag still geworden ist, gedacht hat, daß er das jetzt sagen muß.

52

Costin: „Ich schwanke noch. Ich weiß, ehrlich gesagt, nicht, ob ich das jetzt gerade hier träum oder ob das echt ist."
Romy: „Aber ich verstehe das jetzt nicht. Warum erzählt dir diese wie heißt sie ..."
Costin: „... Therese Scharnagl ..."
Romy: „... warum erzählt dir diese Frau das erst jetzt? Ich meine, das riecht doch nach einer faulen Sache, die da abläuft."

Costin: „Also von irgendwelchen finanziellen Forderungen ist in dem Brief eigentlich nicht die Rede. Da steht nur, daß sie warten wollte, bis ihre Tochter, Wendy heißt die ..."
Romy: „Wendy! Ogottogott!"
Costin: „... bis die 18 ist. Ihr Mann sei vor ein paar Jahren gestorben, da habe sie das sich schon überlegt, sei aber, Moment" (nimmt Brief, liest), „bin aber dann zu dem Entschluß gekommen, die Volljährigkeit meiner beziehungsweise unserer Tochter abzuwarten."
Romy: „Therese. Therese Scharnagl. Sagt dir der Name irgendwas? Ich meine, OK, die Vergangenheit ist die Vergangenheit, ich weiß ja selber, wie das ist, wenn du auf der Bühne stehst, da steht der oder in deinem Fall eher *die* süße Kleine mit dem engen Top und dem tiefen Ausschnitt und den Wahnsinnsmöpsen in der ersten Reihe und kann jedes Lied auswendig, danach steht die auch noch vor deiner Garderobe, keiner weiß, wie sie das geschafft hat, du gehst nachher noch was trinken mit ihr, bist von der Tour sowieso rallig wie ein Eichhörnchen, und schwupps hast du ne kleine Wendy an der Backe."
Costin: „Also, der Name sagt mir echt null. Zero. Ich kann mich eigentlich an fast alles von damals erinnern, und vor allem gabs da immer Gummis, ich versteh das jetzt echt nicht. " (Pause) „Das kann doch alles nicht sein. Daß ich seit 18 Jahren Vater von einer Wendy bin, die in Salzburg lebt, ich weiß es nicht."
Romy: „Gib mal den Brief."
Costin reicht ihr den Brief, sie liest laut vor und imitiert einen österreichischen Akzent. „16. Jänner. Lieber Herr Wallner. Das, was ich Ihnen jetzt schreibe, muß für Sie sehr merkwürdig klingen – möglicherweise ist es auch ein Schock. Ich bitte Sie gleich im voraus um Entschuldigung blabla, da steht ja auch, daß sie sich mit dir treffen möchte,

gerne, unterstrichen. Natürlich nur, wenn Sie auch möchten, na, eigentlich klingt das doch ganz nett, wahrscheinlich ist die auch noch so eine Super-Sensible, die die ganze Zeit geheult hat, als sie das geschrieben hat. Ja, also. Geh halt mal hin und mach so einen Test. So einen Vaterschaftstest. Dann haste Sicherheit." (Imitiert Werbung) „Testen Sie jetzt Ihre Vaterschaft! Gewinnen Sie Sicherheit!"
Pause.
Costin: „Therese Scharnagl."

53

Costin: „Lustig. Lustig wars."
Romy: „Ach, Quatsch. Jetzt bleib doch mal stehen, war es so beschissen, oder was?"
Costin: „Ne, lustig, sag ich doch. Nicht meet the parents, sondern meet your wife and daughter."
Romy: „Jetzt erzähl halt mal bißchen mehr, wie war es, wie sind sie?"
Costin: „Was soll ich dir denn jetzt sagen?"
Romy: „Also, du bist in Salzburg angekommen und kommst in dieses Café oder was auch immer du mit dieser Therese Dingsbums ausgemacht hast ..."
Costin: „... ich komm rein in das Restaurant, ja, und da ist ziemlich was los, aber ich seh ziemlich schnell ne Frau mit rotem Schal mit 'ner jungen Frau an einem Tisch und das sind sie dann, und sie erkennen mich auch irgendwie sofort, also winken gleich, keine Ahnung, wahrscheinlich sind die mal ins Internet gegangen, mich ansehen, oder ich hab mich wirklich so wenig verändert, was weiß ich."
Romy: „Ja, und? Wendy sieht aus wie deine Mama, als sie

ein Teenie war, und die Therese Dingsbums ist eine reife Frau, die etwas aus sich macht."
Costin: „Ja, mein Gott." (Costin hat sich in letzter Zeit angewöhnt auf alles mit „Mein Gott" zu reagieren, nachdem Bernd bei den Aufnahmen vorige Woche immerzu „Mein Gott" gesagt hat und Costin am Ende, um ihn ein bißchen zu ärgern, Bernd nachgemacht hat. Als er wieder zu Hause war, hat Costin aber dann plötzlich selbst, ohne es beabsichtigt zu haben, so reflexartig, angefangen, „Mein Gott" zu sagen.) „Die Therese ist halt so, wie sie am Telefon auch schon war. Sehr nett, höflich, überhaupt nicht aufdringlich, irgendwie so der Typ, der sofort, wenn sie glaubt, daß jetzt gleich schlechte Stimmung aufkommen könnte, was Positives sagt, so dieser Typ. Wenn ich sage ‚Mir gehts heute scheiße', sagt sie ‚Kann ich irgendwas für dich tun' oder ‚Ach, du Ärmster, na, laß uns einen trinken gehen'. So dieser Typ." (Costin wollte eigentlich eine Pause machen. Weil er aber gesehen hat, daß Romy „Ja, und äußerlich?" sagen wollte, hat er gesagt:) „Und äußerlich, ja, sagen wir mal: gepflegt, gell. Dafür, daß sie um die 45 sein muß, sieht sie schon ziemlich alt aus."
Romy: „Ja, und die ..."
Costin: „Wendy sieht so ein bißchen aus, wie, na, wie heißt diese Schauspielerin aus diesem *Titanic*-Film?"
Romy: „Winslett. Patricia Winslett."
Costin: „Patricia Winslett, genau. Leicht mollig, also fünf Kilo weniger, und sie wär ne Wucht, denke ich, aber Ähnlichkeiten konnte ich jetzt eigentlich nicht feststellen, also äußerlich, mit meiner Familie, vielleicht daß sie meine Augen hat und so die Nase von meinem Vater, aber sonst: schwierig. Und als Mensch, ja mei. Sie hat halt so auf die Tour gemacht: Du kannst ja mein Vater sein, deswegen muß ich aber nicht nett zu dir sein, also betont desinteres-

siert, Kaugummi, möchte Medizin studieren, also nur ein paarmal hat sie überhaupt was gesagt, welche Musik ich da mit meinem Label mache, also da hab ich, glaube ich, das einzige Mal während dem Treffen, so was wie Anerkennung bei ihr gesehen, als sie gehört hat, daß wir Tau machen, also, das hat sie interessiert, daß ich 'ne Plattenfirma habe, die die Platten von einer Sängerin macht, die sie mag. Aber Interesse an meiner Person jetzt: null."

54

Er hat sich auf den Rand des Doppelbetts gesetzt und sich rückwärts auf die Tagesdecke fallen lassen. Während Romy weiter davon schwafelt, daß ihr alles über den Kopf wachse, die Wohnung, die Tournee, *Erich*, hat er mehrmals „Psst" gemacht und „Romy?" gesagt.

Immer wenn er in Salzburg bei Wendy und Therese ist, kriegt Romy die Krise. Sie kann viel über die Wohnung, die Tournee und *Erich* lästern; die Wohnung, die Tournee und *Erich* sind dann aber immer nur ein Vorwand dafür, um Luft abzulassen, weil sie sich vernachlässigt fühlt (von Costin) und ein bißchen eifersüchtig ist (auf Therese. Und auf Wendy natürlich. Auf wen von den beiden eigentlich mehr?), irgendwie kann Costin das ja auch nachvollziehen.

Er steht auf, streicht die Mulde aus der Tagesdecke, setzt sich an den Schreibtisch und sagt: „Romy? Ich liebe dich, OK?"

Er nimmt einen Bleistift und malt ein Achteck auf die großformatige Schreibunterlage, an deren unterem Rand ein Jahreskalender abgedruckt ist.

Romy sagt: „Ich liebe dich doch auch."
Die Kirchenglocken draußen haben die volle Stunde zu schlagen begonnen, eine hat früher eingesetzt als die andere, die eine schlägt in die Pausen der anderen.
Er sagt: „Wart mal kurz", schließt die Fenster, sagt: „Jetzt bin ich wieder da."
Romy fragt, wann er heute komme. Er sagt, sein Flug sei um fünf, er müsse noch ins Studio bis zehn, dann komme er, sie werden sich einen schönen Abend machen, er sagt: „Weißt du was, du trägst das einteilige schwarze Kleid, wir machen ein Candlelight-Dinner, ich schäl dich aus dem Kleid, du bist nämlich unwiderstehlich, weißt du das?", Romy fragt: „Bin ich das?", das heißt, er müßte jetzt eigentlich weiterreden, in diesem Tonfall, Romys Stimme klingt so, als liege sie gerade irgendwo, im Atelier vielleicht; er geht zum Bücherregal, dieses gerahmte Foto steht da, Wendy, Therese, Albert, die Architektur-Schwarten von Albert daneben, Therese hat sie seit seinem Tod nicht weggeräumt, wenn das nicht Liebe ist, Costin sagt: „Romy, ich muß zur Jause, die warten, ich lieb dich, ja?" Albert hat einen Schnauzer, er lacht, es ist ein glückliches Lachen, Albert hat ein glückliches Lachen auf dem Foto.
Als Costin das Headset wieder einsteckt und zur Tür geht, hat er gesehen, daß auf der Tapete neben der Tür lange, dünne, geschwungene hellgrüne Blätter gemalt sind, er sieht sich um, tatsächlich sind die da überall auf der Tapete, im ganzen Schlafzimmer, da neben dem Fenster, das, was er vorhin zur Seite gestellt hat, damit er das Fenster schließen kann, das war so eine Staffelei, Alberts Architektur-Staffelei, die lehnt da noch, in der Ecke steht so ein Fitneß-Rad, das fällt ihm alles erst jetzt auf, er hat es vorhin nicht gesehen. Er öffnet die Tür.
Im Flur ist einen Moment lang etwas um seine Beine ge-

strichen, er hat auf den Boden geschaut, es ist Wendys schwarze Katze gewesen, die Katze heißt Scratchy.
Therese deckt gerade den Tisch. Sie fragt, ob alles OK sei. Sie sagt, es gebe Linzer Torte. Sie habe das Rezept von einer Kollegin in der Schule, deren Vater Konditor gewesen sei, es sei ein ganz besonderes Rezept, die Kollegin habe einen schweren Stand, Therese sei ihre einzige Freundin, „so, jetzt lege ich die Teller hin", sagt Therese, „neue Gläser brauchen wir eigentlich nicht, ach, was habe ich denn da auf dem Ärmel, ich habe mich wohl irgendwie angespritzt vorhin, wie ich Schlagsahne geschlagen habe."
Costin ist sich sicher, daß Therese all das auch sagen würde, wenn er nicht da wäre, daß sie so auch weiterredet, wenn sie allein ist, nur für sich, ein unaufhörlicher Schwafelstrom, der all ihre Tätigkeiten begleitet, so, jetzt steh ich auf, so, jetzt geh ich kacken, so, jetzt geh ich die Straße entlang. Sie hat ihm auch schon über ihre Schüler, ihren letzten Urlaub in Nizza, ihre Hoffnungen und Wünsche für die Zukunft, die unhöfliche Bedienung an der Fleischtheke beim *BILLA* nebenan, ihre Liebe zu Albert und die schwere Zeit nach seinem Tod erzählt; währenddessen hat sie geweint, und Costin hat sie zuerst nicht in den Arm nehmen wollen, dann aber doch in den Arm genommen.
Therese muß Costin nicht alles erzählen. Es ist ihre Sache. Wenn sie es will. Costin hört halt zu, mittlerweile fragt er auch ab und zu nach, so pro forma. Von sich beziehungsweise von sich und Romy erzählt er ihr aber nur wenig, wenn Therese ihn fragen würde, würde er ihr ausweichen; wenn Wendy ihn fragen würde, was sie bis jetzt noch nicht getan hat, würde er ihr alles erzählen.
Costin: „Kommt Wendy auch?"
Therese: „Die ist noch in ihrem Zimmer. Holst du sie?"
Therese sagt, daß Wendy noch nicht genau wisse, was sie

eigentlich wolle, sie wolle Medizin studieren, gut, Therese glaubt aber nicht, daß sie, Wendy, es auch tatsächlich tue, Wendy habe diesen Teenager-Traum, Gutes zu tun, die Welt zu ändern et cetera, sie schreibe viel Tagebuch, auch so Gedichte, glaube sie, Therese, ihre beste Freundin heiße Esther, einen Freund habe sie noch nicht gehabt, sie hänge noch sehr an ihrem Vater, also Albert, Entschuldigung, und müsse sich erst an den Gedanken gewöhnen, daß Costin ihr wirklicher, also, Vater sei, sie möge ihn, Costin, eigentlich, Therese wisse das - woher, das sagt sie nicht -, Wendy sei ein sensibles Mädchen, ein bißchen altklug manchmal, ihr Lieblingsgericht sei Broccoli-Suppe.
Auf Costins Frage hin, was er nur tun solle, hat Therese seine Hand ergriffen, was OK war in diesem Moment, es hat ihn getröstet, weil er schon irgendwie aufgewühlt ist, in dieser neuen Rolle, als Vater, und er das Gefühl hat, er verhalte sich falsch; Therese hat also seine Hand ergriffen, ihn verständnisvoll angeschaut und gesagt, er solle doch nur ein wenig Geduld haben, nur Geduld, das sei jetzt alles schwer, aber das werde schon, sie wisse das.
Er klopft an Wendys Tür. Von drinnen kommt Wendys Stimme: „Herein."
Wendy sitzt am Computer und starrt auf ihren Bildschirm und tippt sehr schnell, sie lacht kurz auf, sie chattet wahrscheinlich.
Sie sagt: „Jause, ich weiß, komme gleich."
Costin geht nicht ins Zimmer, sondern bleibt auf der Türschwelle stehen. Er möchte damit zeigen, daß er sich Wendy nicht aufdrängen will, nicht rumschnüffeln, er hätte es gehaßt, wenn sein Vater das getan hätte. Neben Wendys Megadisc-Player liegt die Megadisc, die er ihr letztes Mal, letzten Monat, mitgebracht hat, das registriert er, über dem Schreibtisch hängt das Poster einer Schauspielerin,

die er auch kennt, aus dem Fernsehen, und die ziemlich gut aussieht – aber hängen Mädchen in dem Alter nicht eher Poster von jungen knackigen Männern mit Waschbrettbäuchen auf, er weiß es nicht; er möchte, daß Wendy merkt, daß er sich absichtlich nicht näher umsieht in ihrem Zimmer, aus Respekt, er möchte, daß sie merkt, daß er sie respektiert, er sagt: „OK, ich bin dann wieder im Speisezimmer mit Therese, ja?“ und läßt die Tür offen. Im Flur hört er, daß Wendy den Computer herunterfährt, wie sie aufsteht, sich räuspert.

55

Auf der linken Seite des Flugzeugs, das jetzt, beim Start, eine Schieflage eingenommen hat – Costin wird in den Sitz gedrückt –, ist noch einmal die Stadt als ein Gewirr von geschwungenen Linien, sind die Straßen, Plätze aus Licht aufgetaucht, der Berg mit der Festung schwarz vor dem Himmel, der noch erstaunlich hell gewesen ist, tiefblau.

56

„Olaf?”
„Paolo?“
„Olaf?“
„Ludwig?“
„Cos-tin!“
„Costin?“
„CO!“

Es besteht kein Zweifel: Bei dem abgemagerten Mann mit der schwachen Stimme, der, Kissen im Rücken, aufrecht im Bett sitzt, die Maske eines Beatmungsgeräts in der linken Hand hält und lediglich die vertrauten braunen Augen besitzt, bei diesem Mann muß es sich um Olaf – jetzt Ex-„Big Daddy“ – Erdrich handeln. Die Schwester, der Costin gesagt hat, er wolle zu Herrn Erdrich, hat ihn durch den Flur des zweiten Stocks zu dieser Tür geführt.
Einzelne weiße Härchen stehen, wohl übriggeblieben von der schlechten Rasur, von Olafs Gesicht und Hals ab. Costin reicht Olaf die Hand. Olaf hat einen Moment lang, als er ebenfalls den Arm gehoben hat und sich etwas vorbeugen mußte, um Costins Hand zu ergreifen, das Gesicht vor Schmerz verzerrt; ansonsten lächelt er, hat die ausgedünnten Augenbrauen ein klein wenig nach oben gezogen.
Costin fragt: „Wie geht's, Olaf?“
Olaf sagt: „CO. Das ist ja witzig. Daß du hier bist, CO. Vor zwei Wochen hat mich die Seema besucht. Sie hat ja jetzt“ – Olaf Erdrich führt die Maske zum Mund, atmet ein, aus, spricht weiter – „das mit ihrer zweiten Karriere durchgezogen. Knallhart. War sie ja immer schon. Knallhartes Mädchen. Ich habe gesagt, ich finde das gut, habe ich gesagt. Weil sie hat ja noch immer diese Ausstrahlung, CO. Das ist ja sehr selten. Der gute alte Olaf Erdrich hat recht gehabt. Da siehste mal. Der alte Olaf Erdrich. Aber ich bin unhöflich. Wie geht's, CO?“
„Ja, Olaf. Du weiß ja, wie es ist –“
Olaf Erdrich führt die Maske zum Mund, atmet ein, aus, sagt: „Also paß auf. Ich sage dir mal was. Entschuldigung, daß ich das jetzt hier mal so. Na gut also. Ich habe einen Bandscheibenvorfall, wie sich herausstellt. Der gute alte Olaf Erdrich hat einen Bandscheibenvorfall. Ist schon länger her, muß ich dazusagen. Ich liege im Wohnzimmer. Auf

dem Boden. Ich kann mich kaum bewegen. Das Handy liegt im Akku. So. Da kommen *A, B, C*, du kennst sie ja, die kommen von unten, vom Spielen. Sie wohnen bei mir. Die sehen mich da liegen, verarzten mich pronto und rufen …" – Olaf Erdrich führt die Maske zum Mund, atmet ein, aus, spricht währenddessen weiter.

Costin kennt die Geschichte. Wylie hat sie ihm bei den Aufnahmen zum ersten oder zweiten Album erzählt. Olaf Erdrich kommt ins Krankenhaus. Hätte er länger in seinem Penthouse gelegen, hätte es zu bleibenden Gesundheitsschädigungen kommen können, wie sich herausstellte. Olaf Erdrichs Moral der Geschichte: Am Ende zahlen sich Offenheit und Gutherzigkeit in einem harten Geschäft wie dem der Musik immer aus. Costins Moral der Geschichte: Laß es nie soweit kommen, daß du vor peinlichen Nachwuchsbandmitgliedern hilflos auf dem Boden zappelst. Dann lieber sterben. Allein. Privatsphäre forever!

Costin hat genickt, „Jajaja" gesagt, kurz aufgelacht und sich umgedreht. In der Ecke ist einer dieser alten Flachbildfernseher eingelassen, der ein untrügliches Zeichen dafür ist, daß das Pflegeheim wohl auch schon bessere Tage gesehen hat.

Costin wendet sich wieder Olaf Erdrich zu, der weitererzählt hat. Costin sagt: „Jajaja" und sieht Romy vor sich. Er kommt in das Atelier, sie sitzt mit dem Rücken zu ihm am Computer und probiert einen Song aus. Romy hat schönes Haar, schulterlang, gewellt, brünett; seit sie dieses Shampoo benutzt, riecht es nach Brombeeren. Sie sagt: „Hallo", ohne sich umzuwenden. Dadurch, daß sie die Stirn leicht gerunzelt hat, tritt im Profil ihre Nase stärker hervor. Er läßt seine Hand von hinten ihre Schultern entlang, unter ihre weiche ockerfarbene Strickjacke, ihr T-Shirt gleiten, faßt ihre Brust, die sich wegen des BHs nicht weich, son-

dern hart anfühlt. Er beugt sich vor, um ihren Hals zu küssen.
Olaf Erdrich führt die Maske zum Mund, atmet ein, aus, sagt, daß er jetzt ein wenig Ruhe brauche, CO wisse schon, er könne ihn aber jederzeit besuchen. Jederzeit. Er streckt beide Arme aus, als Costin aufsteht, umarmen möchte Costin Olaf wirklich nicht, daß er ihn besucht hat, muß genügen.
Olaf Erdrich sagt: „Also. Bis dann, CO. Wir sehen uns, CO. Ja? Machs gut, CO, ne?"
Im Erdgeschoß ein Stockwerk tiefer nimmt sich Costin auf dem Weg zum Ausgang vor, auf die allgemeine Stimmung im Pflegeheim zu achten, um herauszufinden, ob er sich so etwas in der Art für sich selber vorstellen könnte, in 20 Jahren vielleicht, falls ihm nicht, was natürlich am schönsten wäre, die Gnade eines plötzlichen Tods zuteil würde, wie Ana es immer bezüglich Tata sagte, das war ihr Ausdruck gewesen, „die Gnade eines plötzlichen Tods". Durch die großen Fenster des Flurs kann Costin in den Frühstücksraum gegenüber sehen, der zum Pflegeheim gehört. Hinter der Glasfront links bewegen sich Gestalten auf Laufbändern, rechts ist ein Schwimmbad, eine dicke Frau in einem grellen einteiligen Badeanzug sitzt am Beckenrand. In der Empfangshalle, wohl so etwas wie ein Aufenthaltsraum, stehen Flipperautomaten an der Wand, an Tischen spielen Senioren Dame oder Schach oder so. Die Alten haben ein verdammtes Entertainment-HQ hier.

57

Eigentlich würde er auch mal gern woanders spazierengehen, nicht immer hier, diesen Feldweg an der Salzach entlang, durch den Gatsch (er benutzt jetzt öfters das Wort „Gatsch“, nachdem er Wendy es hat sagen hören, vielleicht ist das so ein typisch österreichischer Ausdruck, aber es kann auch sein, daß er früher in Cham immer „Gatsch“ gesagt hat und es dann, seit er weggezogen ist, vergessen hat); der einzige Grund, warum er sich tatsächlich freut, hier spazierenzugehen, wenn er in Salzburg auf Besuch ist und Therese in der Wohnung die Jause vorbereitet, ist, daß ihn Wendy begleitet, daß er hier mit Wendy mal allein sein und einfach so reden kann, das hat sich so eingebürgert, Therese: Jause, Wendy und er: Spaziergang an der Salzach.
Gleich bei Costins erstem Besuch hatte Therese vorgeschlagen, er und Wendy sollten doch zusammen einen Spaziergang machen, was wohl in die Kategorie „Gut gemeint, aber trotzdem Scheiße“ fiel. Denn als Wendy durchblicken ließ, daß sie absolut keinen Bock habe, hatte ihr Therese einen bösen Blick zugeworfen. Folge: Wendy, dieses wie auch die nächsten Male, superschlecht gelaunt. Costin hatte sein Smalltalk-Programm gestartet („Und? Was macht ihr so in der Schule gerade?“ oder: „Und? Was machst du in den Sommerferien?“ und so weiter), aber dann gemerkt, daß er hier nur verlieren konnte. Wendy hatte gerade mal mit „Weiß nicht“ geantwortet oder irgendwas gemurmelt; ansonsten hatte sie, die Hände in den Taschen ihres rosa Mantels, auf den Weg, den „Gatsch“ gestarrt. In der Stille waren Costin die Geräusche, das Rauschen der Salzach, das Rascheln der Büsche, die Glocken in der Ferne und jedes Grüß Gott von entgegenkommenden Spaziergängern besonders laut erschienen und hatten ihn zu dem Schluß kommen

lassen, daß das Ganze hier, Vater und Tochter spielen – obwohl sie es ja faktisch sind –, eigentlich superpeinlich war. Keine Ahnung, wie das gehen sollte, Help! (*Beatles*)
Bei diesem Zustand war es glücklicherweise nicht geblieben. Therese hatte gesagt, Costin könne Wendy ruhig auch ein bißchen zu was drängen, er müsse keine Angst haben, Albert habe ihr immer alles durchgehen lassen, sie sei die verwöhnte Prinzessin; wenn Costin jetzt so werden wolle wie Albert, sei das definitiv der falsche Weg. Einfach so sein und sagen, wie und was du willst, würde ich sagen, hatte Therese gesagt.
In Zukunft hatte also Costin vor der Jause zu Wendy gesagt: „Gehen wir?", und Wendy war wohl oder übel mitgetrottet. Auf Costins Fragen, die noch immer größtenteils aus dem Abspulen des Smalltalk-Programms bestanden, hatte Wendy jetzt schon ein bißchen mehr geantwortet, immer extrem schnell, kurz angebunden, von Costin abgewandt, so daß sich Costin gedacht hatte, Mädel, wäre ich mit allen Befugnissen eines Big Daddys ausgestattet, ich würde dir erst mal Benehmen gegenüber sogenannten Respektspersonen beziehungsweise solchen, die es noch werden wollen, beibringen – aber immerhin: Wendy sprach. Trotzdem war er sich dann, sobald sie vom Spaziergang nach Hause kamen, er noch seine Schuhe im Flur auszog und Wendy plötzlich mit Therese drüben in der Küche drauflos redete, wie der letzte Depp vorgekommen. In diesen Momenten wäre er gerne einmal kurz Therese gewesen, um Wendys freudestrahlendes Gesicht zu sehen und sie statt, entfernt, aus der Küche, direkt vor sich plappern zu hören.
Ihr freudestrahlendes Gesicht (Wendy hat ja wirklich dieses fast schon radioaktiv zu nennende Strahlen: Augen zu, Grinsekatzezähne zeigen) sieht er genau in diesem Moment, hier auf dem, er weiß nicht wievielten Spaziergang an

der Salzach, endlich vor sich – außerdem plappert Wendy total unbekümmert drauflos. Konkreter Grund: Wendy will nach Oxford. So für ein Jahr. Studieren. Therese hat Costin gesagt, daß das seine Chance sei. Therese wird so tun, als sei sie dagegen, obwohl sie in Wirklichkeit dafür ist. Costin kann Wendys Partei ergreifen und ihr in Diskussionen mit Therese zeigen, wie sehr er sich für seine Tochter einsetzt. Bei Costins letztem Besuch haben er und Therese gestritten. Wendy ist dabeigewesen. Costin hat die Argumente für Wendys Jahr in Oxford aufgezählt, die sie, Therese, ihm, als sie allein waren, aufgezählt hatte.
Wendy, in ihrem schwarzen Vintage-1970er-Parka – das Mädel hat einen Vintage-Fimmel, alle ihre Klamotten sind entweder Original 20. Jahrhundert oder auf alt gemacht –, hat sich jetzt bei Costin eingehängt, sie stützt ihn und hilft ihm über die Pfützen, die sich nach dem Frühlingsgewitter am Vormittag auf dem Feldweg gebildet haben. Früher hatte ihm Wendy null geholfen, hatte sogar mit den Händen in den Hosentaschen daneben gestanden und untätig zugesehen, wie Costin einen auf Opa gemacht hatte und bei den kleinen Steigungen des Wegs oder bei den Stiegen im Haus extra auffallend langsamer wurde, schwankte, stöhnte (leise).
Und Wendy labert. Sie habe neulich *Sydney Story* im Kino gesehen, das sei ein ganz toller Film, Costin habe wahrscheinlich davon gehört, „Ja“, sagt Costin (hat er aber in Wirklichkeit nicht), alternder Schauspieler verliebt sich in junges gelangweiltes Mädchen, beide aus Berlin, et cetera, sie und Esther wollen jetzt unbedingt auch mal nach Sydney, Costin sagt, Sydney sei schon schön, sie wisse ja, er habe da mal ein paar Jahre down under gelebt. „Echt“, sagt Wendy und schaut ihn an, begeistert, „Sydney?, das mußt du mir mal erzählen“, sie sagt: „Ich habe aber zur Zeit voll

die Angst, meinst du, da wird irgendwas aus dieser Taiwan-Krise?" – China läßt seit ein paar Tagen angeblich mit Atomraketen bestückte Kriegsschiffe vor Taiwan kreuzen, man weiß nicht, wie die USA reagieren werden – „Meinst du, ich kann mal mit ins Studio zu euch", fragt Wendy, sie sagt: „Die Uni ist ziemlich gut, endlich mal ne Herausforderung, ich brauch halt mehr Disziplin, ich seh das schon, es gibt so viele tolle Bücher, besonders alles, was sich so mit *gender* auseinandersetzt, Papa" – hier ist es tatsächlich passiert, it finally happened: Wendy hat heute, am 18. April um 16:20 Uhr (gefühlte Zeit), Costin zum ersten Mal „Papa" genannt –, „Esther ist echt meine beste Freundin, ich muß sie dir mal vorstellen, Mensch, ich laber schon wieder soviel, aber ich bin einfach so happy, weil das mit Oxford geklappt hat, ja, und weil, weil wir, also du und ich, uns jetzt endlich angefreundet haben, ich habe ja schon lange versucht, da irgendwie einen Draht zu dir zu bekommen, aber du warst immer so irgendwie, aber ist ja auch egal, weißt du, also, oder?"
Costin hat nichts gesagt, sondern nur den Arm um ihre Schulter gelegt. Er weiß nicht, was er da jetzt am besten sagt. Sie sind an dieser Stelle mit der Bank und dem schönen Ausblick auf die Stadt mit dem Mönchsberg im Hintergrund stehengeblieben. Wie immer, wenn sie an dieser Stelle stehen, muß Costin an diesen alten Film denken, den Ana so gern hatte und den er, noch wie er klein war, ja, man muß sagen: gezwungen war anzusehen, dieses furchtbare Musical, eigentlich nach rein geschmacklichen Kriterien ein Horrorfilm, über diese österreichische Familie, die im Dritten Reich in die USA auswandert, *The Sound of Music*, genau, so hieß der, da stand diese schwarzhaarige US-Schauspielerin, die eine österreichische Mami spielte – war es Audrey Hepburn? –, mit ihrer Riesenfamilie – wie viele Kinder

hatte die denn, bitte? 20? –, da standen die also im Film auch mal an einer Stelle an der Salzach, vielleicht war das ja auch hier gedreht worden, er müßte sich mal schlau machen, diese Aussicht, die man dann da im Film gesehen hatte, die hatte tatsächlich ziemlich viel Ähnlichkeit mit der, die Wendy und er jetzt gerade vor sich haben, vielleicht auch deshalb, weil gerade das Licht irgendwo so hell ist und dadurch alle Farben stärker wirken, so frisch, wie das eben so ist nach einem Unwetter oder eben manchmal im Film, in so alten Technicolor-Teilen, aber vielleicht ist er auch nur gerade so glücklich, hier mit Wendy, und er bildet sich das alles bloß ein.

58

Da ist ein großer hellblauer Fleck und ein etwas kleinerer bunter, links und rechts von seinem Bett. Von seinem Bett? Moment ... warum liegt er denn in diesem Bett hier? Er ist zusammengeklappt. Richtig. In der Hotellobby ist er gerannt und hingefallen, nein, Moment, das war wann anders, er konnte sich nicht mehr bewegen, und Romy hat ihn ins Krankenhaus gefahren. Er ist im Krankenhaus. Ja. Ein Arzt hatte doch hier vor ein paar Wochen, zwei, drei, höchstens drei, gestanden, an seinem Bett, war das nicht dasselbe Zimmer gewesen?, irgendwas von Verdacht auf Thrombose hatte der gesagt, von einer akuten Situation. Der Termin für eine Operation war der Donnerstag gewesen, ja, sie hatten ihn operiert, und er hatte diese Angst gehabt, daß sie ihm sein Bein abnehmen, daß er sein rechtes Bein verliert, obwohl die Schmerzen kaum mehr auszuhalten waren, davor hatte er Angst gehabt, daß er nach der

Narkose aufwacht, und sein Bein ist nicht mehr da, sie hatten sein Bein drangelassen. Ja. Er wird jetzt gleich noch mal nachsehen. Ob es da ist. Es hatte zu Hause im Apartment Megastreß gegeben. Mit Romy. Richtig. Als die Rede davon war, daß entweder sie ihn pflegt oder daß jetzt eine Pflegerin kommt. Romy war total hysterisch geworden. Sie hatte zwar vor der Operation gesagt, sie kümmere sich zu Hause um ihn, aber nach der Operation war es losgegangen, das kann ich nicht, das ist zuviel, wer bin ich denn. Genau. Er müßte noch mal dringend mit Julian reden. Nein. Mit Jo. Wo ist Jo? Er möchte sich bewegen. Er kann sich nicht bewegen. Warum kann er sich nicht bewegen? Es ist ja eigentlich alles geklärt. Daß das Label nicht an einen Major verkauft wird. Daß Jo und Jennifer es weiterführen. Das ist doch alles besprochen worden. Bevor er hierherkam. Haben sie das alles besprochen? Er glaubt sich da an eine letzte Sitzung bei ihm zu Hause zu erinnern, im Wohnzimmer, sie hatten Pfefferminztee mit Rum getrunken. Ja. Als es ihm schon so schlechtgegangen war, hatten sie sich zusammengesetzt und einen Plan gemacht, was wenn und so weiter. Jo und Jennifer könnten verkaufen. Sie haben die Vollmacht. Sie könnten. Er kneift die Augen zusammen. Er versucht, den hellblauen und den bunten Fleck, links und rechts von seinem Bett, zu fixieren.

59

Während er vor der Haustür auf Romy wartet, die noch den Briefkasten am Gartenzaun ausleert, hat er Stretching-Übungen gemacht. Er bekommt nach dem gemeinsamen morgendlichen Joggen, hier, zwischen Tutzing und Starn-

berg am See entlang, ab und zu einen Krampf im Oberschenkel. Sein Orthopäde hat ihm da ganz gute Übungen gezeigt. Wenn wie jetzt der Wind vom See zu ihrem Bungalow herüberweht, kann man sich schnell erkälten, so verschwitzt, wie er jetzt da steht.
„Kommst du dann, Schatz?" ruft er Romy zu.
Bevor sie die Haustür aufsperrt, hat Romy ihm einen Kuß auf die Wange gegeben. Ihr Gesicht ist ganz kalt gewesen.
Im Flur ist ihnen Lily um die Beine gestrichen. Er hebt sie am Nacken in die Höhe, hält sie wie ein Baby und sagt: „Na, meine Schöne, hast du mich vermißt, hast du Papa vermißt?"
Romy kleben die Haare in der Stirn. Sie öffnet ihre Trainingsjacke, auf ihrem orangen T-Shirt steht *Wir zählen!* – warum steht da *Wir zählen!*? –, ihre Brüste zeichnen sich darunter ab.
Dieses Bild. Wie Romy so da steht. Irgendwie freut er sich, jetzt endlich ein ganz normales Leben führen zu können, doch noch verheiratet zu sein, wer hätte das gedacht?, vorbei der ganze Streß mit dem Label et cetera.
Romy lächelt ihm zu. Er liebt Romy. Romy liebt ihn.

60

Es ist die Wohnung, in der er zusammen mit Mama in Bukarest gewohnt hat. Er zeigt Wendy die Küche. Wendy hat sich bei ihm eingehängt. Wie damals, bei ihrem letzten gemeinsamen Spaziergang, kurz bevor sie nach Oxford gegangen ist. Nichts hat sich verändert. Der nigerianische Flickenteppich ist noch da, der Tisch mit den abgeschlagenen Beinen, die Tageszeitungen darauf.

Er sagt: „Also, hier habe ich so ungefähr ein halbes Jahr zusammen mit meiner Mutter gewohnt."
Wendy hört aufmerksam zu. Sie hat Interesse. Er geht zusammen mit Wendy in Regensburg von der Tiefgarage zum Haus von Frau Mayer.
Er sagt: „Frau Mayer ist, wie ich ein Teenager war, meine Gesangslehrerin gewesen."
Wendy fragt: „Du hast Gesangsunterricht gehabt als Teenager?"
Er sagt: „Ja."
Wendy sagt: „Toll."
Sie stehen am Kai in Cairns. Das Meer ist ruhig. Es ist angenehm warm.
Wendy sagt: „Danke für die Reise und die Tage in Sydney. Das war total schön."
Er klingelt an der Haustür. Wylie öffnet. Er stellt Wylie Wendy vor. „Das ist meine Tochter. Wendy. Sie studiert in Oxford."
Seema und Uschi warten schon im Wohnzimmer. Sie werden sich zusammen die Mars-Landung ansehen. Wendy hat gesagt, daß sie gerne mitkommen würde. Er klingelt an der Haustür des Hauses, in dem sie in Cham zuletzt gewohnt haben. Eine ältere Frau öffnet.
Sie sagt: „Ich erkenne Sie. Sie sind Costin Wallner. Der mit der Plattenfirma."
Er sagt: „Ja. Ich bin hier mit meiner Tochter. Sie hat mich gebeten, daß ich ihr einmal zeige, wo ich so herkomme. Sie interessiert sich für mein Leben."
Die ältere Frau sagt: „Na, Sie haben aber eine tolle Tochter. Und gut sieht sie auch aus. Na, kommen Sie mal rein."
Sein ehemaliges Kinderzimmer im Keller hat sich eigentlich gar nicht verändert. Da steht noch das Christopher-Bett, der Schrank mit den Comic-Stapeln.

Costin sagt: „Ja. Also richtig lange gewohnt habe ich hier eigentlich nicht, aber im ersten Haus in Cham hat es ungefähr genauso ausgesehen. Ja. Das hier ist mein Zimmer gewesen."

61

Der linke hellblaue Fleck, der jetzt langsam an Konturen gewinnt, das muß Jo sein. Er spricht wie Jo. Jo ist treu. Der Fleck muß Jo sein. Er hat gerade „Costin" gesagt. „Es ist ja alles gut" oder „alles OK" oder so. Das Summen ist etwas schwächer geworden. Dafür ist das Piepen jetzt wieder zu hören. Dieses hohe C. Regelmäßig. Der bunte Fleck rechts hat ungefähr Wendys Statur. Es wird Wendy sein. Gestern ist sie doch noch gekommen. Ja. Gestern oder vorgestern hat Wendy plötzlich an seinem Bett gestanden und gesagt, sie sei jetzt da. Sie bleibe jetzt. Oder es ist Romy. Nein. Romy gibt es nicht mehr. Richtig. Romy ist doch dann bei ihm ausgezogen, weil sie nicht mehr konnte oder weil ihr das alles zuviel wurde. Ja. Wendy. In einem dunkelblauen Kleid mit roten und gelben Blumen. Jetzt kommt wieder der Schmerz. Immer zuerst das Pieksen. Lauter kleine Punkte, die pieksen. Dann das Stechen, jetzt in der Wange, links, in den Fingern auch schon, links, im Arm, den Zehen. Dann rechts. Eigentlich dürfte er doch rechts gar nichts spüren. Nach einem Schlaganfall spürt man doch nichts auf der Seite, die gelähmt ist. Aber der Schmerz ist trotzdem da. Komisch. Nennt man das Phantomschmerz? Er wird diesmal nicht stöhnen. Das nimmt er sich fest vor. Nicht stöhnen. Er stöhnt. Es ist nicht zum Aushalten. Er hat gestöhnt, und Wendy, es muß Wendy sein, hat irgend etwas gerufen, ist näher gekommen, und jemand in Weiß, die Krankenschwester, der Pfleger, irgendwer, ist an sein Bett getreten, sein linkes Bein hat er schon ganz gefühlt, bis zur Hüfte. Sein ganzes linkes Bein. Als ob es brennt, als ob er verbrennt. Die Stimme des Pflegers, es ist ein Pfleger, die Geräusche vom Geräteständer hat er gehört, gleich wird es kommen, das Morphium, es wird sicher kommen, gleich, vielleicht in fünf Sekunden, er hat das doch mal gezählt, gerade dann, wenn man denkt, man hält es nicht mehr aus, eins, zwei, drei, vier, fünf. Dann ist der Schmerz in seinen Fingern weg, verschwindet das Gefühl aus seinem Arm, verschwinden sein Arm, Bein, die Zehenspitzen. Auch die beiden Flecken am Bettende sind geschrumpft, sind jetzt ganz klein. Ihm ist übel geworden, schwindelig, er muß die Augen zumachen. Es summt jetzt wieder in seinen Ohren. Es summt. Kann das? Ist es? Dieses Summen. Das Summen von Flügeln. Den Flügeln eines Riesenmaikäfers, der Dinu heißt, Dinu Mai, und dieses Gefühl zu schweben, zu fliegen. Costin lächelt. Er kennt schon die Aussicht, die sich ihm bieten wird, wenn er jetzt zu blinzeln beginnt, vorsichtig, wegen des Gegenwindes, die Augen aufmacht und sich vorstellt, was ihm wohl der dicke Dinu gleich sagen wird …

Wendy macht Geschichte

01

Und dann der hohe Ton, der jetzt schon eine Ewigkeit erklungen ist, der hastig gesprochene Dialog zwischen dem Arzt und der Krankenschwester, seine Frage nach Puls, Atmung, ihre immer gleiche Antwort, nach jedem Elektroschock, durch den Costin, durch den ihr Papa auf dem Bett in die Höhe geworfen wurde, den Rücken durchgestreckt, und dann plötzlich – – – Ruhe.
Jemand schaltet die Apparate neben dem Bett ab.
Sie hat die ganze Zeit wie angewurzelt auf der anderen Seite des Zimmers gestanden und auf ihren Papa, sein Gesicht gestarrt, das schüttere schwarzsilberne Haar, die gar nicht blassen, sondern leicht geröteten Wangen, wäre der Schlauch nicht, er sähe so aus, als lebe er noch, würde die Hand heben, gleich was sagen, irgendwas.
Erst als der Arzt den Mundschutz herunterzieht, die Handschuhe abstreift und der Schwester in demselben Tonfall, in dem er vorhin die Fragen an sie gerichtet hatte, diktiert: „Bitte notieren Sie, Zeitpunkt des Todes ...“, da will Wendy zum Bett vor, ruft sie: „Aber der lebt doch noch! Der ist doch gar nicht tot, der ist ...“
Jo hat sie zurückgehalten. Sie hat die Krankenschwester, den Arzt angeschaut, die Blicke sind mitfühlend gewesen, die Schwester sagt: „Kommen Sie, Frau Scharnagel, jetzt setzen wir uns dorthin.“
Wendy will nicht mitfühlend angeblickt werden. Sie will ihrem Vater noch etwas sagen. Sie möchte mit ihm sprechen können. Und sie dreht sich um, sie weint, und drückt sich an Jo und wünscht sich, Jo wäre in diesem Moment Esther, und sie weint in Jos Pulli, der nach Waschmittel riecht, „Aber ich will dem Papa doch noch was, ich möchte doch noch dem Papa.“

02

Und sie geht in ihrem Hotelzimmer zum x-ten Mal auf und ab, inzwischen nimmt sie die Möbel, den Teppich, das Fenster gar nicht mehr wahr, ständig sieht sie nur dieses Bild vor Augen, wie Costin daliegt... wie sich sein Rücken durchstreckt vom Elektroschock ... dieser Schlauch in seinem Mund ... und sie fühlt dann wieder dasselbe Gemisch aus Angst und Panik, das sie vor ein paar Stunden im Krankenhaus gefühlt hat, sie möchte jetzt nur, daß Esther endlich da ist, Esther hat gesagt, ihr Flieger komme um sieben, es ist doch schon nach sieben, Esther muß doch schon gelandet sein, Esther muß bald kommen, sie muß in spätestens einer Stunde an die Tür klopfen, Wendy denkt, vielleicht wird sie über das hier gerade mal etwas in ihr Notebook schreiben, wie sie hier in einem Hotelzimmer in Berlin-Mitte hin und her läuft, wie sie auf Esther wartet, wie ihr Papa gestorben ist, wie er ausgesehen hat, da, im Krankenhaus, aber später einmal, jetzt kann sie das nicht, jetzt hat sie keine Ruhe.

Sie legt sich ins Bett und steht wieder auf.

Sie schaltet die Plasma-Wand ein und schaltet sie wieder aus.

Sie setzt sich an den Schreibtisch, um etwas am aufgeklappten Laptop in ihr Tagebuch zu schreiben.

Und der Cursor hat hinter dem „21. Oktober" geblinkt und geblinkt und geblinkt, und sie steht wieder auf.

Sie zieht sich die Hose runter, die Unterhose, setzt sich aufs Klo, und sie steht wieder auf, weil sie nicht pinkeln kann.

Sie schaltet die Plasma-Wand an und schaltet sie wieder aus.

03

Und Esther flüstert ihr ins Ohr: „Ist ja gut, es ist ja gut" und hält sie und wiegt sie hin und her, und Wendy weint in ihre Schulter und spürt, wie Esthers Bluse ganz naß wird, und sie schaut Esther an und hält ihr Gesicht mit beiden Händen fest, und sie küssen sich, küssen sich auf den Mund, lange, und Wendy schließt die Augen dabei.

04

Die Windböen, Vorläufer des heraufziehenden Unwetters, haben ganz hinten, wo die Straße am Friedhof vorbeiführt, von den hohen Pappeln oder Birken die letzten Blätter geweht, gelb, braun. Der Pope oder wie auch immer der Pfarrer der griechisch-orthodoxen Kirche heißen mag, hat jetzt wieder zu sprechen begonnen, mit lauter monotoner Stimme. Das Ende seines langen Barts ist wie ein Schlips auf seiner rechten Schulter gelegen, und sie hat wieder auf den Sarg auf den Brettern über dem Loch, dem schwarzen Loch des offenen Grabs, den Schlund, geschaut und hat auf einmal weinen müssen, obwohl sie doch diese Beruhigungstropfen genommen hat, damit genau das nicht passiert.
Sie hatte an den Vati denken müssen – also Albert, nicht Costin: Costin ist *der Papa* –; daß sie den Vati, weil sie ja erst neun war, als er bei diesem Autounfall starb, daß sie den Vati, abgesehen von ein paar Erinnerungen, den Erzählungen von der Mama und den Fotos natürlich, den zwei, drei Urlaubsvideos, daß sie ihn gar nicht wirklich kannte, und daß sie sich in all der Zeit nach dem Autounfall, abends vor dem Einschlafen zum Beispiel, daß sie in all der Zeit mit

dem Vati in Gedanken gesprochen hatte und daß sie sich vorgestellt hatte, daß der Vati ihr Tips bei Problemen geben, daß er sie von den Klassenfeiern abholen würde und dann alle ihren Vati sehen und ein bißchen neidisch sein würden, wie sie sich auf Spaziergängen bei ihm einhängen, wie er sie in den Arm nehmen würde, und sie hat gespürt, wie sehr sie sich doch in diesen letzten Monaten, als der Papa, also Costin, und sie sich so langsam angefreundet hatten, wie sehr sie sich da gefreut hatte, daß jetzt tatsächlich der Papa das für sie sein und das machen würde, was sie sich all die Jahre zuvor immer gewünscht hatte, ohne daß sie gewußt hatte, daß es ihn, Costin, gab, geschweige denn, daß er ihr richtiger Vater war, und ihr ist plötzlich wieder klargeworden, daß es jetzt zu all dem nicht mehr kommen würde, und diese Wünsche, die sie hatte, obwohl es eine Zeitlang möglich schien, nie mehr in Erfüllung gehen würden – – – nie mehr.
Esther hat sich bei ihr eingehängt und ihr über den Arm gestreichelt. Wendy beruhigt sich, schluchzt noch ein paarmal auf, schaut auf den Sarg, wie er jetzt auf Kommando heruntergelassen wird.
Daß es das Gesteck aus gelben Rosen darauf nicht wegweht ...?
Sie hat kurz zur Mama neben sich geschaut.
Die Mama weint ja gar nicht –.
Steht nur da, mit weit aufgerissenen Augen hinter der Sonnenbrille, mit leicht geöffnetem Mund, den Blick auf dem Sarg, ganz unten, im Schlund des Grabs, kaum mehr zu sehen. Nur noch das Gesteck schimmert.
Wendy hat geglaubt – die ganze Zeit über, seit Beginn der Beerdigung –, gespürt zu haben, daß die Mama neben ihr weint. Der Mama wird es so ziemlich wie ihr selbst, Wendy, gehen. Sie wird gerade dabei zusehen, wie ihr zweites Le-

ben, das sie sich so erhofft hatte, wie es buchstäblich begraben wird. Die Mama und sie haben nie wirklich darüber gesprochen, was eigentlich dazu geführt hatte, daß sie plötzlich Kontakt zu Costin aufgenommen hatte. Aber Wendy kann sich schon so ihren Reim darauf machen. Die Mama hatte endlich den Tod vom Vati überwunden, sie war jetzt noch nicht so alt, als daß man da nicht noch einmal was Neues aufbauen hätte können, 54 eben, und Wendy war fast erwachsen. Wendy weiß noch, wie nervös die Mama vor dem ersten Treffen mit dem Papa damals gewesen war – sie hatte Wendy ein wenig an ihr eigenes erstes Date erinnert – und wie die Mama danach im Bus gestrahlt hatte: Der Papa hatte ihr gefallen, das war zu sehen gewesen. Wendy hatte das damals, im Bus, überhaupt nicht in den Kram gepaßt, als ihr klargeworden war, daß es hier eigentlich mehr um die Mama als um sie selbst ging, und hatte was Böses gesagt. Aber die Mama hatte nur lächelnd aus dem Fenster geschaut und sich nicht die Laune verderben lassen. Wendy denkt an das Lied „No tears left to cry“ von den *Los Angels*. Die Mama ... hat keine Tränen mehr zum Weinen. Der Pope malt ein Kreuz in die Luft und spricht ein Gebet, das so ähnlich klingt wie das Vaterunser, aber nicht das Vaterunser ist.

Romy war nicht zu erreichen. Auf die Schnelle war nicht herauszubekommen, ob es ein Wallnersches Familiengrab gab und wenn, wo sich dieses befände, so daß sich Therese in Absprache mit Jo und Jennifer für eine Beerdigung in Berlin entschlossen hatte. Obwohl Jo und Jennifer gesagt hatten, daß Costin sicher nie in der letzten Zeit in der Kirche gewesen sei und seine im Ausweis als griechisch-orthodox angegebene Konfession ihm wahrscheinlich nicht viel bedeutet habe, hatte Therese auf ein „ordentliches Begräbnis“ bestanden, weil Therese selbst in der Kirche in Salzburg nach Vatis Tod sehr engagiert und Atheismus für sie indiskutabel war – erwies sich jemand in ihrem Bekanntenkreis als Atheist, wollte sie mit ihm, sofern ihre Bekehrungsversuche keine Wirkung zeigten, nichts mehr zu tun haben; für Therese war Costin eben einfach *insgeheim* der griechisch-orthodoxen Kirche zugetan gewesen, auch wenn er dies nie gezeigt hatte – was zählt, ist das Innere, so sie.

Der Pope hat jetzt nach seinem Nikolaushut gegriffen, auch die Hände der anderen, wie sagt man da? Trauergäste? Besucher?, sind bei dem Windstoß automatisch an den Kopf gegangen, zu spät, da fliegt schon ein Hut, schwarz, durch die Luft. Der Hut gehört Jennifer. Jennifer steht neben Jo. Jennifer und Jo weinen nicht! Wendy macht es wütend, daß Jennifer und Jo nicht weinen. Wendy kann sich in diesem Moment genau vorstellen, daß Jennifer und Jo nur auf Costins Ableben gewartet haben und schon Pläne machen, wie sie das Label möglichst gewinnbringend für sich selber weiterführen, verwirft dann aber ganz schnell diesen Gedanken und schämt sich ein bißchen dafür, daß ihre Phantasie wieder mal mit ihr durchgegangen ist.

In einem Abstand zu den Trauergästen – ja, *Trauergäste* heißt das – steht eine in Schwarz gekleidete Frau mit Sonnenbrille, Mitte Dreißig vielleicht, das also muß Papas Ex-Gspusi sein, diese Romy, die Wendy nie getroffen hat. Therese hat sie einmal gesehen. Wendy wird, wenn man wieder sprechen darf, Therese fragen, ob das Romy war, wahrscheinlich ist sie voller Reue, diese Romy, Reue und Scham – ja, das klingt gut, *voller Reue und Scham* – darüber, daß sie den Papa so allein gelassen hat ... Andererseits ist es für Wendy immer schon unerklärlich gewesen, daß er mit so einer so lange zusammen war, da wußte man ja schon als Außenstehender, worauf diese Art von Frauen aus ist. Aller-

dings – Wendy sieht das jetzt – schneuzt sich Romy – wenn es denn Romy ist – in diesem Moment und wischt sich mit dem Taschentuch über die Wangen.
In der Gruppe von vielleicht 20, 30 Leuten neben Jo und Jennifer erkennt Wendy einige Gesichter von Indie-Rock-Ikonen, wahrscheinlich handelt es sich bei den meisten um *BIBO*-Künstler. Wendy hat sie noch nie in wirklich, sondern bisher nur auf Megadisc-Covern, in Zeitschriften und im Fernsehen gesehen. Tau zum Beispiel sieht aber eben in diesem Moment – bleich (ob echt oder geschminkt: egal, sie ist ja immer bleich), glatt gegeltes schwarzes Haar, nachdenklicher Blick – praktisch genauso aus wie auf dem Titelfoto der Modezeitschrift, in der Wendy noch im Salzburger Flughafen geblättert hatte.

05

„25. Oktober
Ein Netz aus Intrigen hatte sich um den Leib gespannt, der jetzt im dunklen Schlund des Grabes verschwand. Und in der Tat: Der Plan der Verschwörer versprach aufzugehen. Mit scheinbar betroffenen Mienen standen sie am Grab des Plattenmoguls. Hinter ihren Taschentüchern aber lachten sie. Nur die Tränen und das laute Schluchzen der langjährigen Lebensgefährtin des Plattenmoguls waren echt gewesen. Nicht aber aus Trauer. Nein – aus Wut und Enttäuschung darüber, daß sie im Testament nicht bedacht worden war und ihr all das, wofür sie Küsse geheuchelt und ihre Beine breit gemacht hatte, vor ihren Augen von ihren Rivalen weggeschnappt worden war. Ihre Rivalen – das waren Sara, die einzige Tochter und Vertraute am Ende des

Lebens des Plattenmoguls, sowie deren Mutter, Natascha März. Als Sara dies am Grab ihres Vaters bewußt wurde, da umspielte ihre Lippen für Sekunden ein Lächeln. Oh! Was für eine Genugtuung! Wenigstens die Intrige der Lebensgefährtin war durch den ansonsten so schwer zu ertragenden Tod ihres geliebten Vaters durchkreuzt worden!“

Wendy markiert den Text, den sie gerade auf ihrem Retro-Apple eingesprochen hat, und sagt: „LÖSCHEN.“

„25. Oktober
Die Beerdigung war schrecklich. Bewegend zu sehen, wie sie alle, alle kamen und weinten. Er war wirklich ein außergewöhnlicher Mensch. Was er alles geschafft und erreicht hat in seinem Leben! Ich fühle mich so klein im Vergleich zu ihm. Und er war von Anfang an so geduldig mit mir. Er hat sich so sehr eine Tochter gewünscht! Und ich mußte immer auf beleidigtes Mädchen machen. Hätte ich mich doch nur früher ihm so gezeigt, wie ich wirklich bin. Was muß er von mir gedacht haben? Ach Papa, wenn ich dir das doch noch sagen könnte.“

Wendy weint.
Sie markiert den Text bis „Ich fühle mich so klein im Vergleich zu ihm“ und sagt: „LÖSCHEN.“

„Ich bin dankbar für die Stunden, die wir zusammen verbringen durften. Wahrscheinlich hat er im Krankenhaus nicht mehr mitbekommen, daß ich extra aus Oxford gekommen bin und bei ihm war, als er gestorben ist. Aber es war richtig, daß ich da war – und wenn er mich wahrgenommen hat, hat er sicher das Zeichen verstanden, daß ich damit setzen wollte. Ich halte zu dir. Ich bin deine Tochter.“

Sie markiert den Text, den sie gerade diktiert hat, und sagt: „LÖSCHEN."

„25. Oktober
Papas Beerdigung. Starker Wind. Die Hüte von den Trauergästen sind weggeflogen. Symbolik! Danach nicht mehr zum ‚Leichenschmaus', sondern gleich ins Hotel."

06

Jetzt zum ersten Mal ganz allein in der Wohnung – Therese ist bei Jo und Jennifer im Label, was regeln –, ist Wendy ganz dasig gewesen und hat sich auf die Ottomane im Atelier gelegt ... Sie hatte gestern abend Therese Jos Schlüssel für Papas Wohnung gegeben, damit sie ein bißchen aufräumt. Wendy hätte das momentan nicht verkraftet: Hier reinkommen und das alles so sehen, wie Papa es verlassen hat, als er noch gelebt hat, vielleicht wäre sogar noch sein Geruch dagewesen. Jetzt riecht die Wohnung nach dem Reinigungsmittel, das sie auch immer zu Hause in Salzburg benutzen ...
Allerdings hätte Wendy Therese nochmals einschärfen sollen, nichts wegzuwerfen, ohne Wendy vorher zu fragen. Wendy möchte wissen: Wie hat ihr Papa gelebt? Was war ihm wichtig?
Nun hat aber Therese gesagt, daß sie, bevor Wendy aus dem Hotel hierherkam, diesen ganzen Papierkram verschnürt und entsorgt hat, der da überall, in den Regalen und auf dem Boden im Schlafzimmer lag, so Comic-Hefte, Costin habe wohl nichts wegschmeißen können, das habe vielleicht ausgesehen, ein richtiger Müllhaufen. Als dann Wen-

dy, innerlich aufkreischend (NEEEEIIIN!!), ganz ruhig fragte: „Welche Hefte, bitte, wo entsorgt, bitte, um wieviel Uhr, meinst du, die sind noch da, ich kann die noch holen, wenn ich mich beeile, ich geh schon mal los“ –, da konnte ihr Therese nicht mehr genau sagen, in welchem Container sie die Comics deponiert hatte, „Irgendwo da bei diesem Park halt ... in Berlin muß man ja ewig nach so was suchen ... also so eine schmutzige Stadt ...“ Eine quick search seitens Wendys – zwei Straßen rauf, zwei Straßen runter – hatte zu keinem Ergebnis geführt, und so wichtig können diese Hefte dann auch nicht gewesen sein.

Auf dem Tisch in der Küche ist eine Vase mit einer roten Tulpe gestanden. Wendy muß an diese Bilder denken, die manchmal am Ende von Fernsehzeitschriften, in der Rätselecke, zu finden sind, Original und Fälschung. Die Wohnung ist jetzt so wie eines dieser Bilder, auf dem im Vergleich zum Original eine bestimmte Anzahl von Fehlern versteckt ist. Fehler: Mama. Original: Papa.

Wendy sieht an die weiße Zimmerdecke, schließt die Augen und gerät ins Tagträumen. In Gedanken geht sie durch die Wohnung. Jeder Gegenstand erzählt Wendy etwas. Da sind diese Aborigines-Bilder im Flur, so bunte Punkte, auf dem Boden liegt ein Quilt, den hat der Papa wahrscheinlich aus Australien. Das sind jetzt *ihre* Bilder, ist jetzt *ihr* Quilt. Wendy gehört die Wohnung. Wendy gehört das Label. OK – – –: Ihr sind im Prinzip die Hände gebunden. Jo und Jennifer haben volle Entscheidungsfreiheit. Trotzdem. Wendy fragt sich, wie der Papa sich so als Besitzer des Labels gefühlt hat: Fühlt man sich mächtig, wenn man so ein Label hat? Oder hat man Angst, liegt in ruhigen Momenten hier auf dem Bett, mit geschlossenen Augen, und geht die Termine durch, die man die Woche noch wahrnehmen muß?

Das Wohnzimmer! Das Wohnzimmer ist geradezu ideal

für kleine gepflegte Feiern. Papa hat hier oft kleine gepflegte Feiern mit Künstlern vom Label veranstaltet. Die *KOPs* waren hier, Tau war hier, und man hat auf den Erfolg des neuen Albums angestoßen. Der Papa ist oft mit dem Handy hier durch die Wohnung gegangen, Wohnzimmer, Flur, Schlafzimmer, Flur, Wohnzimmer, hat wichtige Gespräche geführt. Romy hielt sich die ganze Zeit über im Hintergrund. Lauerte. Hier ein Scheinchen für das neue Outfit, hier eine Überweisung für das neue Demo. Zunge raus – schnapp! Geld weg. Romy, die Schlange. Obwohl das Bettzeug frisch gewaschen ist, haben vorhin noch ein, zwei lange schwarze Haare darin gelegen, Romy-Haare; wahrscheinlich überall in der Wohnung, auf dem Teppich, auf dem Boden: ihre Schuppen, klein und spitz und glitzernd, wenn die Sonne hier in der Früh reinscheint.
Im Morgenlicht vorhin auch besonders auffallend: die hellen Umrisse an der Wand, die Abdrücke auf den Teppichen, dort, wo einmal Sachen von Romy standen, Bilder, Möbel und so weiter, die sie bei ihrem Auszug mitgenommen hatte. Das Atelier zum Beispiel ist bis auf den Schreibtisch, einen Stuhl und die Ottomane in der Ecke vollkommen leergeräumt. OK. Ein Foto steht da noch, auf dem Tisch, in einem silbernen Bilderrahmen, dieses Foto von Papa, wie er vielleicht 20 war, im Anzug, neben einer Frau, die, dem Aussehen nach, seine Mutter sein könnte. Die Nase, der Mund, das Haar. Wendy sollte nach Bildern suchen, um zu wissen, wie Costins Mutter, also Wendys Oma, ausgesehen hat. Im Hintergrund ist auf dem Foto ein Tisch mit Essen zu erkennen, ein Buffet, um das Leute stehen. Das Foto wird auf der Abizeugnisverleihung vom Papa aufgenommen worden sein. Papas Vater wird das Foto gemacht haben. Das Foto muß nach all den Jahren wichtig gewesen sein für den Papa. Vielleicht, weil er da besonders glücklich war. Vielleicht hat

er's angeschaut, wenn er gar nicht mehr wußte, wie seine Mutter ausgesehen hat, wenn er sie vermißt hat ...
Das Foto als unumstößlicher Beweis für die Realität.
Steht das nicht so bei Barthes? Genau. In den Aufsätzen, die Wendy in ihren Seminaren in Oxford gelesen hat. Ein Foto erinnert an einen Moment, der da war und jetzt weg ist, aber er war da, real, ebenso wie die Menschen vor der Linse. Das sagt Benjamin, das sagt Barthes, das sagt Sontag.
Wendy fühlt sich auf dem Bett einen Moment befriedigt, weil sie die gelernte Theorie auf das wirkliche Leben anwenden kann. Gleich darauf hat sie so fazitmäßig das Gefühl, daß es immer eine Schicht geben wird – sie nennt das, natürlich total dilettantisch: „das Reale" –, zu der sie wahrscheinlich nie vordringen wird, das, was im Kopf vom Papa so vorging, was er dachte, was er sah, wenn er die Augen zumachte.
Wenn sie sich morgen hier in der Wohnung alles angeschaut hat oder vielleicht noch später, wenn sie im Sommer aus Oxford zurückkommt, räumt sie hier mal alles um. Sie hat schon eine ziemlich genaue Vorstellung, wie das Wohnzimmer und das Atelier aussehen sollen.
Das kommt dorthin und das dahin.
Wendy öffnet die Augen und schaut an die weiße Zimmerdecke.

07

„Das ist Österreich."
Klaus ist von ihrem Bett aufgestanden, steht mit dem Teller in der Hand vor ihr, grinsend. Als sie mit dem Messer in die

noch dampfenden Salzburger Nockerln einsticht, um ihm ein Stück abzuschneiden, fallen sie in sich zusammen.
Es sind ihre zweiten Salzburger Nockerln. Die ersten hatte sie letzten Sommer mit Therese zu Hause gemacht. Therese hatte dabei noch immer das Kochbuch ihrer Mutter benutzt, das in Frakturschrift gedruckt ist und den obskuren Namen *Wiener Gasküche* trägt (zu allem Überfluß hieß der Autor auch noch O. Heß). Nur dieses Rezept, das Therese Wendy auf einem Zettel aufgeschrieben hat und dessen Anweisungen Wendy den ganzen Nachmittag über, unten, in der Gemeinschaftsküche, peinlich genau befolgt hat, führt auch zu eben jenen Salzburger Nockerln, die Wendy seit ihrer Kindheit gewohnt ist und die sich im Geschmack von den Salzburger Nockerln, die man im Restaurant serviert bekommt, deutlich unterscheiden, ohne daß Wendy genau sagen könnte, wie.
Wendy balanciert mit Messer und Gabel ein Stück Salzburger Nockerln auf den Teller von Klaus und sagt: „Salzburg."
Dieser Wortwechsel ist codiert.
Klaus von der FU Berlin schreibt seine Thesis über den Einfluß der österreichischen auf die britische Gegenwartsliteratur. Auf der Party am Samstag, auf der Jeremias, einer ihrer Kommilitonen, Wendy Klaus vorgestellt hatte, hatte Klaus nach einer Weile begonnen, von den Vorzügen Österreichs zu labern, die Seen, oh, die Süßspeisen, ah. Wendy hatte mit eingestimmt, weil sie plötzlich Heimweh bekommen hatte.
Als Klaus dann aber damit anfing, wie sehr Deutschland doch eigentlich Österreich bewundere – Deutschland fühle sich minderwertig, deshalb Ösi-Witze, schon seit Jahrzehnten, es gebe da sogar eine Magisterarbeit, *Der Ösi-Witz*, von einem Typen in Heidelberg, in Deutschland werde damit die Trennung von Österreich verarbeitet, so Klaus' Theorie,

die Trennung von der kleinen Schwester sozusagen – Freud, genau –, mit der es sich vereinigen wolle, Deutschland mit Österreich, Wendy verstehe (Klaus: Blick in Wendys Augen) –, da hatte Wendy Klaus dummerweise schon zu einer kleinen Runde bei sich zu Hause eingeladen, obwohl inzwischen, trotz zweier Pints britischen Bieres, Wendys in vier Jahren Studium angeeignete und wahrscheinlich auch noch im Schlaf abrufbare Textanalysefähigkeiten sie zu dem Schluß haben kommen lassen, daß Deutschland für Klaus, Österreich für sie, Wendy, die Seen für ihre körperlichen Reize und die Süßspeisen für den Sex mit ihr standen, Klaus würde sie gern „vernaschen".
Mit „Salzburg" widerspricht Wendy Klaus, ohne unhöflich zu sein, und gibt ihm zu verstehen, daß er die anzüglichen Anspielungen seinlassen soll.
Dieter aus Freiburg, der im Schneidersitz neben Klaus auf Wendys Bett sitzt, schaltet sich ein. Er fragt, ob er noch ein Stück haben könne, und lächelt dabei, zum ersten Mal an diesem Abend. Dieter steht auf Wendy. Genau so hat er ihr das mal nach dem Seminar gesagt.
„Wendy?"
„Ja?"
„Ich steh auf dich."
Rote Birne. Bodenblick. Und weg war er.
Wendy war geschockt gewesen. Weil Dieter sonst im Seminar immer einen ganz normalen Eindruck gemacht hatte, nie um einen klugen Beitrag verlegen, auch sonst durchaus charmant und witzig. Alles Staffage also. Wenn es ans richtige Leben kam, dann wußten solche Typen halt nicht Bescheid.
Wendy denkt jetzt, während sie ein weiteres Stück aus den Salzburger Nockerln schneidet, Klaus ist ein Süßer. Wendy hätte gerne nach dem Seminar mit ihm Kaffee getrunken

oder so, er hätte sie ruhig noch mal was fragen können, „Wollen wir mal ins Kino gehen", oder „Wendy, was machen eigentlich deine Eltern?" Aber seit seiner Aktion war er ihr aus dem Weg gegangen und hatte auch keinen besonders erfreuten Eindruck gemacht, als Wendy ihn zu sich einlud. Insofern deutet Wendy jetzt seine Nachfrage und sein Lächeln dahingehend, daß es ihm hier gefällt und er doch weiterhin an ihr interessiert ist.

Dieter hat ein Loch in seinem rechten Strumpf. Die Tür ist aufgerissen worden. Caesar hat gerufen: „Guys, you gotta watch the game."

Klaus schaut Wendy und Dieter an, er fragt: „Are we going?"

Wendy sagt: „We could."

Allgemeiner Aufbruch mit dem Teller in der Hand Richtung Aufenthaltsraum im Erdgeschoß des Graduate Wohnheims. Dieter geht mit Caesar voraus. Wendy scannt.

Weil in zwei Wochen Abgabe der Thesis ist, kann sie zur Zeit nur schwer abschalten, arbeitet innerlich auch in ihrer Freizeit an ihrem Thema. Seit einem halben Jahr sitzt sie jetzt schon an der Entwicklung einer weiblichen Software, das heißt einer Software zur Beantwortung der Frage: Wann ist ein Text weiblich? Die Software hat Wendy *Gertrude* nach Gertrude Stein genannt, kurz *Gerti*. Den ganzen Tag sitzt Wendy vor ihrem grünen Retro-Apple-Laptop und spricht Signalwörter ein, Symbole, die Hinweise auf eine geschlechtliche, in diesem Fall: weibliche Konnotation eines Textes geben könnten. Da wären Tiere: Katzen, Kitze, Stuten; Früchte: Birnen, Melonen, Feigen; da wären Farben: rot, rosa, gelb und lila. Wendy spricht Figurenkonstellationen ein: Mutter tot, Vater lebt, die bewunderte große Schwester, die bewunderte Freundin. Wendy programmiert die Butch, Wendy programmiert die Dyke, Wendy bestimmt: Was weist auf eine weibliche Syntax hin? Übermä-

ßiger Gebrauch der Konjunktionen „und" und „oder", Interjektionen, Emily Dickinsonsche Gedankenstriche, Auslassungszeichen.
Wenn Wendy in diesem Moment auf das typisch männliche Vokabular Caesars und Klaus achtet – allein jetzt, innerhalb der letzten Minute, unglaubliche zwölfmal der Gebrauch der Apostrophe „man"! Sowie dreimal der Apostrophe „guys", ganz zu schweigen von dem Gesprächsthema, dem männlichsten aller Spiele, American Football; dazu noch, als Steigerung, ein Wettbewerb, der Superbowl heißt! – und aus dem Augenwinkel den typisch effeminierten Dieter beobachtet – schmächtig, Rehaugen, dazu Bewegungen, die geschmeidig genannt werden können: Statt breitbeinig wie Caesar zu gehen, tippelt Dieter –, dann ist das sozusagen die Feuerprobe für Wendys Software; dafür, ob die Kriterien, die Wendy *Gerti* beigebracht hat, auch tatsächlich stimmen, das heißt in echt anwendbar sind.
Dieter sagt: „I really liked your Salzburger Nockerln."
Wendy sagt: „That's very nice, thank you. I spent the whole afternoon in the kitchen and nobody seems to have noticed that."

08

Und sie tritt aus dem Büro ihrer Professorin, Frau Schauber, für Wendy Ines, ihre künftige Doktormutter, auf den Flur, sie hat eben erfahren, daß sie, wenn sie möchte, auf eine Forschungsstelle an die Humboldt nach Berlin gehen und dort *Gerti* weiterentwickeln könne, und ihr wird klar, daß sie, wenn sie jetzt Esther sieht, die von der Wartebank aufsteht und sie anlächelt, nicht mehr so tun kann, als sei

noch immer alles so wie früher zwischen ihnen, und sie nimmt jetzt trotzdem Esthers Hand, weil sie noch nicht weiß, wie sie es ihr sagen soll.
Früher, das heißt vor Oxford – Wendy erscheint das schon so lange her –, früher, da sind sie wie Zwillinge gewesen: dieselben Seminare, dieselben Noten, seit dem zweiten Semester unzertrennlich, immer gemeinsam unterwegs, gemeinsam im Urlaub, Wandern in Irland, gemeinsamer Vortrag auf dem *LLC* (*Lesbian Literature Congress*) in München, Wendy: Teil 1 (Theorie), Esther: Teil 2 (Textanalyse), ähnliche Klamotten, die sie, weil sie dieselbe Größe haben, regelmäßig tauschten, seit zwei Jahren gleicher Kurzhaarschnitt, zudem kommen sie, wenn sie miteinander schlafen, schon seit ihrem ersten Mal, damals in Esthers Bude, immer gleichzeitig.
Aber seit Oxford hat sich eben einiges geändert ... Denn obwohl sich sowohl Wendy als auch Esther faktisch im zehnten Semester befinden, ist Wendy Esther jetzt ein Jahr voraus, weil Esther erst im Herbst ihre Magisterprüfung haben wird, Wendy aber in Oxford in drei monsterstressigen Trimestern ihren Master absolviert hat. Das ist gerecht. Wendy hat in einem Jahr die Arbeit gemacht, die sie sonst in zwei Jahren gemacht hätte. Esther war in Salzburg geblieben, weil sie, im Gegensatz zu Wendy, ihre Hilfskraftstelle bei Ines nicht einfach so aufgeben wollte. Man habe nicht so viele Connections sonst, so Esther. An Esther kann Wendy sehen, wie ihr, Wendys Leben, in diesem einen Jahr verlaufen wäre, hätte sie sich gegen Oxford entschieden: Bis auf den Unterschied, daß Esther in ihrer eigenen Bude wohnt und nie ihre Eltern in Wien besucht, mit denen sie, seit sie 18 ist, nichts mehr zu schaffen hat, wäre Wendys Leben das Esthers gewesen.
Vor allem aber hat *Gerti* dazu geführt, daß Wendy sich

selbst plötzlich anders wahrnimmt. Als sie zwei Wochen lang Schilderungen diverser weiblicher Kleidungsstücke in ihren Retro-Apple eingegeben hatte, hatte sie eines Abends Lust bekommen, so zu tun, als sei sie Leslie, die Heldin aus dem gleichnamigen NY-High-Society-Enthüllungsroman. Auf einem Ball der foreign students hatte sie sich zum ersten Mal seit fünf Jahren die Beine rasiert und ein Kleid getragen, ein Kleid à la Leslie: scharlachrot, kurz, mit Ausschnitt. Sie hatte Leslie-like mit einem US-Akzent gesprochen und zuerst mit einer Portugiesin, dann, wie Leslie, mit einem Schwarzen, der tatsächlich aus Brooklyn stammte, geflirtet.

Den ganzen nächsten Morgen hatte sie mit Heulkrämpfen im Bett verbracht. Sie hatte all das über Bord geworfen, für was sie und vor allem Esther gestanden und zumindest an der Uni sowie im *Verein der lesbischen Frauen Salzburgs* gekämpft hatten. Für einen Abend war sie eine von „jenen" gewesen, „jene", die kritik- und damit charakterlos die patriarchalische Ordnung bedienten, „jene", die sich genauso kleideten und verhielten, wie Mann sich das eben so vorstellt.

Esther hatte sie beim täglichen Telefonat lieber nichts davon erzählt, so sehr schämte sie sich. Aber dann war sie wenig später beim Shoppen mit Björk, einer Austauschstudentin aus Rom, nicht, wie sonst immer mit Esther, in die Herren-, sondern in die Damenabteilung gegangen und hatte sich, wie sie beim Zahlen feststellte, genau die Klamotten-Kombi gekauft, die das garantiert heterosexuelle oder – wenn überhaupt, dann nur aus Modebewußtsein – temporär bisexuelle Lolita-Model trug, das auf dem Poster über der Kasse hing; ja, wie sie dann die grüne Strumpfhose, den kurzen Jeansrock und das gelbrosa gestreifte Top trug, hatte sie sich sogar leicht sexuell erregt gefühlt.

Seit Wendy wieder zurück ist, hat sie mit Esther noch nicht über diese Veränderungen gesprochen. Auch Esther hat bislang nichts über Wendys neues Outfit gesagt, wahrscheinlich hat sie selbst schon bemerkt, was los ist, und weiß, daß eine Aussprache jetzt den letzten Rest von dem zerstören würde, was einmal war.
Wie in der Vergangenheit checkt Wendy Esthers und Esther Wendys Gesicht, nachdem sie aus dem Bus gestiegen sind, wischen sie sich gegenseitig den dunkelbraunen Lippenstift von der Wange, gehen nicht mehr Hand in Hand die Straße entlang, in der Wendy mit Therese wohnt. Bei Therese, bei der sie, wie schon oft zuvor, zum Mittagessen eingeladen sind – es wird Gulasch und Nockerln geben –, werden sie wieder nur (*nur* in Anführungszeichen) beste Freundinnen sein. Therese hat schon genügend Sorgen. Zu wissen, daß ihre Tochter, ihre kleine Wendy, lesbisch ist und einmal keine Enkel auf ihrem Schoß sitzen werden, würde, so Wendy zu Esther, Therese das Herz brechen. Das versteht auch die ansonsten in solchen Dingen doch recht rigorose Esther und spielt mit. Gehen sie zur Versammlung des *Vereins der lesbischen Frauen Salzburgs*, gehen sie für Therese ins Kino. Schreibt Wendy eine Seminararbeit über *Das Motiv der Vagina in Goethes frühen Gedichten*, schreibt sie offiziell eine Seminararbeit über Goethes Liebeslyrik. Bleibt Wendy bei Esther über Nacht und schläft mit ihr, haben die beiden sich für Therese einen netten Videoabend gemacht, so wie sie selbst mit ihren Freundinnen früher auch.

09

Der Cursor blinkt noch immer hinter der Frage, die sie gerade diktiert hat, „Wie hat euch ‚Kubla Khan' gefallen?"
Sie wartet auf die erste Antwort; in der kleinen Box oben rechts wird angezeigt, daß alle Teilnehmer ihres virtuellen Einführungskurses in die englische Literaturwissenschaft anwesend, das heißt online sind.
Sie weiß schon. Peter mit dem User-Namen *Pirat12*, den sie sich als etwa 1,80 groß, leicht dicklich, mit Brille, Zigarette im Mund, Marke: Nerd, vorstellt, wird wieder als erster einen ehrlichen, aber nicht unbedingt qualifizierten Kommentar schreiben, geil, scheiße, et cetera.
Das ist gut! Das bricht das Eis. Sie hat nach einem halben Jahr virtuellem Einführungskurs ein gewisses pädagogisches Fingerspitzengefühl entwickelt. Was man tun muß, damit. Wie man fragen sollte, daß. Ziemlich viel hat sie auch von ihrer Kollegin: Xin, die merkwürdigerweise genauso alt ist wie sie, aber schon kurz vor dem Abschluß ihrer Dissertation über die Figur des Dritten in Shakespeares Königsdramen steht. Wie hat Xin das gemacht? Die detaillierte Gedichtanalyse mit Durchdeklinierung, Auflistung sämtlicher Stilmittel sowie Kurzinterpretation – die sie schon bereitgestellt hat und dann, wenn dieses einleitende Fragespiel vorbei ist, peu à peu in die Chat-Box kopieren wird –, die hat sie von Xin.
„Hat mir gut gefallen", erscheint da auf Wendys Bildschirm, begleitet von einem elektronischen Glissando aufwärts. *Keats3* alias Ali irgendwas schreibt das. War ja klar. Entweder tatsächlich ein Romantik-Fan, der Rüschenhemden trägt und die Coleridge-, Keats-, Byron-Gesamtausgabe besitzt. Oder nur ein Schaumschläger.
Wendy würde in diesem Moment *Keats3* alias Ali irgendwas

gerne sehen. Wendy findet es gut, daß ihre virtuelle Klasse sie in diesem Moment nicht sehen kann. Wendy hat sich vor einer halben Stunde, nach einer Nachtsession mit *Gerti*, aus ihrem Bett ins Atelier gequält. Ihr Haar ist zerzaust. Sie trägt den Flanell-Pyjama mit Affengrinsegesichtaufdruck, den sie neulich in einem Anflug von Nostalgie in einem Laden in Kreuzberg gekauft hat, weil sie früher, als der Vati noch lebte, genau so einen superbequemen Flanell-Pyjama mit Affengrinsegesichtaufdruck besessen, heiß geliebt, aber dann irgendwann verloren hat ... Sie hat an dem Tag, an dem sie ihn nicht mehr finden konnte, sehr geweint, das weiß sie noch ...
Sie ist gerade in einer komischen Stimmung, was entweder von *Gerti* und der Nachtsession herrührt oder von ihrer Periode. Wahrscheinlich hat sie wieder Pickel auf der Stirn. Sie hat noch nicht geschaut.
Marco Moreno schreibt: „Mir ist nicht klar, worum es in diesem Gedicht geht. Ist das ein Opium-Rausch? Ein Schöpfungsmythos?" Gesicht mit Fragezeichen.
Wendy könnte Dummheiten machen ... Sie könnte kurz ihr Flanell-Pyjama-Oberteil mit Affengrinsegesichtaufdruck hochziehen, ihre Brüste schütteln, und keiner würde es merken ... Sie zieht kurz ihr Flanell-Pyjama-Oberteil mit Affengrinsegesichtaufdruck hoch und schüttelt ihre Brüste.
Rapunzel8 schreibt: „Die Schlußverse sind fantastisch."
Wendy läßt den ersten Baustein von Xins Gedichtanalyse, die sie wahrscheinlich auch nur von irgendeiner CD-Rom oder von ihrem Vorgänger abgeschrieben hat, auf dem Bildschirm erscheinen.
Wendy überlegt, was sie in exakt 76 Minuten machen wird, wenn sie offline geht und den Retro-Apple auf Standby schaltet. Sie wird sich anziehen. Irgendwas Schickes. Ein-

fach so. Etwas Mörderschickes. Weil sie sich danach fühlt. Dann einkaufen. Dann mit Esther telefonieren. Esther. Die Situation hier – Esther in Salzburg, Wendy in Berlin – hat ihrer Beziehung gutgetan. Wenn sie am Telefon reden, ist das fast genauso schön wie früher, als sie in wirklich redeten. Wenn sie sich einmal im Monat sehen, ist das noch schöner und intensiver als früher, als sie sich jeden Tag sahen. Die Behauptung, daß man sich in einer Fernbeziehung auseinanderlebt, weil man nichts mehr gemeinsam unternehme, ist falsch. Wendy vereinbart mit Esther zum Beispiel regelmäßig, daß sie sich beide bis zum nächsten Telefonat einen bestimmtem Film angesehen, daß sie bestimmte Bücher gelesen haben werden. Über die können sie dann sprechen. Erfahrungen austauschen. Ja, manchmal machen sie sogar den genauen Zeitpunkt aus, wann sie beide – 600 km voneinander entfernt und trotzdem zusammen – den jeweiligen Film ansehen, den jeweiligen Text lesen werden. Sitzt Wendy dann in Saal Drei des neuen Multiplex in Mitte in der neuen Verfilmung von *Pride and Prejudice* und sieht, wie Elizabeth Bennet Mr. Darcy von der Seite ansieht, weiß sie, Wendy, daß Esther genau in diesem Moment in Saal Acht des neuen Multiplex in Salzburg sitzt und sieht, wie Elizabeth Bennet Mr. Darcy von der Seite ansieht. Und natürlich die Option Telefonsex. Während Wendy masturbiert, hält sie die Kamera des Handys über ihre Brüste, ihren Bauch, den Finger in ihrer Vagina, ihr Gesicht und stöhnt ins Mikro des Headsets. Das Handy hat sie an ihre Plasma-Wand angeschlossen. Wendy sieht Esthers Brüste, ihren Bauch, den Finger in ihrer Vagina, ihr Gesicht, aus den Boxen hört sie Esther stöhnen, was sie am meisten anturnt. Sie schließt dann meistens die Augen, hört nur noch diesem Stöhnen zu und spürt die wachsende Wärme und Helle in ihrem Brustkorb.

Wendy hat noch nicht aus dem Fenster geschaut. Aber der Wetterbericht hat vorhin gesagt, es seien heute in Berlin 21 Grad und es sei wolkenlos. Sie wird am Nachmittag joggen. Ihre Runde. Das wird ihr guttun. Sie stellt sich vor: die Luft ... die Vögel ... das Grün ... den blauen Himmel ... nach dem Joggen fühlt sie sich immer befreit ...

10

Beim Joggen im Park von Schloß Charlottenburg, an den Bäumen vorbei, an denen schon die ersten grünen Blätter zu sehen sind – und die Vögel! und die Luft! –, denkt sie, daß die Situation hier, die Arbeit an der Dissertation, die Einführungskurse, sie hier, Esther in Salzburg, daß das alles, obwohl das im Moment OK und schön ist, nur eine Übergangsphase ist, nach der dann, in ein, zwei Jahren, ihr *richtiges* Leben beginnt.

11

Sie sitzt der Mama in der Küche gegenüber, die Mama erzählt was – Wendy achtet nicht darauf, was. Wie oft hat sie sich im Apartment in Berlin, nachts, vor dem Einschlafen, während der Arbeit an *Gerti*, im Oberseminar vorgestellt, wie sie hier der Mama in der Küche gegenübersitzt, das graue Haar der Mama, ihr Gesicht, der Waschmittelgeruch ihrer Bluse, die Kerbe in der Mitte des Küchenholztisches! Wie oft hat sie die Augen geschlossen und ihre Mutter im beigen Morgenmantel gesehen, wie sie, bevor sie schlafen geht, noch mal ins Wohnzimmer kommt, ihr, Wendy, einen Gutenachtkuß auf die Stirn gibt und sagt, sie solle nicht vergessen, wenn sie mit dem Lesen fertig sei, das Licht auszumachen!

Wie bei jedem Besuch in Salzburg ist Wendy ein wenig beunruhigt, weil die Mama so einen einsamen Eindruck macht; ihr fehlen die Kinder in der Schule, weiß Wendy, die Kollegen; statt dessen malt sie Bilder, Öl, Landschaften, Salzburg, Objekte in der Wohnung, nicht schlecht, soweit Wendy das beurteilen kann; die Mama malt nur für sich, und sie, die Mama, denkt daran, daß sie eigentlich mal auf der Akademie freischaffende Künstlerin werden wollte, sie hatte ja auch ein paar Ausstellungen, damals; sie denkt an das Leben, das *auch* hätte sein können, weiß Wendy und hat ein schlechtes Gewissen und muß sich doch immer wieder sagen, daß sie es hier keine Woche aushalten würde, so schön es auch gerade ist.

Und Esther. Wie oft hat sie sich danach gesehnt, vor Esthers Wohnungstür zu stehen ... Esthers freudestrahlendes Gesicht ... ihre Lippen ... ihre immer leicht rauhen Lippen mit Nikotingeschmack ... faule Sonntage zu zweit im Bett ... wo sie schon so oft in der Vergangenheit ganze Nachmittage mit Diskussionen verbracht haben ... wo sie sich geliebt haben ... den österreichischen Dialekt im Ohr und nicht dieses Berliner Gebell ... Hand in Hand durch Salzburg gehen, auf dem Weg zu ihrer Stammkneipe, den *Kuttenkeller*.

12

Sie liegt auf dem Rücken im Bett. Durch das geöffnete Fenster dringt von draußen der Straßenlärm, eine Autoalarmanlage, Kinder, die spielen. Sie hat den rechten Arm über ihren Kopf gelegt. Sie atmet gleichmäßig.

13

„Das sollte also das letzte Mal sein. Walter konnte seine Trauer kaum verbergen. Kaum, daß er einen Satz herausbrachte. Er schämte sich dafür, daß seine Stimme zitterte. So wie Elsbeth da vor ihm stand, so wollte er sie sich einprägen und für immer im Gedächtnis behalten. Für immer - denn falls er nicht einmal doch nach Amerika kommen sollte, was er für nicht recht wahrscheinlich hielt, würde er Elsbeth, *seine* Elsbeth, mit der er so oft im Heu gelegen hatte, mit der er die Kühe gehütet hatte und der er im Sommer oben am Waldbach seine Liebe gestanden hatte, nie wiedersehen. Warum hatten es sich ihre Eltern auch in den Kopf gesetzt, es den vielen anderen im Dorf gleichzutun und auszuwandern? Und warum war seine Familie nicht wohlhabend genug, so daß er um Elsbeths Hand hätte anhalten können?“

Wendy hört zu diktieren auf. Sie lehnt sich zurück und schließt die Augen.
Wie schon die letzten Tage und Nächte sieht sie auch jetzt Esthers Gesicht vor sich.
Esther, die weint, als Wendy ihr sagt, sie glaube, es habe keinen Sinn mehr mit ihnen.

„‚Meine Elsbeth!‘ und immer wieder ‚Meine Elsbeth!‘, seufzte er, als er sich herunterbeugte und sie ihre zarten Arme um ihn schlang. Es war ihm, als müßte er vergehen. ‚Walter! Mein Walter!‘, hörte er sie schwach.“
Wendy löscht „schwach“ und diktiert: „hauchen. Noch einmal berührten sich ihre glühenden Lippen. Und während sie so standen, spürte er, wie ihr Herz an seiner Brust schlug, schnell und heftig, als wäre es sein eigenes.“

Wendy hört zu diktieren auf.
Im Lauf der letzten zehn Jahre haben sich ziemlich viele solcher Mitten von potentiellen Romanen in ihrem Retro-Apple angesammelt. Meistens zwei, nie mehr als zehn Seiten. Wendy findet sich gerade ganz schön inkonsequent. Sie denkt: Irgendwie setze ich mich immer spontan hin und schreib los und verlier dann das Interesse daran, und bevor ich etwas fertigmache, fange ich lieber was Neues an, ich hasse das, ich hasse das, ich hasse das.
Während ihrer Jane-Austen-Phase vor acht Jahren hat sie immer wie Jane Austen, während ihrer Gertrude-Stein-Phase vor drei Jahren hat sie immer so wie Gertrude Stein geschrieben. Zur Zeit geht ihr die Handlung und der Stil so eines Retro-Heimat-Machwerks namens *Das Taschentuch, mit dem sie winkte* nicht aus dem Sinn, das sie für die Zugfahrt am Bahnhof in Salzburg kaufte, weil sie irgendwas nicht so Anspruchsvolles brauchte, etwas, das sie ablenkte, von dem, was geschehen war.

14

Am 16. März um 18:37 Uhr trägt Wendy zum ersten Mal seit 10 Jahren wieder Lidschatten und Wimperntusche auf, schlüpft in ein glitzerndes Top, einen roten Faltenrock, knielange, ebenfalls rote Schnürstiefel, die sie eigentlich mit 19, nach ihrer wilden Zeit, abgelegt hatte und die jetzt gerade wieder in sind, checkt noch mal ihr Outfit im Badezimmerspiegel, während sie kurz, damit sich der rosa Lippenstift verteilt, die Lippen aneinanderreibt und sich selber „Wie heißt du denn? Du siehst toll aus!" ins Gesicht sagt. Wendy tanzt den ganze Abend mit Tove. Wendy verknallt sich in Tove und fühlt sich wie ein junges Mädchen. Tove ist Fotografin und macht bei sich zu Hause Aktaufnahmen von Wendy. Wendy und Tove fahren nach Helsinki. Es schneit. Wendy und Tove streiten sich den ganzen Tag. Wendy trennt sich von Tove. Wendy trifft Luciano. Luciano ist Wendys große Liebe. Sie freut sich den ganze Tag darauf, Luciano zu sehen. Für Luciano nimmt sie sechs Pfund ab und geht regelmäßig ins Fitneßstudio. Luciano ruft Wendy nicht mehr zurück. Wendy weint. Wendy vertreibt sich ihre Zeit mit Tiger. Tiger, deren richtigen Namen Wendy nie erfährt, ist der Ersatz für Luciano. Wendy und Tiger kiffen zusammen. Wendy beträufelt Tiger beim Sex mit heißem Wachs. Tiger peitscht Wendy. Wendy: „Ah." Wendy und Tiger fahren nach Rom. Es ist sehr warm. Wendy und Tiger streiten sich den ganzen Tag. Wendy ruft Tiger nicht mehr zurück. Wendy trifft Hans-Dieter. Hans-Dieter hat einen Job beim Frühstücksfernsehen, sieht gut aus und ist herrlich sarkastisch. Hans-Dieter ist der Mann, von dem Frauen träumen. Wendy wünscht, sie hätte Hans-Dieter erst in vier Jahren getroffen, wenn sie selbst schon ein wenig weiter ist. Hans-Dieter stellt Wendy seinen Eltern vor. Wendy stellt Hans-Dieter ihrer Mutter vor. Hans-Dieter macht Wendy auf einer Parkbank in Grunewald einen Heiratsantrag. Wendy wehrt ab. Hans-Dieter ist tief getroffen. Wendy und Hans-Dieter trennen sich in gegenseitigem Einvernehmen. Am 16. April, um 11:17 Uhr, setzt sich Wendy in ihrem Lieblingsschlabberpulli und ihrer bequemen, aber, wie Wendy weiß, nicht sehr kleidsamen Jeans an den Schreibtisch und schaltet den grünen Retro-Apple ein, um vor der Abgabe nächste Woche die *Gerti* beigefügte Bibliografie zu überprüfen.

15

Wendy denkt: Das ist ganz schön unheimlich jetzt. Dr. Stefan auf dem Stuhl neben ihr kann Gedanken lesen. Er hat heute schon lauter Sachen gesagt, die Wendy kurz zuvor gedacht hatte.
Gerade hatte sie gedacht: Du trägst aber einen schönen roten Pulli, Jennifer. Genauso. Mit Anrede: Jennifer. Und direkt im Anschluß hat Dr. Stefan „Sie tragen aber einen schönen roten Pulli, Frau Douglas-Fähnrich" gesagt.
Der Gedanke, daß Dr. Stefan Wendys Gedanken lesen kann, ist auch deshalb so unheimlich, weil sich Wendy von Anfang an – schon als ihre Professorin Ulla Hassel, für Wendy Ulla, Dr. Stefan empfahl und ihn mit leuchtendem Blick als *distinguished gentleman* beschrieb, dann, als Wendy ihn zum ersten Mal in seiner Kanzlei mit seinem sorgfältig linksgescheitelten Haar, groß, nach Kölnisch Wasser duftend, im Nadelstreifenanzug sah, wie er sich hinter seinem Schreibtisch zum Gruß erhob und sie seine sonore Bariton-

Stimme hörte – zu Dr. Stefan, der eigentlich seinem Aussehen und Benehmen nach besser ins späte 19. Jahrhundert passen würde, hingezogen fühlt –, dies aber in keinster Weise in erotischer Hinsicht: Dr. Stefan verkörpert für Wendy vielmehr den Prototyp einer väterlichen Figur. Wendy hat Zutrauen zu Dr. Stefan.

Nach der Disputatio, die sie mit summa cum laude bestanden hatte, hatte sie jemanden gesucht, der ihr mit *BIBO* helfen könnte, weil sie einerseits den Verdacht hatte, daß sie von Jennifer und Jo bei der Abrechnung übers Ohr gehauen wird. Andererseits will sie wissen, ob es trotz Costins Testament möglich ist, den Laden zu verkaufen. Sie könnte dann ihr Leben leben, das heißt so leben, wie sie sich das vorstellt; müßte nicht den ganzen Zirkus mit Assistenten-Stelle in Sieweißnichtwomandahalthinkommt mitmachen, sondern könnte frei forschen, ab und zu ein wissenschaftliches Buch veröffentlichen, im Sommer auf dem Balkon in ihrer Wohnung hier, in Berlin, sitzen und die Beine aufs Geländer legen, eine ihrer Romanmitten vervollständigen und Therese den Urlaub in Thailand bezahlen, den sie sich schon so lange wünscht.

Jennifer und Jo drucksen gar nicht herum und schauen auch gar nicht verlegen an Wendy und Dr. Stefan vorbei, so wie Wendy sich das noch gestern vor dem Einschlafen vorgestellt hatte. Jo hat eben Dr. Stefan ins Gesicht gesehen und „Ja" gesagt.

„Wir haben das ja schon in unserem letzten Jahresbericht geschrieben." (Hat Wendy gar nicht gelesen. Oops.) „Wir haben *BIBO* zwar im Sinne Costin Wallners weitergeführt, also weiter neue Alben mit den alten Artists gemacht und überlegt, hätte das Costin gefallen et cetera. Dabei haben wir aber, wenn ich das so sagen darf, aufs falsche Pferd gesetzt. Auch war der Trend in den vergangenen zehn Jahren:

Weg von den Majors, hin zu den Indies. Das bedeutete: Der Markt für die Indies hat zunächst expandiert. Dem verdanken wir ja auch unsere Existenz. Dann ist es aber zur Übersättigung gekommen. Der Markt ist eingebrochen. Viele Indies haben fusioniert. Eine Fusion hätte uns vielleicht Auftrieb gegeben. In Costins Testament steht aber eine Klausel, die jede Fusionierung untersagt."

Dr. Stefan nickt.

Jennifer sagt: „Finanziell halten wir jetzt so gerade die Stange. Die Gewinne sind zur Zeit so, daß wir die alten Alben weiter auflegen können. Ab und zu können wir einen neuen Artist holen, wo wir dann hoffen: Das ist die Rakete."

Jo hat Dr. Stefan und Wendy einen geöffneten Aktenordner über den Schreibtisch geschoben und gesagt: „Hier. Da steht alles drin. Bilanzen, Verträge und so weiter und so weiter."

Dr. Stefan hat – Wendy denkt: Natürlich! – eine goldumrandete Halbbrille aufgesetzt und im Ordner zu blättern begonnen.

Wendy ist auf ihrem Stuhl hin und her gerutscht. Sie denkt: Jetzt schäm ich mich aber etwas.

Sie weiß, daß sie sich die Tage vor diesem Treffen hier was vorgemacht hat. Sie hat so getan, als sei sie noch immer die Wendy, die ganz in ihrer persönlichen postadoleszenten Wendy-Welt lebt. In der Wendy-Welt gibt es Verschwörungen, Firmen, die das Böse wollen, und Jennifer und Jo sind Oberintriganten mit fiesen Tricks und Heuchel-Mienen. In der Wendy-Welt ist Wendy die Prinzessin, die sich natürlich kein einziges Mal die *BIBO*-Berichte durchgesehen, die Files mit den neuesten Songs aus dem *BIBO*-Katalog angehört und sich auch nie mit *BIBO* identifiziert hat, wenn sie mal zufällig in einem Geschäft auf der Rückseite einer Me-

gadisc ganz unten *The Trustees of* C. *W.* las, obwohl doch damit, *The Trustees* (Plural), sie (Singular), die alleinige Besitzerin *BIBO*s, gemeint gewesen ist. Wendy denkt: O Gott, Wendy. Ihr ist schon die ganze Zeit klar gewesen, daß diese ganze Idee mit *BIBO* verkaufen, aus *BIBO* Geld rausholen, *BIBO* blablabla, daß diese ganze Idee eine Seifenblase gewesen ist und daß sie nicht frei forschen, nicht regelmäßig ein wissenschaftliches Buch veröffentlichen, nicht auf dem Balkon in der Sonne sitzen, Therese keinen Urlaub in Thailand zahlen und nicht *ihr* Leben, das heißt so, wie sie das gerne hätte, sondern ein anderes, eben das mit dem Assistentenstelle-Bewerbungs-Institutsintrigen-Zirkus führen wird.
Bei der Verabschiedung hat Jo gesagt, es habe trotz allem gutgetan, daß Wendy dagewesen war, auf dem Stuhl - er deutet auf den Stuhl, wo Jennifer gesessen hat - habe Costin immer gesessen, es sei derselbe Stuhl, der Raum sei jetzt der Konferenzraum, also eigentlich das Zimmer, für wenn sie mal Bands oder so zu Gast haben, früher sei es Costins Büro gewesen. Ja. Jetzt habe Wendy das auch mal gesehen, sie sei ja, wenn er sich richtig erinnere, noch nie hier gewesen.
Auf der Straße denkt Wendy: Hoffentlich denkt jetzt der Dr. Stefan nicht, was für eine Zeitverschwendung, für dieses überdrehte Töchterlein, eigentlich ist der ja auch ganz attraktiv, Altersunterschied und Vaterfigur hin oder her, hm.
Sie blinzelt Dr. Stefan an, dessen Kopf gerade die Sonne verdeckt.
Dr. Stefan sagt: „Gut. Ich werde mir dann mal die Unterlagen ansehen und Sie demnächst wissen lassen, wie es um *BIBO* bestellt ist. Grüßen Sie Frau Hassel von mir, wenn Sie sie sehen."

16

Sie hat sich lang gemacht, hat sich auf die Zehenspitzen gestellt und drückt die Klinke der Wohnungstür herunter. Zwei Gendarmen stehen vor der Tür. Sie erkennt sie an ihren blauen Uniformen und den komischen Mützen, die sie abgenommen haben und in der Hand halten. Da hat sie Angst gekriegt. Sie versteckt sich hinter der Mama, die schon durch den Flur gekommen ist. Sie steht hinter dem Rock der Mama, es ist ein roter Rock mit Blumen, den hat Therese gar nicht mehr, muß sie ausgemustert haben, denkt Wendy, sie steht hinter dem Rock und hält ihn mit den Händen fest und lugt ab und zu aus ihrem Versteck hervor.

Die Gendarmen sind gekommen, weil Wendy neulich Bonbons im *BILLA* gestohlen hat, sie wollte die Bonbons nicht stehlen, sie hat sie aus dem Regal genommen, und weder die Mama noch der Mann an der Kasse haben etwas bemerkt, und ihr ist erst nachher, in ihrem Zimmer, eingefallen, daß sie etwas Böses getan hat, und sie hat nicht einschlafen können, aber der Mama hat sie nichts gesagt und dem Vati schon gleich zweimal nichts. Die Gendarmen sagen, daß der Vati einen Unfall gehabt habe und daß es ihnen leid tue, und die Mama hat die Hände vors Gesicht geschlagen und einen ganz kurzen hohen Schrei gemacht, und die Gendarmen haben gesagt, daß der Vati tot sei.

Wendy sieht diese Szene noch immer vor sich … Sie kann sich noch genau an diese Bilder erinnern … Was dabei aber gesagt wurde, das ist ihr erst später von Therese erzählt worden, auch das mit dem Schrei. Als seien die Bilder Jahre später nachsynchronisiert worden.

17

Sie nimmt einen Schluck Wasser aus dem Glas. Das Glas hat da schon gestanden, als sie hereingekommen ist. Vielleicht haben daraus die beiden vor ihr, die aus Greifswald und der aus Regensburg, getrunken, wer weiß ... Sie spürt die Kohlensäure im Hals, prickelnd, und hofft, daß sie davon nicht in den folgenden 45 Minuten aufstoßen muß. Sie schaut auf die erste Seite ihres Skripts auf dem Bildschirm ihres grünen Retro-Apples.
„Meine Damen und Herren. ‚How digital are you?' lautet der Titel meines Vortrags."
Sie scrollt noch mal bis zum Schluß des Skripts, um sich zum dritten Mal heute zu vergewissern, daß es auch wirklich vollständig im Computer vorhanden ist.
Ihres Wissens gibt es erstaunlicherweise relativ wenige Aufsätze zum *Teddy*-Phänomen, das heißt der Verdrängung der Bücher in den letzten zwanzig Jahren durch *Texts on Discs*, im Volksmund: *Teddys*, vor langer Zeit auch *Hyper-Novels* genannt. Autoren sind kaum mehr in Papierform zu bekommen, zum Beispiel die Klassiker, Shakespeare, Austen, Joyce et cetera, sondern nur mehr in der *Teddy*-Version, als Shakespeare-*Teddy*, Austen-*Teddy*, Joyce-*Teddy*, et cetera.
Eigentlich hatte Wendy einen Vortrag halten wollen mit dem Titel *Lieben Sie Hayden? – Über die Unmöglichkeit der Darstellung von Geschichte*. Seit ihr Esther bei einem ihrer letzten Streite ins Gesicht geschrien hatte „Und weißt du, was mich am meisten ankotzt?? Du gehst einfach so durchs Leben, total unreflektiert, du denkst nicht mehr über deine Sexualität nach, und du denkst nicht darüber nach, wer du eigentlich bist, woher du kommst", seitdem hatte sich Wendy, vielleicht aus Trotz, für aktuelle Geschichtstheo-

rien zu interessieren begonnen. In ihrem Vortrag hätte sie die nach den Diskussionen über „den Fakt“ und „das Faktische“ in den letzten Jahrzehnten wieder in Mode gekommenen Thesen Hayden Whites aufgegriffen – die Geschichtsschreibung bedient sich fiktionaler Plot-Muster – und diese auf die neuesten Medien angewandt. Folgende Fragen beschäftigten sie: Was für einen Effekt hat die Verdrängung der Schrift- durch die Bildmedien auf die Geschichtsschreibung? Wenn heute Geschichte nicht mehr geschrieben, sondern, strenggenommen, *gesprochen*, nämlich diktiert, wird, kann man dann von einer neuen „oral culture“ und einem „Neuen Zeitalter des Mythischen“ sprechen? Leider war sie mit dem Thema nicht zu Rande gekommen, ihre Recherchen verschlangen viel mehr Zeit, als sie gedacht hatte, so daß sie schließlich doch auf Nummer Sicher ging und das wesentlich ungefährlichere, aber dankbarere Thema der *Teddys* wählte.
Der Herr vom Institut neben ihr, den sie nicht kennt, stellt sie vor, er spricht von ihr als Frau Wallner, was ihr noch immer einen kurzen Stich gibt, weil sie sich noch immer nicht hundertprozentig an ihren neuen Nachnamen gewöhnt hat, seit sie ihn nach ihrer Thesis, auf deren Titelblatt sie die Verfasserin mit Wendy Wallner angab, beim Einwohnermeldeamt in Salzburg anstelle von Scharnagl eintragen ließ.
Sie kann nur gewinnen. Eigentlich ist die Stelle eine Junior-Professur mit Schwerpunkt Medientheorie ... Also ist Wendy eben Medientheorie-Spezialistin und war Medientheorie eben eigentlich immer schon ihr Schwerpunkt und, das wird sie nachher im Gespräch mit der Kommission sagen, ihre heimliche Leidenschaft, obwohl der Vortrag hier strenggenommen ihre erste Arbeit über Medientheorie ist, die Programmierarbeit an *Gerti* mal nicht mitgerechnet.

Der Herr vom Institut hat aufgehört zu reden. Sie schaut von ihrem grünen Retro-Apple in die Runde der fünf Professoren der Kommission in den Bänken vor ihr, beugt sich zum Mikro und sagt: „Meine Damen und Herren."

18

Sie erinnert sich an das Glas Wasser, das genau hier rechts von ihr auf dem Rednerpult stand, sie hat von dem Sprudel aufstoßen müssen, während ihres Vortrags, und das ist peinlich gewesen, und sie erinnert sich an den grünen Retro-Apple, der sich genau da vor ihr befand, wo jetzt die Ausdrucke liegen, die sie gerade noch mal durchblättert, der grüne Retro-Apple, der fünf Minuten vor Schluß abstürzte, auch das megapeinlich, und sie schaut auf die Uhr an der Wand hinter ihr, Viertel nach, und schaut in die spärlich gefüllten Reihen, die Studenten, die alle noch ganz schön verschlafen aussehen, sie ist immer eingeschlafen in so frühen Vorlesungen, hat dabei sogar immer sehr gut und fest geschlafen, und sie sagt: „Guten Morgen, meine Damen und Herren, herzlich willkommen zur Einführung in die Medientheorie."

19

Sie schaltet die Stehlampe ein und macht einen Schritt zurück, um zu sehen, ob sie irgendwas vergessen hat, ob alles so OK ist, ob alles schön ist. Ihr fällt auf, daß die Sachen aus der Berliner Wohnung gut hierherpassen. Die Stehlampe

ist zwar nicht aus Berlin, sieht aber genauso aus wie die Stehlampe im Schlafzimmer in Berlin. Wendy hat sie hier im Möbelhaus gekauft, sie war, als sie sie dort entdeckte, für einen Moment irritiert, was macht die Stehlampe aus Berlin im Möbelhaus in Konstanz? Konstanz ist scheußlich, findet Wendy. Aber die kleine Wohnung und insbesondere ihr Wohnzimmer sind heimelig geworden. Das Regal aus dem Atelier steht hier im Wohnzimmer an der Wand, der Küchentisch ist der Eßtisch, der Australien-Quilt liegt darunter, besonders peppig auch: die Neger-Büsten, die sie in Berlin im Kellerabteil gefunden und die sie aufs Fensterbrett gestellt hat. Der Papa muß sie in einem Geschäft in Deutschland gekauft haben. Wendy zündet die beiden Kerzen auf dem Tisch an und öffnet ihr Haar.
Nein.
Beim ersten Date soll alles ganz casual und ungezwungen wirken. Alles soll sich so ergeben.
Sie bläst die Kerzen aus, läuft schnell ins Bad, um sich ihr Haar hochzubinden. Heiko muß jede Sekunde hiersein.

20

Sie schlägt das Buch zu, in dem sie gerade gelesen hat.
Sie kommt nicht voran.
Es ist schon Juli, und sie hat nicht viel mehr als das Thema und den Titel ihres zweiten Buches, the bloody second one. Thema und Titel: *Oh, Uncle! – Inzestuöse Beziehungen zum Onkel in der viktorianischen Literatur.* Sie wird ganz zappelig, sie kennt sich und weiß, was sie machen muß, wenn sie zappelig wird. Sie steht auf, sagt: „Oh, oh, oh“, geht in den Flur und möchte sich auf die Ottomane im Atelier legen, im

Dunkeln an die Decke starren, die Geräusche von der Straße draußen hören, als sie im Flur stehenbleibt, weil ihr eingefallen ist, daß ja das jetzt hier, die Berliner Wohnung, seit einem Monat eine WG ist, das Atelier ist nicht mehr das Atelier, sondern Theklas Zimmer, die Ottomane steht nicht hier, sondern in ihrem Schlafzimmer in Konstanz. Richtig! Eigentlich sollte sie auch nicht in Unterhose und knielangem Pulli aus ihrem Zimmer gehen, weil das vor Thekla nicht so gut kommen könnte, keine Ahnung, sie kennt Thekla noch nicht so gut. Aber Physikerinnen haben die Tendenz zur Spießigkeit. Thekla ist aus ihrem Zimmer gekommen, löscht das Licht hinter sich, schaut auf den Schlüsselbund in ihrer Hand, achtet gar nicht auf Wendy, zurechtgemacht hat Thekla sich, gut sieht sie aus.
Die Wohnungstür ist zugefallen. Wendy ist merkwürdig berührt. Sie hat eine Gänsehaut bekommen, vielleicht auch von dem kalten Luftzug aus dem Treppenhaus. Thekla scheint Wendy nicht gesehen zu haben, vielleicht ist Wendy unsichtbar, tot, und sie glaubt nur, daß sie noch lebt, was für ein Blödsinn. Das wirklich Merkwürdige ist aber, daß Thekla in diesem Moment, gerade eben, im Flur, Wendy an sich selbst, vor zehn Jahren vielleicht, erinnert hat, das hochgesteckte Haar, die Lederjacke, die Korallenkette, ja sogar das Profil, Nase wie Wendy, Kinn wie Wendy.
Wendy geht ins Bad, dreht das Licht an, beugt sich ganz dicht vor den Spiegel. Wendy sagt zur Wendy im Spiegel: „Du hast Zellulitis, Krähenfüße kriegste auch, und mit 40 haste 'nen Arsch wie Oma Hansen ausm Erdgeschoß.“
Wendy berlinert. Sie berlinert sonst nie –.

21

Neben Wendy ist Svetlana zusammengezuckt. Professor Moser, im Viereck gegenüber von ihnen, hat laut und barsch – *barsch*, that's the word, denkt Wendy – Svetlanas Präsentation des Proseminars über Shakespeares Tragödien, das sie im Sommersemester halten möchte, als inakzeptabel abgelehnt. Die von ihr geleistete Vorarbeit sei dilettantisch und einer promovierten Anglistin nicht würdig. Sie habe jetzt noch zwei Wochen, ein neues Konzept auf die Beine zu stellen, eine Leistung, die er ihr, man sei ja hier unter sich, man könne das ja sagen, nicht – *nicht* betont – zutraue.

Jeder hier im Raum, das kann Wendy spüren, kennt den tatsächlichen Grund für Professor Mosers Ausbruch. Svetlana ist Professor Pleutgens Assistentin. Professor Moser (C3) haßt Professor Pleutgen (C4). Professor Mosers Angriff auf Svetlana ist ein Angriff auf Professor Pleutgen. Professorin Steegers pflichtet jetzt Professor Moser bei, sie könne sich nicht vorstellen, wie auf der Basis eines solch windigen Konzepts den Studierenden das Nötige über Shakespeares Tragödien vermittelt werden solle. Das bedeutet also – Wendy wußte das bis jetzt nicht –: Auch Professorin Steegers ist gegen Professor Pleutgen. Dieser steht damit am Institut vollkommen isoliert da.

Jetzt wird gleich Professor Pleutgens Gegenschlag kommen, Professor Pleutgen, links von Wendy, ist knallrot angelaufen. Wendy hat ganz kurz unterm Tisch Svetlana über die Hand gestrichen, tröstend. Das Wort zu ergreifen und Svetlana zu verteidigen oder ähnliches – das traut sich Wendy nicht. Eigentlich müßte sie loyal zu ihresgleichen im Mittelbau sein, schließlich könnte theoretisch in diesem Moment auch sie, Wendy, auf Svetlanas Platz sitzen.

Die Verurteilung von Svetlanas Proseminar, eine absolut wasserdichte Sache, ist ungerecht. Würde Wendy jetzt, wie sie selbst es von sich wünschen würde, Professor Moser und Professorin Steegers ins Gesicht sagen: „Ungerecht! Ziehen Sie doch Svetlana nicht in Ihre schäbigen Intrigen mit rein!“, kann sie davon ausgehen, daß ihr die Fördergelder für Besuche auf Konferenzen wie in den vergangenen Monaten in Ungarn und Schottland gestrichen werden würden.
Wendy entscheidet, sich nicht wegen so was das Leben unnötig schwerzumachen und die Klappe zu halten, und sie denkt, daß das, was sie früher von sich ausgeschlossen hat, jetzt, hier, eingetreten ist; nämlich daß sie eines von diesen opportunistischen Arschlöchern geworden ist, die, wenn man sie mit ihrer eigenen Unzulänglichkeit konfrontiert, einwenden: „Das verstehst du jetzt nicht, das ist etwas *ganz* anderes, mach mal halblang, ne“, eines von diesen opportunistischen Arschlöchern, die sie immer so gehaßt, verachtet und bekämpft hat.

22

Als sie in den Hörsaal tritt, ist ihr erster Gedanke: Tatsächlich 2020er Jahre, genauso waren die, und hier, in diesem Hörsaal, schreibt man sie, zeitblasenartig, immer noch. Zwar weiß Wendy nicht wirklich, wie es tatsächlich ausgesehen hat, vor fast einem halben Jahrhundert, aber sie hat so eine Ahnung, daß dieses Institut und insbesondere dieser Hörsaal damals gebaut wurden und seitdem gar nicht oder genau im originalen Stil renoviert worden sind, orange Verkleidung, hellbraune abgeschlagene Stühle, die nach

feuchtem Holz miefen, PVC-Boden, der höchstwahrscheinlich krebserregende Substanzen enthält.
Und dann das: Sie hatte Professor Speer, der sie vorstellen würde, zuerst gar nicht glauben wollen, als dieser ihr sagte, es stehe im Hörsaal lediglich ein Beamer zur Verfügung, man – so er – sei halt hier in Greifswald und nicht in Berlin, hahaha. Und wirklich hängt da von der Decke eines dieser Steinzeitobjekte, das letzte Bild aus dem Vortrag ihres Vorgängers wird noch immer an die Wand projiziert, ein nackter Schwarzer, dessen Körper über und über mit Wörtern tätowiert ist, vor allem, wenn man genau hinsieht, mit dem Wort *SLAVE*: das berühmte Foto eines Body-Artists, der sich seine eigene Familiengeschichte auf den Körper schreiben ließ und im Sommer, lediglich mit Shorts bekleidet, durch New York zog.
So nahe wie befürchtet ist das Thema ihres Vorgängers aber – irgendwas mit dem Begriff des Sklaven als identitätsbildend für schwarze Schriftsteller – wohl doch nicht an dem ihren, man muß auf die Unterschiede achten, *On Niggers*.
Ausgehend von dem gegenwärtigen Phänomen, daß sich Jugendliche in Europa untereinander statt mit dem Vornamen mit „Nigger“ ansprechen, möchte Wendy anhand zeitgenössischer angelsächsischer Romane sowohl weißer als auch schwarzer Autoren die Unterschiede herausarbeiten, die sich ergeben, wenn ein Nicht-Schwarzer und ein Schwarzer den Begriff „Nigger“ gebrauchen ... Betonung auf *möchte* ... Wendy hat sich selber dabei nur zum Teil überzeugt. Sie kann nur gewinnen. Denn die Stelle ist für Postcolonial Studies ausgeschrieben. Also ist Wendy eben jetzt, obwohl sie wenig Ahnung hat vom Postcolonialism, sieht man von der Untersuchung einiger Texte von lesbischen schwarzen Autorinnen ab, Spezialistin für Postcolonial Studies.

Wendy fährt ihren rosa Retro-Apple hoch. Das Rosa des Retro-Apples korrespondiert mit Wendys rosa Jäckchen und Lippenstift. Wendy betont die Farbe Rosa, weil sie gehört hat, daß die sechsköpfige Kommission aus vier Männern besteht und Greifswald generell den Ruf hat, konservativ zu sein. Also brezelt sich Wendy eben auf. Sie scrollt ihr Skript bis zum Ende, um zu sehen, ob auch tatsächlich die Markierungen jener Wörter, gelb, zu sehen sind, die sie besonders betonen will, „und *nicht*", „ob-*wohl*", „na-*tür*-lich". Der Herr vom Institut, der sie vorstellt und dem sie nicht zugehört hat, spricht nicht mehr. Sie schaut von ihrem rosa Retro-Apple in die Runde der sechs Professoren der Kommission in den Bänken vor ihr, beugt sich vor und sagt: „Meine Damen und Herren."

23

Sie löscht das Licht im Schlafzimmer und tritt ins dunkle Wohnzimmer. Weil sie noch im Bad ihr Outfit checken möchte, dreht sie sich nach links und stößt, als sie durch die Badezimmertür treten will, die sie immer offen läßt, gegen die Wand. Sie taumelt zurück. Sie hat sich ihren rechten Ellbogen angeschlagen, und ihr ist blitzartig eingefallen, daß sich das Bad hier, in Greifswald, ja nicht links, sondern rechts vom Schlafzimmer befindet, wie blöd sie ist.
Vor dem Spiegel beschließt sie, daß der Pferdeschwanz, der hellgrüne Pulli mit hellgrünem Schlips, die Jeans zu casual sind, da könnte man ja denken, das Date sei ihr Wurst. Sie geht zurück ins Schlafzimmer, um sich umzuziehen. Vor dem Spiegel beschließt sie, daß offenes Haar, das Nadelstreifensakko, der hellgrüne Schlips und der knielange

dunkelrote Wildlederrock overdressed sind, da weiß man ja gleich, was los ist. Sie geht zurück ins Schlafzimmer, schlüpft wieder in den hellgrünen Pulli, die Jeans, das Haar läßt sie offen. Von der Eingangstür aus testet sie, was Quentin als erstes vom Wohnzimmer sehen wird, wenn er eintritt. Er wird den Tisch sehen, er wird das Regal sehen, die Negerkopf-Büsten, den Australien-Quilt. Sie beschließt, daß die Negerkopf-Büsten an der Wand, das Regal und der Australien-Quilt auf den Geschmack ihrer Besitzerin schließen lassen. Sie entzündet die Kerzen auf dem Tisch und rückt sie etwas mehr in die Mitte, damit Quentin sie gleich von der Eingangstür aus sieht, und am Anfang eine gewisse Atmosphäre herrscht, bei der man sich vorstellen kann, daß man im Verlauf des Abends im Gespräch, das in Richtung Tiefsinn geht, innehält und sich länger in die Augen sieht, später dann küßt, miteinander schläft ... dabei natürlich vorausgesetzt, daß Quentin die Candlelight-Dinner-Atmo so wie sie als romantisch und nicht etwa als kitschig oder als fürs erste Date zu aufdringlich empfindet ...

24

Und jetzt, wie sie sieht, daß da ein Glas Wasser vor ihr auf dem Rednerpult steht und sie nicht weiß, ob das jemand von den Studenten dahingestellt hat, als Gag vielleicht, oder ob das einfach ihr Vorgänger vergessen hat, da erinnert sie sich an ihre Bewerbung in Konstanz und an das Glas mit Sprudel, von dem sie die ganze Zeit aufstoßen mußte, und wie peinlich das war, und sie grinst und überlegt, und sie ist sich nicht sicher, ob sie auch damals schon auf ihrem rosa Retro-Apple, den sie jetzt hochfährt, die zu betonenden Wörter markiert hatte, so wie sie das bei ihrem Vortrag in Greifswald damals getan hatte, eine Schnapsidee, wie sich dann herausstellte, einmal und nie wieder, also hatte sie das nur in Greifswald und nicht in Konstanz gemacht, wie war sie eigentlich auf so was gekommen? Während des gesamten Vortrags hatte sie das Gefühl gehabt, sie betone falsch, sie klinge total affektiert, obwohl sie das ja sicher tausendmal zu Hause geübt hatte und es da sicher richtig und natürlich geklungen hatte. Sie hatte sich damals beim Vortrag selbst, erinnert sie sich, nur noch aufs Vorlesen und Betonen konzentriert, gar nicht mehr auf den Sinn geachtet, der Text hätte irgendwas sein können, eine Gebrauchsanweisung, ein Groschenroman, bloß fertig werden, bloß durchkommen, hatte sie damals gedacht, und sie sieht unten rechts auf dem Bildschirm an der Uhr, daß es Viertel nach ist, und sie schaut in die spärlich gefüllten Reihen des Hörsaals, und sie liest ab: „Meine Damen und Herren, ich begrüße Sie herzlich zur Einführung in Postcolonial Studies, die ich, wie im Vorlesungsverzeichnis angekündigt, auf englisch halten werde.“

25

Wie lange sie da schon in ihrem Zimmer auf und ab, vom Bett zum Tisch und vom Tisch zum Bett, gegangen ist, weiß sie nicht, als sie auf das Display ihres rosa Retro-Apples schaut, jedenfalls hat der Bildschirmschoner, den sie sich nach langem Suchen von einer Seite mit Vintage-Software heruntergeladen hat, bereits eine Aquariumslandschaft mit Unterwasserpflanzen und bunten Fischen gezeigt, die virtuelle Luftblasen ausstoßen. Wendy kommt mit ihrem beknackten *Oh, Uncle!*-Buch einfach nicht weiter! Nur das letzte und vorletzte Kapitel hat sie schon, das heißt Kapitel eins und zwei muß sie, will sie den Termin einhalten, in sechs statt, wie eigentlich von ihr geplant, zwölf Monaten schreiben! Wie soll sie das schaffen? Ist Wendy Superwoman?

Wendy ist, ohne daß sie darauf geachtet hat, nicht vom Tisch zum Bett, sondern vom Tisch zur Tür gegangen, auf dem Flur hat plötzlich ihre neue Mitbewohnerin vor ihr gestanden, Wendy hat vor Schreck „Aaaahh" gemacht, „Was machst du denn hier?"

Wendys neue Mitbewohnerin Tina, die Wendy mal aus Zerstreuung mit Thekla angesprochen hat, woraufhin Tina meinte, daß ihr Thekla viel besser gefalle als Tina, in Zukunft solle Wendy Tina Thekla nennen, Tina sagt unschuldig: „Ich wollte gerade zu dir. Dich was fragen. Und zwar. Ich treffe doch heute den Hajem. Der, von dem ich dir erzählt habe. Und da wollte ich dich fragen ..."

Tina schaut auf ihre Hände, Wendy schaut auf Tinas Hände. Tina spielt mit einem Stoffknäuel.

„... weil du kennst mich ja jetzt ganz gut. Ob ich also. Na, ob ich mit dem Hajem schon beim ersten Date schlafen soll oder nicht, ob man so was macht."

Wendy werden in diesem Moment vier Dinge klar.

A) Wendy und Tina kennen sich eigentlich überhaupt nicht. Wendy ist ja nur selten hier in Berlin. Sie haben sich vielleicht zweimal unterhalten. Und das war eher über Haushaltsangelegenheiten. Tina liegt also falsch (siehe: „Weil du kennst mich ja jetzt ganz gut").

B) Tina sieht Wendy wohl als so etwas wie eine ältere Schwester an, die schon so viel mehr Erfahrung hat als sie und daher Ratschläge geben kann. Siehe jetzt, wie Tina zu

Wendy, ganz Rehkitz, hochsieht, wie schüchtern und zugleich zutraulich sie ist.
C) Wendy mag zwar fast 15 Jahre älter als Tina sein. So viel mehr Erfahrung, was Jungs angeht, hat sie aber nicht. Was soll sie jetzt sagen? Heiko war ein Macho und Quentin ein Waschlappen. Ich lese nur täglich in meinen schlauen Büchern über anale Phasen, sexuelle Orientierung, den Phallus und das Über-Ich et cetera. Wenn ich dir daraus vorlesen würde, kleine Tina, würdest du von alldem nur Bahnhof verstehen. Mein letzter Geschlechtsverkehr liegt so lange zurück, da möchte ich gar nicht zu rechnen anfangen. Ich masturbiere regelmäßig.
D) Tina ist eine Süße. Wendy würde sie in diesem Moment gern küssen – – –
Wendy rät: „Na, ich würde mal nichts überstürzen. Immer langsam angehen. Wenn er der Richtige ist, dann werdet ihr noch genügend Gelegenheiten haben, in die Kiste zu hüpfen" und klopft Tina auf den Rücken, als die sie umarmt und sagt: „Dank dir, Wendy. Ich bin echt glücklich, daß wir so gute Freundinnen sind."
Vor dem Schlafengehen steht Wendy vor dem Spiegel im Bad, trägt Anti-Aging-Gesichtscreme auf und bürstet ihr Haar mit den grauen Strähnen. Zu ihrem Spiegelbild sagt sie: „Nein, Hajem, laß uns das mal alles langsam angehen. Ich gehe jetzt nach Hause. Wollen wir telefonieren?"
Sie schwäbelt dabei ein wenig, weil Tina ein wenig schwäbelt –.

26

Wendy ist zusammengezuckt, als Jennifer auf Tinas Frage hin, welche Bands denn bei *BIBO* so unter Vertrag seien, neben Tau, den *KOPs* und *Rottweiler* auch *Onkelchen* nannte. Wendy reagiert immer noch allergisch auf jede Art von Onkel-Themen. Obwohl sie ja schon seit gut einem halben Jahr mit dem zweiten Buch fertig ist, durchlebt sie in solchen Momenten quasi im Zeitraffer die gesamte Anspannung der vergangenen Jahre, die durchgeschriebenen Nächte, das Fingernägelkauen, das Auf-und-ab-Laufen im Zimmer.

Wenn einer hier am Tisch fragt, was Wendy denn zur Zeit so mache, wird sie sagen, sie schreibe noch immer an ihrem zweiten Buch, das sie plane, in einem halben Jahr abzuschließen. Tatsächlich weiß niemand, daß sie offiziell zwar zur Vollendung ihres Buchs weiterhin das 12-Monats-Stipendium kassiert, das ihr vollkommen überraschend von der Uni angeboten worden war – Stiefellecken pays –, in Wirklichkeit aber die 263 Seiten ihrer Arbeit auf der Festplatte ihres rosa Retro-Apples schon lange nicht mehr angesehen und sich statt dessen hier und da eine Romanmitte vorgenommen hat, um sie weiterzuschreiben, Tolstoi liest, viel im Bett liegt, Minzbonbons kaut und über ihre Zukunft nachdenkt. Ob sie eine vernünftige Wendy sein will und sich jetzt in Bälde auf C3-Stellen bewerben soll … oder ob sie lieber jetzt zur Abwechslung die wahre Wendy ist, die sie sich all die Jahre zu sein nicht getraut hat, und ein bißchen mehr auf sich selber schaut, das heißt Sport treiben, gesund essen, ausgehen, schön aussehen et cetera. Auch wenn wohl mittlerweile feststeht, daß Wendy das Leben, das sie sich noch vor zehn Jahren vorgestellt hat – sie: Mutter mit Tochter und beliebigem Er, der a) fürsorglich

ist und b) gut verdient –, nie führen und eben dieses Leben ein Traum bleiben wird, möchte sie doch wenigstens jemanden haben, der nicht ihr Teddybär ist und den sie abends in ihrem Bett umarmen kann, mit dem sie reden kann, der sie versteht, der sagt, wie sehr er sie mag und so weiter.
Das einzige Hindernis auf dem Weg zur wahren Wendy könnte dabei Therese sein. Therese ist von der Leiter gefallen und liegt im Spital. Wendy fühlt sich verpflichtet, sich zu kümmern. Aber das ist es nicht. Das Problem sind die diversen Post-Spital-Szenarien, Therese im Rollstuhl, Therese mit Wägelchen, Therese bettlägerig. Wendy, die möglicherweise sogar bei Therese einziehen muß. Wendy als Pflegerin. Wendy ist die Tochter. Sie denkt: Wenn wir hier fertig sind mit dem Abendessen, muß ich unbedingt noch packen, die Magnetschwebebahn nach Salzburg morgen ist doch ziemlich früh, um zehn war die, glaube ich.
Parsifal, Tinas neuer Freund, hat Jo gefragt, was er und Jennifer jetzt, nachdem *BIBO* Insolvenz angemeldet habe, vorhaben. Jo und Jennifer haben gleichzeitig zu reden angefangen, dann sofort aufgehört, sich anschauend, lachend, „Ne bitte" sagend.
Jo sagt: „Ich werde mal sehen, was sich so im Kulturmanagement-Bereich findet."

27

„Schwester? Sind Sie das? Andrea? Ist es schon wieder Abend? So schlecht habe ich geschlafen. Und die Schmerzen werden einfach nicht besser. Da in der Hüfte. Schlafen kann ich nicht. Aufstehen kann ich nicht. Nur liegen geht.

Aber das ist ja nichts. Wenn ich was halte, dann tut das auch schon weh. Können Sie nicht noch mal den Herrn Doktor fragen, wegen der Mittel.“

„Mama?“

Die Mama hat sich im Bett umgedreht.

„Ach, du bist ja gar nicht die Andrea, ich habe jetzt gedacht, du bist die Andrea, na, das ist ja eine Freude, daß'd gekommen bist.“

Wendy beugt sich zur Mama und umarmt sie.

„Das hatten wir ja doch so ausgemacht, elf Uhr hatten wir doch gesagt, oder liege ich jetzt ganz falsch, grüß dich Gott, Mama.“

„Nein, nein, ich erinner mich jetzt, natürlich, elf Uhr, natürlich, ich habe nur gerade gedöst, eine schöne blaue Bluse trägst du.“

„Gehts dir gerade nicht so, soll ich am Nachmittag kommen ...“

„Natürlich bleibst jetzt hier, das ist alles halb so wild, alles halb so wild ist das. Nach dem Schlafen ists immer ein bisserl arg. Aber sonst bin ich ja schmerzfrei. Und beim Gehen mach ich Fortschritte. Hier durchs Zimmer bin ich schon gewatschelt. Mit der Andrea. Na, was sagst jetzt dazu? Und wenn es zu langweilig wird, da schau ich halt dann was im Fernsehen oder ich les was. Du, holst ma was zum Malen von zu Haus. Bist du so lieb?“

Wendy hat gemerkt, daß ihr, wie sie am Bett steht und die Mama da so liegen sieht, die Tränen gekommen sind. Sie beugt sich noch mal zu ihr herunter und umarmt sie.

„Ach, Mama, was machst du denn, Mama.“

Wendy spürt die glühenden Wangen ihrer Mutter an ihrem Gesicht, weint sie auch? Sie kann es nicht sehen.

„Ich weiß auch nicht. Die Schmerzen werden einfach nicht besser. Das bessert sich überhaupt nicht. Da in der Hüfte.

Schlafen kann ich nicht und aufstehen auch nicht richtig und kaum, daß ich was halten kann. Man muß doch mit dem Herrn Doktor reden, wegen der Mittel."

28

In der Magnetschwebebahn schaut sie aus dem Fenster, und sie sieht die Mama, wie sie da im Bett liegt, blaß, zerbrechlich, und überhaupt nicht wie jemand, der Anfang 60 ist – diese Schauspielerin, die Wendy neulich im Fernsehen gesehen hat, die ist doch auch Mitte 60, und wie sieht die aus, bitte –, sondern eher 70, über 70, ja, die Mama, die bis vor kurzem immer die Getränkekisten und die Einkaufstüten selber in den dritten Stock hochgetragen hat, ohne den Lift zu nehmen – a Lift is was für alte Leut' –, die im Schlafzimmer im knielangen Hemd vor ihrem Sockel stand und Köpfe, Tiere und Pflanzen aus Gips knetete ... die Mama, wie sie da im Bett liegt und zum Abschied schwach den Arm hebt ... wie sie den Kopf gereckt hat und Wendy, die sich noch mal in der Tür umdreht, einen Kuß durchs Zimmer schickt, mit großen, ja, ängstlichen Augen nachschaut ...
„Wir erreichen in Kürze Nürnberg Hauptbahnhof" ist aus dem Waggonlautsprecher gekommen, „dort haben Sie Anschlußmöglichkeiten mit dem Country-Expreß nach Regensburg, Ingolstadt, Weiden."
Wendy sieht die vorbeiflitzenden Baumwipfel, einen Hügel in der Ferne, Dächer, eine Kirchturmspitze, den Kondensstreifen am Himmel, unbeweglich. Plötzlich ist sie aufgesprungen und hat in das überraschte Gesicht des grauhaarigen Rentners gegenüber geblickt.

Die, seine?, Frau neben ihm hat gesagt: „Na, denn mal aber schnell."
Wendy denkt: Heute ist Sonntag, und morgen ist Montag, und der Termin beim Frauenarzt ist Dienstag um 11: 30 Uhr.
Sie zieht ihre Reisetasche aus dem Gepäckfach und stellt sich in die Schlange, die am Ausstieg ansteht.

29

Nein, sagt der Pförtner der Firma *Wildberg*, die, glaubt Wendy sich zu erinnern, entweder Wurst oder Joghurt herstellt. Seine Stimme klingt durch den Lautsprecher in der Glaswand, hinter der er in seinem Kabuff sitzt, metallen, im Hintergrund Schlagergedudel.
Eine Firma *Wallner* gebe es hier im Gewerbepark nicht und habe es, seines Wissens, und er sei hier, seit *Wildberg* hier sei, seit 15 Jahren also, nicht gegeben. Im Gewerbepark in Chammünster und in Cham überhaupt. Die älteste Firma hier? Ja, er denke, die am Ende der Straße, die sei am längsten schon hier, der *Heizkessel-König*. Seit Jahrzehnten. Könne schon sein, daß die mal einem Wallner gehört habe. Aber sonst?
Wendy ist mit dem roten Leih-Mercedes, A-Klasse, den sie am Bahnhof in Nürnberg zum F-Klasse-Sonderpreis bekommen hat, die gerade Straße des Gewerbeparks entlanggefahren. *Süssmayer-Möbel*, *Van Riet & Co.*, *Kellerer-Küchen*, *Kellerer-Küchen* vielleicht, das Gebäude macht einen guten Eindruck, viele Autos parken davor, Flaggen mit zwei gelben Ks auf blauem Hintergrund wehen am Straßenrand, das Geschäft scheint gut zu gehen. Aber das Gebäude sieht

zu neu aus, als daß es von Costins Vater sein könnte; außerdem passen Küchen nicht zu dem Bild, das Costin bei den wenigen Erzählungen aus seiner Kindheit und Jugend von seinem Vater vermittelt hat. Papa Wallner, wie war sein Vorname? Steffen? Stefan Wallner! Genau!: Durchaus ein Mann von Welt, immer beschäftigt, viele Angestellte.

Wendy hat vor dem letzten Firmengebäude in der Straße gehalten. Hinten kommen nach den Wiesen noch einige Grundstücke, die umzäunt oder von dichten Büschen umgeben sind, so daß man nicht hineinsehen kann, Privatgelände wahrscheinlich. Die Straße ist voller Schlaglöcher, wer weiß, ob da überhaupt noch jemand wohnt, alles macht einen recht verwunschenen Eindruck. Es hat zu tröpfeln angefangen. Wendy wird jetzt nicht aussteigen und ohne Schirm zur Firma latschen und fragen, ob das hier mal einem Herrn Wallner gehört habe, und wenn nicht, welche Firma dann, ob man ihr das sagen könne, das muß doch rauszubekommen sein, for Pete's sake.

„Meinst du, das ist es?" fragt Wendy das Kommunikationsprogramm des Mercedes, das ihr die Fahrt nach Cham verkürzte.

Aus den Themenbereichen, die zur Auswahl standen, hatte sie sich für *Königshäuser im 20. Jahrhundert* entschieden. Sie hatte mit dem Programm eine angeregte Diskussion über Lady Di geführt. Das Programm wußte vieles, was Wendy gar nicht klar war.

„Könnte sein, Wendy", sagt die Frauenstimme des Programms.

Wendy wird zu Hause mal eine Online-Suche machen und sich aus der Stabi ein Buch über Cham ausleihen. Das wird sie machen. Einstweilen genügt es, daß der *Heizkessel-König* ungefähr der Vorstellung entspricht, die sie sich von Stefan

Wallners Unternehmen, Geschäft, Firma, was auch immer, gemacht hatte. Mittelständisch, zwei Flachbauten, neun, zehn, elf Autos auf dem Parkplatz, hoher grüner Metallzaun.

Stefan Wallner wird oft im dunkelblauen Anzug mit einem schwarzen Schirm im Eilschritt von seinem roten Mercedes, D-Klasse, über den Parkplatz zu einem der Gebäude, dem linken, gegangen sein. Stefan Wallner wird oft am Fenster ganz oben links gestanden und auf die Wiesen geschaut haben, auf die der Regen fällt. An Sonntagen wird er nach einem geglückten Deal das Fenster geöffnet und sich eine Zigarre, eine Cohiba - die einzige Marke, die Wendy einfällt - angezündet haben. Er wird viel auf Geschäftsreisen gewesen sein. Zu Hause wird er Mama Wallner und Costin erzählt haben, wo er überall gewesen ist und wohin er seine Heizkessel verkauft hat. England, Irland, Dänemark, Schweden. Er selbst wird einen Heizkessel aus seiner eigenen Firma, die damals noch *Heizkessel-Wallner* hieß, im Keller stehen gehabt haben.

30

Hier wird Costin gesessen haben, denkt Wendy. Sie sitzt auf der Betoneinfassung eines Blumenbeets. Ihr Blick schweift über die mit Stufen verbundenen Plateaus des Schulhofs. Der Schulhof ist wie ausgestorben. Es werden Sommerferien sein. Costin, elf, fünfte Klasse: feste Zahnspange, er öffnet beim Lachen nicht gern den Mund, weil er sich schämt, er wird besonders von jüngeren Lehrerinnen gemocht, die ihn herzig finden, von älteren wird er regelmäßig gerügt, schon zwei Verweise, schwarzer Wuschelkopf, etwas kleiner als die anderen, vorlaut und Klassenclown, bei seinen Mitschülern deshalb beliebt, Bandenführer; nach der sechsten Stunde wartet, wie hieß die noch, Clara? Maria? Elena? wie auch immer: wartet Mama Wallner schon im roten Mercedes, A-Klasse, mit laufendem Motor auf dem Lehrerparkplatz, Costin rennt, wenn die Schule aus ist, die Treppen des Schulhofs herunter, seine viel zu große Schultasche schaukelt dabei auf seinem Rükken wild auf und ab, er begrüßt Mama Wallner mit einem Kuß; Mama Wallner nimmt oft seine Freunde mit, von denen hat er viele, seine Wangen glühen, wenn er noch im Auto zu erzählen anfängt, was heute wieder in der Schule los war, er redet nonstop, er ist sehr lebhaft. Mama Wallner mag das: in den Rückspiegel schauen und ihrem kleinen Buben beim Reden zusehen und ihm nicht zuhören und nur denken: Du kleiner Schabernackl. Sie nennt Costin Schabernackl. Mama Wallner, 35, 40, eine gepflegte Erscheinung, fesch, tiefschwarzes lockiges Haar, dunkler Teint, jung geblieben; als Frau des Firmenbesitzers angesehen und respektiert in der Stadt; trotz der abgelegenen Lage Chams zufrieden wegen des guten Verdienstes ihres Mannes, wandert gern im Bayerischen Wald. Naturverbunden.

Eine der Flügeltüren des Gymnasiums ist aufgegangen, ein Junge, vielleicht 20, ist herausgekommen, schaut kurz zu Wendy herüber, rennt die Treppen herunter zum Parkplatz. Costin, 18, K 12, Leistungskurs Musik und Englisch (geht das überhaupt?), zweimal 15 Punkte, sportlich, gegeltes Haar, Mädchen kuscheln sich bei Klassenfeiern am Lagerfeuer an ihn, er bricht viele Herzen, hat eine eigene Band, mit der er nicht nur in der Schule, sondern auch in Cham und Umgebung schon oft aufgetreten ist; schert sich kaum noch um seine Noten, weil ohnehin klar ist, daß er

Popstar wird; alles fliegt ihm zu; sein rotes Motorrad steht auf dem Lehrerparkplatz; der Direktor persönlich hat sein OK dazu gegeben; der notorisch unbeliebte Direktor möchte bei den Schülern dadurch Pluspunkte sammeln. In der Raucherecke am anderen Ende des Schulhofs steht die Splitter-Gothic-Fraktion, die die einzigen an der Schule sind, die Costin nicht leiden können.
Wendy kann sich selber als 15jährige, schwarzer Rock, schwarze Bluse, schwarze Samtjacke, schwarze Springerstiefel, schwarz gefärbtes Haar, schwarzer Nagellack, Zigarette in der Hand, gelangweilter Gesichtsausdruck, bleich, dort drüben in der Ecke am anderen Ende des Schulhofs stehen sehen.

31

Aber das ist ja ein Kaff! Nein. Kein Kaff: ein Kaff-Kaff.
Auf der Hinfahrt hatten die Burgruinen hier und da auf den dicht bewaldeten Hügeln Wendy in eine fast feierliche Stimmung versetzt; sie hatte auf ein mittelalterliches Städtchen gehofft; später, von der Umgehungsstraße aus, hatten der Fluß, entlang dessen Windungen die Stadt gebaut war, und die zwiebelförmige Kirchturmspitze, die sich zwischen den roten Dächern erhob, ja eigentlich auch noch recht pittoresk gewirkt.
Jetzt, auf einem Parkplatz auf dem Marktplatz, muß Wendy ihren ersten Eindruck revidieren, der bereits zu bröckeln anfing, nachdem sie durch ein Tor gefahren war, dessen Plakette es als *Biertor* auswies, und sie die leeren Straßen, die Klitschen überall sah. Es schüttet. Sie hat den Scheibenwischer angestellt. Die Kleider in der Auslage des Geschäfts

direkt neben dem Parkplatz sehen wie eine schlechte Kopie jener Mode aus, die man vor drei Jahren in Berlin getragen hat, in der man sich jetzt aber lächerlich machen würde, überall, außer in Cham wahrscheinlich; die Unisexschaufensterpuppen mit ihren nur angedeuteten Gesichtszügen und den Gliedern, die man nicht mal zu bewegen können scheint, wirken wahnsinnig mickrig. *Mickrig.* That's the word. Der Marktplatz verschwimmt.

Scheibenwischer.

Zzzk.

Neben dem einzigen Gebäude, das mit seinen Stufengiebeln historisch aussieht, aber mal wieder einen Anstrich gebrauchen könnte, steht ein grauer Betonklotz, auf dem sinnigerweise *Frey* steht; auf der Straße: kein Kopfsteinpflaster, sondern ein Teerfleckenteppich.

„Ja hat denn hier das Baureferat keinen Sinn für Einheitlichkeit?" sagt Wendy laut im Auto, dessen Scheiben langsam beschlagen. „Wenigstens der Marktplatz sollte doch ein bisserl repräsentativ sein, für Touristen, hallo? Tourismus? Gibt's so was hier?"

„Das glaube ich nicht, Wendy. Laut meiner Datenbank ging der Tourismus in Cham im letzten Jahrzehnt auf nahezu null zurück", antwortet das Kommunikationsprogramm.

„Schon gut", knurrt Wendy.

Scheibenwischer.

Zzzk.

Zwei Jugendliche mit hochgezogenen Schultern, hängenden Jeans, klatschnaß, sind am Auto vorbeigegangen, einer flucht wohl, Wendy versteht zwar nicht, was er sagt, aber laut und guttural war's, ein phonetischer Leckerbissen denkt Wendy automatisch. Wenigstens das.

Für Costins Mutter muß es am schlimmsten gewesen sein. Stefan Wallner hatte seine Firma. Costins Mutter muß kreuzunglücklich gewesen sein. Wendy wäre an der Stelle von Costins Mutter kreuzunglücklich gewesen. Costins Mutter wird oft, wenn Costin in der Schule war, allein im Wohnzimmer gesessen und leise vor sich hin geweint haben. Jede Fahrt weg von hier, zum Einkaufen, wohin auch immer, die Reisen in den Schulferien werden ein Glück gewesen sein.

Was wird Costins Mutter gewesen sein? Sie wird Hausfrau gewesen sein. Damals ist man als Frau Hausfrau gewesen. Sie wird sich durch Malen abgelenkt haben. Sie wird Stadtansichten gemalt haben. Den Marktplatz. Die Natur. Wie Therese. Sie wird mit Freundinnen einen Lesezirkel gehabt haben. Eine gemütliche Runde. Sie wird respektiert und beliebt gewesen sein.

Nein.

Sie wird nicht respektiert und beliebt gewesen sein. Man wird neidisch auf sie gewesen sein. Im Dorf ist man immer auf die neidisch, denen es besser geht. Sie wird keinen Lesezirkel mit Freundinnen gehabt haben. Außerdem ist sie Rumänin gewesen. Es wird keinen großen Unterschied gemacht haben, ob sie in Deutschland geboren wurde oder aus Rumänien emigrierte. Wurde sie in Deutschland geboren, oder emigrierte sie aus Rumänien? Sie wird immer die Zugereiste gewesen sein. Nach Rumänien wird sie nicht oft gereist sein. Wendy hat eine Dokumentation über Rumänien gesehen, vor ein paar Jahren. Die Verhältnisse in Rumänien sind mafios und entsprechen trotz jahrzehntelanger EU-Mitgliedschaft nicht den westlichen Standards. Hatte außerdem Rumänien damals nicht noch dieses Diktatorenehepaar? Costins Mutter wird zu diesem Zeitpunkt noch gar nicht nach Rumänien haben einreisen dürfen. Erst später. Costin wird ihr einziger Sonnenschein gewesen sein. Er muß ihre ganze Hoffnung gewesen sein. Was sie

nicht konnte, sollte wenigstens er können, nämlich weg von hier, für immer. Als Costin das Haus verließ, wird sie sich ein Haustier genommen haben. Wenn man einsam ist, nimmt man sich ein Haustier. Einen Hund.
Nein.
Eine Katze. Eine Tigerkatze. Tigerkatzen passen viel besser zu Hausfrauen als Hunde. Stefan Wallner wird erst spät in Pension gegangen sein. Er wird einer dieser Workaholics gewesen sein. Stefan Wallner ist Wendy unsympathisch. Als er sein Kinderdorf-Projekt in Nigeria hatte, wird Costins Mutter ihn begleitet haben. Sie wird aufgeblüht sein. Stefan Wallner wird ihr einen Traum erfüllt haben. Sie wird eine kleine Boutique mit Original-Nigeria-Kunst in Cham eröffnet haben. Wendys Neger-Köpfe werden nicht von Costin in Deutschland gekauft worden sein, sondern sind eigenhändig von seiner Mutter aus Nigeria hierher importiert worden und haben die längste Zeit in einem kleinen Chamer Schaufenster gestanden. Stefan Wallner und Costins Mutter werden nur mehr selten zurück in ihr Haus nach Cham gekommen sein. In ihrem Haus in Cham werden viele Souvenirs aus Nigeria gestanden haben. Im Garten Nigeria-Pfähle. Stefan Wallner wird manchmal im Schlafzimmer zum Spaß vor dem Zubettgehen einen nigerianischen Stammestanz aufgeführt haben. Costins Mutter wird vom Bett aus zugeschaut, gelacht und geklatscht haben. Nachher werden sie, beide braungebrannt, im Bett gelegen und Händchen gehalten haben. Erst spät, als Pensionäre, werden sie so mit sich und ihrem Schicksal Frieden geschlossen haben. Costins Mutter wird Stefan Wallner verziehen haben. Die Boutique. Die Reisen nach Nigeria. Der Stammestanz. Auf ihre alten Tage werden sie wieder zueinandergefunden haben. Sie werden sich geliebt haben.

32

Sie schaltet die Plasma-Wand ein, und die Anzeige einer digitalen Uhr auf hellblauem Hintergrund füllt den Bildschirm aus, 57, 58, 59, 00, und eine sehr attraktive indische Nachrichtensprecherin in weißer Bluse hat gesagt, daß durch den Bürgerkrieg in Teheran weiterhin chaotische Zustände herrschen und sich die Zahl der Zivilopfer mittlerweile auf über 1000 belaufe, und eine Frau mit Kopftuch hat neben dem kleinen Leichnam ihres in schwarz gekleideten Jungen gekniet und sich mit den Fäusten auf die Brust geschlagen und die Augen geschlossen und gejammert und die Hände vors Gesicht gehalten, und hinter ihr sind Trümmer gewesen, und plötzlich hat Wendy einen Kloß im Hals gehabt, und ihr sind die Tränen gekommen, und sie hält es nicht aus, diese Mutter zu sehen, die um ihren Jungen trauert, und sie weint, weil es so etwas gibt, und sie will nicht, daß es so etwas gibt, und sie wird wütend, weil sie weiß, daß sie wieder mal dem Fernsehen auf den Leim gegangen ist und in diesem Moment genau das fühlt, was die, die das senden, wollen, und sie wird wütend, weil sie nicht eine dieser sentimentalen Tussen sein möchte, die bei jedem Scheiß im Fernsehen heulen, und sie schneuzt sich und hört auf zu weinen, und ein kleines Mädchen in weißem Kleid läuft durch eine Gasse auf die Kamera zu, und vereinzelt sind Gewehrsalven zu hören, und das Mädchen schreit laut vor Angst auf und heult, und Wendy hat einen Kloß im Hals, und ihr kommen die Tränen.

33

Die Frau im hellblauen Anzug ist durch den Gang in die Küche geschwebt, ist dort langsam zu einem Schrank hoch an die Decke geflogen, hat eine Box herausgeholt und hat mit einem Löffel Paste daraus gegessen, während ihr Körper in der Luft leicht hin- und herpendelt. Im Knacken und Rauschen der Übertragung hat man die Frau atmen gehört. Wendy schaut von der Plasma-Wand, der Sendung „*live!* vom Mars", die täglich um halb sieben mitteleuropäischer Zeit, 30 Minuten, das Geschehen in der Raumstation auf dem Mars zeigt, auf die Fotos auf dem Boden.
Wendy tut der Rücken weh –. Sie hockt hier schon den ganzen Nachmittag; hat Kartons mit Schachteln mit Fotos und Fototaschen und Alben und Videokassetten aus dem Kellerabteil hochgeschleppt, ausgepackt, gesichtet und alles im Uhrzeigersinn um sich herum angeordnet, der ganze Teppich ist bedeckt, bis zum Bett, zum Regal, zur Tür.
Rechts von ihr, von 1 bis 4 Uhr: Die vielen Fotos, vor allem schwarzweiß, mit denen sie nichts so recht anzufangen weiß. Den Zweig von Anas und den von Stefans Familie kann sie zwar klar unterscheiden, es gibt Frauen und Männer und Kinder, die sehr rumänisch und solche, die sehr deutsch aussehen. Auch läßt die Häufigkeit, mit der einige Paare abgebildet sind, darauf schließen, wer Anas und wer Stefans Eltern sind. Der alte Herr mit der deutlich jüngeren wasserstoffblonden Frau vor dem Petersdom zum Beispiel – das müssen Stefans Eltern sein. Aber wer all die anderen lächelnden, nachdenklich neben die Kamera blickenden oder sich unterhaltenden Menschen sind, in den künstlichen Landschaften von Ateliers, in sommerlichen Gärten, in reich möblierten Zimmern, vor Wahrzeichen großer Städte, und ob es sich bei den Kindern in Matrosenanzü-

gen und weißen Kleidchen teilweise um frühe Aufnahmen jener Erwachsenen handelt, denen dann auf anderen Bildern Bärte gewachsen, die Haare ausgefallen oder grau geworden sind, das kann Wendy auf die Schnelle jetzt nicht sagen.

Von 4 bis 8 Uhr: Cham, das heißt Ana und Stefan und Costin. Ana mit Bauch, Stefan und Ana mit Baby Costin, Baby Costin im Gitterbett, Costin auf Anas Arm, Costin auf Pony, Stefan in Anzug vor Firma, Stefan Arm in Arm mit unbekanntem etwa gleichaltrigem Mann, derselbe unbekannte Mann mit Ana, Costin auf Anas Schoß, Ana mit Sonnenbrand, Ana vor Arc de Triomphe, Ana mit Mutter, Stefan in Badehose, Costin als Cowboy auf Kindergeburtstag, Gruppenfoto von Stefan mit unbekanntem Mann von oben vor Angestellten, Anas Mutter mit Costin, Ana oben ohne, Stefan auf Fahrrad, Stefan in Liegestuhl mit Zeitung, Costin mit Baseballkappe, Costin vor Arc de Triomphe, Stefan auf Eiffelturm, die Arme weit ausgestreckt, Stefan in Anzug mit Costin in Anzug, Costin mit Mikro, singend, rote Wangen, Costin Arm in Arm mit Mädchen, blond, Costin Arm in Arm mit Mädchen, schwarzhaarig, Stefan am Telefon, Costin, rothaarig, Stefan auf Berggipfel, Stefan Arm in Arm mit unbekannter Frau, Ana mit Hund, Ana mit Katze, Costin Arm in Arm mit Ana, Stefan mit Buch, Stefan mit schwarzen Kindern, Stefan mit schwarzem Kind auf Schoß, Ana mit Buch, Ana im Liegestuhl, Ana mit Krücke, Ana mit Strohhut, Ana alt, Porträt, schwarzweiß.

Von 8 bis 11: Costin. Wendy hat zwei Alben mit Fotos und Zeitungsausschnitten entdeckt, die alles über Costin bis zu einem mehr als peinlichen Auftritt in einer Show mit dem mehr als peinlichen Titel *Almtrieb* enthalten, inklusive *Ping-Pongs-* und Synchronsprecherkarriere. Costin hat Goebbels gesprochen! Costin war ein Flugsaurier! Dann Fotos von Costin als Labelchef mit seinen Künstlern, auf Preisverleihungen, mit Romy, kaum ein privates Foto von Costin, auf dem nicht auch Romy wäre, dafür kaum ein Foto von Costin und Wendy. Wendy kann sich noch genau erinnern, daß Therese einmal an einem Nachmittag sehr viele Fotos von ihr und Papa in der Wohnung und an der Salzach gemacht hat, sie müssen irgendwo sein, wenn es sie nicht in Papierform gibt, dann als File irgendwo ...

Jetzt, auf 12 Uhr, hockt Wendy vor drei Alben, die Ana angelegt haben muß, als sie bereits alt war, eine Art Resümee, von Costins Geburt, der Zeit in Cham und Bukarest. Viele Fotos sind dabei, die Wendy schon von den Fototaschen kennt – hier aber in anderen Versionen, Sekunden später oder früher aufgenommen: Auf allen Fotos lächeln die Abgebildeten, nie gelangweilte oder nachdenkliche Gesichter wie auf den Bildern in den Fototaschen. Sowohl Costin als Baby ganz am Anfang als auch Ana am Ende mit Krücke lachen in die Kamera.

Wendy steht auf, streckt sich und macht „Puh". Die Hauptarbeit, die vielleicht 20 Videos angucken, kommt noch. Wenn Wendys Annahme zutrifft, daß die Videos ungefähr dieselben Ereignisse wie die Fotos wiedergeben, hat sie so gut wie kein Material von Stefans letzten zehn Jahren. Auch von Costin fehlen ihr so ungefähr zehn Jahre. Die einen Fotos reichen bis zu einem Zeitpunkt, wo er vielleicht 35 ist, energiegeladen, muskulös; auf den anderen ist er dann plötzlich Ende 40, dick, verbraucht.

Costin mit 40 und 41 gibt es nicht.

34

„Von 2041 bis 2056 lebte mein Vater in einer Eigentumswohnung am Mariannenplatz 7, Berlin, Kreuzberg; die meiste Zeit davon zusammen mit seiner Lebensgefährtin, der Musikerin Romy Kraus. Die Beziehung war durchweg von Spannungen geprägt - war Romy Kraus doch fast 25 Jahre jünger als mein Vater. Vielleicht beschreibt der Begriff ‚Zweckgemeinschaft' das Verhältnis der beiden besser. Er hat Sex, eine Art Sekretärin, die ihn ständig begleitet, sie hat Vorteile: Partys, Kontakte zur Musikbranche, ihr Foto in Illustrierten. Es ist anzunehmen, daß beide Klarheit über ihre Beziehung besaßen. Von seinen Affären wußte sie aus den Zeitschriften; sie ihrerseits machte keinen Hehl aus den ihrigen."

Stop mal, denkt Wendy. Ich kann doch das hier jetzt nicht einfach so sagen, Romy Kraus hatte Affären und machte keinen Hehl daraus, wenn ich gar nicht genau weiß, ob das überhaupt stimmt. Der Verdacht liegt natürlich nahe, aber . . .
Wendy schaut auf den blinkenden Cursor auf dem Punkt hinter „ihrigen".
Ach, kann ich sehr wohl, denkt sie. Hat sich Frau Kraus je um mich geschert? Hat sie irgendeine meiner E-Mails beantwortet? Das hier ist jetzt meine Rache.

„Gleichwohl ist es möglich, daß sich mein Vater nur zu gern der Illusion so vieler alternder Männer hingab - der Illusion, von einer ohne Zweifel recht talentierten und gutaussehenden jungen Frau begehrt zu werden. Die Länge der Beziehung - immerhin über zehn Jahre - deutet freilich darauf hin, daß seitens Romy Kraus aus den anfangs höchstwahrscheinlich prätendierten später, wenn schon nicht echte Gefühle, so doch eine gewisse Zuneigung und Respekt wurden. So schrieb Romy Kraus im Sommer 2051, vielleicht nach einer Zeit der Krise, sehr ehrliche und herzliche Briefe aus Rom. ‚Du hast mir unheimlich viel gegeben', heißt es darin, und weiter: ‚Ich sehne mich nach Dir, nach Deiner Grummelbaßstimme, die *Romylein* sagt.' Ein halbes Jahr vor seinem Tod wurde mein Vater von Romy Kraus verlassen, was nicht nur seine Situation in der Wohnung massiv erschwerte – er war zu diesem Zeitpunkt, nach einer Thromboseoperation, ein Pflegefall und mußte für die wenigen kurzen Ausflüge im Rollstuhl das Treppenhaus heruntergetragen werden, da das Haus keinen Lift besaß –, sondern sich auch fatal auf seine Psyche auswirkte."

Wendy steht auf, geht durch den Flur, öffnet und schließt die Wohnungstür hinter sich, steigt die Treppen im Treppenhaus herunter, öffnet und schließt die Haustür hinter sich, die Sonne scheint, Wendy kneift die Augen zusammen, geht in die Bäckerei nebenan, kauft sich eine Nußschnecke, öffnet und schließt die Haustür hinter sich, steigt die Treppen im Treppenhaus hoch, öffnet und schließt die Wohnungstür hinter sich, geht durch den Flur, setzt sich an den Schreibtisch, bewegt die Maus, damit die Aquariumslandschaft auf dem Bildschirm verschwindet, und beißt von der Nußschnecke ab.

„Mehrmals fragt er auf dem Krankenbett nach Romy und verfällt in Apathie, als man ihm sagt, sie habe gerade einen wichtigen Termin, sie komme später. Am 21. Oktober 2056 stirbt mein Vater nicht zuletzt wegen Romy Kraus als gebrochener Mann. Romy Kraus lebt heute in Bremen mit Chris Bräuer zusammen, dem Sänger der Band *Puh*."

Wendy schaut auf den blinkenden Cursor auf dem Punkt hinter „zusammen“.
Kann ich sehr wohl, denkt sie.

„Seit einem Autounfall, bei dem Romy Kraus nur leicht verletzt wurde, zieht sich eine Narbe über ihre linke Wange, die ihr vormals so schönes Gesicht entstellt.“

35

„Meine Großmutter Ana Wallner kümmerte sich rührend um ihre Mutter. Zwei Monate lang fuhr sie jeden zweiten Tag von Cham nach München ins Krankenhaus, brachte Kuchen mit, saß am Bett ihrer Mutter, unterhielt sich mit ihr und las ihr aus ihren Lieblingsbüchern vor, Goethe, Fontane, Thomas Mann, den Autoren des Landes, in dem sie doch niemals richtig heimisch geworden war. Auch vergaß sie nie Papier, Bleistift, Pinsel und Wasserfarben: Ihre Mutter hatte im Alter eine Leidenschaft fürs Aquarell entwickelt.“

Wendy löscht den letzten Satz.

„Seit ihrer Pensionierung hatte sich ihre Mutter, die am Gymnasium Kunst unterrichtete, ganz ihrem Hobby zugewandt, dem Aquarellieren. So stand ihre Wohnung in Salzburg“, Wendy löscht „Salzburg“, „München voller Bilder von Bukarest, die sie aus dem Gedächtnis malte, die Straße, in der sie aufgewachsen, die Landschaft vor den Toren der Stadt, wohin sie am Wochenende mit ihren Eltern zum Wandern gefahren war. Das ohnehin gute Verhältnis zwischen meiner Großmutter und ihrer Mutter wurde in dieser Zeit noch enger, so daß aus der an sich traurigen Situation, vor allem auch dank des Umstandes, daß meine Großmutter so relativ nahe bei ihrer Mutter wohnte - was wäre gewesen, hätten sie in anderen Ländern oder auch nur Bundesländern gewohnt? -, etwas Positives erwuchs."

Wendy sagt: „LÖSCHEN ab ‚erwuchs'", „erwuchs" verschwindet, „Positives" verschwindet, Satz um Satz, das „h", das „c", das „a", das „N", der Cursor blinkt auf der leeren weißen Seite.

„Meine Großmutter und ihre Mutter hatten ein sehr enges Verhältnis. Meine Großmutter war über die Besuche und Gespräche mit ihrer Mutter wie überhaupt über jede Gelegenheit froh, Cham und die Situation dort für einige Stunden zu vergessen; meine Urgroßmutter war über die Besuche und Gespräche mit meiner Großmutter wie überhaupt über jede Gelegenheit froh, rumänisch und über Rumänien zu sprechen, das sie nicht vergessen konnte."

36

Während der Drucker läuft, hat Wendy auf dem Bildschirm zu lesen begonnen.

„Vor drei Jahren konnten wir unser 100-jähriges Bestehen feiern: 1953 gründete Karl Lindinger in der damaligen Nachbargemeinde von Cham, Chammünster, eine Reparaturwerkstätte mit einem Ersatzteillager für landwirtschaftliche Geräte."

Wendy nimmt das Blatt aus dem Drucker, legt sich damit aufs Bett und liest weiter.

„1977 übernahmen Stefan Wallner und Ulrich Wiget die insolvente Firma *Lindinger*. Unter dem Namen *Wallner & Wiget* entwickelte sich die Firma für Landmaschinen bald zu einer der erfolgreichsten des Landes. Dem Großprojekt der Wiederbesiedelung Brandenburgs folgten 2011 der Börsengang sowie internationale Aufträge, vorrangig aus Tschechien und Polen. 2014 fusionierte die Firma mit dem Hamburger Unternehmen van Riet. Heute, ein halbes Jahrhundert später, sind Henning jr. und Lars van Riet – die inzwischen dritte Van-Riet-Generation in Cham – stolz, Sie weiterhin beliefern zu dürfen. Bitte denken Sie daran, daß seit der Verlegung unseres Hauptsitzes nach Hamburg unser Standort in Cham vor allem als Ersatzteillager dient. Gerne stehen wir Ihnen bei Problemen mit Ihren Maschinen unter oben angegebener Hotline zur Verfügung. Fordern Sie jetzt auch kostenlos die Broschüre zum Jubiläum, ‚100 Jahre Van Riet', an!
Es freuen sich auf Ihren Besuch,
Ihr Henning jr. und Lars van Riet."

37

„Eine der acht Videokassetten (à 180 Minuten) aus dem Nachlaß meines Vaters enthält einen circa fünfminütigen Film eines Aufenthalts mit meiner Großmutter in Bukarest, circa 1998. Meine Großmutter ist nicht wiederzuerkennen. Statt sich wie auf den Filmen in Cham bei Treffen mit Freunden meines Großvaters still im Hintergrund zu halten, unterhält sie sich blendend beim Mittagessen mit Leuten, bei denen es sich offensichtlich um Verwandte handelt. Sie lacht immer wieder laut auf – ein Lachen, das man sonst nicht von ihr hört – und ist zum Blödeln aufgelegt, zum Beispiel wenn sie sich das Baseballcap meines Vaters umgedreht aufsetzt, zusammen mit ihm damals aktuelle Popsongs singt und dabei wie ein Popstar posiert. In einer Einstellung entdeckt sie, daß mein Vater sie filmt. Sie schürzt ihren Rock, zieht kokett die Schultern hoch und macht Tanzschritte. Zu den Bildern, die Ansichten der Stadt zeigen, ist aus dem Off immer wieder ihre Stimme sowie die meines Vaters zu hören. Ihr Klang bleibt einem noch lange im Ohr, auch nachdem man den Film ausgemacht hat."

Wendy markiert den letzten Satz und löscht ihn.

„Auch wenn nicht zu verstehen ist, worüber sich die beiden unterhalten – sie sprechen Rumänisch, nur ab und zu rutscht mein Vater, wohl weil er das Wort nicht weiß, ins Deutsche, zum Beispiel ‚Quatsch', ‚Pappel', ‚Kirchturm' und ähnliches –, wird deutlich, daß meine Großmutter meinem Vater die Stadt zeigt. [→ Analyse: Mutter-Sohn-Verhältnis!! Mögliche ödipale Beziehung?!]"

Wendy beißt von ihrer Nußschnecke ab.

38

„Und? Was machst du zur Zeit? Woran sitzt du?"
„Ich arbeite noch immer an meinem zweiten Buch."
„Der Onkel."

„Der Onkel."
„Ich dachte, du bist schon fertig damit. Ich dachte, du hast dich für Bremen beworben."
„Bremen?"
„Dann war das wer anders. Und wie weit bist du mit deinem Onkel?"
„Ja. Ich sitze gerade am Vorwort die Tage."
Wendy schaut aus dem Fenster, in den vollkommen wolkenlosen dunkelblauen Himmel.
„Wendy? Ich wollte dir noch was sagen. Also, ich wollte dir sagen, daß, wenn irgend etwas ist, daß du dann wirklich jederzeit zu mir kommen kannst. Du kannst vor der Tür mit deinem Zeug stehen, und ich werde da auch gar nicht fragen; daß das von früher vorbei ist, also dessen bin ich mir bewußt. Aber du wirst mir immer, also, nahe sein. Auch wenn wir länger nicht gesprochen haben. Oder du rufst an, solltest du etwas brauchen. Das wollte ich dir nur jetzt noch mal sagen."
Wendy schaut aus dem Fenster, in den vollkommen wolkenlosen dunkelblauen Himmel. Sie weiß, daß sie jetzt irgendwas sagen muß. Sie denkt, daß es so schön ist, wieder Esthers Stimme zu hören, daß sie Esthers Stimme vermißt hat und daß das gefährlich ist, das zu denken, daß man da sehr schnell rückfällig wird –.
Sie sagt: „Ja."

39

„Betrachtet man den Lebenslauf meines Vaters, so sticht sein ungebrochener Tatendrang ins Auge. Man könnte geneigt sein, Costin Wallner als manisch zu bezeichnen.

Schon als Jugendlicher nahm er regelmäßig Tanz- und Gesangsunterricht – immer mit dem Ziel einer Karriere als Popstar, ein Ziel, das er mit 28 Jahren schließlich als Mitglied der gecasteten Gruppe *Die PingPongs* erreichte; dem folgten eine Karriere als Synchronsprecher, Auftritte in Reality-Shows, endlich die Gründung eines eigenen Musiklabels, *BIBO* genannt. Allein aus diesen Fakten wird ein Außenstehender auf den Fleiß, die Disziplin und den starken Willen schließen können, von dem der Alltag meines Vaters bestimmt war. Rufe ich mir die Stunden mit meinem Vater in Erinnerung, der mich auch noch im Alter unermüdlich von Berlin aus in Salzburg besuchte, so gehören sie mit zu den glücklichsten meines Lebens. Und so wie mich die vielen Diskussionen mit ihm bis heute prägen, so hoffe ich, daß seine Musik wie seine Visionen für viele andere auch eine Quelle der Inspiration werden.
,*Keep groovin*'! (Costin Wallner)"

Wendy fügt unter dem letzten Satz ihre eingescannte eigene Unterschrift ein und speichert das Dokument unter *Papa-Homepage-Beitrag-Entwurf.*
Wendy sind Zweifel gekommen, ob sie den richtigen Ton getroffen hat. Wenn sie sich in erster Linie an ein jüngeres Publikum wendet, sollte sie das Ganze dann nicht ein bißchen flotter schreiben?

40

„Das silberne Abendkleid, das meine Großmutter auf einem Foto trägt, muß eine besondere Bedeutung für meinen Vater besessen haben: Er hat es zusammen mit abgelegten eigenen Mänteln und Anzügen im Schrank im Kellerabteil aufbewahrt. Das Foto meiner Großmutter in diesem Kleid stellt unter den anderen Bildern eine Ausnahme dar: Auch wenn es sich um eine Pose handeln mag – so sieht meine Großmutter doch, anders als auf den meisten anderen Fotos, glücklich aus: Sie lächelt, ja strahlt. Auf die kulturellen Veranstaltungen einmal im Monat – Theater-, Konzert-, Opernbesuche in Regensburg, manchmal München – freut sie sich schon Wochen im voraus, ja, eigentlich immer schon unmittelbar nach dem jeweils letzten Schlußapplaus, spätestens auf der nächtlichen Heimfahrt, auf der immer sie fährt, während mein Großvater schläft – schließlich müsse er ja am nächsten Tag wieder ins Büro, während sie ‚nur' den Haushalt mache. Wenn keine Lichter von Häusern mehr auf den Seiten zu sehen sind, nur noch das Dunkel des Waldes und der Felder, wenn das Ausfahrtsschild kommt und sie den Wagen abbremst, der Gedanke: noch dreieinhalb Wochen!

Immer trägt sie dasselbe Abendkleid, holt es, in eine durchsichtige Plastikfolie gehüllt, aus der Reinigung in Cham und hängt es am Abend vor der Veranstaltung im Schlafzimmer an den Schrank, sieht es an beim Einschlafen. Hat sie es dann einmal angezogen, möchte sie, daß man ein Foto von ihr macht, jedesmal, zur Erinnerung – es gibt viele solcher Fotos, innerhalb eines Zeitraums von vielleicht zehn Jahren aufgenommen und alle nahezu identisch. In der Oper sitzt sie dann die ganze Zeit über aufrecht – im Parkett: Den Gefallen tut mein Großvater ihr; immer gute Plätze, da, wo man gut sieht, was auf der Bühne passiert. Die Musik kennt sie auswendig, viele Gesamtaufnahmen hat sie, die sie zu Hause beim Kochen und Bügeln hört. Den Text der Liebesschmerz-, Racheschwur-, Verzweiflungsarien der Protagonisten, der Duette mit egoistischen Edelmännern und mittellosen Künstlern. Sie mag Tragödien: *Madame Butterfly*, *La Bohème*, auch *Rigoletto* und *Don Giovanni*. Jedesmal kauft sie sich ein Programmheft; unter den Sängerinnen hat sie ihre Lieblinge. Kommt zufällig ein Bericht über eine Premiere in ihrem kleinen Schwarzweißfernseher über der Mikrowelle, steht sie dann vor ihren Gesichtern, ganz nah, zu Hause in der Küche, die Arbeit, mit der sie gerade beschäftigt war, die Kartoffel in der linken, den Schäler in der rechten Hand, hat sie für Momente vergessen. Um den Film mit den Aufnahmen von sich im Abendkleid möglichst bald zum Entwickeln geben zu können, sieht sie zu, daß er voll wird - verschwenden möchte sie auch nichts. So macht sie Fotos vom Garten, von den Zimmern im Haus. Man solle später wissen, wie das ausgesehen hat, sagt sie als Rechtfertigung, als sie mein Großvater fragt, warum sie denn Bilder mache, wo nichts drauf sei. In der Woche nach der Veranstaltung hält sie beim Einkaufen am Vormittag am Marktplatz, bringt den Film ins Fotostudio, das zusammengelegte Abendkleid in die Reinigung."

„Und jetzt sagst du mir bitte, wie du das immer schaffst, von einem Satz zum anderen vom Imperfekt ins Präsens zu wechseln", sagt Wendy laut, als sie sich an ihrem Schreibtisch zurücklehnt. Der Satz erscheint auf dem Bildschirm; Wendy hat vergessen, die Diktier-Funktion auszuschalten. Jetzt das Tempus der Passage wieder zu korrigieren, dazu hat sie wirklich keine Lust.
Sie schüttelt den Kopf über sich selber, löscht den letzten Satz und sagt dann: „SPEICHERN".

41

Sie träumt, daß sie die etwa 40jährige Frau auf dem sepiabraunen Porträt ist, das sich in einer der Schachteln mit losen Fotos befand und bei dem unklar ist, um wen genau es sich handelt, eine Verwandte oder nur eine Bekannte der Familie. Während sie träumt, ist ihr die ganze Zeit bewußt, daß das hier ein Traum ist und daß sie, sobald sie aufwacht und, wie jeden Morgen, mit einem Ruck aufsteht und ins Bad geht, wieder Wendy sein wird und die Frau nur ein sepiabraunes Porträt.
Trotzdem hat sie, als sie sich in diesem Moment im Traum mit einem Mann im Frack und mit nach hinten gekämmtem aschblonden Haar unterhält, den sie irgendwo auf einem anderen Schwarzweißfoto gesehen hat, Angst, weil sie weiß, daß am Verschluß ihres Cocktailkleids hinten die beiden obersten Knöpfe offen sind und daß es, wenn jetzt noch mehr Knöpfe aufgehen, zu einer peinlichen Szene vor dem Mann kommen könnte. Durch die aufgeschobene Terrassentür des Hauses ist sie am Arm des Mannes nach draußen, in einen Park spaziert. Auf einer Wiese an einem Teich hat eine Gesellschaft bei einem Picknick auf einem großen weißen Tuch zusammengesessen, man plaudert, man lacht, Kinder in Matrosenanzügen und weißen Kleidchen spielen daneben Fangen, rufen. Ein Herr mit grauem Bart, Kapitänsmütze, weißer Hose und Schuhen hat sich eine Zigarre angesteckt, schnell hintereinander an ihr gezogen, ihr Ende hat dabei jedesmal aufgeglüht. Der Mann im Frack hat seine Jacke ausgezogen und unterhält sich mit der Frau im blauen Kleid neben Wendy über den Anschlag am Oktoberfest vor zwei Wochen. Wendy ist aufgestanden. Schon steht sie am Teich. Schon ist sie umgezogen. Sie trägt den schwarzen an den Oberschenkeln abschließen-

den Badeanzug, in dem dieselbe Frau vom sepiabraunen Porträt auf einem anderen Foto am Strand sitzt. Wendy schämt sich und hofft, daß niemand vom Picknick drüben sie sieht, weil sie, obwohl die Frau auf dem Porträt sehr schlank ist, wie in Wirklichkeit an der Hüfte Zellulitis hat.
Wendy schaut an sich herab und ist wieder Wendy und nicht mehr die Frau vom Foto. Sie geht vom Ufer ans Ende des Stegs und paßt auf, daß sie sich keine Späne in ihre nackten Füße einzieht, wie früher, als Kind immer, am Attersee.
Als sie mit einem Kopfsprung, den sie nie beherrscht hat, ins Wasser taucht, tut die Kühle wunderbar gut, Wendy muß ganz verschwitzt gewesen sein.

42

„[Mama, Aufnahme vom 22.10.]
Wie ich deinen Vater kennengelernt habe? Warte mal. Wie ist das gewesen? Also, wie ich nach der Schule die Schneiderlehre gemacht habe, da ist meine beste Freundin die Jenny Frank gewesen. Wir sind da oft zusammen ausgegangen – in Clubs und auf Partys und so weiter. Na ja, und deinen Vater, den habe ich da schon gekannt, weil er ist ja im Fernsehen gecastet worden, das weißt ja, und irgendwo hat man das halt zufällig verfolgt, eine Folge mal, und man hat sich gedacht, schon fesch, der, mit seinen schwarzen Lokken und seinem Blick, und singen und tanzen hat er auch gekonnt. Also. Na ja, und dann hat es da im Juni das Open Air gegeben, in Graz hats nicht soviel Open Airs gegeben. Und da ist man froh gewesen um alles, was mal passiert ist, und, kannst dir ja denken, die Jenny und ich ganz vorn da-

bei. Die Jenny, die ist immer ein ganz pragmatischer Mensch gewesen, ich weiß gar nimmer, was aus der geworden ist, irgendwie hab ich die aus dem Auge verloren, als ich nach Wien zum Studieren bin. Na ja, die Jenny, die hat dann gesagt: ‚Komm, wir gehen jetzt backstage, sagen ma denen hallo'. Na ja, wir also backstage. Wir haben uns da nichts gedacht. Na, und natürlich sind da so Bodyguards gestanden, kein Vorbeikommen ist da gewesen. Aber irgendwie müssen wir Eindruck gemacht haben auf die, wir haben halt unseren weiblichen Charme spielen lassen. Eine Adresse von einer After-Show-Party haben wir bekommen, und daß wir ruhig Freundinnen mitbringen können, na, weißt eh, wie das so ist. Gut. Wir also Make-up, Röckchen, aufgeregt wie noch was am Abend zum Hotel, das *Astoria*, ja, ich glaub das *Astoria* ist das gewesen. Na, und wir gehen also zum Zimmer, das uns der Bodyguard gesagt hat, und wir klopfen, na, und wer macht uns auf? Dein Papa. Also, der Sänger von den – *PingPongs* hießen die, richtig. Und fällt mir um den Hals, als ob wir uns kennen. Na, betrunken war er halt. Jenny und ich natürlich ein bisserl ängstlich zuerst, sind dann mit ihm zur Party, ins Zimmer. [lacht] Na, am Morgen sind dann die Jenny und ich recht früh nach Haus, noch bevor die anderen auf sind, im Zimmer. Ja, und unmittelbar im Anschluß daran, da habe ich ja den Albert kennengelernt. Das ist schon eine merkwürdige Situation gewesen. Wo ich dann zuerst gedacht habe, du bist vom Albert und wir eigentlich nur deshalb geheiratet haben, und ich habe es ja selbst nicht gewußt. Später ist es mir dann schon gedämmert, und vielleicht hats der Albert sich auch gedacht. Gesagt hat er nie was. Und das mit dem Vaterschaftstest, den ich hab machen lassen, heimlich, das habe ich ihm auch nicht gesagt. Da bist du drei oder vier gewesen und ich hab es ihm eigentlich sagen wollen, aber ich habs nicht gekonnt, weißt du. Das ging nicht. Gesehen habe ich deinen Vater dann ein paar Male noch. Im Fernsehen oder halt so in Zeitschriften. Da habe ich immer Angst bekommen, weil mir dann das Ganze klargeworden ist, und das war dann beinah, na, unerträglich wars halt, dem Albert oder auch dir danach in die Augen zu sehen. Und da hab ich beschlossen, das auf sich beruhen zu lassen. Was war, war. Fertig. Jetzt ist jetzt. Und ich habe nicht mehr verfolgt, was dein Vater macht. Einmal sind wir ihm aber dann doch begegnet. Da wirst dich nicht mehr erinnern daran. Da waren wir zu dritt, du, ich, der Albert, im Kino und haben uns diesen Zeichentrickfilm mit den Dinosauriern angeschaut, und dein Vater ist einer von denen gewesen. Also gesprochen hat er halt einen. Na, weißt eh. Und ihr, der Albert und du, ihr habts nichts gespannt, und die Stunde da im Kino, das war so was von furchtbar. Ich habs beinahe nimmer ausgehalten. Ich weiß noch, wie der Albert mich danach gefragt hat, nach dem Kino, was ist, und wie ich es auf die Klimaanlage im Kino und die Hitze draußen geschoben habe."

43

Sie bekommt, als sie sich unter der Dusche mit dem Gel einschmiert, ihre Oberarme, ihre Brüste, zwischen ihren Beinen, plötzlich Lust zu masturbieren, sie steckt sich den Zeige- und Mittelfinger in die Scheide, plötzlich klopft es.
Tina fragt: „Wendy?"
Wendy ruft: „Ich dusche gerade," und ihr fällt ein, daß ja gar nicht abgesperrt ist, und sie singt was, damit Tina nicht etwa auf den Gedanken kommt, daß sie, Wendy, hier ge-

rade masturbiert, daß sie so ein armes Schwein sei und das nötig habe, „Lalala", und sie reibt und greift noch zusätzlich an den Nippel ihres rechten Busens, und sie hört, wie Tina bei offener Tür telefoniert, laut, was sie sagt, ist unter dem pritschelnden Wasser nicht zu verstehen, und Wendy muß daran denken, wie sie zu Hause, in Salzburg, zum ersten Mal - wann war das? - mit 12, 13 unter der Dusche masturbierte und wie sie gar nicht gewußt hatte, was damals mit ihr geschah, und, als sie die Mama klopfen hörte, zu singen begonnen hatte, „Lalala", und sie muß an die grünen Kacheln in der Dusche in der Wohnung in Salzburg denken, als sie kommt.

44

„Mein Urgroßvater, Günter Wallner, konnte auf eine erfolgreiche, wenn auch an äußeren Höhepunkten arme Karriere als Rechtsanwalt in Köln zurückblicken, als er zusammen mit meiner Urgroßmutter, der fast zehn Jahre jüngeren Renate Wallner, vor die Tore der Stadt, nach Bergisch-Gladbach, in ein Haus mit großem Garten zog, um seine Rente anzutreten und nun endlich dem ein oder anderen Hobby, insbesondere dem Wandern, mehr Zeit zu widmen. Wie freuten sich meine Urgroßeltern, wenn ihr Sohn mit seiner Frau und ihrem ersten Enkelsohn, dem kleinen Costin, aus der fernen Oberpfalz auf Besuch kamen. Erfüllt war das Haus dann von einer hellen Kinderstimme; und meine Urgroßmutter sorgte stets dafür, daß genügend Bausteine, später Spielzeugautos und -traktoren in einer Truhe im Gästezimmer vorhanden waren, damit dem kleinen Costin auch nicht langweilig wurde.

Ein Geheimnis freilich sollte mein Urgroßvater haben: Seit der Hochzeit, damals in Regensburg, und über die Jahre, bei gemeinsamen Ausflügen im Bayerischen Wald, und jetzt, in den Nächten, in denen er im Doppelbett neben meiner Urgroßmutter die Stimmen des jüngeren Paares gedämpft durch die Wand hören konnte, während des sonnenbeschienenen Frühstücks auf der Terrasse und der Jause zwischen blühenden Apfelbäumen hielt er stets die Gefühle für seine Schwiegertochter zurück, ja, machte manchmal einen derart unverbindlichen Eindruck, daß meine Großmutter einmal zu ihm trat und fragte: ‚Sag, bist du mir bös, Papa?' Sie nannte meinen Urgroßvater auf seine eigene Bitte hin ‚Papa'. Seine Gedanken mochte er vor allen anderen verbergen können, seinen alten Freunden, sogar seiner Frau – seinem Sohn entgingen sie nicht. Waren da nicht zu lange Umarmungen bei den Begrüßungen gewesen? Nicht Telefonate, bei denen sein Vater ihm auftrug, auch ja Grüße an seine ‚liebe Frau' auszurichten? Der wie zum Spaß um die Hüfte seiner Frau gelegte Arm des Vaters? Der auf dem Gesicht seiner Frau lastende Blick des Vaters? Und wie scherzte doch in der Gegenwart Anas der Vater, der sonst nie zu Scherzen aufgelegt war, und machte Witze, er, der früher auf die Bitte seines Sohnes hin immer behauptet hatte, er kenne gar keine.
Und so, ohne daß mein Großvater meinen Urgroßvater auch nur einmal darauf angesprochen hätte und sich mein Urgroßvater vor meinem Großvater verteidigen hätte können, ja, auch ohne daß sich mein Urgroßvater jemals meiner Großmutter tatsächlich erklärt hätte, erhielten meine Urgroßeltern keinen Besuch mehr aus der Oberpfalz, zu Festen lediglich förmliche, gleichwohl immer noch freundliche Glückwünsche oder Anrufe, und auf die Frage hin, was denn nur sei, ausweichende Antworten, es gäbe viel zu

tun in der Firma, man expandiere jetzt, die Reise sei so weit, nein, ein Besuch in Cham sei Ana, die ja dann alles herrichten müsse, nicht zuzumuten, man komme schon einmal wieder, wenn es besser gehe. Und meine Großmutter spielte mit – log am Telefon auf die Bitte oder besser: Order meines Großvaters hin; nein, es sei wirklich schlecht dieses Jahr, und nahm das leise Vibrato in der Stimme meines Urgroßvaters als Beweis dafür, daß mein Großvater recht gehabt hatte, als er ihr an einem Abend von seiner zunächst kaum zu glaubenden Vermutung erzählte und aus der Vermutung beim gemeinsamen Sich-Erinnern an zurückliegende Episoden eine Gewißheit wurde und aus der Gewißheit der gemeinsam gefaßte Entschluß, daß zwar mein Großvater noch ab und zu mit Costin nach Bergisch-Gladbach fahren würde, ‚wenn es sich ausgehe' (es ging sich dann immer seltener aus) – allerdings vorerst, ja, ‚vorerst' ohne meine Großmutter, für die Entschuldigungen erfunden wurden, ‚unpäßlich', ‚auf Geschäftsreise', ‚Grippe'. Manchmal freilich, da lag meine Großmutter nachts wach oder hielt mein Großvater in der Arbeit inne, und sie dachten, man solle sich vielleicht doch einmal aussprechen, vielleicht hatte man ja übertrieben, meine Urgroßmutter kränke sich doch so, dann sei es aus der Welt, man sei ja schließlich vernünftig.

Aber als dann tatsächlich einmal meine Großmutter, von solchen Gedanken geplagt, die Nummer meiner Urgroßeltern wählte, entgegnete ihr, noch ehe sie ihr Anliegen vortragen konnte, die kühle Stimme meines Urgroßvaters, Renate und er seien gerade sehr beschäftigt, man habe keine Zeit, ob sie es später noch einmal versuchen könne, danke, und es war ihr, als hörte sie aus dem Telefon die Stimme meines Großvaters, als er meine Urgroßeltern immer wieder aufs neue auf ein Später vertröstete.

Um so schwerer traf es dann meine Großeltern, als eines Morgens meine Großmutter ans Telefon ging und sie aus dem Schluchzen meiner Urgroßmutter nur Bruchstücke verstand, etwas von ‚Zugunglück' und ‚Rückfahrt von einem Freund in Essen', und ‚Papa tot', ‚ist tot'."

45

Da ist es. Auf dem Bildschirm steht *Willkommen.* Kleiner, weiß auf schwarz, darunter *Im Andenken an das Unglück des ICEs Heinrich Heine.* Das letzte Update liegt schon über 20 Jahre zurück. Der Betreiber der Seite, ein Hinterbliebener vielleicht, muß sie vergessen haben, vielleicht ist er gestorben, hat die Domain im voraus oder vielleicht per Dauerauftrag bezahlt.

Sie sagt: „ARCHIV", dann „ZEITUNG".

„Gestern kam es auf der Strecke Essen-Köln zu einem schweren Zugunglück. Aus bisher noch ungeklärten Gründen entgleiste um 9:37 Uhr der ICE *Heinrich Heine* auf offener Strecke. Dabei starben nach Polizeiangaben 20 Passagiere, über 65 wurden verletzt."

Sie sagt: „FERNSEHEN."

Der Nachrichtensprecher, der eine gelbe Krawatte mit roten Punkten trägt, schaut in sein Skript und liest mit monotoner Stimme vor, daß sich heute vormittag ein schweres ICE-Unglück auf der Strecke Essen-Köln ereignet habe.

Sie sagt: „STOP."
Das kann sie alles nicht brauchen. Infos schön und gut. Aber zu abstrakt. Sie will wissen, wie das für die war, die dabei waren, die drinnen saßen. Was hat Günter Wallner gesehen, was gehört?
Sie sagt: „AUGENZEUGEN."

Eine Frau, ungefähr ihr Alter, sagt mit rheinischem Akzent: „Ja, wir saßen da, ich am Fenster, mein Mann neben mir, und plötzlich tuts einen Rumms, und ich schlag so zack mit der Stirn jejen den Sitz vor mir, ja und seh noch so, wie mein Mann, also wies den so nach vorne zieht, und ich denke noch, dat is jetzt dat Ende, jetzt isset vorbei mit mir und seh so mein janzet Leben, wie et abläuft, also wie son Film im Kopf, ja und dann bin ich wech und aufjewacht bin ich dann erst wieder in som Zelt, von der Rettung, auf der Wiese und dat erste, was ich die Dame da, die Dame von der Rettung frage, is, wo is mein Dieter, wat hamse mit meinem Dieter jemacht, und da seh ich, dat mein Mann gleich neben mir liegt. Janun. Wie durchn Wunder is dem fast nix passiert. Paar Prellungen und dat Bein jebrochen. Dat war alles."

Wendy sagt: „Na is ja jut, jute Frau. Und wie wars denn nun wirklich?" Sie klickt den File an, den sie sich heute vormittag aus dem Internet geladen hat, einen uralten TV-Zweiteiler, *ICE Heinrich Heine*.
Sie läßt den Film mit vierfacher Geschwindigkeit vorlaufen, die Credits tauchen unlesbar auf der Plasma-Wand auf, dazu Streichermusik, bei normaler Geschwindigkeit wohl ziemlich tief, unheilvoll-grollend, jetzt die ein oder andere Oktave höher, munter-pfiffig. Ein älterer Mann erscheint, grauer Bart, graues Haar, der im Zug am Fenster sitzt und Zeitung liest.

Wendy sagt: „PLAY."
Na endlich! Das kann sie gebrauchen. Wenn das gut ist, was jetzt kommt, kann sie daraus vielleicht eine Szene für den Text machen, bei der sie dann später, wenn das ganze Buch fertig ist, schauen wird, wohin sie paßt und ob das alles nicht eher in die fiktionale Richtung geht.

46

„Vor ein paar Momenten noch hat der gleißende Rand der Sonne das Meer zartrosa gefärbt. Jetzt ist sie vollkommen untergegangen, das Wasser grau. Eine Brise ist aufgekommen. Auf Wallners nacktem Oberarm hat sich eine Gänsehaut gebildet. Von der Garage hört er Ana, den grünen VW, den sie gleich nach ihrer Landung in Lissabon bei einem Verleih am Flughafen gemietet haben. Wallner klappt den Krimi zu, den er auf der Terrasse im Licht der Öllampe auf dem Tisch gelesen hat, steht auf und schiebt die Glastür zum Wohnzimmer auf. Nachdem Ana zwei Ferienhäuser ausgewählt hatte, die für den Urlaub im Mai in Frage kamen, und sie zusammen mit Wallner durch beide Gebäude einen virtuellen Rundgang gemacht hatte – mit einem Click die Türen öffnen, sich ruckartig durch die Zimmer bewegen, vom Wohnzimmer aus durch die Glasfront auf den Sonnenuntergang, das zartrosa gefärbte Meer sehen –, haben sie sich gegen das Haus in Spanien und für jenes in Portugal entschieden, obwohl beide vom Preis und vom Aussehen her nahezu identisch waren; lediglich die Verkehrsanbindung wäre in Spanien schlechter gewesen.
Weil sie beide vom Tag am Meer müde waren und erst am späteren Nachmittag entdeckten, daß sie keine ausreichen-

den Vorräte für das Abendessen hatten, war Ana ins nächstgelegene Dorf zu der Kneipe gefahren, wo sie schon am ersten Tag mittaggegessen hatten und der Gastraum gleichzeitig auch das Wohnzimmer der Familie zu sein schien, die die Kneipe betrieb: An den Wänden hatten Familienbilder gehangen, der Besitzer hatte im Unterhemd ferngesehen, seine Kinder hatten auf dem Schoß der Besucher gesessen, die, wie der Vater, stumm, die Telenovela im Fernsehen verfolgten.
Ana hat Fisch und Pommes frites mitgebracht; außerdem eine englische Zeitung von vorgestern, die auf der Titelseite von einem Giftgasanschlag in der U-Bahn Tokios nach dem Muster des Anschlags dieser Sekte vor einigen Jahrzehnten berichtet. Die Meldung mußte kurz vor Redaktionsschluß hereingekommen sein, denn es waren lediglich Spekulationen über die Drahtzieher, über den Tathergang und die Zahl der Toten oder Verletzten zu lesen. Neben dem Artikel ist ein Foto zweier Männer, Asiaten, in weißen Hemden und Anzughosen, abgebildet. Beide kommen gerade, wohl der Katastrophe entronnen, die Treppe eines vor Qualm kaum auszumachenden Eingangs einer U-Bahn-Station hinaufgelaufen.
Nachdem Wallner die Essensreste in den Abfalleimer gekippt hat, bittet er Ana nachzusehen, ob der Sonnenbrand, den er sich am zweiten Tag ihres Aufenthalts am Rücken geholt hatte, besser geworden sei. Am Strand legt sich Wallner, immer wenn er im noch kühlen Wasser geschwommen ist, zum Aufwärmen in die Sonne, schwimmt wieder, legt sich wieder in die Sonne und so weiter. Sitzt Ana nicht unter dem Sonnenschirm und liest, geht sie am Strand spazieren. Sie erzählt dann Wallner, was sie gesehen hat, von dem zugesperrten Fischerschuppen, der angespülten toten Möwe und so weiter.

Wallner zieht sein T-Shirt aus. Daraus, daß seine Haut dabei etwas brennt, schließt er, daß sein Rücken gerötet sein muß. Ana hat die Deckenlampe angeschaltet und gesagt: ‚Dein Rücken ist ja ganz braun.'
Dann hat sie ein aus Cham mitgenommenes Gel auf Stefan Wallners Rücken aufgetragen. Auch das hat gebrannt.
Wallner ist ins Badezimmer gegangen. Ana und er hatten ihre Zahnpasta zu Hause vergessen. Aber als sie hier, im Ferienhaus, ankamen und das Schränkchen im Badezimmer öffneten, hatte darin, wohl noch von ihren Vorgängern, dieselbe Tube gestanden, die sie selbst zu Hause immer benutzten – und nicht nur die. Auch genau derselbe schwarze Kamm und blaue Fön mit dem Schriftzug *Anja*, die Wallner besaß, hatten in dem Fach gelegen. Ana hatte gelacht und ‚ist ja lustig' oder ‚gibt's ja nicht' gesagt; Wallner jedoch, der den Kamm und Fön im Schränkchen nicht anrührte, damit er sie nicht mit seinen eigenen Sachen verwechselte, hatte seitdem ein merkwürdiges Gefühl gehabt.
Wallner will nach seinem Kamm greifen und hält inne. Er muß aus einer Unachtsamkeit heraus den Kamm neben jenen, den sein Vorgänger vergessen hatte, gelegt haben. Nun ist es passiert: Es ist nicht mehr auszumachen, welcher Kamm welcher ist. Wallner entscheidet sich für den linken. Beim Kämmen hat er das Gefühl, er frisiere einen fremden Kopf."

47

Und sie denkt, daß sie das hier gerade eigentlich nicht tun sollte, weil Esther gleich zu hoffen beginnen wird, daß es vielleicht doch eine Möglichkeit gäbe, daß sie wieder zusammenkämen, und sie überlegt, ob sie nicht vielleicht schnell wieder die Treppe runterlaufen und so tun sollte, als hätte irgend jemand nur aus Versehen die Klingel gedrückt, und dann denkt sie wieder, daß sie im Moment nichts mehr braucht als eine Umarmung von jemandem, der sie kennt, egal, ob der- oder diejenige sie wirklich liebhat und trösten möchte und zu ihr hält oder einfach so tut und das heuchelt, einfach eine Umarmung, damit sie jemanden hat, an den sie sich nach dem Chaos der letzten Wochen und in ihrer Unsicherheit und ihrer Angst, wie es bloß mit ihr weitergehen soll, festhalten kann, und da steht Esther in der Tür, und Esther umarmt sie, hat gleich gemerkt, was los ist, flüstert: „Ist ja gut“ und hält sie und wiegt sie hin und her, und Wendy weint an ihrer Schulter und spürt, wie Esthers Bluse ganz naß wird.

48

„Günter Wallner wird wie die anderen Insassen des ICEs nach vorne geschleudert.“

Wendy markiert den Satz und sagt: „LÖSCHEN.“

„Mit einem Ruck wird Günter Wallner aus seinem Sitz gehoben.“

Wendy markiert den Satz und sagt: „LÖSCHEN.“

„Aus den Gepäckfächern wirbeln die Reisetaschen. Günter Wallner reißt die Arme vors Gesicht.“

Wendy markiert den Satz und sagt laut, viel lauter, als es nötig wäre: „LÖSCHEN."
Sie reibt sich die Augen, die von den letzten zwei Stunden vor dem Computer schmerzen.
Wenn Wendy etwas aus ihren letzten Schreibversuchen gelernt hat, dann ist es, daß sie sich selber nicht unter Druck setzen darf, sonst ist das Ergebnis nur wieder diese peinliche Rollenprosa. Aber sie weiß ja jetzt, was und wie sie schreiben möchte, die letzte Passage über den Urlaub ihrer Großeltern war ja gar nicht so schlecht. Sie macht jetzt vielleicht noch zehn Minuten, und dann ist Schluß für heute. Morgen ist ja auch noch ein Tag.

„Günter Wallner beginnt zu fliegen. Seine geriffelten Gummisohlen ruhen nicht mehr auf der Fußstütze. Wie die anderen Fahrgäste auch wird er nach vorne geschleudert."

Wendy überlegt.
Dann markiert sie den Satz und sagt: „LÖSCHEN."

btb

Franz Hohler

Die blaue Amsel

128 Seiten
978-3-442-73637-9

Franz Hohler ist als Erzähler ein Virtuose der Überraschung. In seinem Erzählungsband aus dem Jahr 1995, in dem tatsächlich eine blaue Amsel auftritt, allerdings sehr zum Missfallen der meisten schwarzen Amseln, stellt er seine ganz einzigartige Fähigkeit mit viel Witz, Ironie und Lust an grotesken Wendungen und absurden Pointen unter Beweis.

»Die Auseinandersetzung mit unserer Gegenwart kann fast nicht anders sein, als dass man dauernd die gewaltigen Schatten spürt, die unsere Zeit wirft. Einige von Franz Hohlers Prosaminiaturen, Wortspielen, Travestien, Märchen und Geschichten aus ›Die blaue Amsel‹ sind inmitten jener gewaltigen Schatten, die unsere Zeit wirft, zeitlos und schön.«

Süddeutsche Zeitung

www.btb-verlag.de